Colección Testigos

ALMA DE COLOR SALMÓN

OLGA BEJANO DOMÍNGUEZ

ALMA DE COLOR SALMÓN

Colección TESTIGOS

© LIBROSLIBRES
Raimundo Lulio, 20, 1.º Dcha.
28010 Madrid (España)
Telf. 91 594 09 22 - Fax. 91 594 36 44
e-mail: kairos@mi.madritel.es
www.libroslibres.info

Directora Editorial: Lidia González

Diseño de la cubierta: © Arturo Meler

Primera edición: mayo 2002
Segunda edición: diciembre 2002

Depósito Legal: S. 1.567-2002
ISBN: 84-931797-8-7

Impresión:
Gráficas Varona
Polígono «El Montalvo», parcela 49
Telf. 923 19 00 36 - Fax. 923 19 00 27
37008 SALAMANCA

Impreso en España – Printed in Spain

Índice

Prólogo
Gracias a la vida

Visité por primera vez a Olga Bejano Domínguez después de haber leído su libro *Voz de Papel*. Me impresionó su lectura, pero más me impresionó su persona y la conversación que mantuve con ella la primera vez que la visité. Yo le hablaba y ella me cogía «al vuelo» mi pensamiento apenas iniciada la frase con la que quería expresarme. La viveza del diálogo por parte de Olga, aunque fulgurante en sus respuestas, resulta lento en su expresión. Hace seis años que sus padres dejaron de entender sus garabatos, en la actualidad es su enfermera, María Pilar Pérez-Medrano Garrido, la que además de enfermera es la intérprete especial y especializada en descifrar los garabatos que Olga, cada vez con más heroísmo, estampa en las hojas de un cuaderno.

Por mis estudios bíblicos debí iniciarme en la lectura de la «escritura cuneiforme», que en los albores de la escritura en la humanidad algunos pueblos primitivos plasmaban con un punzón en ladrillos recién amasados y los «editaban», cociendo en un horno aquellos ladrillos con los garabatos en forma de palotes y cuñas. Una vez cocidas y endurecidas aquellas páginas de barro amasado, se tenían las páginas de un libro para conservar en la biblioteca de ladrillos, que precedió a la biblioteca de papiros.

Yo llegué a leer alguna página de la escritura cuneiforme, formada con rasgos lineales en forma de palotes y de cuñas. No creo que llegase nunca a poder leer e interpretar los garabatos de Olga, por mucha escuela que recibiese al respecto. Conservo, sí, como recuerdo alguno de los cuadernos que contienen la «voz de los garabatos» de ésta. ¿Cuántos escribirá a la semana? Ella es muy «habladora» y, por tanto, debe ser muy buena clienta de las papelerías.

Pero hay alguna persona especializada en la «escritura garabato-cuneiforme» de Olga: su enfermera. Hasta hace muy poco tiempo lo era solamente su madre. Ahora ya no es ella la traductora de la escritura de su hija. Olga está asistida por una traductora «doctorada» en este menester, para que ésta pueda escribir y hablar con su «voz de papel». Este «doctorado» para interpretar a Olga no se obtiene en ninguna Universidad: sólo el amor y la admiración por ella convierte esta «asistencia social» en el mejor de los testimonios de solidaridad humana y cristiana.

Visitando y conociendo a Olga Bejano Domínguez, te vienen las ganas de cantar a la vida con las palabras y la música de Alberto Cortez: «Gracias a la vida, que me ha dado tanto», canción que Olga hace muy suya. Ella aprecia muchísimo a Cortez y a su canción. En el presente libro se refiere a esta canción con especial admiración. No podía ser de otra manera, pues su existencia es un «canto a la vida».

Creo que para leer con sentido y provecho *Alma de color salmón*, es necesaria la lectura previa de *Voz de Papel*. Que nadie se asuste por la extensión de este libro que ahora tienen en sus manos. *Alma de color salmón* es biografía, testimonio y «testamento» de Olga. Debo avisar del peligro de «adicción» que corre el lector: el no dosificar su lectura y querer agotarlo de «un tirón». Este empacho puede no ser bueno para la salud, pero así como no se interrumpe una película de «suspense», tampoco es aconsejable la lectura de este libro como si se tratase de una narración de entrega por etapas. La lectura de esta *Alma de color salmón* atrapa al lector desde el principio y no podrá resistir, sin hacerse mucha violencia.

La vida de Olga, como explica más de una vez en su libro, está «suspendida de un hilo», de un cable, de un enchufe. Su habitación es una sofisticada UCI (Unidad de Cuidados Intensivos). Para que dejase de vivir no sería necesaria ninguna «eutanasia activa»: bastaría con la simple «eutanasia pasiva», retirando el sofisticado tinglado de extraordinarios medios para que el corazón de Olga deje de latir. La vida de Olga no es inútil. En groseros términos de productividad, no conozco vida más útil y productiva que la existencia de ésta. Por el simple hecho de pensar y respirar, aunque sea gracias a medios extraordinarios, vale la pena vivir. La fe de Olga en el Dios de la vida le da sentido a su vida «clavada en la Cruz».

Ella vive esta vida con fe, esperanza y amor. La vive con alegría y fino humor. Que hace que al lector de este libro le vengan ganas de dar gracias al Dios de la vida, cantando con Olga: «**Gracias a la vida, que me ha dado tanto**». O diciendo, como ella dice con palabras del mismo autor de la canción: «**¡Qué suerte he tenido de nacer!**»

RAMÓN BÚA OTERO
Obispo de Calahorra y La Calzada-Logroño
(La Rioja)

Nota de la autora

Mis queridos lectores y lectoras, amigos todos. Le he pedido a Jesús Bonet que, además de ser él el encargado de hacer la corrección final del libro, también sea quien presente el libro, pues, por muchos motivos, creo que es la persona más indicada. Así que yo voy a limitarme aquí a responder algunas preguntas que me habéis hecho en vuestras cartas: por qué escribí *Voz de Papel*, cómo lo hice, cuánto me costó y por qué no escribía un segundo libro.

Pues bien, cuando la enfermedad truncó mi vida, decidí que era más positivo crear que llorar. Así, en agosto de 1987 empecé a escribir mi primera obra. Tras siete años y medio escribiendo y casi tres años intentando publicarlo, mi primogénito vio la luz editorial el 15 de diciembre de 1997. Entre engendrarlo, gestarlo y parirlo transcurrió, nada más y nada menos, la friolera de una década.

Cuando la gente empezó a leerlo, me decía: «Es precioso. Y el próximo, ¿para cuando?» Yo pensaba: «La gente no sabe lo que dice. Y les respondía: «Para muestra vale un botón; yo ya he cumplido con la tradición: en mi niñez planté un árbol y en mi juventud he escrito un libro. A mí no me quedan diez años más de vida y cada día estoy más limitada y enferma. Para que escriba otro libro tendría que ocurrir un milagro». Aquellas palabras fueron premonitorias y, por «bocazas», aquí tenéis mi segundo libro.

Poco a poco, el milagro comenzó a hacerse realidad: una enfermera le regaló a Patxi Freytez mi libro *Voz de Papel*. Patxi, a quien hoy quiero como a un hermano, era entonces para mí un perfecto desconocido; acababa de perder a su único hermano, que era médico de profesión y había fallecido a los treinta y dos años a causa de un cáncer de riñón. Patxi quiso venir a conocerme, y, cuando lo hizo, su hermano se manifestó a través de mí desde la otra vida. Así comenzó esta historia real que supera con creces la ficción. Por eso, y sólo por eso, he escrito este libro.

Espero que ahora no se le ocurra a nadie decirme eso de que no hay dos sin tres, porque soy capaz de recuperar la movilidad y tirarme directamente a su yugular. Las cosas grandes de la vida no se repiten dos veces.

Cuando salí en los medios de comunicación, mucha gente, al verme, decía: «Es imposible que en esas condiciones físicas haya podido escribir un libro».

De *Voz de Papel* conservo el manuscrito casi como un tesoro. En él se puede observar claramente cómo va deteriorándose mi letra a medida que avanza la enfermedad. A finales de 1995 mi «voz de papel» se quebró y yo ya no podía escribir con una letra legible; así nacieron mis famosos garabatos. Escribo apoyando mi mano paralizada en mi pierna derecha y con impulsos de la pierna muevo la mano. La enfermera me sigue el movimiento del rotulador. Mi madre hace tiempo que no me entiende, con ella me comunico con el abecedario. *Alma de Color Salmón* lo he escrito a golpe de garabato y abecedario. Elena, la enfermera, ha sido la encargada de hacer de traductora e intérprete, así como de transcribir todo lo que yo iba transmitiéndole. Por tanto, el verdadero manuscrito de este libro no es de papel; es de carne y hueso, y se llama Elena.

Cuando mi primogénito vio la luz, empezaron a sucederme cosas maravillosas: unas, de esta vida, y otras, como mi *Peperra*, que venían de la otra. Dicen que la experiencia del primer hijo es única y que el segundo no la iguala. Efectivamente, con mi «chiquillo» todo era nuevo. Él me hizo por primera vez madre literaria. Ya sé lo que es engendrar, gestar y parir un libro, pero mis dos embarazos han sido totalmente diferentes. El nene tardó diez años en venir al mundo; pero como las nenas son más listas —y eso es algo que ya está demostrado científicamente—, mi segunda criatura ha sido gestada en sólo quince meses; así que, en poco tiempo, verá la luz. Me siento una madre muy orgullosa: si mi «chiquillo» *Voz de Papel* me salió guapo, mi «chiquilla» *Alma de Color Salmón* va a mejorar la raza, porque tiene un abuelo y un padre que son Luz, y todo lo que viene de la Luz brilla con luz propia.

Espero y deseo, «almita» de mi vida, que cada lector que te coja entre sus manos disfrute tanto leyéndote como yo gestándote.

A mis lectores, con mi más sincero agradecimiento por la fuerza y el cariño que me han dado y que siguen dándome.

OLGA BEJANO DOMÍNGUEZ
Logroño, jueves 16 de diciembre de 1999

Presentación

Las estrellas sólo pueden verse en la oscuridad. Por eso, cuando la enfermedad provocó que en mi vida se hiciese de noche, en mi silencio y en mi noche oscura aprendí a mirar al cielo, y descubrí la Luz infinita.

Estas palabras escritas por Olga en una de las páginas del libro sintetizan muy bien lo que ella ha logrado plasmar con tanto esfuerzo y sufrimiento: un canto a la Vida y a la Luz.

Olga no es un personaje de ficción. Es una mujer joven real, que padece una enfermedad neuromuscular que ha ido paralizando lentamente todo su cuerpo, hasta el punto de que en este momento sólo le resulta posible realizar movimientos casi imperceptibles con su mano derecha. Pero gracias a ellos consigue hacer, con inmensa lentitud, los trazos de las letras, convertidas en garabatos, que su madre Mari Carmen y Elena, la enfermera que le atiende, con infinito amor y paciencia, transcriben para hacerlos legibles. Olga no puede hablar, ni leer, ni comer, ni respirar autónomamente, ni pasear: «oír, sentir y pensar es lo único que puedo hacer yo solita». Quien haya leído su primer libro, *Voz de Papel*, ya conoce a Olga, el curso de su enfermedad y el valor que tiene esta mujer para poder decir cosas como las que ahora dice en estas páginas:

No viviré muriendo, moriré viviendo y escribiendo, o *«no quise vivir en la angustia, y elegí la paz y la esperanza»*, o *decidí ser lluvia en lugar de ver llover.*

Por ello, *Alma de color salmón* es, en primer lugar, un canto a la Vida. «Quien tiene un *porqué* para vivir, encuentra casi siempre el *cómo*», decía el filósofo alemán Nietzsche. El *cómo* de la vida de Olga es demasiado duro para poder soportarse sin un *porqué* muy sólido. Pero ese *porqué* lo tiene muy claro ella desde el momento en que aprendió a vivir con sentido una vida inseparable de la enfermedad y, sobre todo, desde su descubrimiento de la Vida después de la muerte. Olga no teme a la muerte, porque sólo es un tránsito hacia la Vida definitiva y sin sufrimiento. De ahí, que en el libro dé un continuo testimonio de esa experiencia suya con el más allá.

Tal vez haya páginas que a algunos lectores les resulten sorprendentes. Puede que haya quien piense que en ellas se describen meras sensaciones esotéricas que están muy en la línea de lo que hoy se lleva. No hay nada de eso. Lo que sucede es que cuando una persona tiene tan reducidas su sensibilidad y su actividad externas, puede crecer y enriquecerse en sensibilidad y actividad internas, siendo capaz de captar lo que quienes estamos rodeados de sensaciones absorbentes del mundo exterior no podemos captar, de oír lo que no podemos oír y de vivir lo que no sabemos vivir.

En segundo lugar, el libro es un canto a la Luz: a Dios como Luz, a la vida de las personas en la Luz y a la necesidad de buscar la Luz. Sólo en ella encuentra la vida humana su sentido y su objetivo final, y ese sentido y ese objetivo se convierten en el *porqué* capaz de aguantar el *cómo* de las páginas del libro de nuestra vida antes de la muerte.

Todo esto lo expresa Olga con una gran sencillez, con una exquisita finura de espíritu, con un indestructible sentido del humor y con una profunda paz. Sufre, claro que sufre; porque es de carne y hueso. Pero siempre que estás a su lado te transmite esa frescura y transparencia que te transmite el agua cuando la bebes en su propio manantial; y, además, te hace percibir lo único que cuenta en la vida pero que no está a la venta en ningún sitio, el amor; porque, como diría uno de nuestros místicos, San Juan de la Cruz, «en el atardecer de la vida nos examinarán del amor»; y ese amor, al fin y al cabo, es lo único que puede llenar la vida.

JESÚS BONET NAVARRO
Psicólogo clínico

I
Arrebato

VIERNES, 9 DE OCTUBRE DE 1998

Dicen que segundas partes nunca fueron buenas, pero espero y deseo que si consigo gestar y parir mi segundo libro, *Alma de color salmón*, que está desde hace tiempo engendrado en mi cabeza, nadie aplique esa máxima a mi criatura.

Mi primer libro, *Voz de Papel*, se tituló así porque lo escribí con la mano derecha prácticamente paralizada; sólo me quedaba un leve movimiento en dos de los dedos. A mi mano le hicieron compañía durante diez años un cuaderno y un rotulador.

LUNES, 12 DE OCTUBRE DE 1998

Hace tiempo que tengo en mi cabeza el título y argumento de este libro. En principio pensé titularlo *Voz de metal*, porque iba a ser escrito mediante un programa de ordenador hecho a la medida de mis limitaciones. Pero no va a poder titularse así porque mi «voz de metal» todavía es un proyecto en vías de hacerse realidad.

De momento, mi «voz de metal» sólo me ha proporcionado trabajo y quebraderos de cabeza. Para empezar, me hicieron estudiar el código morse y lo aprendí; no me resultó fácil. Diego, amigo de mi hermana Mónica y mío, que es un encanto de persona, me vino como anillo al dedo, pues él domina el morse a la perfección por ser piloto de aviones. Cuando le dije a Diego que tenía que aprender morse, me miró fijamente y resopló, como diciendo «no veas la que te espera»; pero al instante empezó a reír y dijo: «No te preocupes, Olguilla, que yo te enseño».

Cogió una cinta y —con una voz clara, precisa y preciosa— me grabó el morse. Cada letra se repetía tres veces y yo, dale que te pego, escuchaba y escuchaba, hasta que terminé memorizando como los loros, ya que, como veía poco y mal, sólo podía servirme del oído.

MARTES, 13 DE OCTUBRE DE 1998

Por aquellos días tuve la suerte de tener a Saúl, un objetor de conciencia al que le habían asignado dos horas a la semana conmigo. Él se encargaba de la grabadora, y cuando creía que yo ya había aprendido algo, ponía su mano sobre el reposabrazos de mi silla de ruedas; entonces cogía mi mano y la ponía encima de la suya: una leve presión mía significaba un punto y una presión más larga era una raya. Así él me preguntaba la lección. También mi padre cuando se hizo radioaficionado tuvo que aprender morse, pero la paciencia y la enseñanza no son su fuerte. Así que, gracias a la ayuda de Diego y Saúl, lo aprendí.

Cuando mi cabeza ya echaba humo, Manolo Lobato, el técnico que está intentando confeccionarme un programa, dijo que lo del morse era muy complicado y pensó en otro método. Después de estar más de un año esperando el nuevo sistema, no me sirve de mucho.

VIERNES, 16 DE OCTUBRE DE 1998

Bastantes personas están volviéndose locas para que pueda manejar sola el ordenador. Y también son muchas las que me dicen: «¡Si ahora los ordenadores hacen maravillas!» Y no entienden por qué está costando tanto adaptarme un programa.

Pues es muy sencillo de entender: en este «mundo mundial» de la informática hay ya creados muchos sistemas para hacer la vida más fácil a las personas que tienen diferentes tipos de limitaciones y discapacidades. Pero a una especie única como yo, que gracias a Dios está en vías de extinción, no le sirve nada de lo que ya hay inventado. Ejemplo número uno: hay programas para invidentes, pero un invidente puede manejar el teclado con las manos o la voz. Ejemplo número dos: un sordomudo no oye pero ve y también puede usar las manos. Tercer ejemplo: los casos más difíciles son los de las personas con tetraplejia, y estos casos se solucionan con la voz; en caso de que estén traqueotomizadas y no puedan hablar, con un leve movimiento de los labios a base de pequeños soplidos; o, si se prefiere, con el parpadeo de los ojos también se puede manejar el ordenador. Pero en mi caso no se puede contar con un teclado, ni normal ni adaptado; tampoco se puede contar con la voz, porque no la tengo; aunque ojos sí tengo y no se puede decir que estoy ciega, mis párpados no funcionan y mis ojos están paralizados y ulcerados. Así que, para el caso, los tengo pero no me sirven para hechizar a mi ordenador. Lo que sí tengo muy desarrollado es mi coco, pero, desgraciadamente y de momento, estos bichos de ordenadores... por telepatía, ¡ni flores!

Por eso los ingenieros informáticos sólo pueden contar con mi coco, el oído y la rodilla derecha; y ésta únicamente cuando estoy sentada. Como diría Mafalda si me viese: «a la nena no le falta detalle».

El programa que me han hecho consiste en seis bandas en las que están distribuidos el alfabeto y los números. El programa tiene voz y yo, a modo de ratón, tengo un pulsador en la rodilla derecha; debo esperar oír la banda que deseo y, cuando la oigo, pulso con la rodilla; entonces tengo que esperar a oír la letra que quiero; acto seguido, suelo equivocarme, porque el ordenador no me habla claro, pues parece extranjero.

Digamos que el vestido ya está hecho; ahora le faltan los retoques. Eso va a llevar tiempo, mucho tiempo, y yo no puedo esperar; cada nuevo día que amanece y sigo viva es un milagro.

Martes, 20 de octubre de1998

Sé que cada segundo que tengo de vida debo aprovecharlo; por eso, me dio un arrebato de locura literaria y le dije a Elena, mi enfermera: «Mira, vamos a probar un invento; a ver qué tal funciona». Ella sabe que no puedo andarme con muchas explicaciones; así que me dijo: «Tú dirás, jefa». Yo le pedí: «Coge un cuaderno y divide el alfabeto en seis líneas; si tú quieres, puedes ser mi ordenador: te sientas a mi lado y si yo te doy un golpecito con mi rodilla en tu rodilla, tú cantas las letras de la primera línea; cuando yo oiga la letra que quiero, te doy otro; así nos comunicamos».

1	A	E	I	O	U					
2	B	C	CH	D	F					
3	G	H	J	K	L	LL				
4	M	N	Ñ	P	Q					
5	R	RR	S	T	V	W				
6	X	Y	Z	.	,					
7	1	2	3	4	5	6	7	8	9	0

JUEVES, 22 DE OCTUBRE DE 1998

«Vale, venga. Vamos a probar», dijo Elena entusiasmada. Yo pensé para mis adentros: «¡Qué maja!, no sabe lo que se le viene encima: un alud que se llama Olga».

Con este sistema, Elena y yo, con más moral que el Alcoyano, vamos a intentar escribir este libro. Las dos debemos formar un tándem perfecto. Yo tengo que poner mi cabeza, mucha fuerza de voluntad, el alma y los sentimientos; ella todos sus sentidos y paciencia, mucha paciencia, para traducir todo lo que yo le voy transmitiendo. Si Elena no se encargase de este arduo trabajo, todo se quedaría dentro de mi ser y nunca nadie podría leerlo. Es asombroso cómo ella consigue entenderme.

LUNES, 26 DE OCTUBRE DE 1998

Sé cómo voy a empezar el libro; no sé si lograré terminarlo, pero lo que sí tengo claro es que no se va a titular *Voz de metal*; se va a titular *Alma de color salmón*, porque si algo sigo siendo es un alma que, igual que los salmones, debe luchar contra la corriente y esa lucha es la que nos da ese color tan especial.

Escribir mi primera obra, *Voz de Papel,* estando tan enferma, lo consideraron muchos una heroicidad. Por eso, en enero de 1998 me nombraron *Riojana del Año,* después de ser seleccionada para ello. Para la entrega de premios se hizo un acto precioso al que, lógicamente, no pude asistir. Fueron mis padres los que subieron al estrado, donde les entregaron un diploma y una placa en la que se leía: *A Olga Bejano Domínguez, ejemplo de bondad y fe. Logroño, enero de 1998.* Tuvieron que hacer esfuerzos sobrehumanos para contener tanta emoción cuando las más de quinientas personas rompieron en un aplauso que, según me contó un amigo periodista, duró seis minutos y cuarenta y siete segundos, después de leerse un escrito que yo había preparado para la ocasión. Me grabaron el acto y lo conservo como algo muy especial.

Todavía no nos habíamos recuperado del aluvión de cartas, llamadas, visitas y periodistas, cuando vino don Pedro Sanz, Presidente de nuestra Comunidad Autónoma de La Rioja, para notificarme que en el Consejo de Gobierno se me había concedido, junto a don Claudio García Turza, un ilustre hombre de letras, la Medalla de Oro de La Rioja. Este es el máximo galardón que cualquier riojano o riojana puede recibir del Gobierno de la Comunidad. Así, cinco meses después, el 9 de junio de 1998, Día de La Rioja, en un acto solemne celebrado en la cuna del castellano, el Monasterio de San Millán de la Cogolla —que ese mismo día, para orgullo de nuestra lengua, entró a formar parte del Patrimonio de la Humanidad—, se congregaron políticos, autoridades e ilustres invitados, junto a los familiares y amigos de los dos galardonados. Una vez más, yo, que era la protagonista, tuve que quedarme en casa, por el delito de estar enferma.

Estoy tetrapléjica, apenas veo, no puedo hablar, me alimento y respiro de manera artificial y dependo de los demás absolutamente para todo. Mi materia esta presa pero mis pensamientos y sentimientos son libres. Nadie puede pensar o sentir por mí. En eso y sólo en eso soy libre. No faltan los que opinan que soy un vegetal y que mi vida no tiene valor ni sentido, pero un vegetal que piensa y siente puede ser capaz de escribir y hacer pensar y sentir a los demás. Si consigo escribir este libro, no será una heroicidad; a cosas así se las llama milagros.

Soy consciente de que me quedan pocas «pilas», de que tengo poco tiempo; por eso, escribir un libro con esos ingredientes y en estas condiciones es para mí un reto, al filo de lo imposible, que me da fuerza día a día para intentar conseguirlo y no tirar la toalla. La vida es como un baile al que venimos sin invitación y cuando empezamos a ambientarnos llega la hora de marcharnos. Yo estoy en ese baile escribiendo *Alma de color salmón*, pero, igual que Cenicienta, pendiente del reloj, porque sé que cuando el reloj del baile marque mi hora todo se desvanecerá como un hechizo, y no quiero que mi libro se quede sin terminar, tirado en unas escaleras como el zapatito de Cenicienta.

Hace ya tiempo, mucho tiempo, que el viento dejó de soplar en la barca de mi vida; desde entonces vivo remando. Estoy cansada de remar y no llegar a puerto, pero sé que no debo dejarme llevar a la deriva; por tanto, seguiré remando hasta que el faro de Dios vuelva a iluminarme con su Luz. Espero y deseo que la próxima vez que vea esa Luz no tenga que volver y que la Luz del Amor Infinito me envuelva para siempre.

Una de las cosas que me ha dado energía para empezar a escribir mi segundo libro ha sido el apoyo de Elena y la cantidad de cartas de lectores que he recibido; todas preciosas. Una a una las tengo archivadas en una caja de flores expresamente comprada para ellas, y en mi corazón he ido guardándolas también una a una según han ido llegando. Ante la imposibilidad de responder personalmente a mis lectores y lectoras como se merecen, este libro será una respuesta a todos ellos. «¿De dónde sacas la fuerza?», me preguntan. Pues bien, cuento con la fuerza de Dios que vale por tres, por eso de la Santísima Trinidad; con la fuerza de mis lectores, que son muchos; y con mi propia fuerza interior, esa que no me deja caer y me susurra al oído lo importante que es la vida.

II
Así nació «Voz de Papel»

MIÉRCOLES, 4 DE NOVIEMBRE DE 1998

En febrero de 1995 mi hermana Mónica —que hoy está terminando la carrera de psicología en la Universidad Pontificia de Salamanca—, quizá influida por las circunstancias que tenía que vivir, un día, cuando hacía COU en el colegio de los Marianistas de Logroño, al volver de clase me dijo: «Olga, dame diez minutos y ahora vengo». Dejó sus cosas y vino, se sentó en mi cama y giró mi silla de ruedas para estar las dos frente a frente. Empezó diciendo: «Mi querida hermanita: ¿cómo te digo yo esto para que suene bonito? Mira, va a debatirse en clase el tema de la eutanasia y Julio, mi tutor, me ha pedido que te diga si tú quieres escribir algo. Cuando te conoció lo dejaste impresionado y dice que si alguien puede dar un testimonio con peso, esa eres tú. Julio opina que tu cabeza va a la velocidad de la luz, pero tu cuerpo, no —yo pensé para mis adentros:"Es cierto, me muevo menos que el caballo de un fotógrafo"— por eso te lo decimos a tiempo».

Según la iba oyendo, iba poniéndome de mal humor. Llevaba tres días con treinta y nueve de fiebre por una infección respiratoria y lo que menos me apetecía era pensar y escribir; así que mi primera respuesta fue negativa. Pero Mónica, conociéndome, me dijo: «Cuando estés mejor, te lo piensas».

Estaba tan mal que no podía hacer nada de nada y me aburría miserablemente. Como el saber no ocupa lugar, mi coco y yo empezamos a trabajar; me hice un esquema en la cabeza y lo memoricé. A los tres días, en cuanto me bajó la fiebre y recobré un poco de energía, tampoco mucha, escribí un artículo. Así nació mi ya tan famoso artículo sobre la eutanasia. A los dos días de tenerlo escrito vino a visitarme una amiga, Araceli, y mi madre, toda educada, dijo: «¿Me permites que lea a Araceli lo que has escrito?»

Araceli, al leerlo, exclamó: «Sin palabras; espera que se me pase la emoción». Y, secándose las lágrimas, continuó diciendo: «Esto tiene que publicarse, Olga. ¿Por qué no lo envías al periódico *La Rioja*? Es una preciosidad y es una pena si no sale a la luz.

Yo le respondí: «No me importa que se publique, pero para eso hay que corregirlo, presentarlo bien y escribir una carta al director; y, sinceramente, eso, que para una persona normal es una nimiedad, para mí es un esfuerzo impresionante, y por ahora ya he hecho bastante». «Por eso no te preocupes —dijo ella—; si tú me das permiso, yo me encargo de todo».

Y así se hizo. El artículo salió publicado el 13 de marzo de 1995, y me enteré de que había aparecido antes de que llamasen del periódico y de que mi padre trajese la prensa, porque muchas personas llamaron por teléfono a casa.

Viernes, 6 de noviembre de 1998

Fueron muchos los que hicieron fotocopias del artículo del periódico; sobre todo, médicos, enfermeras, profesores y sacerdotes. Lo leyeron en casi todos los colegios de Logroño, tanto públicos como privados, en iglesias y hospitales. Una de tantas copias fue a caer en manos de Conchita, una catequista de la parroquia de Jesuitas; éstos la leyeron en varias misas, y se armó tal revuelo que Conchita me localizó para venir a visitarme, conocerme y contarme.

Hablando, hablando, la tal Conchita resultó ser la tía de mi amiga Edith. Eso le dio confianza y dijo que muchos feligreses les habían comentado a los sacerdotes que la carta era preciosa, pero que era imposible que una joven viviera en esas circunstancias y pensase así.

Jueves, 12 de noviembre de 1998

Ese comentario me produjo una mezcla de rabia y risa y le dije con ironía: «Diles de mi parte que, efectivamente, *pienso, luego existo*». Ella, pronta y bien mandada, así se lo hizo saber. A ellos les hizo mucha gracia, y al enterarse de que, además de existir, vivía muy cerca de su parroquia, llamaron por teléfono a mi casa y hablaron con mi madre. Dos de los jesuitas quedaron para venir a visitarme. Uno de ellos le confesó a mi madre que tenía muchas ganas de conocerme, pero que era muy blando ante el dolor y que le daba miedo, pues no sabía si podría controlarse y si montaría un «numerito». A mi madre le hizo mucha gracia su sinceridad y le explicó cómo estaba yo. Le dijo que, aunque estaba muy malita, no me había abandonado, y seguía siendo igual de exigente que siempre con mi aspecto e higiene personal; que cuando la gente me decía que era muy coqueta, yo les respondía que había dejado de ser un cisne para convertirme en un patito feo, pero limpio. Se echó a reír y dijo: «¡Vale, vale! El viernes a las cinco nos vemos».

Llegó el día de la cita y vinieron dos majísimos jesuitas, Marcelo y José María: el primero era, más o menos, de la edad de mi madre y el segundo de la mía. Cuando entraron en mi habitación, Marcelo tomó la iniciativa, se presentó y presentó a José María, que se había quedado mudito como el enanito de Blancanieves. Mi madre los acomodó y les ofreció un café.

Empezaron a hablar de todo y de nada, hasta que se dieron cuenta de que, detrás de una materia deteriorada, había una cabeza con inteligencia, sentimientos, oído fino y que de una manera especial percibía todo. En un momento determinado observé que a José María le sudaban las manos y estaba poniéndose blanco como la cera.

Lunes, 16 de noviembre de 1998

Se levantó de la silla y se asomó al balcón. Quería disimular, pero era imposible. Todos éramos conscientes de lo mal que lo estaba pasando. Mi madre le dijo que se sentara en mi cama y fue a buscar un vaso de agua. Cuando se sentó, se quedó como el gato Garfield, «desfandangao», y a mí me entró la risa al ver un chico tan grande y tan aprensivo. Marcelo se sentía violento y le dijo dos cosas para reprenderle; lo hizo en voz baja, pero yo lo oí. Mi madre salió en defensa de José María y le explicó a Marcelo que, ni que uno sea hombre ni que sea jesuita, la fobia a la enfermedad es como el que tiene vértigo y no puede evitarlo. José María, al sentirse comprendido y ver que a mí no me ofendía su actitud sino que, por el contrario, me producía risa, fue controlándose y el ambiente recobró su armonía.

«Perdona, Olga, pero yo soy de tu misma edad y, sinceramente, me pongo en tu lugar y creo que no podría ni con un diez por ciento del peso que llevas en tu mochila diaria, cargada de sufrimiento. Eres admirable y un ejemplo de vida para muchos. Por lo menos, para mí y mis alumnos lo estás siendo de una manera que no puedes ni imaginar. Antes de que leyera en mi clase tu carta sobre la eutanasia, el noventa por ciento de los alumnos estaban a favor de ella; después de leerla se hizo un silencio impresionante y la mayoría cambiaron de opinión; los más radicales quedaron vacilantes y fueron muchos los que no pudieron reprimir las lágrimas. ¿Te das cuenta, Olga, del poder que tiene la escritura y a la cantidad de gente que les ha removido los sentimientos? Y todo ello sin salir de tu habitación. Ya sé que estás muy enferma y, después de lo que voy a decirte, a lo mejor me mandas a hacer puñetas, pero ¿no has pensado en dedicarte a escribir? No me refiero sólo a artículos, sino a libros. Tienes dos condimentos esenciales: uno, mucho sufrimiento; y dos, tiempo para interiorizar sentimientos. Si haces un repaso de la historia, las mejores obras pictóricas, musicales, literarias o cinematográficas son fruto del sufrimiento; y tú otra cosa no tendrás, pero tiempo y sufrimiento tienes un rato.»

«Eso mismo pensé yo —le respondí— en mayo de 1987 cuando salí de la UCI y, después de tres meses de ingreso, volví a casa y fui consciente de que le había ganado la batalla a la muerte pero no a la enfermedad, y de que, a partir de entonces, como decía Santa Teresa de Jesús, iba a «vivir sin vivir en mí». Mis amigas nunca me abandonaron. Todas estábamos en edad de salir del nido. Quizá lo más duro fue ver cómo ellas emprendían el vuelo y yo me quedaba en el nido paterno con las alas cortadas. Pensé que lo lógico era que ellas fueran situándose en la vida, como así fue: trabajo, parejas, hijos, ocio. Supe que yo nunca iba a poder hacer y tener nada de lo que ellas hacían y tenían. Me parecía absurdo llorar por algo que no tenía remedio; y no sólo eso: sabía que mi enfermedad no iba a darme ni un segundo de tregua, que cada día iba a ser todo más difícil y que yo vivía de propina. Además de quedarme como me había quedado, estaba atada a unas máquinas y sólo podía salir de casa en una UCI móvil. Tenía que hacer algo para llenar mi vida, sentirme persona y no volverme loca. Entonces le dije a la enfermedad: «Sé que tú al final vas a vencer; pero mientras haces tu trabajo, yo no voy a quedarme pasiva viendo cómo me vas minando, deteriorando y encarcelando. Si lo único que voy a poder hacer en esta vida es escribir, te prometo que no viviré muriendo sino que moriré viviendo y escribiendo». Así que, José María, no te mando a hacer puñetas, porque el libro que me dices que escriba ya está escrito. Empecé a escribirlo en agosto de 1987 y lo terminé ocho años después, en otra casa y en otro agosto, en el de 1995. A pesar de estar muy a gusto en la casa anterior, al convertirse mi habitación en una UCI, nos vimos obligados a cambiar de casa. Como iba diciendo, el libro ya lo tengo, pero no sé que va a ser más difícil, si haberlo escrito o conseguir publicarlo. Para cualquier persona normal es muy complicado; así que para mí, que vivo aislada del mundo, imagínatelo. Me dieron la dirección de cuatro editoriales y les envíe un borrador a cada una. Aunque ninguna de ellas estaba dispuesta a publicarlo, no me desanimé, porque las cuatro me dijeron que mi obra les había encantado, pero ellos no podían publicármela. Una, por falta de presupuesto, y las otras tres porque no encajaba en su estilo editorial. Esto de las editoriales es todo un mundo; yo no tenía ni idea, pero poco a poco voy entendiendo algo. Ya me han dado otras tres direcciones en las que sí puede encajar el libro; a ver si la próxima vez tengo más suerte.»

Entonces me dijo José María: «Olga, estoy quedándome a cuadros con lo que me estás contando. No te prometo nada, pero creo que Marcelo y yo no estamos aquí por casualidad». Y, riéndose, añadió: «Creo que con nuestra visita ha venido Dios a verte. ¿Sabes?, nosotros tenemos una editorial; bueno, Marcelo y yo no, quiero decir la orden de los jesuitas; y uno de mis mejores amigos, compañero de promoción, está en Valladolid, de director de la editorial. Si tú quieres, me dejas un borrador y ya se verá; no sé cuando podré leerlo, porque tengo muchos exámenes que corregir.

Estuvieron como media hora más, y llegó la hora de la despedida. Marcelo volvió a tomar la iniciativa: «Bueno, aquí estamos muy a gusto pero tenemos que marcharnos, que si no llegamos a la cena nos dejan sin cenar. Si te soy sincero, cuando venía de camino a tú casa no sabía con qué iba a encontrarme; pero he de confesarte que salgo nuevo y que no tengo derecho a quejarme de nada; y si lo hago, me acordaré de ti.

José María dijo: «Yo opino lo mismo». Y, riéndose, añadió: «Superada la primera impresión, te prometo que ya nunca más volverá a pasarme lo de esta tarde». «Hala, vamos —dijo Marcelo—; que no se te puede sacar de casa». Y, de esta manera, se marcharon.

Fue una tarde de lo más variopinta en la que hubo de todo; pero al final todos lo pasamos genial. Ellos se fueron encantados de haber venido y yo me quedé feliz de que lo hubiesen hecho. A la mañana siguiente, a las diez en punto, sonó el teléfono y lo cogió mi madre; yo, desde mi cama, le oí decir: «Hombre, José María, ¿qué cuentas? Al oír quién era, me puse alerta y levanté las antenas. Cuando mi madre colgó el teléfono, vino toda entusiasmada a mi habitación y, como me conoce, ya se imaginaba que yo había estado escuchando.

«A ver..., te cuento. Era José María y me ha dicho: «Mari Carmen, me confieso irresponsable: no he corregido ni un solo examen. Después de cenar, mi intención era, simplemente, la de hojear el borrador; pero empecé a leer y me enganchó. Tanto es así, que cuando miré el reloj eran las cinco de la mañana. Ni he corregido, ni he dormido, ni nada; pero estoy entusiasmado. Hacía tiempo que no lloraba, ni reía ni meditaba tanto con un libro. Mi idea era llamar a mi amigo por teléfono, explicarle el tema y mandarle el borrador por correo, pero he sentido tantas cosas al leer ese libro, que he decidido ir yo personalmente; así mato dos pájaros de un tiro: saludo a mi amigo y hago la gestión en persona. Este fin de semana me voy a Valladolid. Ya os contaré».

El lunes llamó supercontento. Le dijo a mi madre que yo recibiría en breve una carta de la editorial *Sal Terrae* con buenas noticias, pero que no me dijera nada para que fuese sorpresa.

A los diez días llegó la tan esperada carta en la que me decían que mi libro les había encantado y que estaban muy gustosos de poder publicarlo, pero se daban un margen de doce meses, pues en la lista de obras que tenían que publicar la mía había llegado la última y, lógicamente, tenía que esperar. Acepté.

A los quince días recibí otra carta que me produjo una alegría aún mayor: me comunicaban que, dado mi estado de salud, habían decidido darle prioridad a mi publicación para que mi esfuerzo se viera recompensado y, antes de irme, pudiera ver mi libro editado. Sentí una paz interior inmensa. ¡Por fin lo había conseguido!

LUNES, 15 DE FEBRERO DE 1999

NOTA ACLARATORIA

Entre el 16 de noviembre de 1998 y hoy, 15 de febrero de 1999, ha transcurrido un período de tiempo en el que el capítulo segundo ha quedado abandonado; y eso requiere una explicación.

En el guión de este libro que tengo organizado en la cabeza había pensado dedicarle un capítulo a mi hermana Mónica. Por eso, decidí alterar mi ritmo de escritura y me vi obligada a darle un período de vacaciones al segundo capítulo. El 22 de febrero iba a ser el cumpleaños de Mónica, por lo que pensé que, si adelantaba su capítulo y lo escribía antes de lo previsto, sería para las dos un detalle inolvidable.

Iba a decir «lo pensé y fue dicho y hecho», pero no fue dicho, porque no tengo voz; y lo de hecho... «no se ganó Zamora en una hora» y el capítulo de Mónica tampoco: nos ha costado casi cuatro meses de lucha. Pero hemos vencido a la enfermedad, a las adversidades y al tiempo.

Escribir en estas condiciones es como intentar comerse un filete de buey sin dientes; y lo que en otro tiempo nos hubiese costado una semana, ahora nos ha exigido casi cuatro meses para veinticuatro folios.

Tengo por delante mucho trabajo, y sé que me quedan pocas «pilas» y poco tiempo. Pero estos ingredientes, en lugar de echarme para atrás, me dan fuerza, porque nunca me han seducido las cosas fáciles. Dicho esto, proseguimos con el capítulo segundo.

* * *

A lo largo de mi evolución y crecimiento personal en esta vida, he podido comprobar que las coincidencias y casualidades no existen por casualidad, valga la redundancia. *Sal Terrae* significa sal de la tierra y *Voz de Papel* era la sal de mi vida. Estaba claro que tenían que ser ellos y no otros los que editasen el libro. Dicha editorial no tiene por costumbre hacer presentaciones de sus libros; pero, en cuanto la gente se enteró de que iban a publicármelo, fueron varias las personas que pusieron manos a la obra para preparar y organizar la presentación, sobre todo, Berta y Araceli, amigas de mi madre y mías.

Por aquellos días, mi lucha por conseguir una asistencia sanitaria domiciliaria estaba en plena efervescencia, pero todavía no había logrado mi propósito. Por eso, mi madre, principalmente, estaba atada a mí las veinticuatro horas del día y no tenía libertad ni tiempo para encargarse de todos los preparativos que conlleva la presentación de un libro. De ahí que Berta y Araceli, junto con otras personas, fueran las que se encargaran de casi todo. A mi madre le dijeron: «Tú no te preocupes de nada; ocúpate de Olga y de los ponentes, y cuando esté todo listo avisas a la gente».

Todo el trabajo que podía hacerse por teléfono se lo dejaron a mi madre; el resto lo hicieron ellas. Así prepararon el Ateneo, hablaron e invitaron a las autoridades y avisaron a la prensa.

Lo de encontrar el lugar adecuado no fue fácil. Se barajaron siete posibilidades, en función de las fechas en que los locales estaban disponibles y de su capacidad; y eso era lo más complicado, pues unos locales eran excesivamente grandes y otros pequeños. Al final se pensó en el Ateneo Riojano, por ser un centro cultural muy apropiado para tal acto y por tener un salón de actos de capacidad media.

Rosa María, la directora del Ateneo, se volcó en atenciones para que todo saliese perfecto y no se le escapó ni un detalle. Como yo no podía asistir, su mayor preocupación era hacerme a mí presente; para ello, me pidió que escribiera algo que ella leería en un momento determinado. También le sugirió a mi madre que hiciese una ampliación de una foto mía para ponerla en un caballete con el fin de que todos, al verme, de alguna manera sintieran mi presencia.

Una vez elegidos el local, los ponentes, la foto, las flores y los escritos, Rosa cayó en un detalle importante: era la pri-

Foto 1: Realizada el 3 de septiembre de 1986, ocho meses antes de entrar en coma. Esta foto fue colocada sobre un caballete en el Ateneo Riojano, el día de la presentación de su libro «Voz de Papel».

mera vez que se hacía la presentación de un libro sin la presencia de la autora, la cual, aunque no había fallecido, no podía asistir; eso tenía como consecuencia no sólo que la gente no iba a poder felicitarme, besarme y abrazarme, sino que yo tampoco iba a poder firmarles con un autógrafo mis libros. Rosa sugirió que se buscase una firma mía y se hiciese un sello. Fue un poco complicado porque llevaba muchos años sin poder firmar y la que se adecuaba más al tamaño del sello era un poco infantil; pero no había dónde elegir. En el sello se puso: Ateneo Riojano, 15 de diciembre de 1997, y la firma de una Olga adolescente. También la editorial hizo unas pegatinas en las que se leía: «Al final, la voz de papel se me ha quebrado y ya ni puedo firmar; pero no quiero dejar de dedicarte el libro con mi amor y mi agradecimiento. Olga. Ateneo Riojano. Logroño, 15 de diciembre de 1997».

Fue un 10 de diciembre de 1997 el día que por primera vez le veía la cara a mi *criatura*; ésta no vino en el pico de una cigüeña sino en los brazos de un cartero que, según me dijo mi madre, era muy guapo y «estaba cachas»; como no puedo salir de mi cuarto, igual que tantas otras cosas que no puedo hacer, me lo perdí.

Martes, 2 de marzo de 1999

Habíamos acordado con la editorial que enviarían doscientos ejemplares para la presentación. Se pensó que doscientos era un buen número, aunque si se hubiesen preparado quinientos, los quinientos se hubiesen vendido; pero el objetivo no era vender el libro, sino presentarlo.

El cartero trajo dos cajas, cada una con cien ejemplares. En cuanto mi madre cerró la puerta, empezó a chillar: «¡Olga, hija! Han llegado tus libros».

Mónica estaba en su habitación; acababa de llegar de Salamanca, pues tenía vacaciones de Navidad y, al oír las voces de mi madre, salió como una loca diciendo: «¡Por fin, voy a conocer a mi *sobrino*!» Y al pasar por mi habitación me dijo: «Olga, voy a ejercer de comadrona y ahora te presento a tu *chiquillo*».

Las primeras en cogerlo fueron mi madre y mi hermana, y luego entraron con él en mi habitación. Mónica dijo: «Mamá, tú levántale los párpados a Olga; yo voy enseñándole el libro. ¡Mira!, pone *Voz de Papel*; ese es el título, por si no lo sabes; y la autora dice que es Olga Bejano Domínguez». Luego me enseñó el prólogo y fue pasando las páginas, una por una: «¡Bueno, qué, hermana! ¿Te gusta?»

Yo estaba emocionada y nerviosa; me sentía muy feliz porque por fin lo había parido, pero me producía tristeza que, siendo yo su madre, no podía cogerlo para observarlo minuciosamente, como era mi deseo. Mónica le dijo a mi madre: «Ahora dirá que es castaño y con ojos verdes, y que ella lo quería rubio y con ojos azules. ¿A que sí, Olga? Aunque soy tu hermana, te conozco como si te hubiera parido yo a ti».

Todas las madres dicen que sus hijos son los más guapos y listos de todos, aunque sean los más feos y tontos; pero yo no soy como todas las madres, y reconozco que mi hijo es precioso pero no perfecto; tiene dos defectillos: a su madre, que soy yo, le hubiera gustado que la portada fuera de color salmón y la pluma que hay en ella, blanca; ...

Miércoles, 3 de marzo de 1999

... y la carta sobre la eutanasia no la han incluido al final del libro, como habíamos acordado. Al darme cuenta de que dicha carta se había quedado sin editar, automáticamente se nubló mi alegría, me entró mala uva y, de rabia, se me cayeron dos lágrimas. Mi madre, en principio, pensó que eran de emoción; pero, en cuanto pude hacerme entender, se dio cuenta de que yo me dirigía a ella con un «cabreo como el de una mona». En su día, mi madre y yo tuvimos una discusión y, como casi siempre, el tiempo me daba la razón.

En el proceso de escribir el libro, Dios me fue poniendo en cada momento a las personas que fui necesitando. A mi amigo Jesús Bonet...

Jueves, 4 de marzo de 1999

... le tocó quizás la parte más dura y pesada. Mi libro fue un proceso en cadena: yo era el motor, pero poco a poco fueron sumándose piezas, y llegó un momento en que todos formábamos un equipo tan especial que uno sin el otro no éramos mucho, pero unidos lo éramos todo. Así, Alina cogía mis capítulos manuscritos y se los daba a sus hijas; Lourdes, con ayuda de Alina y Marta, los iba pasando a máquina; esa era la primera pieza. La segunda fue mi amiga Cristina Díaz, que llevaba cuatro años viviendo en Madrid, felizmente casada; no disponía de un segundo libre, porque tenía que trabajar nueve horas fuera de casa, más una hora de ida y otra de vuelta al trabajo; y todo ello estando embarazada, además de las tareas propias del hogar. Me dijo: «Yo sola puedo parir a mi hijo o —como tú dices que va a ser niña— a mi hija; pero a ti, si no te ayudamos, no podrás parir tu libro. Yo voy a ser madre primeriza y quiero que mi amiga Olga sea una primeriza escritora; así que tú mándame los capítulos por correo y yo voy metiéndolos en el ordenador». Mi buena amiga Cristina, a la vez que gestaba a su niña, dedicó tantas horas al ordenador que mi niño era tan suyo como mío, y así casi a la vez nacieron su hija Marina y mi libro *Voz de Papel*.

La editorial me pidió que, además del borrador, le enviara el libro en un disquete de ordenador perfectamente corregido. Y ahí entraba la tercera pieza, Jesús Bonet.

A casi todas las personas que de una u otra manera influyen y afectan a mi vida suelo ponerles un mote. A mi amigo José Luis Lacosta, que al principio de la enfermedad era uno de mis otorrinos y con el tiempo ha pasado a ser uno de mis mejores amigos, le tocó el de *Gonso*, uno de los personajes de los teleñecos. José Luis, físicamente, tiene la nariz igual que *Gonso* y el carácter bueno, sensible, tímido y simpático. Gracias a Dios, cuando se enteró no se enfadó, sino que le gustó su apodo. Y, como iba diciendo, mi amigo *Gonsito*, vino a visitarme; le comenté que necesitaba una persona que hiciera la corrección final del libro. Él se quedó pensativo y dijo: «Creo que tengo a la persona ideal; conozco a un tal Bonet, escolapio, psicólogo y profesor. Intelectualmente, está muy preparado y, humanamente, se le puede definir, en dos palabras, como hombre de bien. Lo conozco porque los dos colaboramos en el Comité Antisida. Esta misma tarde voy a estar con él y le comentaré el tema. Creo que dirá que sí, pero no estoy seguro, porque es un hombre super ocupado. Esta noche te llamo».

Por la noche llamó, como había quedado, y la respuesta fue afirmativa. Así nació entre Jesús y yo una estrecha amistad. Él pasó prácticamente todo el verano corrigiendo puntos, comas, acentos, verbos, etc., etc. Cuando terminó, se lo pasó a *Gonso* y éste repasó los términos médicos. Por último, me lo dieron a mí. Así que para cuando el libro salió editado había dado más vueltas que una noria, de mano en mano y de ordenador en ordenador.

Al hacerme entrega Jesús del disquete, me advirtió: «Cuando lo envíes a la editorial, diles que la carta de la eutanasia está en otro archivo. En primer lugar está todo el libro; después, la carta aparte. Si no se lo dices, a lo mejor no lo ven».

Siguiendo las instrucciones de Jesús Bonet, al enviar todo a la editorial puse una posdata aclaratoria. Pero tengo un gran defecto: soy muy perfeccionista y no me gusta dejar ningún cabo suelto. Por eso, un día le dije a mi madre: «Hazme el favor de llamar a la editorial». Respuesta de mi madre: «¿Para qué quieres que les llame?» «Quiero asegurarme de que han visto la carta. También me gustaría saber cómo van a diseñar la portada y si saben más o menos cuándo va a salir». A lo cual mi madre me contestó: «No considero necesaria esa llamada. Que nos controles a los de casa es una cosa; y a la editorial, otra. ¿Tú te crees que son tontos, o qué?» «No, mamá, no son tontos; son humanos y los humanos se despistan. Parece mentira que discutas conmigo cuando tú eres la despistada número uno. No te he pedido tu opinión. Yo no puedo llamar; sencillamente te pido que seas mi portavoz y, si lo hicieses, no tendríamos que discutir». «Pues lo siento mucho, pero no voy a llamar». «Como yo dependo de ti, tú ganas; pero si la carta se queda sin publicar no será por mi culpa». Sentí mucha impotencia y me dije: «¿Qué hace una chica como tú en un cuerpo como éste?»

Viernes, 5 de marzo de 1999

Por eso, cuando vi que la portada del libro no era color salmón y que la carta no estaba, sentí ganas de morder a mi madre y me dolía la vida por tener que depender de los demás por todo y para todo. Pensé: «Si yo hubiese podido hablar con los de la editorial, esto no hubiese pasado».

Mónica me dijo: «Ya no hay remedio; así que no pierdas energías con cabreos. Escribe otro libro y le pones la portada salmón y a la carta le dedicas un capítulo». Yo le respondí: «¡Qué fácilmente se dice eso, guapa! Todavía estoy con los dolores del parto y me dices que vaya a por otro. Te aconsejo que te quites de delante de mí, porque, con la fuerza que me queda en la pierna, todavía puedo darte una patada en el culo». «¡Vale, vale! No lo dudo, me quito. En su día te pedí que escribieses la carta sobre la eutanasia y me dijiste que no, pero la escribiste; así que si ahora dices que no vas a escribir otro libro, ... no sé cuando, pero dentro de un tiempo, tendré otro *sobrino*». «¡Vale, peque, lo que tú digas! De momento, ya puedes empezar a cuidar de éste», le dije.

Entonces llegó Berta. Ella fue la primera en ver el libro, aparte de mi familia. Lo hojeó y exclamó: «¡Uy, qué pena! No está la carta sobre la eutanasia». Mónica empezó a reír y le dijo: «Has dado en hueso, guapa». Y le contó todo. Berta, muy resuelta, dijo: «No te preocupes, Olga. Vamos a hacer trescientas fotocopias; doscientas las meteremos, una por una, en cada libro; las otras cien las dejaremos a mano del público para que coja quien quiera. Ya sé que los que se vendan en las librerías saldrán sin la copia de la carta, pero opino igual que tu hermana: escribe otro libro y todo solucionado. ¡Pues menuda eres tú! ¡Como para irte al otro lado sin dejar las cosas a tu gusto!» Berta es una mujer alegre, fuerte y vital; uno tiene que reírse con ella, aunque no quiera. Así que soltamos unas risas y a mí se me pasó el mosqueo. Mi madre, Berta y Mónica dejaron a mi padre de canguro a mi cuidado y se fueron con los libros al Ateneo Riojano.

Tuvimos la suerte de que allí había unos chicos encantadores que estaban haciendo la prestación sustitutoria del servicio militar como objetores de conciencia y ellos se encargaron de poner en cada libro el sello, la pegatina y una fotocopia de la carta; además, el día de la presentación ayudaron a vender los libros.

El 13 de diciembre de 1997 llamaron a casa desde el periódico *La Rioja*. Querían venir para hacerme una entrevista. Tuvieron que olvidarse de su estrés y adaptarse a mis horarios y condiciones físicas. Yo pensé que sólo vendrían a conocerme y que me harían tres o cuatro preguntas para redactar una pequeña reseña sobre la presentación, pero me equivoqué. Vinieron dos periodistas, chica y chico. El chico era fotógrafo y yo lo conocía por dos motivos: porque yo era amiga de su hermano mayor y porque muchas veces habíamos ido a esquiar juntos. Él era entonces un crío y ahora no me recordaba; pero yo a él sí. Entonces le enseñé fotos, y cuando me vio se quedó a cuadros.

LUNES, 8 DE MARZO DE 1999

Al principio, al verme, se quedaron impresionados, pero en seguida tomé la iniciativa y rompí el hielo. Empezamos a hablar de conocidos, de las vueltas que da la vida y de los viejos tiempos. Me pusieron al corriente de un montón de cosas y personas; así que cuando la periodista empezó la entrevista, ni ella estaba cohibida ni yo cortada; parecía que nos conocíamos de toda la vida. Y así comenzó esta entrevista:

Domingo, 14 de diciembre de 1997
Olga Bejano, autora del libro «Voz de Papel»

VOZ DE PAPEL Y VOLUNTAD DE HIERRO

Olga es inteligente, presumida, temperamental; es luchadora, vital, amiga de sus amigos, amante de los deportes al aire libre y no oculta su debilidad por los sanos «cotilleos». Hasta aquí, cualidades que a nadie extrañan en una mujer de 34 años.

Lo que ya no resulta tan habitual es que Olga transmita esta vitalidad desde una silla de ruedas, su único medio de movimiento desde hace más de 12 años.

No es corriente que mime con coquetería su cuerpo, unido mediante tubos a las máquinas que le ayudan a respirar, a alimentarse, a aspirar sus secreciones.

Sorprende que manifieste su temperamento con agitados movimientos de cabeza o patadas al aire con su pierna derecha. En pocas partes más de su cuerpo conserva el movimiento y la fuerza; por supuesto, no habla.

Tampoco es infrecuente que insista en sus reivindicaciones, que luche por lo que cree que es justo a golpe de rotulador y «chinitos». Y digo a golpe, porque la escasa fuerza de su mano derecha sólo le permite escribir torpes letras, una sobre otra, que su familia —y, sobre todo, su madre— traduce siguiendo el movimiento del rotulador, hasta hace dos días los labios de Olga.

Ahora la técnica se ha puesto de su parte y acaba de recibir un ordenador que traducirá los golpes de su pierna a lenguaje escrito. Para ello deberá aprender morse, un reto al que se enfrenta impaciente.

Comenzó como una terapia

Poco parece cuadrar en la existencia de Olga Bejano y, sin embargo, para ella las cosas están claras. No dejará de luchar mientras viva, pero tampoco le tiene miedo a la muerte.

Según sus palabras, lleva «doce años como las raíces de los árboles, oculta a los ojos de la gente; pero a mi manera también voy dando mis frutos».

Uno de estos frutos es el libro «Voz de Papel», que, tras muchos años de borrones y lenta escritura, saldrá mañana al mercado, tanto riojano como nacional y latinoamericano, a través de la editorial Sal Terrae.

Carmen, su madre, hará la presentación oficial de este testimonio escrito, que comenzó como una terapia para Olga —ante su negativa a recibir ayuda psicológica— y acabó sacando a la luz su faceta literaria.

Curiosamente, la «Voz de Papel» de Olga en absoluto es dramática, catastrofista o triste; muy al contrario, se envuelve en gran frescura, imaginación, agilidad e incluso humor para contar sus experiencias, sentimientos y pensamientos. Incluso osa relatar los muchos motivos que ella ve para ser feliz.

Esta «Voz de Papel» probablemente tenga continuidad en otras publicaciones, ya que argumentos no le faltan, y, como dice Carmen, «no sabes lo llena que está esta casa de situaciones».

La autora ya especula sobre el título del próximo libro; quizá «Voz de Metal», porque para entonces no será el cuaderno, sino el ordenador, su vehículo de expresión.

A partir de mañana, Olga Bejano no podrá volver a decir que «mi voz de papel sólo la oye mi madre y Ana» (la mujer que también le atiende).

Asistencia digna, un derecho

Pero ¿cuál es la realidad que sustenta este libro? Una enfermedad neuromuscular grave, desconocida, progresiva y sin ningún tratamiento.

Las palabras/letras de Olga explican que «a los trece años fui operada de apendicitis; parece ser que la anestesia me dañó el sistema nervioso central afectando a mis músculos. Hasta los veintitrés años pude llevar una vida normal; estudiaba, ligaba, esquiaba,... Ilusiones y proyectos no me faltaban. Pero en mayo de 1987 mi glotis se paralizó y tuve una parada cardiaca por asfixia; estuve durante minutos clínicamente muerta, quedándome luego en coma. En ese momento más de uno no apostaba por mí; pero yo, por llevar la contraria, salí del coma y seguí viva. Desde entonces vivo sin poder hablar, comer, ni respirar y sin apenas movimiento en mi cuerpo». Y entonces supo que no podía trabajar en aquello que había estudiado con brillantes calificaciones, Arte y Decoración, e incluso tuvo que dejar la fotografía tras finalizar su carrera en Madrid. Pero no tiró la toalla, sino que su espíritu luchador se reorientó, con más fuerza si cabe, en otras direcciones. Actualmente batalla no sólo con su enfermedad, sino con toda la problemática que esta genera.

«No opino —como dicen los médicos— que estoy mejor en casa. Mi habitación está transformada en UCI y mi familia en equipo médico; no es justo. Tengo derecho a una asistencia digna y mi familia a una vida normal.»

Por eso, no parará hasta que la administración sanitaria ponga a su servicio el personal especializado que le atienda día y noche, por turnos, y logre librar a su familia, sobre todo a su madre, de estar las veinticuatro horas del día pendiente de ella.

De conseguir esto, ¿por qué continuará luchando? «Por que lo logren las personas que están en mi misma situación», apunta sobre el papel con lenta pero firme escritura.

Demasiado lentamente y tras insistentes peticiones a la administración, en casa de Olga se van consiguiendo las cosas que ella considera justas e imprescindibles como paciente. Alguno de los modernos aparatos que tiene han sustituido a máquinas rudimentarias, ideadas en su día por su padre, ante la falta de los medios necesarios. El carácter de Olga Bejano explica ese arrojo con el que afronta la vida y que podría resumirse en una de sus frases: «La depresión me parece una pér-

dida de tiempo». «Tengo motivos suficientes para pasarme las veinticuatro horas del día llorando, pero las lágrimas no son fértiles, y las pocas energías que tengo prefiero consumirlas creando que llorando».

Pero en ese carácter —luchador, optimista y vital— no acaba todo. Su más importante baza es una profunda fe católica, que ella reconoce sin remilgos y expresa con gran belleza: «tengo fe suficiente para saber que nosotros somos piezas de un tablero de ajedrez y Dios sólo las mueve para ganar».

Aunque siempre vivió en un ambiente familiar religioso, para Olga fue definitiva una experiencia, la del famoso «túnel», que vivió mientras se encontraba en coma. Explica —a través de su madre— cómo entonces experimentó la mayor sensación de bienestar, indescriptible con palabras y de la que no le hubiera importado no regresar. Pero estaba claro que su hora no había llegado. «Fíjate qué buena soy que, sin querer volver, lo hice al oír los gritos desgarradores de mi hermano Javier», escribe Olga con sorna mientras Carmen relata la vivencia de su hija.

Este asunto, el de su enfermedad, o sus propios sentimientos,...; no hay cuestiones tabú para Olga y para su familia. De todo hablan con normalidad, sencillez e incluso con más humor de aquel al que las circunstancias cotidianas nos tienen habituados. Y es que han aprendido, por fuerza, a desdramatizar y a reírse de esos otros problemas que traen de cabeza a la gran mayoría.

Lucho por ganar mis derechos

A Olga Bejano le encanta saber de la gente de su entorno, de los amigos y de qué ha sido de aquellos conocidos de los años infantiles y adolescentes. Conserva una memoria prodigiosa que engorda con los datos y anécdotas que ahora le cuentan las visitas. Más allá de su entorno inmediato, se interesa por los medios informativos (sobre todo la televisión) para estar al día, especialmente en temas políticos y sociales.

Aunque de los políticos se fía poco cuando salen a la luz sus actuaciones menos recomendables. Le indignan las injusticias sociales. Y, si de cuestiones más triviales se trata, no oculta su admiración por el personaje televisivo Galindo.

«Interiormente, Olga, ¿se gusta a sí misma?»
«Me gusto mucho más que antes.»

«¿Y qué se cuenta o de qué habla cuando está sola?»
«Me admiro de todo lo que estoy siendo capaz de sobrellevar.

«Gracias, fundamentalmente, a la fe.»
«Eso es indiscutible.»

«¿Qué otros motivos le ayudan a seguir adelante?»
«La lucha por conseguir mis derechos.»

«¿Qué es lo que más echa en falta en este momento?»
«Esquiar, patinar sobre hielo y pasear por las calles, el campo o el mar.»

«¿Qué es en lo que más ha cambiado tras caer enferma?»
«En todo. Antes no tenía la seguridad de la existencia del más allá.»

Sin embargo, el cambio de personalidad no debe ser tan acusado cuando su madre asegura que Olga mantiene el mismo carácter fuerte que de pequeña. Para ella «todo tiene que estar limpio, ordenado, hay que ser puntual...»

MARTES, 9 DE MARZO DE 1999

Entre Teresa y Paula

Otras pinceladas que dibujan a Olga hablan de su admiración por Madre Teresa de Calcuta, de su afición por la música y la lectura —actualmente está con el libro «Paula», de Isabel Allende— y de una sincera ilusión por la reciente declaración de Yuso y Suso como Patrimonio de la Humanidad.

Lo que peor lleva es tener que depender de alguien; de ahí su enconada lucha por disponer de personal sanitario y liberar de esta continua atención a su madre, para la que no escatima su taco favorito, «gilipollas».

El domingo, cuando mi padre subió el periódico, todos estábamos en la cama y le oímos exclamar: «¡Menuda entrevista tan bonita le han publicado a Olga! ¡Hija de mi vida! A doble página, nada más y nada menos». Mi madre se levantó movida por la curiosidad y me dijo: «Voy a desayunar y luego te la leo».

Como yo no podía dar un salto de la cama, tuve que controlar mi impaciencia y curiosidad, y esperar. En los últimos doce años ese es el sino de mi vida, esperar a que me hagan, esperar a que me digan, esperar a que me entiendan, etc., etc.

«¡Cómo se nota que el fotógrafo era tu amigo! —dijo mi padre—. Ha hecho unas fotos delicadísimas, respetando tu deterioro físico. Se te ve el cuerpo, la silla y los aparatos; pero la cara te la tapa el cuerpo de mamá. Todo un detalle por su parte, no sólo como persona, sino también como profesional.»

Cuando pude ver las fotos, me gustaron y la entrevista también, pero me di cuenta de que había de tener mucho cuidado con lo que les decía a los periodistas. Al final de dicha entrevista, después de casi dos horas, ya estaba yo muy cansada y la periodista me preguntó: «¿Cuando tengas el ordenador qué va a ser lo primero que vas a escribir?» «Y mi respuesta fue: tacos. Pero no concreté cuales. Yo, toda fina y diplomática; pero mi madre, muy simpática, añadió: «La nena, cuando se enfada, su lindeza favorita, dirigida hacia mí, suele ser "gilipollas"».

La periodista y mi madre se partieron de risa; a mí no me hizo ninguna gracia, porque, como no soy tonta y trabajé en los medios de comunicación, sabía que la periodista iba a ponerlo. Cuando se fueron, le dije a mi madre: «Pareces tonta. Verás qué simpática va a quedar tu gracia». Y cuando me leyó el último punto de la entrevista, me dio un ataque de risa; no pude evitarlo y le dije: «¡gilipollas!»

El periódico *La Rioja* lo lee el noventa por ciento de los riojanos, no sólo en Logroño, la capital, sino también en los pueblos, y más en domingo. Mi situación era conocida por familiares, amigos y conocidos íntimos, pero había mucha gente que, sin tener amistad o relación directa conmigo, me conocía de vista, y, al no verme, llevaba tiempo preguntándose: «¿Qué habrá sido de esa chica?»

Cuando me veían, unos decían: «Yo sabía que estaba muy grave y pensé que ya se habría muerto». Otros no sabían nada de mi enfermedad y suponían que vivía fuera. Otros daban por hecho que me había casado y que estaba en Madrid. La realidad es que yo llevaba doce años como un «cuco», sin salir de mi habitación y, de repente, todo el mundo hablaba de mí.

El teléfono no dejaba de sonar; llegó a un punto en que se hacía insoportable y tuvimos que desconectarlo. «Papá oso» no hacía más que protestar y Mónica la estaba gozando metiéndose con él. «Juanma, ese es el precio de la fama. ¡Verás mañana en la presentación del libro!» «Yo mañana no voy a ver nada.» «"Papá oso" va a quedarse de canguro cuidando a la escritora.» «¡Pero qué "morro" tienes de "oso hormiguero"!» «Puedes llamarme lo que quieras, pero alguien tiene que quedarse con tu hermana; y yo, en ese tipo de actos, sé que me voy a echar a llorar y no valgo. Tu madre tiene más entereza; hablando en público, yo tartamudeo y ella se siente como pez en el agua.»

Por fin, llegó el tan esperado día 15 de diciembre. Mi amiga Gloria me dijo en broma: «Hija, tú no te has casado; pero esto de presentar un libro es casi tan complicado como preparar una boda». «Y que lo digas —le respondí—; y, como yo no puedo asistir, siento que me falta algo. Soy una escritora de verdad, pero me siento como de juguete o, poniendo el símil con las bodas, soy una novia que se casa por poderes.» «Eres la "monda", comentó ella. He vivido tu enfermedad desde el principio, y siempre en tus momentos tristes pones una nota de humor. Me encanta. Seguro que si yo estuviese en tu lugar estaría llorando a moco tendido por no poder asistir a la presentación; pero tú siempre llevas la procesión por dentro. No te preocupes, mis hermanas y yo vamos a estar "al loro" de todo. Luego te contaré quién ha ido, cómo iba vestido, qué decía etc. etc. Pero creo que vas a tener una sorpresa y vas a poder verlo. Y ya me callo, porque voy a meter la pata.»

Jueves, 11 de marzo de 1999

El 15 de diciembre de 1997 la ciudad de Logroño amaneció preciosa: toda nevada, parecía una postal de Navidad. José María, el jesuita, había sido trasladado a un colegio de Burgos; mi madre lo tenía al corriente y le avisó, pero no para ponerle en el compromiso de que viniese. Por la mañana llamó para decir que venía. Si la nevada en Logroño era importante, en Burgos era impresionante, y mi madre le dijo: «José Mari no seas imprudente, que vas a matarte con el coche». «Carmen, yo no me pierdo eso ni loco. No sé si llegaré con cadenas o "a gatas", pero yo llego.» Y, como dijo, llegó. Me hizo una ilusión enorme.

Otro jesuita, el P. Jesús García Abril, director literario de *Sal Terrae*, hizo otra hazaña y vino desde Santander. En un puerto de montaña casi se queda «tirado». Sin duda alguna, ese día los ángeles de la guarda tuvieron mucho trabajo pero, a pesar de las dificultades, todos llegaron a tiempo y a ninguno le pasó nada.

El director de la editorial había leído mi borrador y decidió publicar el libro. Muchas veces había hablado con mis padres por teléfono, pero a mí personalmente no me conocía; por eso, vino dos horas antes para conocerme y estar un poco conmigo. Cuando llegó me dijo: «Venía cansado y helado de frío; al verte me he quedado más helado todavía. Pero a los cinco minutos de estar en tu habitación he empezado a sentir ese calor humano que desprendes; es algo tan especial y son tantas las cosas que estoy sintiendo al verte ... —entonces se emocionó—. Perdona, Olga, pero no he podido evitarlo. Hace pocas horas los de ETA han matado a tres personas; a lo mejor, si te conociesen a ti no volverían a empuñar una pistola, porque conocerte a ti es entender y valorar la vida...» Y volvió a emocionarse.

Descansó un rato, se tomó un café y llegó la hora. Se despidió emocionado y feliz de haberme conocido; y se fueron él, mi madre y mis hermanos. Mi padre y yo nos quedamos solitos en casa, impacientes, deseando que todo acabase para que nos lo contaran. Ya se sabe que el que espera desespera y el que anda no puede hacer más.

Cuando llegaron al Ateneo, éste se hallaba vacío; sólo se encontraban Rosa —la directora—, los ponentes y los objetores de conciencia. Unos y otros fueron presentándose, saludándose, entrando en ambiente y ultimando detalles.

Por protocolo, se había invitado a las autoridades. La presentación del libro coincidió con otro acto importante; así que aquellas, tuvieron que dividirse. Recibí una carta del Presidente de la Comunidad Autónoma de La Rioja, don Pedro Sanz , y varias más, una de la senadora doña Isabel San Baldomero, otra de la directora de Bienestar Social, doña Sagrario Loza, y otras de varios concejales; todos ellos, disculpándose por no poder asistir.

Quienes sí pudieron acudir fueron el alcalde, don José Luis Bermejo, la concejala y amiga mía, doña María Teresa Hernández, el director del Instituto de Estudios Riojanos, don Julio Fernández Sevilla, y otras autoridades y personalidades de la vida social y cultural de Logroño.

En la presidencia del Salón de Actos había una mesa de unos seis o siete metros de largo. Rosa la había preparado sin dejarse un detalle: en medio había un centro de flores precioso; a cada ponente le correspondía un micrófono, un botellín y un vaso de agua; también había colocados cinco o seis libros en posición vertical, para que los medios de comunicación pudieran captar sin dificultad en sus imágenes la portada del libro.

La mesa estaba encima de una tarima de madera, elevada unos centímetros del suelo, y al fondo, en la pared, unas letras grandes donde se leía: Ateneo Riojano. Debajo, al lado izquierdo de la mesa, habían colocado un caballete con la ampliación de una foto mía. Esa fotografía había sido hecha el 3 de septiembre de 1986, ocho meses antes de caer en coma: los cuatros hermanos nos hicimos una foto de estudio para las bodas de plata de mis padres, y esa fue la última foto que me hice siendo una joven normal; por eso le tengo un cariño especial. No quise poner una foto de mi imagen actual deteriorada; no porque no acepte mi situación, que la tengo muy asumida, sino porque sinceramente no me reconozco.

Como bien me dijo mi amiga Gloria, yo nunca exteriorizo demasiado mis sentimientos y, aunque no decía nada, estaba muy triste por no poder asistir a la presentación de mi libro. Y repito, mi libro; gracias a mí estaba en el mundo y en las librerías; yo lo había gestado y parido y, siendo su madre, tenía que quedarme en casa, en la cama, sin poder ir a su bautizo.

Muchas personas supusieron que yo iba a sentir lo que estaba sintiendo; por ello, una amiga de mi madre, Rosa, que es fotógrafa y es propietaria de los Estudios Jalón Ángel —que quizás sean los más antiguos y con más prestigio de Logroño— le dijo a mi madre: «Voy a mandar a mi hijo con un equipo de vídeo para que grabe todo el acto. Se lo regalo a Olga de mil amores; ese será mi granito de arena. Por mucho que le contemos, más vale una imagen que mil palabras».

A pesar de ser un lunes, a las ocho de la tarde, un día desapacible de invierno y después de una buena nevada, comenzó a llegar gente, gente y gente. Se llenaron la sala, los pasillos y la escalera; incluso hubo quien se quedó en la puerta esperando a que todo terminase para poder entrar.

La directora del Ateneo no había conocido en la historia del mismo otro lleno igual. Fue algo impresionante que al día siguiente destacaron todos los medios de comunicación. Rosa, la directora, se disponía a empezar; pero tenía que parar, porque no dejaban de entrar personas. Allí estaban como piojos en costura. Fueron muchos los que se quedaron sin sitio, pero nadie protestaba; era superior la armonía y el calor humano y todos aguantaron como leones.

Rosa estaba colocada en medio de la mesa. Se presentó y presentó a los ponentes. Hizo una introducción preciosa:

LUNES, 15 DE MARZO DE 1999

«Bienvenidos, amigos todos, a la presentación de este libro «Voz de Papel», de Olga Bejano. Buenas tardes, Olga. Encantados de recibirte en el Ateneo. Sabes que has elegido un lugar estupendo para la presentación de tu libro. Es tu hermosa y nueva criatura este libro que vienes a bautizar aquí, porque entre los objetivos que tiene el Ateneo está la creación y difusión de la cultura, y la cultura es el resultado de un esfuerzo personal para ir ascendiendo, para ir superándose, para ir creciendo en valores, y eso es lo que tú haces todos los días, Olga, en cada uno de tus amaneceres. Tú luchas por la vida y por tus derechos, intentas superarte cada vez más, intentas crecer en la fe en Dios y en los demás, en la esperanza y en el amor. Por eso, te recibimos todos nosotros con este calor, con nuestra simpatía, nuestro amor y nuestro cariño: por lo que haces, por lo que representas y por el testimonio que das en tu libro. No dudes que este libro, Olga, va a impactar en los lectores; tus lectores, por medio del libro, van a tener un punto de apoyo, una referencia sólida y vital para ir desarrollando su propia personalidad, para ir creciendo a través de él, contigo, en auténticos valores. Por esto, Olga, te damos las gracias y con un beso muy fuerte y un cálido aplauso te lo agra-

decemos todos. Yo quería decirles que tenía preparada, digamos entre comillas, «esta pequeña introducción» para un sencillo homenaje a Olga, pero su madre, Mari Carmen, que está aquí sentada con nosotros, me ha traído una introducción de la propia Olga y yo voy a leerla para todos ustedes». Esto dice Olga:

«Buenas tardes, autoridades, familiares y amigos: a todos, gracias por vuestra presencia en un día tan especial para mí. Aunque no puedo estar presente, como los sentimientos no tienen limitaciones, puedo sentiros a todos en mi corazón.

Este libro ha tenido una gestación muy larga y un parto doloroso, pero ahora que mi obra ha visto la luz, doy por buenas todas las fatigas.

Escribir un libro no es fácil para nadie; que lo publiquen, mucho menos; y en mi situación, no os lo podéis ni imaginar. Pero no he estado sola; Dios me ha ido poniendo en cada momento las personas que he ido necesitando; todas ellas son excelentes; no sé si conscientes de la gran labor que han hecho. También quiero agradecer a la editorial Sal Terrae que se haya hecho cargo de su publicación respetando mi obra al máximo.

Este libro no podía llevar otro título, pues son casi once años comunicándome a través del papel.

Ahora podré hacerlo a través de un ordenador con voz y quién sabe si podré escribir otro libro... Si lo consigo, el título ya lo tengo: «Voz de Metal».

Espero y deseo que cada persona que lea el libro disfrute por unas horas de lo que a mí me ha costado escribir años. A pesar de las dificultades, nunca tiré la toalla, aunque confieso que en más de una ocasión tuve ganas, porque el día que yo tenía duende no tenía fuerzas, y viceversa. Pero en el fondo de mi alma alguien me decía que este día iba a llegar. La mejor recompensa que puedo obtener es que el libro se lea y haga bien.

Un saludo, con cariño, a todos los que me han ayudado, a todos los que han hecho posible este acto y a los presentes. Gracias. Olga Bejano.»

A medida que Rosa iba leyendo mi escrito, se notaba que iba haciendo esfuerzos para no emocionarse. Cuando estaba llegando al final, a punto de romperse, se detuvo unos segundos para no hacerlo y consiguió leer el escrito como toda una profesional. Al finalizar, el público dedicó un aplauso más largo de lo normal; les había gustado mucho mi escrito y el aplauso se alargó en agradecimiento al esfuerzo que había hecho Rosa para leerlo y yo para escribirlo. Cuando terminó, cedió la palabra a Jesús Bonet; lo presentó como psicólogo y encargado de las últimas correcciones del libro.

Sería muy largo escribir todo lo que dijeron cada uno de los ponentes. Eso, por una parte; y por otra, como soy yo la que tengo que narrarlo,...: a una, desde niña, le enseñaron a ser humilde, y me da vergüenza repetir las cosas tan bonitas que dijeron de mí; pero, como mis lectores en sus cartas me piden que les cuente todo, haré un esfuerzo y escribiré algunos retazos de lo que dijo cada uno. Empezaré por Jesús Bonet, que fue el primero. Dijo:

«Me han presentado como psicólogo, pero, en realidad, el motivo por el que estoy aquí tiene poco que ver con mi profesión, porque mi aportación ha sido la de realizar la corrección final del libro. A ello he dedicado prácticamente todo el verano; las horas de trabajo han sido muchas, pero ya le dije a Olga que esas han sido las vacaciones mejor aprovechadas de mi vida. Voy a contar un par de experiencias que he tenido al hacer este trabajo. Para empezar, he de confesaros que más de dos y tres veces, delante de la pantalla del ordenador, se me han caído las lágrimas al leer, y no solamente leer sino pensar, lo que Olga estaba diciendo. Cuando leáis el libro veréis que refleja un cúmulo de experiencias de dolor, unas veces compartidas con personas que estaban en su misma habitación, otras veces a solas cuando estaba en la UCI y otras veces en su casa, con la experiencia de hacer frente a algo que no tenía vuelta de hoja.

La segunda experiencia que he tenido ha sido la de descubrir la vivencia de una persona real, que no es lo mismo que la de un personaje de novela; el descubrir lo que es el «ser» persona en una época en que estamos muy acostumbrados a captar y a medir lo que es el «tener» y el «hacer»; el libro de Olga habla, fundamentalmente, sobre el sentido del «ser».

El tono de la obra lo da Olga en el prólogo y en el capítulo final: ¿A quiénes llama ella «almas de color salmón»? A aquellas que son capaces de hacer como los salmones: remontar la corriente de los ríos, superando todo tipo de dificultades, para desovar, para originar vida en la cabecera del río. Por eso, ella se considera una de esas almas de color salmón capaces de luchar contra la corriente de la vida —que a veces es durísima—, capaces de vencer saltos enormes dentro del torrente, pero capaces también, después de esa lucha, de dar vida. Por ese motivo dice en el último capítulo: «Si por algo es tan bonita de color y tan sabrosa la carne del salmón es porque ha sabido luchar contra la corriente y dar vida».

Dicho esto, se emocionó y, tras contar una experiencia con sus alumnos sobre lo que opinaban de la vida antes y después de oír hablar de mí, finalizó.

Entonces, después de un emotivo y caluroso aplauso, Rosa presentó a José Luis Lacosta, alias *Gonso*, otorrino y amigo mío. *Gonso*, muy simpático, comenzó diciendo:

«¿Quién iba a decirle al buen párroco que hace casi cuarenta años me bautizó con el nombre de José Luis en la basílica del Pilar de Zaragoza, que, más de veinte años después, una atrevida riojana, con vocación de escritora, me rebautizaría con el nombre de "Gonso"? Pues con ese nombre pasé a ser, además de médico y amigo, uno de los personajes de este libro. Yo voy a daros unas pinceladas de lo que es Olga para mí. Conocí a Olga en el año 87, dado que el progreso de su enfermedad obligó a hacerle una traqueotomía para que pudiese respirar. Como médico acostumbrado a ver cómo la enfermedad golpea casi siempre a las personas mayores, me llamó la atención ver a una chica joven, de poco más de veinte años y —por qué no decirlo— tan guapa, tan golpeada por la enfermedad...

MARTES, 16 DE MARZO DE 1999

... por eso y porque teníamos edades parecidas, decidí aprovechar mis guardias haciéndole compañía y empezando a conocerla. Al principio observé que era coqueta; siempre estaba limpia y olía bien; me di cuenta de que le gustaba vivir y disfrutar de las cosas que tenía en su entorno, que, aunque eran pocas, las disfrutaba muy bien. Manteníamos una relación fresca y divertida, pero superficial. Así que cuando ella fue dada de alta por su enfermedad respiratoria yo continué

viéndola en su casa. Ahora hay una relación mucho más profunda, basada en años de conocerla. Ella saborea y comparte tus alegrías. A mí me gusta viajar a sitios exóticos, y ella me dice: "José Luis, tráeme tus diapositivas y así viajo contigo". Me di cuenta, yendo a su casa, de que trasmitía lo que se llama energía positiva, aunque pueda parecer extraño en una persona tan enferma. También observé que era una amiga de verdad, y así ha ido rodeándose de multitud de verdaderos amigos para que colaboraran en las cosas que ha ido necesitando. Me gusta ir a visitarla para hacerle compañía; no esa compañía de "¡ay, qué 'penica'; vamos a ir a verla!" No, no; hablo de compañía porque disfruto con ella y salgo muy a gusto de haber estado juntos.

Puedo deciros que la enfermedad de Olga, por sus peculiaridades, no le deja reposo, no le da tregua. Pues, aun así, su espíritu se sobrepone a la enfermedad.

Cualquier intervención quirúrgica necesaria para ir sobreviviendo la acepta sin condiciones. Si ha tenido que dejar de escribir, debido a que su deterioro ha avanzado y no puede mover el brazo con el que escribía, ha buscado la manera de solventar el problema. Ahora, en estos momentos, está aprendiendo morse para, con el movimiento de la pierna derecha que es donde más fuerza tiene, poder darle a la tablilla y escribir por medio del ordenador, su nueva voz de metal...

(Entonces pensé: «He aprendido morse, pero han pasado dos años y todavía estoy esperando mi voz de metal».)

... Olga por sí sola no es suficiente; necesita un soporte, y ese soporte es su familia, una familia de verdad excepcional. Sus padres tienen que levantarse muchas veces por la noche para aspirarle las secreciones, porque, si no, se ahoga. Desde luego, yo amo mucho la vida, pero con Olga he aprendido a amarla mucho más.

Los occidentales desarrollamos nuestro espíritu sobre la base de la acción; para ella trabajamos hacia los demás; es lo que los orientales llaman practicar el Yoga-Karma. Bien, pues Olga, al escribir este libro, ha puesto ya su granito de arena para mejorar el orden universal.

Bueno, y nada más. Creo que he dicho ya lo que tenía que decir y doy la palabra al siguiente ponente.»

Luego, Rosa presentó al director de la editorial *Sal Terrae*, Jesús García Abril, y le cedió la palabra. Él comenzó diciendo:

«Lo de ponente me viene grande, pues mi intención es decir cuatro palabras, ya que de los que estamos aquí soy el que menos conoce a Olga. En realidad, la he conocido hace escasamente unas horas. No tengo mucho más que añadir a lo que han dicho Jesús y José Luis. Sí, me extraña que hayan tenido que dar tantas "patadas" para encontrar quien editara este libro. En cuanto lo leímos, decidimos publicarlo sin ningún reparo y sin la menor sombra de duda, porque, como editor, a uno le interesa encontrar textos o con un discurso muy coherente y una exposición muy bien hecha o con un testimonio de una persona que se vierta en unas páginas sin ningún tipo de reservas. Evidentemente, esto es lo que es el libro de Olga.

Yo no voy a hacer publicidad del libro; no me parecería honrado. De lo que sí voy a hacer publicidad es de Olga. Como digo, la he conocido hace hora y media y todavía estoy impresionado. La he visto hablar con su madre a través de unos garabatos y me asombra la facilidad que tiene la madre para descifrarlos; me asombra, sobre todo, la tremenda fuerza que en ese cuerpo, maltratado por el dolor, es capaz de albergarse.

Lo que se desprende del libro de Olga es que ella es una persona de una sensibilidad increíble, una feminidad fantástica. Seguramente, lo que menos está explícito en el libro es su fe y yo lo agradezco, porque a pesar de dedicarme a publicar libros religiosos, de filosofía y psicología, los testimonios de fe muy explícitos posiblemente digan menos a la mayoría de la gente que este testimonio de Olga que es el testimonio no ya de la fe en Dios, que se da por supuesta, sino de la fe en los seres humanos, de la fe en su familia, a la que adora, y de la fe en toda la gente que va conociendo a lo largo de esa experiencia terrible que ha tenido que vivir durante años y sigue viviendo.

Cuando un editor lee algo así en unos momentos en los que algo tan cercano a nosotros como es el terrorismo te hace desconfiar del ser humano, al caer en tus manos unas hojas de papel como las que ha escrito Olga con las entrañas, con el alma, recuperas la confianza en que la humanidad podrá reconciliarse consigo misma. Porque hay seres humanos capaces de transmitir el sentido de la vida en medio del dolor y del sufrimiento, de la frustración a los ojos del mundo. La frustración de una vida como la de Olga es capaz de encontrar esa plenitud de vida, esa plenitud de ser.

No quiero alargarme más. Estoy plenamente emocionado por lo que acabo de presenciar hace dos horas y tengo que ser yo el que dé las gracias a Olga y a su familia por haber acudido a nosotros para que le publicásemos el libro, cosa que hemos hecho con infinito gusto, con la mayor brevedad posible y adelantando este proyecto a otras obras, porque creíamos que merecía la pena sacarlo rápidamente para que Olga tuviera la satisfacción de verlo cuanto antes. Muchas gracias.»

Después de estas palabras, el Ateneo de nuevo rompió en otro aplauso tremendo. El ambiente estaba llegando a su punto álgido cuando le tocó el turno a mi madre. Rosa la presentó y mi madre dijo:

«Yo soy aquélla a la que en el periódico Olga llama "gilipollas"...»

(Cuando vi el vídeo y oí las primeras palabras de mi madre pensé: «La que se pica, ajos come. Lo de gilipollas, bonita, a la periodista no se lo dije yo».)

MIÉRCOLES, 17 DE MARZO DE 1999

Al decir mi madre eso, la gente rompió en una carcajada. Momentos antes, a muchos se les habían saltado las lágrimas de emoción; pero cuando mi madre habló así, con tanta gracia, el Ateneo parecía *Sonrisas y lágrimas*. Muchas veces discuto con ella porque tengo que repetirle las cosas mil veces; es muy despistada y olvidadiza, y yo todo lo contrario; a veces me enfado tanto que le digo: «¡Parece que tienes un corcho por cerebro!» Pero he de reconocer que Dios la ha dotado de un piquito de oro y un gran don de gentes; con sus palabras emocionó y supo hacer uso de su sentido del humor para relajar el ambiente.

Tuvo mucha gracia cuando dijo: «*... pensaba que iba a haber autoridades y resulta que está el alcalde y no me da miedo*».

Le habían pedido que diese un testimonio de familia. Ella empezó explicando lo que había supuesto para todos mi enfermedad y dijo:

«El primer paso es la aceptación, no la resignación, que esa expresión, "resignación cristiana", me rebota un montón. ¿Cómo voy a resignarme yo a una cosa semejante? Será aceptación. Y cuando ya te planteas algo que no tiene vuelta de hoja, que por mucho que te rompas la cabeza contra las paredes no vas a solucionar, pues viene la aceptación y el tratar que esa situación sea lo más normal posible, lo más divertida, lo menos dolorosa y lo más cómoda.

No sería honrada si no dijera que el cuerpo se cansa. Yo sueño con dormir, dormir sin que suenen timbres y campanitas; no sueño con viajes ni con lujos, sueño con dormir, algo tan sencillo pero tan necesario para tener salud. Trato de canalizar mis energías para que esa salud física y psíquica no se deteriore. En mi familia, por parte de madre, tenemos bastante buen humor y también trato de no perderlo; trato de no querer vivir varios días a la vez, porque son mucha tarea, trato de no pensar en el futuro. Es mejor decir: "Esto es lo que hay hoy y lo vivimos como mejor sabemos"; trato de no preocuparme por todo lo que antes podía preocuparme y podía quitarme la paz; ahora me la quitan muy pocas cosas.

Hay cosas que el dinero te permite comprar en el supermercado; otras se las tengo que pedir a mi Dios, que es mi amigo. Para el que no crea, a esa energía superior tengo que pedirle la serenidad, la salud, la paciencia, la alegría; tengo que pedirle más de una vez verlo a Él en esa situación; y, por lo visto, no lo hacemos mal, porque ni estamos perdiendo la cabeza, ni mi pareja se ha destruido, ni mi familia tampoco. Y de esto me siento muy orgullosa; nos sentimos todos muy orgullosos.

Veo todo caras de amigos y no sabría cómo —en nombre de mi marido, de Javi y de Olga, que no han podido venir— deciros el calorcito tan agradable que estamos sintiendo, la sorpresa tan maravillosa que nos hemos llevado.

En una situación así, no quiero daros consejos; pero esa situación puede superarse con elegancia, con alegría, con estilo..., que también cita Olga esa palabra en su libro.

Se ha montado una que yo estoy sobrepasada; pero es que da gustito. No voy a deciros que merezca la pena tener esta situación para una demostración tan grande de cariño; no merece la pena ni para mí ni para nadie; pero, una vez que está y no tiene vuelta de hoja, oye, ¡bendita sea! Muchas gracias. Os quiero mucho.»

A mi madre, por diferentes circunstancias a lo largo de su vida, le ha tocado hablar muchas veces en público y, una vez más, se había metido a la gente en el bolsillo. Por sexta vez, volvían a aplaudir, y los aplausos cada vez eran más intensos, largos y calurosos. Luego, Rosa tomó la palabra para finalizar y dijo:

«Para terminar este acto, Olga —y me dirijo a ti porque sé que nos vas a ver en el vídeo que te están grabando—, aunque no has estado presente, sabemos que tu mente y tu corazón han estado aquí con nosotros, te hemos palpado y hemos sentido tu presencia. Ahora tu hermana Mónica te va a hacer entrega de un ramo de flores, que simboliza la amistad y el cariño de toda esta gente que estamos hoy contigo. Hasta siempre. Un beso.»

Uno de los chicos que estaba haciendo la prestación social sustitutoria como objetor de conciencia le puso a mi hermana en los brazos el ramo de flores color salmón, y ella, haciendo pucheros, muy emocionada, lo llevó hasta el caballete, colocándolo al lado de mi foto. Entonces, con un aplauso largo, cálido y cariñoso llegó el final.

A todas las personas les encantó el detalle de la pegatina, el sello y la carta, pero además de eso querían mi garabato y, aunque en el Ateneo no pude firmar como los escritores de verdad, la gente venía a casa, me dejaba sus libros y me decían: «Tú, sin prisa; cuando puedas, le echas tu garabato». Así que, a pesar de no salir de casa y de estar muy enferma, me harté de firmar libros. Yo, que quería librarme de ser famosa, no pude impedir que la fama se me colara por la puerta de casa. A mí, para no cansarme, se me ocurrió la idea de manchar uno de mis dedos con tinta. Me dije: «Yo les pongo la zarpa como Snoopy...» Pero no me sirvió de nada; la gente, erre que erre, me pedía un garabato.

Jueves, 18 de marzo de 1999

El día 15 de diciembre fue uno de esos días que te marcan la vida, pero el 16 no lo fue menos. La presentación resultó ser todo un éxito. Al día siguiente, en el periódico venía un artículo precioso. Nos habíamos acostado muy tarde y el teléfono empezó a sonar a las nueve de la mañana. Todo el mundo llamaba para darnos la enhorabuena. Mi madre decía «gracias, gracias» a todos, pero estaba «grogui» de sueño, y no se enteró hasta las once de la mañana de que debajo del artículo yo venía seleccionada para la elección de *Riojana del Año*.

Sólo Dios sabe lo que me costó engendrar, gestar y parir ese libro. Yo le di la vida y lo saqué a la luz, y gracias a él salí a la luz; de alguna manera, él también me ha dado vida. Por ese motivo, pude denunciar mi situación como enferma de la UCI que vive en su casa; gracias a él, conseguí la enfermera que me está ayudando en estos momentos a escribir mi segundo libro. Si Dios quiere y me concede el tiempo y las fuerzas necesarias, a mi primogénito le daré una *hermanita*.

En mayo de 1999 hará trece años que estoy entre cuatro paredes, sin poder salir de mi habitación. Vivo como las raíces de los árboles, oculta a los ojos del mundo. Mis hojas son las letras del alfabeto y, a mi manera y con el tiempo, doy frutos. El más importante hasta ahora ha sido *Voz de Papel* y, si Dios quiere, algún día de ese árbol brotará *Alma de Color Salmón*.

III
Carta sobre la eutanasia

MIÉRCOLES, 24 DE MARZO DE 1999

Cada mañana siento que estoy viva, aunque mi cuerpo está paralizado y con mi boca no puedo decir «buenos días»; tampoco puedo abrir mis ojos para ver la luz del nuevo día, pues, al no poder mover los párpados por mí misma, me los cierran con esparadrapo para evitar que se ulceren. A pesar de todas esas limitaciones, mi corazón sigue latiendo y sintiendo, y de mi cabeza sale todas las mañanas una mariposa que se eleva hasta el cielo y que, de mi parte, envía un beso a «Papá Dios» y le da en mi nombre las gracias por concederme un día más de vida. Ese es un milagro que se repite cada día.

Estrenar un día equivale, a pesar de no salir de mi habitación, a disfrutar de los rayos de sol que entran por mi balcón. A veces, en vez de sentir el sol, siento, como ahora, en una tarde lluviosa de primavera, el ruido de los truenos y la lluvia y el canto de los pajaritos que se refugian en el balcón.

Un día más, puedo volver a ver a mis seres queridos, amigos y conocidos. Un día más, tengo la oportunidad de crecer como persona y madurar espiritualmente para ir acercándome más a Dios. Un día más puedo ser lluvia, en vez de ver llover.

Esa mariposa, después de estar con el Padre, va hacia el Hijo, le da otro beso de mi parte y le dice: «Me ha dicho Olga que, por favor, seas su Cirineo y a ratitos le cojas la cruz, sobre todo cuando escriba. Ella dice que también te ayuda a llevar tu cruz; y ya sabes, Jesús: hoy por ti y mañana por mí».

Por último, va volando hacia el Espíritu Santo y a él le pide que me inspire lo que debo pensar, callar y escribir para procurar el bien de todas las almas y el mío propio; sobre todo, en días como hoy, en que me cuesta tanto escribir porque físicamente estoy hecha unos zorros.

Y dicho esto, con la fuerza de la Santísima Trinidad, o, como yo a veces en broma les llamo, «mis tres mosqueteros», sigamos este capítulo.

La carta sobre la eutanasia, como ya dije en el capítulo segundo, nació a petición de mi hermana Mónica y de Julio, su tutor, cuando ella cursaba COU y la eutanasia fue un tema de debate entre los alumnos. Al publicarse, mi carta fue haciéndose cada vez más famosa y se le fue subiendo el pavo. Viajó por toda España, parte de México y, a través de mis amigas Alina y Maribel, el 24 de junio de 1998, día de la onomástica del Papa, entró por la puerta grande del Vaticano.

MARTES, 30 DE MARZO DE 1999

Cuando Alina y Maribel (a la que cariñosamente apodo *mi manager*, porque por mí es capaz de remover Roma con Santiago) estaban preparando un viaje a Roma, el dicho se hizo realidad y Maribel removió media Rioja y media Roma para conseguir audiencia en el Vaticano con el cardenal riojano Monseñor Eduardo Martínez Somalo.

A Maribel le hacía mucha ilusión llevar dos ejemplares de mi libro, uno para Monseñor y otro para que éste lo hiciese llegar a Su Santidad. Maribel no sabía si iba a conseguirlo, pero se llevó los dos ejemplares dedicados por mí. En cada libro metió una copia de la carta sobre la eutanasia y otra copia de la estación del vía crucis que ese año había escrito para la Semana Santa: la estación del Cirineo.

Como Alina es muy tímida, unos días antes de partir hacia Roma, Maribel hizo gestiones con varios sacerdotes y familiares muy allegados a Monseñor para que le consiguiesen una audiencia. Todos sus intentos fueron en vano. La respuesta que obtuvo fue que, al estar Su Santidad tan delicado de salud y ser Monseñor su mano derecha, estaba desbordado de compromisos y trabajo. Alina, Maribel y yo lo entendimos perfectamente, pero yo sabía que Maribel no iba a conformarse y que la providencia les echaría una manita.

Una noche estaban cenando y compartían mesa con una religiosa. Ellas pensaron que formaba parte de la excursión y entablaron conversación. La religiosa les dijo que ella no iba en el grupo, que estaba allí por casualidad y que trabajaba en el Vaticano. Alina y Maribel se miraron con complicidad. Como Maribel sabía que Alina no iba a atreverse, ella dio el primer paso. Dicha religiosa habló con Monseñor y éste les concedió Audiencia.

MARTES, 20 DE ABRIL DE 1999

Las citó a las doce del mediodía. Cuando las dos se vieron dentro del Vaticano no podían creérselo y les entró la risa. Se sentían pequeñas en los pasillos tan largos, los techos tan altos y la cantidad de salas y salitas por las que les fueron pasando. Estaban convencidas de que saldría a recibirles algún secretario de Monseñor; así que se quedaron de piedra cuando vieron aparecer al cardenal riojano, muy simpático y sencillo, que las saludó diciendo: «¡A ver, qué cuentan mis paisanas!»

La audiencia, que en principio era de diez minutos, fue de media hora, y yo, sin quererlo y sin estar presente, fui la protagonista. Monseñor había oído hablar de mí y le preguntó a Maribel con mucho interés sobre mi estado físico. Entonces Maribel protagonizó una anécdota muy graciosa. Monseñor les confesó que Su Santidad estaba muy enfermo y, por eso, les pedía una oración especial. Y añadió: «El corazón y la cabeza los tiene muy bien, pero su cuerpo está ya muy deteriorado». Maribel exclamó: «¡Entonces está como Olga! El cuerpo hecho trizas, pero el corazón y la cabeza, perfectos». Alina y Monseñor no pudieron evitar la risa.

Monseñor agradeció mucho la visita y los libros; los hojeó delante de ellas, sacó la carta sobre la eutanasia y la leyó. Cuando terminó, emocionado, dijo: «Personas así necesita la Iglesia».

Terminaron la audiencia cogidos los tres de la mano y orando delante de una imagen de la Virgen de Valvanera, Patrona de La Rioja; Monseñor, en medio, y Alina y Maribel, una a cada lado. Al despedirse, él les prometió que leería el libro y se lo haría llegar a Su Santidad; y que, como la carta sobre la eutanasia le había gustado tanto, iba a hacer un montón de fotocopias para repartirlas por el Vaticano.

Cuando Alina y Maribel volvieron de su viaje y me contaron todo, me hizo mucha ilusión, pero creí que exageraban para alegrarme el día.

Eduardo Card. Martínez Somalo

Recordadas Alina García y Mary-Bel Fernández:

Con mi saludo afectuoso os aseguro que ya he hecho llegar al Santo Padre el libro de Olga Bejano *"Voz de Papel"*.

Transmitid a Olga mi gratitud por el ejemplar que me envió. Lo leeré con sumo gusto y con la admiración que suscita quien hace de su vida una continua ofrenda agradable a Dios en comunión con el Crucificado.

Cordialmente,

Vaticano, 01.07.98

A los diez días de su llegada, Mónica entró en mi habitación con dos cartas.

«Olga, ¿te apetece que te lea el correo? Tienes dos cartas. Por eso, como sólo son dos, me ofrezco a leértelas. Empecemos. La primera es de un admirador, pero... tranquila, no es Brad Pitt». Y empezó a reírse a carcajadas. «Es del párroco de Torrecilla en Cameros». Era una carta tan bonita que a Mónica se le saltaron las lágrimas.

Cuando terminó de leerla dijo: «¡Hija de Dios! ¡Qué cosas tan bonitas te dice la gente en sus cartas! Vamos con la segunda. Anda, mira, la dirección venía mal y el cartero la ha corregido. Recibes tantas cartas que ya te conocen en Correos». Al abrirla dijo: «Esta carta no tiene pinta de ser de un admirador; parece de algún centro oficial». Y, de repente, dio un grito: «¡Vaticano, es del Vaticano! ¡¡Atiza!! ¡¡Mamá, corre, ven!! ¡A Olga le ha escrito el Papa!»

SECRETARIA DE ESTADO

PRIMERA SECCIÓN - ASUNTOS GENERALES

Vaticano, 3 de julio de 1998

Estimada en el Señor:

El Santo Padre ha recibido el volumen que Usted ha publicado y en el que cuenta, de un modo muy elocuente, la experiencia de su vida y la fuerza recibida en su compromiso de vivir su situación actual en una gozosa aceptación de la voluntad del Señor.

Me es grato asegurarle que Su Santidad la recuerda en su oración, pidiendo al Señor que la siga iluminando espiritualmente por el recto camino, y le dé la alegría de vivir cada día su vocación particular en la paz y la esperanza, para contribuir con su testimonio de vida a reafirmar en la sociedad contemporánea los valores del evangelio y la defensa de la vida humana. Como confirmación de estos deseos, e invocando la materna protección de la Virgen María, el Sumo Pontífice le imparte de corazón la Bendición Apostólica, que complacido hace extensiva a sus seres queridos.

Aprovecho la ocasión para reiterarle las seguridades de mi consideración y estima en Cristo.

Mons. Pedro López Quintana
Asesor

Srta. Olga BEJANO DOMÍNGUEZ

LOGROÑO

Cuando me la leyeron, sentí muchas emociones a la vez. Me imaginé a Alina y Maribel en el Vaticano. Efectivamente, no habían exagerado y la carta dejaba claro que Monseñor había cumplido su palabra: *Voz de Papel* y la carta sobre la eutanasia habían llegado a manos de Su Santidad Juan Pablo II.

El libro sólo Dios sabe lo que me costó escribirlo, pero desde que salió publicado empezó a darme satisfacciones y comenzaron a sucederme cosas tan gordas y bonitas que vivía como en una nube.

Desde el día en que nació, yo sabía que la carta sobre la eutanasia se leería en toda España, México e Italia; también en colegios, parroquias y hospitales, que saldría en diversos medios de comunicación y que llegaría a entrar en el mismísimo Vaticano. Por eso, la carta se las apañó, se hizo la escurridiza y dijo: «A mí no me ponen en el anexo al final de un libro; como poco, tengo que ser protagonista de un capítulo». Pues bien, cartita, lo has conseguido; por ti y por otros motivos estoy escribiendo este libro y a ti te dedico este capítulo.

No a la eutanasia: experiencia de una joven enferma

Cuando a través de los medios de comunicación tengo noticias de alguien tan desesperado que, al no encontrar sentido a su vida, quiere ponerle fin con medios tales como el suicidio o la eutanasia, siento deseos de contar mi experiencia y de dar mi opinión, pues creo que, debido a mi situación, puedo hablar viendo el problema desde el centro de la plaza y con el toro delante, no desde la barrera.

Primeramente, voy a presentarme y a situaros un poco en mi vida. Me llamo Olga. Soy una chica a la que la enfermedad le ha truncado la vida y quizá por eso la palabra vida me merece un gran respeto.

A los trece años fui operada de apendicitis; parece ser que la anestesia me dañó el sistema nervioso afectando a los músculos. Padezco una enfermedad neuromuscular grave, desconocida, progresiva y sin ningún tratamiento.

Hasta los veintitrés años pude realizar una vida normal: estudiaba, ligaba, esquiaba ...; ilusiones y proyectos no me faltaban. Pero en mayo de 1987 mi glotis se paralizó y tuve una parada cardiaca por asfixia; estuve por unos minutos clínicamente muerta, quedándome luego en coma. En ese momento, más de uno no apostaba por mí; pero yo, por llevar la contraria, salí del coma y seguí viva. Desde entonces vivo sin poder hablar ni comer. Hablo gracias a un cuaderno y un rotulador. Me alimento por medio de una sonda.

Tengo hecha la traqueotomía y respiro con ayuda de una máquina. También dependo de un aparato de aspiración y de una silla de ruedas.

Mi vida es, desde hace ocho largos años, malestar físico, obstáculos, limitaciones, problemas hospitalarios, familiares, burocráticos... En una palabra: sufrimiento. Pero este sufrimiento si uno llega, como yo, a entenderlo, es una lección constante que ayuda a madurar y a superarse.

Soy católica, siempre he creído en Dios, en la existencia del alma y en que cuando uno muere no termina ahí su vida, sino que sigue en otro lugar. Cuando estuve en coma, tuve la suerte de tener la famosa experiencia del «túnel». Esto transformó mi vida. Desde entonces, no tengo ningún miedo a la muerte, porque sé que cuando uno se va, allí se siente mucho placer y bienestar. Como en esa experiencia pude comprobar lo agradable que es estar allí, me pregunto ¿por qué tuve que volver aquí? Aunque yo no quería volver, aquí estoy. Está claro que mi hora no había llegado. Todos tenemos un día marcado para nacer y otro para morir, y yo no soy quién para alterar el destino y mucho menos los planes de Dios.

Vivimos en una sociedad en la que priman el placer y lo material. Todos queremos gozar y ninguno sufrir; pero el sufrimiento y la muerte vienen incluidos en la vida, forman parte de ella. Soy partidaria de luchar, no de «huir». La eutanasia es una forma de huída y, por tanto, no deja de ser una cobardía. A mí no me parieron cobarde; por eso lucharé hasta el final. Respeto y entiendo a los que se dan por vencidos y no creen en nada; pero yo, cuando llegue al «otro lado», quiero tener la sensación de llevar mis deberes cumplidos. Si me practicasen la eutanasia, creo que, al llegar allí, tendría la sensación de no haber sabido llegar hasta el final, como si dejase en este mundo alguna asignatura pendiente. Para mí todo lo que te quita la paz interior no es bueno, y los médicos que han realizado eutanasias creen que hacen bien, pero confiesan sentirse mal. Todo anciano, minusválido o enfermo terminal tiene derecho a una atención digna, centros adecuados, ayudas familiares y económicas y grandes dosis de «cariñoterapia»; pero todo esto equivale a trabajo y a dinero, y es más fácil, cómodo y barato legalizar la eutanasia e, igual que hicieron los nazis, disfrazándola de ayuda y compasión, quitar a todos de en medio.

La mentalidad de que sólo lo biológicamente bueno vale la pena impide conocer grandes realidades humanas: Beethoven compuso sus maravillosos cuartetos hasta el último momento; Mozart siguió componiendo en el lecho de muerte su magnífico Requiem; Tiziano pintaba con casi noventa años, cuando apenas podía sujetar los pinceles. Los defensores de la eutanasia olvidan que cada vida es única e irrepetible y que cualquier vida tiene todo el valor posible. Si hubiese una vida sin importancia, ninguna sería importante.

OLGA BEJANO
13 de marzo de 1995

MIÉRCOLES, 21 DE ABRIL DE 1999

Mi amigo y médico neumólogo, el doctor Luis Ponce de León, le mandó la carta a su amigo, también neumólogo, el doctor Ramón Estopà, jefe del Servicio de Neumología del Hospital catalán de Bellvitge, en Barcelona.

Seis meses más tarde, yo tuve que ser trasladada a dicho hospital. Una de las primeras sorpresas que tuvo mi madre, nada más bajar de la UCI móvil, fue que el doctor Estopà estaba esperándonos y, muy simpático, salió a recibirnos. Después de los saludos, le indicó a mi madre adónde tenía que dirigirse para hacer los papeles del ingreso, y entonces ella vio mi carta sobre la eutanasia convertida en póster, y exclamó: «¡Uy, qué sorpresa! Eso lo ha escrito mi hija. ¿Quién ha hecho un póster de su carta?» «No me diga que es usted la madre de "la Olga"», dijo el médico. «Sí, acabamos de llegar de Logroño». «¡Ah, sí! ¡Y la que va a ingresar es Olga! ¡¡Ostras, tú!! ¡Qué alegría!» Entonces se dirigió a un chico de unos treinta años y le dijo, mitad en catalán mitad en castellano: «Escolta, Jordi: Ésta es la madre de "la Olga"».

JUEVES, 22 DE ABRIL DE 1999

Jordi se acercó a mi madre, la saludó y le contó que él era el responsable de los voluntarios, y que, cuando leyó la carta, unos chicos le pidieron que la pusiera en forma de póster.

Cuando se corrió la voz por el hospital de que la chica que había escrito la carta estaba ingresada en la planta dieciséis, fueron muchas las personas que subieron a conocerme; entre ellas, Jordi, un MIR (médico interno residente) de la UCI. Cuando estuve ingresada en Zaragoza, la mitad de las enfermeras se llamaban Pilar, y en Bellvitge había Jordis, Jaumes, Mercedes, Montses y Eulalias para parar un tren.

Como iba diciendo, Jordi, el MIR de la UCI, cuando estaba de guardia, subía muchos ratitos a estar conmigo. Un día se sinceró y me dijo: «¿Sabes, Olga? En el colectivo médico hay diversidad de opiniones. Es un tema muy complicado; la eutanasia es algo moral y ético ¡y a ver quien le pone el cascabel al gato!».

Yo le dije: «No te engañes, Jordi; el verdadero problema de la eutanasia es el dinero».

Y él riéndose con su acento catalán dijo: «¡La nena no es tonta! ¡Ostras, tú, qué peligro tienes! Cuando leí tu carta, como médico, me dejaste impresionado y, como hombre, perdona el taco, "acojonado". Yo no creo que pudiera sobrellevar tanto tiempo lo que tú estas llevando. Como verás, esto de que el sexo masculino es el fuerte es un decir. Mira, Olga, tú eres inteligente y sabes todo sobre tu enfermedad. Voy a hablarte claro: tu situación es ya bastante dramática, y escribir lo que has escrito estando así... ¡qué quieres que te diga! Para mí eres toda una heroína; pero piensa que, si sigues viva, todavía puedes llegar a estar peor, y entonces a lo mejor cambias de opinión.»

Yo le respondí: «Espero no durar más de un año o dos, aunque me parezco a las pilas alcalinas: me dieron seis meses de vida y duro y duro y duro... Nunca se puede decir "de esta agua no beberé", pero creo, que, viva lo que viva y pase lo que pase, nunca pediré una inyección letal; lucharé hasta el último segundo de mi vida, para que, a pesar de ser una enferma no rentable, se me proporcione una asistencia digna, cueste lo que cueste».

Desde aquella conversación han pasado casi cinco años y sigo aquí, viviendo, sufriendo y luchando. Efectivamente, Jordi tenía razón: en estos cinco años me he deteriorado bastante; físicamente, mucho; psicológicamente, no tanto. Pero mi familia sí se ha deteriorado física y psíquicamente: mis padres van haciéndose mayores y el problema crece con el tiempo; pero yo sigo en mis trece.

Mi reivindicación es la siguiente: en teoría soy una enferma de UCI, es decir, yo tendría que vivir en una unidad de cuidados intensivos; pero los médicos se niegan y tienen sus razones. Punto primero: el que yo ocupe una cama de la UCI por tiempo indefinido, le cuesta a la Sanidad Pública tres millones y medio de pesetas al mes. Punto segundo: en la UCI habitan unas bacterias y unos virus hospitalarios que afectarían mucho a la calidad de mi vida y, casi con toda seguridad, me producirían una penosa muerte. Por otra parte, en la UCI carecería del afecto de mi familia y amigos, y, por supuesto, allí no podría estar escribiendo este libro. Por eso, los médicos mentalizaron y prepararon a mis padres para que me tuvieran en casa. Pero el asunto se les ha ido de las manos, porque ellos tenían previstos para mí, como mucho, seis meses de vida, y este mayo hará trece años.

Los médicos sólo ven las ventajas de que yo esté con mi familia. Estamos de acuerdo en que en mi casa no hay bacterias que puedan quitarme la vida; yo, al seguir viva, soy la bacteria que les está quitando a ellos la suya. Tanto yo como mi familia hemos sabido llevar el problema; por eso, los médicos se creen que mi casa es «la casa de la pradera». Ellos no saben lo que es vivir con una enferma de la UCI día y noche, mes a mes y año tras año. Si a un delfín lo sacas del mar, que es su hábitat natural, y lo metes en un acuario, cuesta mucho más trabajo y dinero mantenerlo vivo. Pues bien, eso mismo están haciendo conmigo, por tal motivo, yo digo que en mi casa me pongan los medios que necesito; y si no, que me devuelvan a la UCI.

El ver cómo se deteriora mi familia, y especialmente mis padres, física, psíquica y económicamente, hace que me sienta culpable por cada segundo que tengo de vida. Mi caso deja bien claro que la eutanasia es más un tema de dinero que de principios éticos o morales.

A pesar de vivir aislada del mundo, gracias a la televisión, radio y prensa, estoy al día de todo. He visto muchos programas y documentales sobre el tema de la eutanasia; y si algo me ha quedado claro es que el noventa y tres por ciento de las personas, en España y en casi todo el mundo, están a favor. Un día estaba planteándome que si yo iba contracorriente, ¿acaso me estaría equivocando?

Pero mis dudas existenciales pronto tuvieron una respuesta. Esa misma noche, un canal de la televisión inglesa hizo un reportaje fantástico sobre la vida de Madre Teresa de Calcuta. El reportero le preguntó: «Madre, de todos es sabida su enconada lucha en defensa de la vida, sobre todo del no nacido; pero usted, que está entregando su vida a los que sufren, ¿está en contra de la eutanasia?» Ella respondió: «¡No, por Dios! Yo estoy a favor».

El periodista se quedó «descolocado» y le dijo: «Voy a repetirle la pregunta; creo que no me ha entendido». Ella se echó a reír y dijo: «Mi inglés no es muy bueno, pero le he entendido perfectamente. Eutanasia significa buena muerte y unos entienden que ayudar a bien morir es matar y otros, como yo, ayudamos a bien morir amando. ¿Le queda ahora claro?» «Sí, sí, clarísimo». «Mire usted —siguió ella—, mis hermanas y yo ayudamos a los más pobres entre los pobres, a los más enfermos, a esos que no tienen curación y que su cama de hospital es la calle, ...

VIERNES, 23 DE ABRIL DE 1999

... precisamente los enfermos que más ayuda necesitan, bien porque van a morir, bien porque no tienen curación; son rechazados por los hospitales y por la sociedad, y aquí en la India terminan vagando por las calles. Es entonces cuando comienza la labor de mis hermanas y la mía. Lo primero que hacemos al llevarlos a nuestras casas es limpiar su cuerpo, porque vienen realmente sucios; después les damos ropa limpia, comida, medicinas y en algunos casos, si no están muy graves, trabajo. Haciendo todo eso los cubrimos de dignidad, que era algo que habían perdido. Una vez cubiertas las necesidades del cuerpo, nos ocupamos de las del alma, por supuesto, respetando al católico como católico y al musulmán como musulmán; nosotras no marginamos a nadie por raza, sexo, clase o religión. He ayudado a morir a más de veinte mil personas y puedo asegurarle que ninguna me ha pedido una inyección letal. Las personas que sí la piden es porque no tienen cubiertas sus necesidades, sean físicas o morales.

Aquí hay muchas personas enfermas de lepra, y yo lucho por hacer ver a la gente que, por muy deteriorado que esté un cuerpo, es algo más que materia. A lo largo de mi vida he ayudado a nacer y a morir a muchas personas y si quiere saber qué me parece más hermoso, le diré que lo segundo. El que nace viene con el cuaderno de su vida en blanco, sin escribir; por lo tanto no sufre, pues no es consciente de nada. En cambio, el que se va tiene su vida ya escrita, sabe que su vida termina y no sabe muy bien adónde va. El miedo al dolor, al sufrimiento y a lo desconocido produce rechazo y ansiedad. Calmar el dolor físico de una persona, el hambre o la sed y conseguir su paz interior es lo que más satisfacciones me da. Coger entre mis manos a un bebé que llega y darle un beso de bienvenida es para mi tan hermoso como abrazar al que se va y darle un beso de despedida».

Cuando oí que esas palabras salían de la boca de Madre Teresa de Calcuta, me dije: «Si ella piensa como yo, o yo pienso como ella, no estoy equivocada; así que mi materia deteriorada y mi alma seguirán luchando por una asistencia digna y por no ser rechazada ni marginada».

Hace ya dos años que Madre Teresa se fue al cielo, pero sus palabras quedaron bien grabadas en mi cabeza, y cuando me siento cansada de vivir y exhausta de tanto luchar y sufrir, sus palabras retumban en mi interior, no me dejan caer y me dan fuerzas.

En estos cinco años que han pasado desde aquella conversación con Jordi he conseguido algunas cosas: terminé de escribir mi primer libro *Voz de Papel* y logré publicarlo. Como consecuencia, me nombraron *Riojana del Año* y me concedieron la Medalla de Oro de La Rioja. Respecto a mi asistencia digna, si viviera en Francia tendría tres enfermeras a turnos de ocho horas; pero como vivo en España, puedo darme con un canto en los dientes por haber conseguido una. De todas maneras, yo sigo en mis trece y no moriré sin intentar conseguir la segunda.

La enfermedad está deteriorando mi cuerpo, pero no puede con mi espíritu y con mi sentido del humor. Cuando me concedieron la ayuda sanitaria, empezaron a desfilar por casa asistentes sociales, enfermeras y todo tipo de personas para ver el caso y hacer trámites burocráticos. Un día le tocó venir a una médico para hacer un informe sobre lo que Elena, la enfermera, hacía conmigo. A medida que iba tomando notas iba quedándose alucinada por la cantidad de cosas que hay que hacerme cada día. A todo eso yo le añadí: «Elena, además de cuidar mi cuerpo cuida mi alma: ella es mi apoyo para comunicarme. Para mí, tan importante es que me laven, me vistan, me curen, me den de comer, me aspiren o controlen mis máquinas como que me lean un libro o el correo, me pongan un vídeo, música o me ayuden a escribir un libro. No sé que idea traía de mí, pero, como verá, soy un «vegetal muy activo».

LUNES, 26 DE ABRIL DE 1999

«Sí, sí, ya veo que Elena no se aburre contigo».

Al terminar de hacer el informe, estuvimos unos diez minutos hablando; luego se marchó. Cuando mi hermano Iñaki oyó que mi madre despedía a la médico, entró en mi habitación partiéndose de risa; quería hablar y no podía parar de reír.

«¡"Joé", hermana! Eres "la leche"; cada día alucino más contigo. Estaba escribiendo una carta en mi habitación, y cuando le he oído a Elena traducirle a la médico que eras un vegetal muy activo casi me da algo. ¡Joé, Joé!, vegetal activo; de ahora en adelante te voy a llamar *Lechuguita*, que es un vegetal muy activo y con mucha sal.» Y salió de mi habitación riéndose a carcajadas y diciendo en voz alta: «¡Mamá, mamá!, desde hoy a Olga tenemos que llamarle *Lechuguita*». «Oye, Iñaki, a mí ese mote no me molesta; me gusta más que el de Harpo* y, como ahora a mamá le ha dado por hacer punto de cruz, dile que, si quiere, me haga un cuadro para poner en la puerta y que ponga en él "la guarida de *Lechuguita*"; verás que "flash" cuando vengan visitas.»

Estar en estas condiciones y conservar intacto mi sentido del humor es un don divino. No hay mal que cien años dure. Algún día mi corazón se parará y dirá «hasta aquí hemos llegado», y entonces mi sufrimiento pasará. Pero el haber sufrido tanto quedará impregnado en mi alma para siempre, y eso no pasará nunca.

* *Harpo: el mudito de los hermanos Marx.*

Martes, 27 de abril de 1999

Voy a terminar este capítulo con unos versos de Santa Teresa de Jesús con los cuales me identifico plenamente:

Vivo sin vivir en mí: Mi alma está sana y es libre, pero, de momento, está atrapada en una materia enferma que depende de los demás absolutamente para todo. Me resulta difícil ser yo misma; por eso siento que vivo sin vivir en mí.

Tan alta vida espero: Cuando estuve en coma tuve la suerte —y la desgracia— de vivir una experiencia en el más allá. Fue una suerte porque desde entonces no tengo miedo a la muerte; ésta, sencillamente, no existe. La muerte no es otra cosa que nacer a otra vida. Allí pude comprobar que Dios y el más allá existen. Sentí tanto placer y bienestar, que me hicieron la mayor faena de mi vida cuando tuve que regresar. Por eso, no necesita aclaración la frase de *muero porque no muero*. Y continúo con los demás versos porque, aunque no los he escrito yo y a Santa Teresa de Jesús no le llego ni a la suela de sus sandalias, estos versos me hacen pensar, sentir, meditar, identificarme con ella y llorar.

MUERO PORQUE NO MUERO

Vivo sin vivir en mí
y tan alta vida espero,
que muero porque no muero.

Vivo ya fuera de mí
después que muero de amor,
porque vivo en el Señor
que me quiso para sí.
Cuando el corazón le di
puso en él este letrero:
Que muero porque no muero.

Esta divina prisión
del amor en que yo vivo
ha hecho a Dios mi cautivo
y libre mi corazón;

y causa en mí tal pasión
ver a Dios mi prisionero,
que muero porque no muero.

¡Ay qué larga es esta vida,
qué duros estos destierros,
esta cárcel, estos hierros
en que el alma está metida!
Sólo esperar la salida
me causa dolor tan fiero
que muero porque no muero.

¡Ay, qué vida tan amarga
do no se goza el Señor!
Porque si es dulce el amor,
no lo es la esperanza larga:
Quíteme Dios esta carga
más pesada que el acero,
que muero porque no muero.

Sólo con la confianza
vivo de que he de morir,
porque muriendo el vivir
me asegura mi esperanza.
Muerte, do el vivir se alcanza,
no te tardes, que te espero,
que muero porque no muero.

Mira que el amor es fuerte;
vida no me seas molesta;
mira que sólo te resta,
para ganarte, perderte;
venga la dulce muerte,
venga el morir muy ligero,
que muero porque no muero.

Aquella vida de arriba,
que es la vida verdadera,
hasta que esta vida muera
no se goza estando viva.
Muerte, no me seas esquiva;

viva muriendo primero,
que muero porque no muero.

Vida, ¿Qué puedo yo darle
a mi Dios que vive en mí,
si no es perderte a ti
para mejor a Él gozarle?
Quiero muriendo alcanzarle,
pues a Él sólo es al que quiero.
Que muero porque no muero.

SANTA TERESA DE JESÚS

IV
El porqué del color salmón

Cuando se editó *Voz de Papel* hubo dos cosas que no eran de mi agrado: la carta sobre la eutanasia se quedó sin publicar y la portada del libro no era de color salmón. Y, como muy bien me dijo Berta, «buena eres tú para irte a la otra vida sin dejar las cosas a tu gusto».

Me costó tanto esfuerzo escribir un libro, estando tan enferma, que cuando me decían que escribiese otro, me daban escalofríos y se me ponía la carne de gallina. Como pensaba mi hermana Mónica, dije «no» pero está siendo «sí». Y así en este libro la carta sobre la eutanasia ya tiene su capítulo y el color salmón va a tener su protagonismo.

En el último capítulo de *Voz de Papel* creo que está bien claro el porqué del color salmón; sin embargo, a petición de mis lectores, voy a repetirlo, añadiendo un suceso que no conté por prudencia anteriormente. Como ya me queda poco tiempo para marcharme, en este libro no voy a «cortarme un pelo», piensen lo que piensen, digan lo que digan y pase lo que pase, pues la verdad no tiene cadenas.

Todo comenzó con un sueño maravilloso. No recuerdo bien el año; creo que fue por la primavera de 1996. Cierto día, al acostarme, cuando mi cabeza reposó en la almohada, después de reflexionar unos instantes, comencé a llorar. El llanto no es mi fuerte; lloro en contadas ocasiones. Pero aquel día las lágrimas brotaban solas de mis ojos, sin poder evitarlo. Entonces empecé a dialogar y a desahogarme con Jesús:

«¡Mira!, ¿sabes, Señor? Lo he pensado muchas veces y nunca me he atrevido a decírtelo, pero hoy te lo voy a decir: Tú te asfixiaste una vez al morir y yo ya he tenido cuatro paradas cardíacas por asfixia. A ti te pusieron una corona de espinas y a mí me han pinchado más de treinta veces las arterias para hacerme gasometrías. Tú estuviste tres horas clavado en la cruz y yo este mayo llevaré trece años. Vamos a dejarlo, porque las comparaciones son odiosas; lo que quiero decirte Señor, es que soy humana, no divina. Entonces tú, Jesús, me recordaste que también eras humano y por eso en Getsemaní gritaste: *"Padre, si es posible aparta de mí este cáliz"*. Y clavado en la cruz te quejaste: *"¡Dios mío, Dios mío! ¿Por qué me has abandonado?"* Yo también le digo a ese Padre que ya no puedo seguir caminando en esta vida, y que me coja en brazos. Pero él me dice lo mismo que a ti: que él no puede hacer el camino por mí y, aunque él me ayude, yo solita tengo que llegar hasta el final. Perdóname por las cosas que te estoy diciendo, pero sé que tú me entiendes».

Después, más serena y tranquila, me dormí y tuve un sueño maravilloso: alguien estuvo toda la noche hablando conmigo; no sé si hombre o mujer, pues no distinguía imágenes; sólo escuchaba una voz sin sexo. Lo único que recuerdo es que era una voz preciosa y que me decía cosas muy bellas. Yo le contesté que era una lástima no poder escribir mientras dormía, ya que habría sido una buena forma de acordarme al despertar. La voz me dijo que en un momento determinado podría recordar todas sus palabras.

Voy a intentar hacer memoria, pues, aunque aquello sólo fue un sueño, me dio mucho que pensar y me llenó de consuelo. La ictiología nunca ha sido mi fuerte, pero aquella noche lo aprendí todo sobre las truchas y los salmones. La voz me explicó cómo estos animales pasan toda su vida nadando contracorriente. Han de luchar enormemente contra la fuerza del agua, y es precisamente esa lucha la que les hace tener una carne deliciosa, de textura firme y de un color precioso, entre rosa y naranja. Son peces muy cotizados, porque la lucha continua durante toda su existencia los convierte en un delicioso manjar. «Así, a algunas personas, entre las cuales te encuentras tú —me decía—, la vida no os resulta fácil; por el contrario, desde el amanecer hasta el anochecer tenéis que vivir luchando sin interrupción para que no os lleve la corriente. Ese esfuerzo tiene una recompensa: a medida que el individuo se supera externamente, su interior va transformándose para bien, y cuando esa persona llega al final de su existencia en esta vida tal vez su alma sea de color salmón. No lo sé, pero lo que sí es seguro es que será una alma muy apreciada, pues el sufrimiento bien llevado la habrá impregnado de un valor muy especial y muy cotizado.»

Desperté y sentí mucha pena, pues el sueño era tan bonito que me había sabido a poco.

MIÉRCOLES, 28 DE ABRIL DE 1999

Cuando estudié arte y decoración tuve que aprender a dominar la técnica de la luz y el color; pinté cuadros al óleo, dibujé con acuarelas, témperas y ceras; mezclé todo tipo de colores, y no recuerdo haber usado nunca el salmón. Al estudiar fotografía, aprendí que la luz y el color se usan de distinta manera, pero la base es la misma: en vez de mezclar óleos, se mezclan filtros. A mí me gustaba jugar con los filtros azules y con el color magenta.

A lo largo de mi vida muchas veces me han preguntado: «Olga, ¿cuál es tu color preferido?» Y yo siempre digo: «Según mi signo zodiacal, el color de los escorpio es el rojo; en cuanto a piedra, también por ser escorpio, me corresponde la esmeralda, aunque me encantan las perlas. Mi número, según la numerología, no sé cuál es; pero, tanto para bien como para mal, el que está marcando mi vida es el tres. Con los colores me pasa como con la música: excepto el *heavy* y el *bakalao*, me gusta todo. Quizás, los colores que menos me atraen son los marrones y el negro, aunque creo que existen un color y una melodía para cada momento».

Antes de tener ese sueño, mis colores preferidos eran todos; pero ahora y siempre mi color favorito —porque Dios, el destino y la vida lo han querido— es el color salmón.

Recuerdo:

Entre los seis y los nueve años de mi niñez, mi abuela materna *Resu* cogió una costumbre que a ella le producía mucho placer y a mí me parecía una tortura. La estampa era la siguiente: ella estaba sentada en el sofá del salón y, al mismo tiempo, veía la televisión y hacía punto; yo llenaba la alfombra de muñecas y montaba un colegio: las muñecas eran las alumnas y yo una «señorita repipi sabelotodo». Estaba continuamente sentada por la alfombra; casi siempre llevaba vestidos clásicos, de los que la mayoría tenían un lazo grande detrás. Centrada en el juego, me olvidaba de la presencia de la abuela, me levantaba del suelo y ella me cogía por el lazo. Yo me resistía y, algunas veces, el lazo se deshacía y conseguía escapar; pero casi siempre ella me atrapaba, me sentaba en sus rodillas y me mecía como a un bebé. Eso era algo que yo no soportaba.

«¡Abuela, suéltame, que soy muy mayor para que me cojas así!» A ella le daba igual lo que yo le dijera. Entonces me abrazaba con fuerza y me susurraba al oído su frase preferida: «El día que tú naciste florecieron muchas flores y el día que Dios te lleve al cielo cantarán los ruiseñores». Después de decirme su parrafada favorita, me daba seis o siete besos seguidos y me soltaba. A mí me daban mucha rabia esos achuchones de abuela chocha, y le decía: «¡Abuela, que no te enteras!: yo nací en noviembre, y en ese mes no salen las flores». «¿Cómo que no salen las flores? ¿Y tú que eres?» Entonces hacía ademán de venir a por mí y yo salía despavorida del salón, gritando: «¡Socorro, mamá! ¡Dile a tu madre que me deje en paz!» Mi madre, sin saber lo que mi abuela me hacía y decía, exclamaba: «¡Mamá, no seas chiquilla!»

Siendo niña, no entendí los arrebatos de cariño y las palabras de mi abuela. Hace dieciséis años que ella se fue y muchos que yo dejé de ser niña. Pero con la misma intensidad de ayer siento hoy sus rodillas, sus abrazos etéreos, sus besos, su voz y hasta su olor; por mucho tiempo que pase, el olor de los seres queridos no se evapora nunca.

No sé si el día que yo nací florecieron muchas flores; tampoco sé si el día que me vaya cantarán los ruiseñores; lo que sí sé es que el día 15 de diciembre de 1997, día de la presentación de mi libro, sucedió algo tan bonito y maravilloso que, siendo una realidad, parece una fábula oriental; y cuando sucedió, automáticamente me vino a la cabeza la parrafada que en mi niñez me decía mi abuela.

Un año antes había venido a visitarme Rosa Mari, una amiga muy especial que es misionera en África. Ella había sido elegida *Riojana del Año*, por su heroico comportamiento con los más desfavorecidos de este mundo. Rosa Mari y yo nos conocíamos sólo de oídas, pues Maribel, una amiga común de las dos, le había hablado mucho de mí y a mí me había hablado de ella;

pero no habíamos tenido oportunidad de conocernos. Las dos tenemos cosas que nos unen, Dios y el sufrimiento, aunque nos separan miles de kilómetros. Yo vivo atada a mi enfermedad y aislada entre cuatro paredes; ella también está rodeada de enfermos, muchas veces se contagia y sufre en sus propias carnes lo suyo y lo de los demás, pero, a diferencia de mí, sus cuatro paredes son la selva: si enferma, sufre en libertad.

MIÉRCOLES, 28 DE ABRIL DE 1999

La primera vez que Rosa Mari vino a conocerme, el encuentro fue muy emotivo. Ella había sido *Riojana del Año* antes que yo. Además de estar unidas por Dios y por el dolor, también nos unía el calor de la gente de nuestro pueblo, que, por votación popular, a las dos nos había distinguido de la misma manera. Rosa Mari, antes de partir hacia el Congo, me compró un rosal de pitiminí y, como no podía venir ella a traérmelo, se lo llevó a casa de Maribel y le dijo: «Por favor, Maribel, cuando puedas, llévale este rosal a Olga en mi nombre, y dile que no se olvide de orar por nuestra Misión. La presencia del rosal se lo recordará.»

JUEVES, 29 DE ABRIL DE 1999

Esto sucedió un viernes por la tarde, y el sábado por la mañana, Maribel, pronta y bien mandada, a la una del mediodía se presentó en mi casa con el rosal. «Hola, Olga, *cielote*. Mira lo que te traigo de parte de Rosa Mari. He venido cuanto antes para que no se estropease. ¿A que es precioso?» Yo dije: «Es muy bonito, y las rosas son tan pequeñitas que parecen de juguete y tienen un color precioso». A ella no se lo dije, pero para mí pensé: «Es una lástima que no sean color salmón». Y así quedó la cosa.

En las floristerías no suelen tener flores de este color, y mucho menos rosas; sólo las tienes de encargo. Lo sé porque mucha gente se ha vuelto loca cuando ha querido conseguirlas para regalármelas.

Cuando Maribel se fue, como hacía un día muy bueno —pues la primavera se acababa de estrenar—, mi madre le quitó al rosal el celofán y los lacitos que traía, lo regó, abrió el balcón y lo puso en el suelo. Luego cogió mi silla y me colocó de manera que me diera el aire y el sol, mientras mi familia comía. Le pedí que me pusiese música; había pasado mala noche y me apetecía algo tranquilo. «A ver, qué te pongo, ¿clásica o moderna?» «Clásica, clásica, que hoy no estoy para marchas. Ponme el *Canon de Pachelbel*.» Me lo puso y se fue a comer. Mientras oía la música, la brisa y los rayos del sol daban descanso y relax a mi cuerpo fatigado por la enfermedad. Estaba tan a gustito, metida en mí, acordándome de Rosa Mari y observando el rosal... Entonces, como ella me pidió, me puse a meditar, a pensar en todo el trabajo que realizan en la Misión y a orar. De repente, las rosas, que eran de color rosa, como por arte de magia, cambiaron a salmón.

Mi cuerpo lleva años paralizado. En mi pie, durante el día, mientras estoy sentada en la silla de ruedas, me colocan una campanita para poder avisar si me pasa o necesito algo. En aquel instante mi cuerpo se paralizó del todo. Quería avisar a mi madre; pero mi pie no se movía y, lógicamente, la campanita no sonaba.

VIERNES, 30 DE ABRIL DE 1999

Deseaba levantarme de la silla para ir a la cocina y decirles a todos: «¡Venid y veréis!» Quería chillar: «¡Mamá, mira, ven, corre!» Quería coger el rosal entre mis manos para ver si era cierto lo que veía. Pero ni podía gritar, ni moverme, ni coger el rosal. La brisa ya no me acariciaba la cara y el sol me estaba achicharrando. «¡Dios mío, Dios mío, qué cosas me pasan! La música ha dejado de sonar, el rosal ha cambiado de color, yo me estoy achicharrando y aquí no se entera nadie.» Desde mi silencio grité: «¡Socorro, socorro! ¡Que alguien me saque de aquí!» Pero como el silencio no tiene sonido, nadie me oyó. Entonces la telepatía o mi ángel de la guarda debieron funcionar: mi madre se dio cuenta de que la música había dejado de sonar y que yo no había tocado la campana; vino a comprobar si me sucedía algo y al verme exclamó: «¡Hija de mi vida! ¡Si te has puesto como un cangrejo!» Y yo dije para mí: «Yo también he cambiado de color para no ser menos que el rosal».

Me metió en la habitación, cerró el balcón y bajó la persiana para que no me diese el sol. Me puso leche hidratante y tónico en la cara, pues estaba sofocada y sudando como un pollo. Cuando me reanimé le dije: «Sal y mira el rosal». Salió, lo miró y, como es muy despistada, no se daba cuenta de nada. «¿Qué quieres que le vea? ¡Si ya está regado!»

«A ti sí que te regaba yo, a ver si el agua te espabilaba. Mamá, ¿de qué color eran las flores?» «Rosita fucsia». «Y ahora ¿cómo son?» «¡Ay, madre! ¿Qué has hecho? ¡Si se han puesto salmón!» «¿Qué quieres que les haga, si no puedo moverme? Te prometo que no les he teñido el pelo».

MARTES, 4 DE MAYO DE 1999

Al día siguiente vino don Carmelo, el párroco de San Pablo, a visitarme y traerme la comunión. Mi madre le preguntó si él entendía de botánica y le contó lo sucedido. Él respondió: «Yo, la verdad, no entiendo mucho de plantas, pero tengo un amigo que tiene un vivero y es un experto en la materia; voy a consultárselo, porque, sinceramente, es una cosa curiosa».

A los pocos días llamó y nos contó que había estado con su amigo. Éste le dijo que era normal que las rosas cambiasen de color, pero siempre dentro de una misma gama; que podían nacer amarillas claras y al madurar ponerse naranjas, pero que una rosa fucsia pasara a una rosa color salmón era imposible. Don Carmelo le dijo: «Pues no es imposible, porque yo lo he visto». Su amigo le respondió: «Si me lo dices tú, me lo creo; pero si eso es cierto, es digno de estudio».

Don Carmelo nos aconsejó que no le diéramos vueltas, que lo interpretásemos como un regalo, y no lo comentásemos con las visitas, porque la gente, seguramente, no iba a saber interpretarlo y se iban a sacar las cosas de quicio; que lo disfrutásemos y punto.

JUEVES, 6 DE MAYO DE 1999

Esas rosas se cayeron a los veinte días y salieron otras con su color original, rosa fucsia. A partir de ese día, a mi rosalito le cogí un cariño especial y le llamaba «mi rosalito mágico».

Esa no fue la única vez que hizo cosas raras. En tres ocasiones más, y coincidiendo con momentos muy concretos y especiales de mi vida, volvió a hacer de las suyas. Cuando esto sucedía, mi madre decía: «Ya está gastándonos bromas el dichoso rosalito».

Existen muchos tipos de comunicación: lenguaje oral y escrito, código morse, lenguaje de signos, telepatía; y hay quien dice que las flores nos hablan. Cada flor significa algo y cada color quiere decirnos una cosa distinta. Así la rosa simboliza algo tan hermoso como la vida, pues en nuestro paso por ésta muchas veces sentimos la textura aterciopelada de sus pétalos, la frescura de las gotas de rocío sobre ella y su agradable aroma; y otras veces tenemos que aprender a soportar el dolor de sus espinas. La rosa blanca simboliza la pureza, la amarilla la amistad, la roja el amor y la salmón la lucha.

Mi rosalito en varias ocasiones quiso decirme algo, pero su mensaje más bonito me lo dio el día de la presentación de mi libro, el 15 de diciembre de 1997.

VIERNES, 7 DE MAYO DE 1999

Por fin había llegado el tan esperado día. Tenía motivos más que suficientes, no sólo para estar contenta, sino feliz. Pero el no poder asistir a la presentación de mi libro enturbiaba mi alegría.

Mi padre, aunque ya está jubilado, es como un reloj y —nieve, truene o caigan chuzos de punta— se levanta a las 8 de la mañana y lo primero que hace es asomarse, como Heidi, a la ventana, para ver el astro. Ese día, cuando se levantó, desde mi cama le oí decir: «¡Ostras, Pedrín! Estamos a cinco grados bajo cero. ¡La leche! ¡Si está todo nevado! Carmen, la terraza tiene medio metro de nieve y la piscina está helada. ¡Qué frío! ¡Qué frío! Se me van a helar las canillas. ¡La leche! ¡Qué frío hace en estas tierras riojanas! Me dan ganas de meterme en la cama y no salir hasta mayo».

No callaba y no dejaba dormir a mi madre. Ella estaba callada, hasta que explotó y empezó a reprenderle: «Juanma, ¡por Dios! ¡Qué despertares me das! Podías estarte calladito; parece que no has visto nieve en tu vida. Si estamos en diciembre, es normal que estemos a cinco grados bajo cero y que nieve. Anda, hijo, vete a desayunar; así, mientras comes, callas». «Tienes razón, Carmen, pero ya sabes que soy como un chiquillo y me emocionan estas cosas». Acto seguido exclamó: «¡Pues no te fastidia que al rosalito de Olga le han salido flores!» «¡Ay, Juanma! De verdad, eres una pesadilla ¡Qué mañana me estás dando! Ves menos que un gato de escayola. ¿Cómo va a tener flores, si yo lo podé?» «Sí, sí. Está podado y con una cuarta de nieve, pero yo te digo que tiene flores: dos rositas de color salmón. Esta casa parece Lourdes. ¡Hala, cariño! Ya puedes seguir durmiendo, que yo me callo. Me voy a desayunar.»

Cuando mi madre se levantó, mientras desayunaba, por los cristales de la puerta de la cocina observaba lo llena que estaba de nieve la terraza. Ya no se acordaba de mi rosal; ella sólo pensaba que se le habrían helado sus yedras, pero lógicamente no podía salir a comprobarlo en bata y zapatillas. Así que cuando se duchó, se vistió y se puso calzado de abrigo, salió a ver sus plantas. Ella tenía un rosal igual que el mío; había podado los dos a la vez...

LUNES, 10 DE MAYO DE 1999

... fue mirando todas las plantas de la terraza y cuando llegó a los rosales, el suyo estaba como era normal que estuviese: como un conjunto de palitroques cubiertos de nieve. El mío estaba igual, pero en el centro le habían salido dos rositas preciosas, pequeñitas, y no eran rosa fucsia, sino salmón. Se quedó muy impresionada cuando vio que lo que decía mi padre no era broma, pero a mí no me dijo nada; esperó a que me asearan, vistieran y me colocaran en la silla. A la una del mediodía yo ya estaba lista para ejercer mi profesión de enferma un día más. Éste es un trabajo muy duro, pero no puedo cambiarlo. Mi madre entró en mi habitación con el rosal, lo puso encima de la tele y a continuación me abrió los ojos y me dijo: «¿Tú has visto algún rosal que en diciembre dé flores?» Yo, con la cabeza, dije que no, y ella me respondió: «Pues yo tampoco. Aquí en tu balcón te las dejo, para que las disfrutes, como dijo don Carmelo. Tú sabrás lo que te quieren decir esas flores; yo prefiero no pensarlo».

Por supuesto que yo lo sabía: estaban dándome la enhorabuena, porque, tras casi diez años de esfuerzo, había conseguido escribir un libro y publicarlo. Esas rosas no habían florecido por casualidad el día de la presentación del libro; sabían que yo estaba triste por no poder asistir y sentía cómo, desde la otra vida, eran muchos los que estaban conmigo, dándome su apoyo y mil muestras de cariño.

Automáticamente, de mi alma desapareció la tristeza. La presentación del libro fue todo un éxito, y a partir de ese día fui de sorpresa en sorpresa. Pero tengo muy claro que nadie me ha regalado nada; los frutos que recibí y sigo recibiendo, no caen del cielo porque sí; antes hay que sembrar y trabajar muy duro.

Esas rositas se parecían a mí: pasaba el tiempo y no se morían; a los treinta y seis días seguían bonitas, frescas y enteras. Entonces decidí cortar una para secarla y tenerla de recuerdo. Aquel mismo día vino a visitarme mi amigo Patxi.

MARTES, 11 DE MAYO DE 1999

Rafa, el único hermano de Patxi, médico de 32 años, falleció y nació a la otra vida el 15 de diciembre de 1997. Y, una vez más en mi vida, se cumplía eso de que «las casualidades no existen por casualidad». Cuando Rafa falleció, Patxi se quedó destrozado. Raquel, una amiga muy buena de Patxi, no sabía cómo consolarlo y le compró mi libro *Voz de Papel*. A Patxi, al principio, cuando vio que el libro trataba de una chica enferma, no le apetecía leerlo, pues había pasado momentos muy duros con la enfermedad de su hermano y lo que quería era olvidar, no recordar. Pero sintió un impulso muy especial y comenzó a leerlo. Se lo leyó en tres horas, de una sentada.

Su familia vive en Logroño; él trabaja y vive en Madrid. Su hermano, antes de fallecer, le pidió a Patxi que cuando se fuera incinerasen su cuerpo y esparciera sus cenizas en tres lugares muy concretos de Logroño. Y por ese motivo Patxi se encontraba aquí: había venido de Madrid para cumplir el deseo de su hermano Rafa. En cuanto terminó de leer la última palabra del libro, cogió la guía telefónica para localizarme. Por esos días, era tanta la gente que llamaba que el teléfono estaba desconectado o daba la señal de estar comunicando. La gente llamaba para decir que habían leído el libro, que les había encantado y por ello me felicitaban; añadían que querían venir a visitarme. Así que mi madre se pasaba el día colgada del teléfono, agradeciendo las muestras de cariño y haciéndoles entender a las personas que, dado mi estado de salud, no podía recibir visitas; como mucho, una al día y no todos los días. Por eso, fue casi un milagro que Patxi consiguiera hablar con mi madre a la primera; y no sólo eso, sino que saliera de ella el decirle: «¿Quieres venir a conocerla?» A lo cual él respondió: «En este momento de mi vida nada me haría más ilusión».

Patxi se presentó en casa un sábado a las cinco de la tarde con un ramo precioso de rosas rojas. A partir de ese día empezaron a suceder una serie de cosas que contaré más adelante, pero que a Patxi y a mí nos dejaron muy claro que mi libro sólo había sido un instrumento; en realidad, el que nos había unido, por un motivo muy concreto, desde el más allá había sido su hermano Rafa.

La segunda vez que Patxi vino a visitarme, le conté lo que había sucedido con el rosal. Le dije: «Abre el balcón y lo ves». Cogió el rosal entre sus manos y dijo: «Si no lo veo, no lo creo. Esto es fantástico, ¡Qué rosita tan cuca!» «Esa rosa nació a esta vida el mismo día que Rafa se fue a la otra. Así que córtala, que es tuya». Al principio le daba pena y no quería, pero luego se lo pensó mejor y me enseñó una cajita muy pequeña donde había guardado unas poquitas cenizas de Rafa. Cortó la rosita y me dijo: «Tienes razón, esta rosita y Rafa deben estar juntos, pues simbolizan las dos vidas». Metió la rosa en la cajita y, con los ojos llenos de lágrimas, me dio dos besos en la frente: uno en su nombre y otro en el de Rafa. Y, según iba dándome los besos, me decía: «Gracias, gracias».

Hoy, día 11 de mayo, era el cumpleaños de Rafa en esta vida. «Por eso, aunque sé que para ti, Rafa, es más importante la fecha de tu nacimiento a la otra vida, no quiero dejar de felicitarte; porque si no hubieras nacido a ésta, tampoco habrías podido nacer a la otra; y, aunque estás allí, los que te queremos y seguimos aquí, te felicitamos y recordamos en tus dos fechas: el día de tu llegada y el día de tu partida. ¡Muchas felicidades, Rafa!»

Frecuentemente me he preguntado de quién sería aquella voz que me contó en el sueño lo de las almas color salmón. También me gustaría saber quién hizo posible que las rosas cambiasen de color o florecieran cuando no tenían que florecer. Hay preguntas que en esta vida no tienen respuesta, pero, como yo soy una *chica muy lista,* a buen entendedor...

Todos estos sucesos me han dejado dos cosas muy claras: que mi color es el salmón y la rosa de pitiminí, mi flor.

V
Mi fugaz experiencia en el más allá

MIÉRCOLES, 19 DE MAYO DE 1999

En la actualidad tengo treinta y cinco años. Cuando tuve mi experiencia en la otra vida tenía veintitrés años y siete meses. Hasta ese día en esta vida había vivido, sentido y experimentado momentos felices, alegres, divertidos, tristes, duros, amargos, ... como casi todos los mortales. Pero, sin ninguna duda, mi experiencia más fuerte estaba por llegar.

En realidad, mi historia empezó siendo una niña. A los trece años fui operada de apendicitis; a partir de entonces la rama de mi vida se astilló. Ni se supo, ni se sabe, ni se sabrá nunca si hubo negligencia médica o si fue culpa de mi organismo; el caso es que yo entré al quirófano siendo una niña con apendicitis, pero sana, y salí sin apéndice, pero enferma. Hasta entonces había sido una «niña diez»: era inteligente, despierta, muy activa y creativa. En el colegio María Inmaculada, en Puertollano, las monjas nos daban clases de canto, música y baile; a mí se me daban muy bien las tres cosas. Con nueve años sabía tocar flauta, guitarra y piano. De los siete a los once años fui la voz solista del coro del colegio y la profesora de baile habló con mi madre y le dijo que, como yo tenía facultades, me llevase a clases de danza clásica. Así que, además de las clases del cole, iba a danza, y, como me encantaba pintar, también iba con mi hermano Javier a clases de dibujo y pintura.

Al principio de la enfermedad, no sabían qué me pasaba. Al cambiar la danza por la gimnasia rítmica, fue cuando se vio claro que tenía una debilidad muscular. Dos veces estuve a punto de romperme la crisma, porque haciendo unos saltos mortales en la barra de equilibrio los brazos se me quedaron sin fuerza; pero, como tenía muchos reflejos, supe caer bien.

Foto 2: Olga, ocho años, vestida de amapola, en Puertollano.

A pesar de que siempre estaba muy cansada, hacía una vida normal; iba a clase y los fines de semana me encantaba ir con mis amigas a patinar sobre hielo, esquiar o salir de marcha nocturna. Aparentemente, era una chica como las demás, pero, a diferencia de mis amigas, yo me pasaba el día en consultas de médicos. El peregrinaje empezó en Logroño; después fui a Pamplona, a la Clínica Universitaria de Navarra. Cuando los médicos no saben por dónde les da el aire, suelen decir: «Eso es psicológico».

Así me tuvieron dos años en el departamento de psicología, haciéndome todo tipo de tests, con preguntas y más preguntas. Un día, con quince añitos, uno de los psicólogos que me llevaba estuvo conmigo más de tres horas haciéndome pruebas. Cuando terminó, me felicitó: tenía un cociente intelectual de ciento veinte, y eso era algo superior a lo normal. Entonces yo me levanté de la silla y con los ojos llenos de lágrimas, pero conteniendo el llanto, le dije: «Me importa un comino que mi cociente intelectual sea de ciento veinte o de sesenta. Yo no sé lo que me pasa, porque no soy médico; tampoco sé qué cociente intelectual tendrá usted, pero no hace falta ser muy listo para ver que lo mío no es psíquico sino físico, y haciéndome tests no voy a curarme. Así que usted verá lo que hace conmigo, pero yo aquí no pienso volver. Me han tenido dos años perdiendo el tiempo; no pienso perder ni un segundo más».

Me hizo salir de la consulta, llamó a mi madre, hizo un informe y nos mandó al departamento de otorrinolaringología. Allí, en una primera exploración, vieron que tenía el velo palatino caído y paralizado, la lengua un poco atrofiada y las cuerdas vocales con poca movilidad. Entonces dijeron: «No sabemos la causa, pero esto es grave». Y les pasaron la pelota a los neurólogos.

VIERNES, 21 DE MAYO DE 1999

Éstos me hacían pruebas cada seis meses: analíticas de todo tipo, escáner, biopsias, miogramas, etc., etc. En principio, el diagnóstico fue *miopatía congénita benigna*, pero el avance de la enfermedad dejó claro que no era una miopatía congénita y mucho menos benigna. Entonces empezaron a buscar una *miastenia gravis*, y tampoco era eso. Más tarde pensaron en una ELA, es decir, *esclerosis lateral amiotrófica*.

A los siete años de estar en la Clínica Universitaria de Navarra, el jefe del Servicio de Neurología, que era un neurólogo de prestigio internacional, habló con mis padres y les dijo de una manera muy diplomática que era un caso muy extraño y que ellos ya me habían hecho todas las pruebas pertinentes. Visto que no llegaban a nada concreto, les aconsejó que me viesen en otro centro.

Así fui a parar al Hospital 12 de Octubre de Madrid, al equipo de otro eminente neurólogo, el doctor Portera. A la mayoría de los pacientes los veía su equipo médico; al doctor Portera sólo lo llamaban para estudiar los casos difíciles, y yo era uno de esos casos. Él se tomó mucho interés y nos atendió fenomenalmente; pero fue muy sincero y dijo: «Mira, preciosa, no quiero que te hagas ilusiones. Tú no vienes de un médico cualquiera; has estado en uno de los mejores equipos de neurología y en muy buenas manos, y si en Pamplona no han sabido llegar a un diagnóstico, no creo que nosotros podamos; pero, bueno, por intentarlo que no quede».

Me repitieron prácticamente todas las pruebas, añadiendo una hasta entonces nueva para mí. Me hicieron una extracción de sangre; centrifugaron la sangre y enviaron los sueros a Estados Unidos, concretamente a un hospital de Santa Mónica, en California. Después de hacerme, como en Pamplona, mil y una «judiadas», llegaron a la misma conclusión, y el médico me dijo, riéndose para quitarle importancia al asunto: «Todo lo que tienes de guapa, lo tienes de "perro verde". Fíjate si es difícil encontrar un perro verde; pues algo así eres tú para nosotros. (Yo pensé para mis adentros: ¡Qué diplomático eres! Me das una de cal y otra de arena). Tienes síntomas de enfermedad muscular, pero no se te puede catalogar en ninguna de las enfermedades de ese tipo. Después de mucho estudiar tu caso, hemos llegado a la conclusión de que la anestesia que se utilizaba cuando te operaron de apendicitis tenía un componente que ya no se usa, el *curare*. Entonces pudieron pasar dos cosas: una, que se pasaran con la dosis; otra, que tu organismo rechazara esa sustancia. Lo que está claro es que tu bulbo raquídeo está permanentemente inflamado, y la médula y el sistema nervioso central alterados; por eso no te llega información correcta a los músculos. Éstos se debilitan y atrofian. Para eso, desgraciadamente, no hay tratamiento; lo único que podemos hacer, a medida que vaya avanzando la enfermedad, es paliar sus efectos. Por eso, lo que te aconsejo es que te olvides de nosotros y de que estás enferma; y mejor, no pienses en el futuro; vive la vida a tope».

Me tomé sus palabras al pie de la letra; pasé de sacar todo sobresalientes y me hice amiga de las «calabazas». Cuando mis padres veían mis calificaciones no podían creérselas, y les dije con frialdad y naturalidad: «Creo que vosotros no entendisteis bien al médico, pero yo sí. Dentro de unos años, o me voy a morir o me voy a quedar hecha unos zorros; así que ¿para qué voy a estudiar? El médico me ha dicho que viva la vida a tope, y eso es lo que estoy haciendo».

Durante dos años sólo pensaba en esquiar, patinar sobre hielo, viajar, ligar y pasármelo bien con mis amigas. Esto sólo me duró de los dieciocho a los veinte años. Como vi que no empeoraba y que no me moría, tenía que labrarme un futuro; recobré la sensatez y volví a ser una chica diez.

Aunque hacía una vida normal, sabía que la rama de mi vida estaba quebrada y que en cualquier momento podía romperse. Como ya dije en el capítulo cuarto, el tres es el número que, tanto para bien como para mal, está marcando mi vida. De muy pequeñita cuando me preguntaban cómo me llamaba, como no sabía decir Olguita, decía «Hojita». Así a los trece años la rama de esa hojita se quebró, a los veintitrés se rompió, pero a mis treinta y cinco la raíz sigue viva. Así que, aunque llegué con sólo veintitrés años al más allá, ya sabía lo que era vivir y sufrir. Allí no llegué por arte de magia; antes me sucedieron cosas muy fuertes, ese tipo de cosas que uno piensa que sólo suceden en las películas o a los demás.

Todo ocurrió el último domingo de mayo de 1987; parece que fue ayer, pero dentro de diez días hará trece años. A esta vida vine el 3 de noviembre de 1963. Como veréis, el tres ya marcaba mi vida. Nací a las ocho y cuarto de una mañana preciosa de un domingo de otoño madrileño, y en la otra vida me presenté una tarde noche de un bonito domingo de primavera riojana. Tanto a ésta como a la otra llegué en domingo.

El sábado, mis padres, mi hermana Mónica, que entonces tenía nueve años, y yo, fuimos a pasar el día a la finca de nuestros amigos, la familia Barquín. Esa finca era el punto de reunión de matrimonios amigos de mis padres, y cuando no había hijos de unos, había de otros. Se organizaban unas comidas y unas veladas entrañables.

MARTES 25 DE MAYO DE 1999

Ese sábado llegamos a la finca a las once de la mañana. Estuve tomando el sol y me di en la piscina el primer baño de la temporada. Después de comer le hice fotos a mi hermana Mónica. De repente, se nubló y comenzó a llover; entonces me duché y me vestí. Habían cortado un sauce llorón, porque sus hojas caían al agua y ensuciaban la piscina. Entendí que era necesario cortar el árbol, pero me dio mucha pena. Me quedé mirando su tronco y, pensativa, me senté en él; mi madre se fijó en mí, cogió la cámara fotográfica y me dijo: «Hija, estás de foto. Tu ropa lila hace juego con la flor de los melocotonares».

—Ni se te ocurra hacerme fotos, le dije.

—¿Por qué, hija, si estás muy guapa y el paisaje es precioso?

—Porque en este momento quiero que me dejes en paz; además, tú no sabes usar mi cámara y me vas a volver loca.

Pero como ella insistió, me di por vencida y le dije:

—¿Dónde quieres sacarme?

—En el tronco.

—Vale, pues ponte tú y yo gradúo la cámara. Luego me pongo yo, haces dos o tres fotos y me dejas en paz.

Sin saberlo, mi madre me estaba haciendo mis últimas fotos siendo una chica normal, y quién iba a decirme a mí que al día siguiente emprendería nada más y nada menos que mi primer viaje al más allá.

El domingo se había organizado una comida familiar con todos los amigos de mis padres y los hijos de éstos. Mis padres dijeron que contaran con ellos y con Mónica seguro; con Olga, no sabían.

Amaneció un día precioso. Yo me levanté y, al ver el sol, me apetecía ir a la finca. La cabeza me decía sí, pero el cuerpo me decía no. No me dolía nada; sin embargo, tenía un cansancio que no podía ni con las pestañas. Mientras desayunaba estaba pensando qué hacer, y decidí pasar un domingo «cocoon»* sin salir de casa.

Cuando mi hermana vio que no me arreglaba, dijo:

—Olga, ¿no vas a venir a la finca?

—No.

—¿Has visto el sol que hace?

—Sí.

* Anglicismo que significa hacer vida dentro de un cascarón.

Foto 3: Olga en la finca de la familia Barquín en Assa, finales de mayo de 1987.

—No me puedo creer que no vayas a venir a ejercer de “lagarto”, ... ¡con lo que te gusta tomar el sol! ¿Vas a quedarte sola en casa? Ya sé lo que te pasa: “la primavera la sangre altera”, y tú estás melancólica pensando en Madrid.

—Tú sí que estás melancólica, *Moniquilla* —le dije—; anda, ponte tu chandal de Snoopy y déjame en paz.

Efectivamente, Mónica tenía razón. Yo tenía que estar en Madrid, pero no había podido volver. En junio de 1986 había terminado mis estudios de fotografía profesional, en el Centro de Estudios de la Imagen, en Madrid. Quedé, con tres compañeras de la residencia universitaria donde vivía, en alquilar un piso para las tres el próximo curso. Había previsto volver en octubre, pues, aunque tenía tres ofertas de trabajo, quería hacer la especialidad de fotografía publicitaria y creativa. Pero uno piensa que guía su vida y en realidad es la vida la que nos conduce por las autopistas que le da la gana.

Cuando terminé en junio me salió un trabajo como fotógrafa y asesora de imagen en la sede de un partido político. Había elecciones políticas y estuve trabajando casi dos meses a un ritmo frenético. Llegaba a la sede a las nueve o diez de la mañana, me montaba en un coche con un senador y algún escolta y recorríamos, pueblo a pueblo, toda La Rioja. Me sabía los mítines de memoria; cada día los pueblos y los candidatos eran distintos, pero los mítines eran iguales. Al final, siempre nos invitaban a cenar y no llegábamos...

Miércoles, 26 de mayo de 1999

... a casa antes de las tres o las cuatro de la mañana. Mi peso normal no superaba los cuarenta y siete kilos, y en menos de dos meses adelgacé siete kilos. Nunca pude imaginarme, hasta que no lo viví, lo agotadora y estresante que puede ser una campaña electoral.

Se me acumuló el cansancio de fin de carrera con el del trabajo. Así que, cuando terminaron las elecciones, hice las maletas y me fui con unas amigas a Palma de Mallorca.

El principal objetivo de mi viaje era descansar, comer y dormir mucho, disfrutar y, por supuesto, broncearme, objetivo que llevaba persiguiendo desde mi regreso de Madrid. Pero, una vez más, todo salió justo al revés de como lo había pensado. El viaje fue una pesadilla interminable: el autobús que nos conducía desde Logroño al aeropuerto de Barcelona se estropeó y perdimos el vuelo; tras mil y una aventuras, llegamos a la isla después de casi dos días; allí hacía tanto calor que me resultaba imposible dormir, fenómeno desconocido hasta entonces para mí, pues precisamente yo contaba entre mis amistades con una merecida fama de dormir profundamente en cualquier sitio y de cualquier forma; en broma, me llamaban *La Bella Durmiente*.

No conseguía adaptarme, y esto empezó a crearme problemas. La falta de sueño me producía inapetencia, que con el estrés acumulado tuvo como consecuencia un desmayo por agotamiento. Visto así, no tendría demasiada importancia; pero yo siempre he destacado por mi originalidad en todo, y no iba a ser menos a la hora de desmayarme. Me desvanecí justo cuando estaba subiendo las escaleras de la casa de unos amigos de mis padres y míos, la familia Baragaño. Noté cómo me desplomaba, pero no pude hacer nada para evitarlo. Caí de espaldas, golpeándome la cabeza fuertemente. La caída fue espectacular, como de película, pero en versión original, con un resultado de ocho puntos de sutura en la cabeza, rotura de sacro, varios hematomas y muchas pesadillas debidas a esa terrible experiencia que me gustaría olvidar. Pensé que iba a morir, a causa de la cantidad de sangre perdida. Estaba convencida de que me llegaba la muerte, pero mi temor a ella quedó solapado por el pensamiento del disgusto que tendrían aquellos amigos. ¿Cómo se lo comunicarían a mi familia? ¿Qué problemas se originarían para trasladar mi cadáver al morir en una isla?, etc. Pude comprobar cómo trabajaba la mente a una velocidad vertiginosa, elaborando un resumen perfecto de toda mi vida: se amontonaban cosas y sucesos que yo ya no recordaba. Pese a lo anterior, mi estancia en Palma no fue del todo mal y, afortunadamente, la aventura tuvo un final feliz.

La semana que pasé en casa de los Baragaño recuperándome satisfizo todas mis expectativas: dormir mucho, comer bien, broncearme, disfrutar a tope de la isla. Me habían cuidado tan bien y llegué a casa con un aspecto tan saludable que resultaba difícil imaginar lo que me había sucedido.

El verano llegaba a su fin y yo me preparaba para volver a Madrid, con la idea de hacer la especialización. Recobré, loca de contenta, los contactos que había dejado allí, pues ello suponía el reencuentro con mis compañeras de residencia y de clase. Pero tuve que ingresar en un hospital, debido a trastornos en la visión. Tuvieron que hacerme unas pruebas, porque los médicos temían que, a consecuencia del golpe que había sufrido en la cabeza durante las vacaciones, tuviera algo grave. Después de dos semanas en el centro hospitalario, intenté volver a la normalidad cuanto antes, pero me encontré con la sorpresa de que, desgraciadamente, ya era demasiado tarde para volver a Madrid. Una vez más, todo se ponía en mi contra; el plazo de matrícula había terminado y tendría que esperar forzosamente al curso siguiente. Encontrar alojamiento en esas fechas era ya imposible, pese a que mis compañeras, ya instaladas, me telefoneaban continuamente para saber cuándo volvía con ellas; así que me quedé en casa. Quería llorar, pero era consciente de que nada arreglaba con ello; por eso intenté aceptar mi situación. Sin embargo, había días en que me resultaba difícil, y sólo podía conformarme con el recuerdo de tiempos pasados, convenciéndome de que no necesariamente todo tenía que ser maravilloso y esperanzándome con el pensamiento de que ya llegaría algo mejor...

Pero hubo días en los que todo parecía más negro que de costumbre, y ese precioso domingo de mayo soleado y primaveral era uno de ellos. Mónica le dijo a mi madre: «Mamá, Olga está melancólica y dice que no va a venir con nosotros a la finca». Entonces mi madre empezó a sermonearme: «Pero ¿cómo vas a quedarte en casa con el día que hace?».

Yo no veía el momento de que se abriera la puerta de casa, salieran todos y me dejaran con mi cansancio y mi melancolía, a solas conmigo misma.

A las doce me duché y me vestí, como decía en su copla la Martirio: «arreglá pero informal». Después me puse a preparar la comida y me fui a comer al salón para ver la tele. Al terminar, como me aburría, me puse a recoger la cocina. Cuando terminé me metí como un hamster en mi habitación, me tumbé en la cama a leer y escuchar música. A las seis no sabía qué hacer y, aunque me sentía cansada y mal, saqué toda la ropa del armario y me puse a ordenarla...

Jueves, 27 de mayo de 1999

... pues era tiempo de cambiar la ropa de invierno por la de primavera. Estuve desde las seis hasta las nueve. Para mí tener todo limpio y ordenado no era una obligación, sino más bien un hobby. Me encantaba tener todo ordenado y seleccionado: ropa, zapatos, libros, vídeos, discos, fotos, documentos, etc.

Cuando terminé, me sentía físicamente tan mal que empecé a asustarme. Así que me dije: «Olga, lo mejor será que cenes y te vayas a la cama, y seguro que mañana te levantas como una rosa».

Terminé de cenar y me hice un zumo de naranja; estaba endulzándolo con dos cucharadas de miel cuando entraron todos por la puerta de casa: mis padres y Mónica. Venían en chándal, colorados por el sol y con olor a primavera. Mi hermano Iñaki llegó del local de ensayo con su guitarra. Todos me saludaron y empezaron a discutir, pues los cuatro querían ducharse a la vez y sólo había dos baños. De repente, los acontecimientos se precipitaron y los baños se quedaron vacíos porque tuvimos que salir corriendo.

Yo respiraba con dificultad, pero prefería ignorarlo. Estaba bebiéndome el zumo, cuando me atraganté y comencé a toser sin poder parar. Notaba cómo mi estado se complicaba en cuestión de segundos; respiraba cada vez peor y no como consecuencia de la tos o del zumo. Mi padre me golpeó en la espalda, pero yo no sentía ningún alivio. Me asomé a la terraza de la cocina porque necesitaba aire; corrí, desesperada, al balcón en busca del oxígeno que tanta falta me hacía. Allí comprendí que de nada servía callarme ni intentar disimular para no alarmar a mis padres. Corrí a avisar a mi madre, pero cuando me di la vuelta ella estaba allí observándome. No fue necesario que le diera explicaciones; me miró a la cara y eso le bastó. La angustia que yo sentía era difícil de disimular.

«¿Quieres que vayamos a Urgencias?», me dijo. Yo asentí con la cabeza. En ese momento mi madre comprendió que la cosa era grave y que había que correr. Me conoce perfectamente y sabe que no soy de ese tipo de personas que se quejan por nimiedades.

«Juanma, corre, no te metas en la ducha, no te cambies de ropa; vamos a Urgencias, corre», le dijo a mi padre. Luego se dirigió a mi hermano: «Iñaki, coge a tu hermana en brazos y corre también».

Cuando Iñaki se disponía a cogerme en brazos, le pedí que esperara un poco; quería ponerme los zapatos. Me dirigí a mi habitación, con la intención de cambiarme de ropa y calzado, ya que, como no había salido de casa, vestía ropa informal y estaba descalza. Mis pasos eran cada vez más lentos; el pasillo no parecía el mismo, se hacía cada vez más y más largo. Pensé: «¡Que horror! No voy a poder llegar nunca...» Haciendo un esfuerzo sobrehumano, llegué, contemplé ante mis ojos la puerta de mi habitación y toqué el marco con la intención de apoyarme, pues ya casi no podía tenerme en pie.

Mi madre y mi hermano estaban a mis espaldas, esperando a que yo terminase de cambiarme, pues saben que soy de ideas fijas y era inútil convencerme de lo contrario. Con gran esfuerzo logré mi objetivo.

Estaba calzándome los zapatos, cuando noté que me asfixiaba; el aire se negaba a penetrar por la boca y la nariz; no podía hablar, el corazón comenzó a acelerarse y en pocos segundos alcanzó una velocidad considerable; la cabeza parecía que iba a estallar y yo notaba su presión como si se llenara un globo. Miré a mi madre y le dije: «Me voy, mamá, me voy. Os quiero mucho a todos. Me voy». Mi madre contestó, perpleja, sin saber si reír o llorar: «¡Ay, hija! ¡Qué cosas tienes!»

Sentí cómo me desvanecía. Iñaki me cogió entre sus brazos, pero le resultaba difícil sujetarme, ya que mi cuerpo se agitaba fuertemente lanzando puñetazos y patadas al aire por la falta de oxígeno. Sin duda se trataba de actos reflejos, igual que los peces cuando los sacan fuera del agua y colean durante unos minutos mientras mueren por falta de aire. Hasta que me desmayé transcurrieron los peores momentos de mi vida; luego, seguí luchando inconscientemente por vivir, aunque ya no sufría.

Mi padre corría delante de mi hermano abriendo paso. Cuando entraron en el ascensor, percibí como Iñaki me golpeaba la cabeza contra la puerta, como consecuencia de las prisas y los nervios. Mi madre le advirtió: «¡Hijo, con cuidado, no la golpees!» Iñaki contestó: «¡Se me resbala, no puedo con ella! ¿No ves que no para quieta? Tranquila, mamá, no le he hecho daño; está inconsciente y no se entera». Era cierto, estaba semiinconsciente, pero mi oído seguía funcionando, aunque todo sonaba lejano, como si se tratase de un sueño.

Llegamos a la calle y mi padre ya estaba en el coche, preparado para salir. Mi hermano me llevaba en brazos como si fuera un bebé. El coche avanzó a toda velocidad. Yo seguía agitándome inconscientemente, cada vez con más fuerza. Mi madre giró la cabeza y le dijo a mi hermano: «Iñaki, baja la ventanilla; que tu hermana reciba el aire directamente». Esa fue la última vez que pude escucharla a ella. El aire me golpeaba de lleno la cara, y, en estado de semiinconsciencia, podía apreciar la temperatura de aquel día primaveral y a considerable velocidad que llevaba el coche. Mi corazón, que hasta ese momento palpitaba, trabajando más que de costumbre, como si alguien le hubiera estado animando: «¡Corre, no te pares!» Se cansó de ir a un ritmo tan trepidante y se paró.

Deje de oír, de sentir, de agitarme. Iñaki vio cómo uno de mis brazos quedaba colgado, totalmente laxo y relajado; mis dedos acariciaban el suelo del coche. Yo ya no emitía sonido alguno, mis ojos se habían cerrado y mi cara cambiaba de color por momentos. Él me tomó el pulso y comprobó, amargamente, que mi corazón había dejado de latir; estaba muerta entre sus brazos. El miedo se apoderó de mi hermano; quería llorar, pero sus lágrimas no brotaban; quería hablar, pero sus labios no podían articular palabra alguna; no obstante, su mente trabajaba deprisa. Se limitó a estrecharme entre sus brazos y a creer firmemente que no estaba muerta; él me conocía muy bien, y en sus esquemas de hermano pequeño no cabía el que yo hubiera muerto de una forma tan tonta:

«No puede ser —se repetía una y mil veces—, esto pasará. Olga tiene que seguir incordiándome mucho tiempo. ¿Cómo puede hacerme esto? ¡No, por favor, no puede ser!»

Llegamos a Urgencias. Los celadores me tumbaron en una camilla y me metieron corriendo. Mi madre les seguía para poder explicar al médico lo que estaba pasando. La pobre no sabía cómo empezar. Se armó de valor, intentó mantenerse serena en todo momento y comenzó a decirles que yo respiraba con dificultad y que bebiendo un zumo me había atragantado y asfixiado. Era la primera vez que me ocurría; les advirtió que desde los trece años (y como consecuencia, al parecer, de la anestesia general que me aplicaron en una operación de apendicitis) padecía una enfermedad neuromuscular que los médicos, tras diez años de estudio, no habían podido tipificar. Mi madre continuó refiriendo al médico todo mi historial clínico, intentando ir a lo concreto. El médico se quedó sorprendido de cómo estaba reaccionando mi madre, tan serena, con tanta entereza.

Todo el mundo corría; los médicos iban y venían; mi madre vio cómo intentaban reanimarme y sacarme de la parada cardiaca. Entonces una enfermera le hizo salir, ya que el espectáculo resultaba un poco fuerte incluso para personas con entereza. Mi padre y mi hermano se habían marchado: uno, en busca de la documentación; el otro, con la idea de atender a Mónica, la peque de la casa. Pero cuando Iñaki llegó, comprobó que Mónica, al verse sola, había cogido su uniforme y sus libros del colegio y había pasado a casa de los Barquín, dejándose llevar por su instinto, que le hizo ver la gravedad de la situación y le impulsó a dormir fuera de casa esa noche. Iñaki, viendo que Mónica estaba bien, se fue en busca de Javier, el mayor, que vivía independiente desde hacía dos años.

En el hospital un celador preguntaba: «¿Hay algún familiar de Olga Bejano?» En aquel momento todos estaban de camino; sólo respondió mi madre. El médico le informó: «Lo siento, su hija se nos va. La cosa se ha puesto fea. Estamos haciendo todo lo que podemos. Lo siento... La mantendremos informada».

Ella intentó no derrumbarse y se dirigió al teléfono; con él en la mano, daba vueltas y vueltas en torno a sí misma, sin saber qué hacer. Un señor que se encontraba cerca le dijo: «Señora, ¿le ayudo?, ¿quiere que le marque algún número?» Mi madre le contestó: «Por favor, déjeme una moneda». Quería avisar a un montón de personas, pero los números de teléfono se habían borrado de su mente. Sólo pudo recordar el de los Barquín. Llamó para preguntar por Mónica e informarles de lo que sucedía.

La noticia corrió como la pólvora y, poco a poco, aquello se llenó de gente. El médico volvió a informarle: «Su hija ha tenido dos paradas cardíacas, pero hemos logrado reanimarla. No podemos darle esperanzas ni arriesgarnos a emitir un pronóstico; todo depende de su evolución. De momento, sólo cabe esperar. En cualquier caso, su estado puede considerarse muy grave; se halla en coma profundo y, probablemente, si sale del coma, le queden lesiones cerebrales graves, porque ha estado mucho tiempo sin recibir oxígeno. Ahora la hemos trasladado a la Unidad de Cuidados Intensivos (UCI).

Familia y amigos se dirigieron a la UCI. Al cabo de unas horas, de madrugada, el médico intentó hacer comprender a todos que allí no hacían nada, y que lo mejor era que se volvieran a casa; serían avisados de cualquier novedad. Todos lo entendieron, pero antes de marcharse pidieron verme. El médico aceptó, dejando pasar sólo a mis padres y a mi hermano mayor. A través de los cristales, pudieron verme conectada a un sinfín de aparatos, luchando contra la muerte, queriendo sobrevivir. Mis padres, pese a su entereza, se sentían destrozados; mi hermano no pudo soportar aquél panorama, se derrumbó y gritó desesperadamente: «¿Por qué, Señor, por qué tiene que ser ella?» Dio un golpe en el cristal, intentando descargar la impotencia que le producía no poder tocarme, y gritó: «¡Mierda!» Mi padre intentó calmarle: «Por favor, Javier, contrólate. Así no consigues nada; ella no puede oírte. Olga está en coma. ¿Lo entiendes? ¡En coma!» Él gritó con más fuerza: «¡Olga, lucha, sé fuerte y lucha! ¡No te vayas! ¡No te rindas! ¡Puedes conseguirlo, lucha! ¡No nos dejes, por favor!» Y gritó: «¡Por favor, no te vayas!» Mi padre lo sujetó y ambos salieron de la UCI.

A pesar de estar en coma profundo y de que ya me habían conectado a un respirador, mi cuerpo no dejaba de agitarse. Tenía convulsiones que me levantaban de la cama; por eso me ataron de pies y manos. Mis padres le preguntaron al médico el porqué de esas convulsiones, y él claramente les dijo que eran estertores de muerte.

Después de verme, por un lado, desnuda y, por otro, vestida con un sinfín de tubos y sondas, tapada con una simple sábana de hospital y luchando contra la muerte, salieron de la UCI destrozados, pues pensaban que yo estaba sufriendo mucho y, lógicamente, mi sufrimiento era el suyo. Pero yo no sufría; nunca mejor dicho, estaba en la gloria.

Mientras me tuvieron en el *box* de urgencias, tuve una parada cardiaca de la que me recuperaron; pero a los diez minutos se repitió. Entonces —a la vez que uno de los médicos decía: «Se nos va, se nos va»— yo sentí cómo salía de mi cuerpo. Al principio me vi perdida; no sabía bien dónde estaba, si aquello era un sueño o estaba pasando de verdad; no sabía si estaba viva o muerta. Empecé a correr intentando buscar una salida y, como no la encontraba, mi angustia y desesperación fueron tales que comencé a llorar.

De repente, me vi envuelta en una luz que era como una especie de espirales de menor a mayor, formando un túnel.

SÁBADO, 29 DE MAYO DE 1999

Esa luz me atraía hacia ella como un imán. Me introduje en esa especie de túnel. En el fondo había una persona masculina de la que no distinguía la cara, pues estaba bastante lejos; lo que sí le veía era su vestimenta, una especie de túnica blanca. Y con su mano derecha me hacía gestos para que me dirigiese hacia él, a la vez que me decía: «Olga ven».

Yo me preguntaba quién sería y por qué sabía mi nombre. A medida que avanzaba, dejé de sentir miedo. Ya no tenía ninguna necesidad humana: frío, calor, hambre, sed o dolor. Allí tampoco existía la relación espacio-tiempo y la comunicación era distinta. En un momento determinado fui consciente de que mi alma había abandonado su cuerpo y que me encontraba en el umbral de la muerte. Para mí, hasta entonces, la palabra muerte equivalía a cementerios, ataúdes, esqueletos, oscuridad, bichos y miedo; y lo que descubrí fue, en primer lugar, que la muerte no existe: no es otra cosa que nacer a otra vida.

La muerte es luz, paz, descanso, placer, bienestar y un amor infinito que en esta vida no existe y no se puede explicar. Cuando sentí todo aquello, me dije: «Si esto es la muerte, es maravilloso. ¡Qué pena que no he venido antes!» Me sentía la mujer más feliz del planeta; ya se me había olvidado todo lo que había sufrido hasta llegar allí.

Cuando había avanzado más de la mitad y estaba cerca de aquella persona, oí la voz de mi hermano Javier, gritando y sollozando desesperado: «¡Olga, lucha! ¡No te rindas! ¡Lucha, no te vayas! ¡No nos dejes!» Entonces me detuve. Quería avanzar y llegar hasta el final, pero la voz de mi hermano retumbaba en mi interior y me lo impedía. Miré a aquella persona esperando que me dijera: «Olga, no hagas caso; ven». Pero no fue así. Dejó de llamarme y su mano tampoco me hacía gestos; se limitó a observarme. Yo emprendí la mayor batalla de mi vida conmigo misma. Sabía que ir al final del túnel era placer, amor y bienestar; y retroceder era eso: retroceder, volver a un cuerpo enfermo, en el que seguiría sufriendo. ¿Y a quién le gusta sufrir? A mí, no.

La decisión no fue fácil; me quedé atascada. Como allí el tiempo es otro, no se me hizo largo ni corto, pero sí duro, muy duro. Según nuestro tiempo, estuve cinco días en coma profundo, y cuando allí decidí volver, como por arte de magia, desperté aquí.

Cuando tomé la decisión me levanté y empecé a andar hacia el principio. Volví la cabeza y con el pensamiento le dije a aquella persona: «Yo quisiera quedarme, pero sé que, si atravieso ese umbral, la voz de mi hermano va a retumbar siempre en mi interior y no va a dejarme ser feliz. Necesito volver para decirles a todos, y especialmente a mi hermano, que Dios y el más allá existen, que no tienen que llorar mi muerte ni la de nadie y que todo esto es maravilloso». Entonces esa persona me dijo: «La que no tiene que llorar eres tú. Has decidido volver, porque pesa más en ti el amor hacia tu hermano que el miedo al dolor y al sufrimiento, y eso te honra. Me siento orgulloso de ser uno de tus guías; la próxima vez que vengas, no tendrás que volver. Pero antes te queda camino por andar en la vida. Vas a sufrir mucho, pero no estarás sola y tu sufrimiento va a ser fértil, muy fértil. Y ahora vete».

Cuando salí de la luz y abrí los ojos, vi camas y gente que no conocía. Oí el sonido del respirador al que no sabía que estaba conectada y empecé a oír una canción que ese año era el número uno en los *40 principales*. Era una de mis canciones favoritas. La había oído mil veces, pero nunca me había detenido a escuchar la letra y, después de volver de aquella experiencia, oír esa canción era como un sueño de película. El título de la canción era *Acuarela*, su intérprete Toquinho y la letra decía:

En los mapas del cielo el sol siempre es amarillo
y la lluvia o las nubes no pueden velar tanto brillo
ni los árboles nunca podrán ocultar el camino
de su luz hacia el bosque profundo de nuestro destino.
Esa hierba tan verde se ve como un manto lejano
que no puede escapar, que se puede alcanzar sólo con volar.
Siete mares he surcado siete mares color azul.
Yo soy nave, voy navegando y mi vela eres tú.
Bajo el agua veo peces de colores:
van donde quieren, no los mandas tú.
Por el cielo va cruzando, por el cielo color azul,
un avión que vuela alto, diez mil metros de altitud.
Desde tierra lo saludan con la mano;
se va alejando, no sé dónde va, no sé dónde va.
Sobre un tramo de vía, cruzando un paisaje de ensueño,
en un tren que me lleva de nuevo a ser muy pequeño,

de una América a otra, tan sólo es cuestión de un segundo.
Basta con desearlo y podrás recorrer todo el mundo.
Un muchacho que trepa, que trepa a lo alto de un muro,
si se siente seguro, verá su futuro con claridad.
Y el futuro es una nave que por el tiempo volará
a Saturno después de Marte, nadie sabe dónde llegará.
Si la ves venir, si te trae amores, no te los roben sin apurar;
aprovecha los mejores, que después no volverán.
La esperanza jamás se pierde, los malos tiempos pasarán.
Piensa que el futuro es una acuarela
y tu vida un lienzo que colorear, que colorear.
En los mapas del cielo el sol siempre es amarillo.
Tú lo pintarás.
Y la lluvia o las nubes no pueden velar tanto brillo.
Tú lo pintarás.
Basta con desearlo y podrás recorrer todo el mundo.
Tú lo pintarás.

Giré la cabeza para ver de dónde salía la música y vi que en la cama de al lado había dos enfermeras aseando a una señora mayor; en un módulo tenían una radio pequeñita.

Yo antes nunca había estado en una UCI y abrí los ojos como platos. Una enfermera me miró, volvió a mirarme y puso una cara tan de alucinada que me dio risa y le sonreí. Entonces le dijo a su compañera: «Olga se ha despertado y me ha sonreído». Ella me miró y respondió: «Déjala y avisa al doctor Palacios».

En un momento, mi cama se llenó de gente. El médico me puso una linterna en los ojos y me saludó como si me conociese de toda la vida. «Hola, Olga, preciosa. ¿Qué tal estás?» Y yo me decía: «Y tú, chato, ¿quién, narices, eres?» «Olga, ¿sabes dónde estás?» Y yo pensé: «¿Cómo voy a saber dónde estoy si parezco *Alicia en el País de las Maravillas*?» Intenté hablar y me explicó que estaba intubada; entonces, con mímica, pedí un cuaderno y un *boli*. Una enfermera dijo: «Está pidiendo algo para escribir». Yo asentí con la cabeza, y el médico dijo asombrado: «Parece que coordina perfectamente». Entonces pensé: «Este chico es tonto. No sé dónde carajos estoy, ni que me ha pasado para llegar aquí, pero coordinar, coordino perfectamente».

MARTES, 1 DE JUNIO DE 1999

Me habían pasado tantas cosas en tan poco tiempo y todas ellas tan fuertes que estaba confundida. Cuando la enfermera me trajo un cuaderno y un boli, no podía imaginar que ya nunca más iba a poder hablar y que esa sería mi nueva voz de papel. Me incorporaron un poco en la cama y me vi las muñecas atadas y llenas de moratones. El pecho me dolía muchísimo y las preguntas en mi cabeza iban a la velocidad de la luz. En cuanto pude escribir, puse: «¿Dónde estoy? ¿Qué me ha pasado?» El médico me dijo: «*Piano, piano,* jovencita, no corras tanto». Se sentó en mi cama y, al ver que yo de «coco» no me había quedado taradita, comenzó a explicarme: «Como ya sabes, llevabas diez años con problemas musculares. Parece ser que lo que más afectado tenías era la zona bucofaríngea; debido a eso, se te paralizó la glotis y no te entraba aire a los pulmones. Al no respirar, tuviste varias paradas cardíacas y entraste en coma profundo. Si te soy sincero, nadie apostaba por ti; estábamos convencidos de que íbamos a perderte y de que, si salías, lo harías con daños cerebrales muy graves. Así que estoy delante de un milagro».

Cuando él me explicó todo lo que me había sucedido, recordé perfectamente la angustia que sentí al asfixiarme. Una vez que entendí y empecé a asimilar, comencé con los porqués: «¿Por qué estoy intubada?» «Porque, de momento, no puedes respirar por ti misma; si dentro de dos días no lo consigues, tendremos que hacerte una traqueotomía».

«¿Y por qué?», le dije. «Porque no puedes estar muchos días intubada», respondió él. «¿Y por qué me duele tanto el pecho?» «Porque tuvimos que golpearte muy fuerte para sacarte de las paradas cardíacas». «¿Y por qué tengo tantos moratones en las muñecas?», seguí preguntando. Entonces empezó a reírse y dijo: «Porque, en primer lugar, tuvimos que hacerte muchas gasometrías, y no había cristiano, ni médico ni enfermera, que te pillase una arteria; no queríamos ir a la femoral, pero no nos quedó más remedio. Y, en segundo lugar, no sé de dónde sacas la energía, pero dabas unos saltos en la cama que parecías la niña de *El exorcista;* y por eso tuvimos que atarte. Tengo una sobrina que tiene tres añitos y está en la edad de los porqués, y tú tienes veintitrés y estás volviéndome loco. Jovencita, eres peor que mi sobrina, ¡que ya es decir!»

El doctor Palacios se reía mucho conmigo y me cogió un cariño especial, al igual que el resto de médicos y enfermeras. Tras permanecer un mes y medio en la UCI y dos meses en planta, fui dada de alta. Entonces el doctor Palacios les aconsejó a mis padres que me pusieran en manos de un psicólogo para que me ayudase a asimilar no sólo lo que me había pasado sino lo que estaba por llegar. Cuando mi madre me lo planteó, sí que parecía la niña de *El exorcista*. Los psicólogos nunca me trataron mal; todo lo contrario. Al principio de la enfermedad dijeron que lo mío era psicológico —cuando yo sabía que no era así— y me tuvieron dos años haciendo tests y dibujitos y respondiendo a mil preguntas que a mí me parecían absurdas y que no conducían a nada. Todo ello contribuyó a que con sólo oír la palabra psicólogo, sintiese repelús. Y yo creo que si a los quince años no me hubiese plantado como lo hice, todavía estaría haciendo tests. Así que cogí mi cuaderno y escribí: «¿Te acuerdas, mamá? Todos decían que lo mío era psicológico; pues mira adónde me ha llevado tanta psicología. Soy consciente de que ya nunca voy a poder hablar, ni comer, ni trabajar. ¡Mierda, mierda y mierda elevada al cubo! Tantos años estudiando, total para nada. Bueno sí, dentro de unos años, cuando sea un vegetal, seré un vegetal culto, porque me han dicho que la enfermedad no va a afectar a mi intelecto. ¡Y tanto como he ligado! Eso en mi vida ya es historia. No necesito que un psicólogo me diga que no voy a poder hablar, comer, trabajar, conducir, casarme, tener hijos, etc. Sé que mi vida ya no está quebrada; definitivamente, se ha roto. Mi presente es muy duro y mi futuro lo veo más negro que el sobaco de un grillo, pero déjame en paz, que yo solita y el tiempo seremos los mejores psicólogos».

Cuando volví a la vida tenía dos trabajos muy importantes que realizar: uno, aceptar y asumir mi situación física, y otro, mi experiencia espiritual. La física no tenía solución, y desde el primer instante decidí que el tiempo que me quedase de vida no iba a malgastarlo en llantos y depresiones. A todo el mundo le preocupaba cómo iba a reaccionar, y a mí lo que en verdad me importaba era mi experiencia en el más allá. Era algo que necesitaba gritarlo a los cuatro vientos, pero no lo hice; primero porque me había quedado sin voz y porque era algo que ni mi familia, ni los amigos, ni los médicos, ni los sacerdotes, ni los psicólogos iban a entender. Además, me habían dejado muy claro que todos estaban convencidos de que la falta de oxígeno me habría dejado secuelas cerebrales. Por eso, me dije: «Olga, si cuentas que has estado en la otra vida, van a creer que se te va la *olla*; así que cállate y primero demuestra que tu coco funciona perfectamente».

Ese silencio forzoso era algo que no podía soportar. Necesitaba confiar en alguien especial a quien contarle mi experiencia sin que me tomase por loca. Como dicen que las casualidades no existen, una persona de las muchas que vinieron a visitarme me regaló un libro del psiquiatra Raymond A. Moody, el cual contaba muchas experiencias como la mía. Este psiquiatra llevaba más de veinte años estudiando experiencias cercanas a la muerte. Curiosamente, las personas que han tenido este tipo de experiencias —siendo de diferente país, cultura, clase social, edad o religión— básicamente coinciden todas en lo mismo.

Como no encontré esa persona especial que pudiera entenderme y responder a mis preguntas, los libros y vídeos fueron mis mejores amigos. Pero todavía hoy, trece años después, cuando lo único que he hecho desde que regresé ha sido sufrir, me pregunto si realmente volví porque lo decidí yo o me dejaron venir porque, según me dijo mi guía, todavía me quedaban cosas por hacer.

La verdad es que desde que vine, a pesar de estar muy enferma, no he parado de hacer cosas que me proporcionan crecimiento personal y madurez espiritual. Cuando llegué allí, me di cuenta de que había invertido toda mi vida en tener. Tanto mi familia como la sociedad me habían inculcado que tenía que prepararme y estudiar mucho para ser una persona culta, y así poder conseguir un buen trabajo; trabajo equivale a dinero y éste, a su vez, supuestamente, a calidad de vida,...

MIÉRCOLES, 2 DE JUNIO DE 1999

... pero allí entendí que lo que le da valor y sentido a la vida es el saber ser; allí de nada sirven el dinero o los títulos; sólo importan las cosas pequeñas. Allí pude ver mis veintitrés años de vida como en una película en tres dimensiones, y entonces me pregunté: «¿Qué he hecho yo de positivo en mi vida? ¿Qué ha quedado de mí en los demás? ¿Y de los demás en mí?»

Hace pocos días me leyeron un libro que en unas líneas explicaba lo mismo que yo sentí en mi experiencia en el más allá. Decía lo siguiente:

«Un texto anónimo de la tradición antigua dice que cada persona, en su existencia, puede tener dos actitudes: construir o plantar.

Los constructores pueden demorar años sus tareas, pero un día terminan aquello que estaban haciendo. Entonces se paran y quedan limitados por sus propias paredes. La vida pierde el sentido cuando la construcción acaba.

Pero existen los que plantan. Éstos, a veces, sufren con las tempestades, las estaciones y raramente descansan. Pero al contrario que en un edificio, el jardín jamás deja de crecer. Y, al mismo tiempo que exige la atención del jardinero, también permite que para él la vida sea una gran aventura.

Los jardineros se reconocen entre sí porque saben que en la historia de cada planta está el crecimiento de toda la tierra».

Efectivamente, cuando yo llegué a la otra vida me di cuenta de que lo único que había hecho era construir y que mi vida no había sido muy fértil. Así que cuando volví, cambié totalmente de actitud y, aunque la rama de mi vida desde hace muchos años está rota, mi raíz sigue viva y hace que esta «hojita» no se seque y que milagrosamente dé frutos. A veces, cuando me siento exhausta de tanto luchar y sufrir y me acuerdo de lo bien que se estaba allí ...

Sé que el suicidio no es la solución, porque si llegas allí sin haber hecho los deberes te ponen clases particulares para que los hagas; y, con todos mis respetos, librarte no te libra ni Dios.

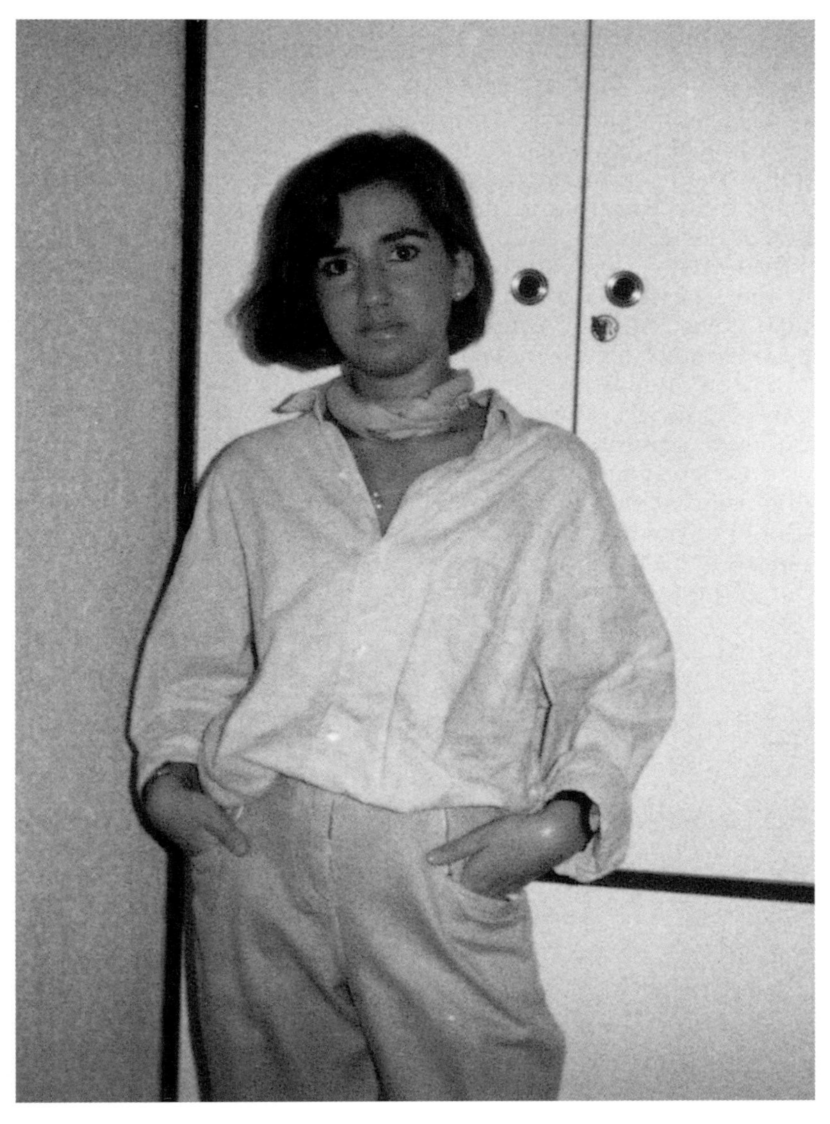

Foto 4: Olga en su casa, recién llegada de la otra vida,
finales de agosto de 1987.

«Ya estoy traqueotomizada. La cánula me la tapa el pañuelo y la sonda nasogástrica me la quité para hacerme la foto».

JUEVES, 3 DE JUNIO DE 1999

Desde que volví del otro lado no tengo miedo a la muerte, pero sí tengo pánico a cómo voy a morir; más concretamente, estoy totalmente traumatizada por la asfixia. Sé que el dolor puede calmarse, pero cierto tipo de asfixia no se puede solucionar. Espero que, después de tanto sufrir, me concedan una muerte dulce. Mucha gente no se explica cómo puedo seguir viva y dicen que, como soy joven, me agarro a la vida; ni me agarré a la otra ni me agarro a ésta; simplemente me dejo llevar. Aprendí que la vida es el mayor don que existe, pero el más breve, y que saber vivir es todo un arte.

Dicen que las luces que brillan con más intensidad se apagan pronto, y, como dijo Lope de Vega: «¿Qué es la vida sino un breve camino para la muerte?» «La vida de cada hombre es un cuento de hadas escrito por la mano del Señor». Eso lo dijo Andersen. Y yo digo que la próxima vez que me vea en el túnel me pondré en la puerta y antes de entrar levantaré las manos al cielo y gritaré al igual que Escarlata O'Hara: «A Dios pongo por testigo de que no voy a volver atrás ni para coger impulso». Y atravesaré el túnel de la luz a la velocidad de la misma.

VI
Mi amigo etéreo e invisible «Peperra»

MARTES, 8 DE JUNIO DE 1999

Cuando volví del más allá, en seguida me di cuenta de que no sólo no me había quedado taradita, como pensaban los médicos, sino que había vuelto, si cabe, más despierta, pues era capaz de ver, oír, sentir, percibir y presentir muchas cosas que antes ni veía, ni oía, ni sentía, ni percibía, ni presentía. Y eso no era porque esas cosas no estuvieran ahí; era porque yo estaba dormida, y no me refiero a un sueño biológico, sino espiritual.

En el poco tiempo que estuve en el más allá me pusieron las pilas y me despertaron. ¡Vaya que si me despertaron! Y no es fácil vivir estando tan enferma y tan despierta, cuando la mayoría de las personas están sanas pero dormidas. Cuando estuve en la otra vida mantuve una lucha interior muy fuerte conmigo misma, y algo parecido he vuelto a sentir cuando desde la otra vida me pidieron que escribiera lo que voy a contar en los próximos tres capítulos.

Antes de hacerlo consulté con varias personas en las que confío y a las que admiro y respeto. Una de ellas es don Carmelo, el párroco de San Pablo. Cuando le planteé mi dilema me dijo: «Si te han pedido que lo escribas, creo que debes hacerlo; pero yo te aconsejo que no empieces en los primeros capítulos, pues es demasiado fuerte para asimilarlo al principio». «No, si ya sé —respondí— cómo y cuándo debo escribirlo; pero también conozco las consecuencias que ello puede traerme y, como sólo soy una mortal, tengo miedo.» «Creo que en esta ocasión debes olvidarte de los prejuicios y abrir al mundo tu corazón», concluyó él. Las palabras de don Carmelo me dieron un poco más de fuerza.

También lo consulté con Alina, que es para mí una segunda madre y estamos las dos en la misma onda espiritual. Ella me dijo: «Piensa que las palabras se las lleva el viento, y tú no sólo vas a escribirlo, sino a publicarlo; tu estado de salud no está para muchos trotes. Hay que tener mucho valor para contar eso en un libro. Yo no lo tendría; pero, bueno, ya sabes que soy una cobardica. ¿Se lo has dicho a don Carmelo?» «Sí». «¿Y él te ha dicho que no?» «No». Entonces —dijo Alina—, «adelante con los faroles».

El jueves 24 de septiembre de 1998 recibí el mensaje para que escribiese este libro, y, tras mucho pensar, consultar, orar y meditar, meditar y meditar, a los quince días, el 9 de octubre, empecé a gestar mi segunda criatura. Este libro tenía que ser escrito por tres motivos: uno, para que la carta sobre la eutanasia tuviera su capítulo; dos, para que el color salmón tuviese su protagonismo; y tres, para que esta historia cobrase vida. Y un cuarto motivo es porque al cielo no supe decirle «no».

Una vez más en mi vida, la realidad superaba a la ficción. Todo comenzó a raíz de publicarse *Voz de Papel*. A los dos días de salir el libro a la venta, el teléfono de casa no dejaba de sonar. Eran muchas las personas que llamaban para decirme que habían leído el libro, que les había encantado y que les hacía mucho bien. Me decían cosas tan bonitas como que no me muriese nunca para que siguiera escribiendo. Era tanta la gente que llamaba, que en mi casa cada vez que sonaba el teléfono salían todos huyendo, y le decían a mi madre: «Cógelo tú, que será algún "fan" de Olga, y tú eres la "relaciones públicas" de la familia».

Mi madre, cuando no podía más, desconectaba un ratito el aparato. Recuerdo que un viernes, a las seis menos diez de la tarde, aproximadamente, sonó el teléfono. Poco antes me habían acostado; me sentía muy cansada y con algo de fiebre. Antes de acostarme, le dije a mi madre: «Mamá, visitas, no; gracias».

Cuando sonó el teléfono me entró la risa; mi padre se fue a su habitación, diciendo: «Ya que no me puedo ir al Polo Norte, ¡a ver si cojo con la emisora a alguno que esté con los pingüinos!»

Iñaki se metió en su cuarto a tocar la guitarra; Mónica se fue con unos amigos y mi pobre madre cogió el teléfono. Yo la oía hablar, aunque el ruido de mi televisor no me dejaba entender bien su voz. A los diez minutos de conversación, cogió el teléfono inalámbrico y siguió hablando en la cocina. Entonces empecé a preguntarme: «¿Con quién estará hablando tan a gusto y tanto tiempo?» Cuando colgó, vino a mi habitación y me dijo: «Mañana tienes visita». A pesar de tener mi cara paralizada y sin apenas expresión, mi madre me leyó el pensamiento: «Te he dicho que visitas, no; gracias». «Ya, ya lo sé, pero esa visita te va a encantar», dijo ella. «Lo dudo, ¡como no sea un chimpancé!; ¡con la ilusión que me haría ver entrar por la puerta de mi habitación un mono que no fuera de peluche! Bueno, a ver, ¿quién es esa persona tan interesante?»

«Es un chico más o menos de tu edad —siguió mi madre; acaba de perder a un hermano y lleva muchos años viviendo en Madrid; se marcha el domingo. Por teléfono tiene una voz preciosa y, por las cosas que me ha dicho, me ha parecido encantador; tenéis muchas cosas en común y ya no te digo más. El sábado va a venir a primera hora de la tarde.» «Muy encantador tiene que ser —pensé para mí— cuando te he dicho que no quiero visitas y no me has hecho ni puñetero caso; bueno, quién sabe, mañana me pondré mi pijama de luces y esperaré a *puerta gayola* a ese chico tan interesante.»

Jueves, 10 de junio de 1999

Se presentó a una hora muy taurina, las cinco de la tarde. Sin saberlo, el destino iba a ponernos a los dos un *taurito* muy difícil de torear. Sonó el timbre y mi madre salió a abrir la puerta. Desde mi habitación oí los saludos, y me dije: «Es cierto, su voz es muy agradable». Yo estaba colocada en mi silla de ruedas como casi siempre, de espaldas al balcón y mirando hacia la puerta de mi habitación. Él entró primero y mi madre detrás. «Olga hija, mira qué chico más guapo viene a visitarte y qué flores tan bonitas te trae. Bueno, Olga, este chico tan majo es Patxi; y ese bichito tan raro de ahí —añadió, señalándome a mí— es mi hija.»

Mi madre acomodó a Patxi en una silla enfrente de mí y le dijo: «Cuéntale a Olga lo que quieras. Yo voy a poner estas rosas rojas tan bonitas en agua, y dime: ¿qué te apetece tomar?» «Un café». «Vale, lo preparo y ahora mismo vuelvo para traducirte lo que Olga quiera decirte».

Patxi empezó a decirme: «¿Sabes, Olga? No sé si tu madre te habrá contado todo lo que yo le dije por teléfono». Yo, con un gesto, le di a entender que no.

«Bueno, creo que lo mejor será empezar por el principio. Yo tenía un hermano médico de treinta y dos años y falleció hace unos días de un cáncer de riñón; es un tipo de cáncer muy raro, que, aunque se coja a tiempo, es fulminante. Mi hermano era un "casta", igual que tú, y nos dio a todos ejemplo por el modo con que supo llevar su enfermedad hasta el final. Aunque sólo nos llevábamos dos años, él era el mayor y siempre ejerció como tal. Mis padres se separaron cuando nosotros éramos muy pequeños; la última vez que yo vi a mi padre debía tener unos cinco añitos. Por eso, Rafa era mi hermano mayor, mi amigo y mi padre, además de mi médico particular. Él era el hijo modélico y yo la oveja negra de la familia. Mi madre es enfermera, mi abuelo era médico. Vengo de una familia de muchos médicos y Rafa seguía la tradición. Yo, en cambio, a los dieciseis años dije en casa eso de «mamá, quiero ser artista» y se armó la de Dios es Cristo. Pensaban que era cosa de la edad y que con el tiempo se me pasaría, pero no fue así. Cuando terminé la selectividad, me fui a Madrid para hacer la carrera de periodismo. A la vez que hacía periodismo, estudié arte dramático. Ahora empiezo a hacer trabajos importantes como actor, pero ya llevo muchos años luchando con la oposición de mi familia y por abrirme un hueco en esto del *star system*.

Mientras Patxi me hablaba, yo observaba su físico, quizá con deformación profesional. Mi madre me había dicho que él había nacido en Pamplona y que toda su vida había vivido en Logroño, hasta que se fue a Madrid a estudiar. Yo, cuanto más lo miraba, más pensaba: «Este chico no tiene pinta de riojano y mucho menos de navarro. Físicamente, es alto y delgado, pero de cuerpo atlético. Los rasgos de la cara son finos, dulces y aniñados, y el rubio de su pelo no es español. En España muchas personas nacen rubias y al crecer se oscurecen; en ellas me incluyo. En cambio, un sueco, alemán o irlandés nace rubio y muere rubio. Y esa cara tan dulce tiene toda la pinta de ser irlandesa».

En su día pasaron por mis manos muchos dossieres de modelos y, en cuanto veía la foto de un chico, sabía si era español, italiano, irlandés, sueco o sudamericano. Sólo me equivocaba con los franceses, porque muchos diseñadores franceses eligen modelos italianos. Me apetecía hacerle a Patxi muchas preguntas, pero todavía no tenía la suficiente confianza y prefería escuchar y observar.

«¿Sabes, Olga? —dijo Patxi—, no puedes imaginarte lo feliz que me siento por estar aquí.» «¿Y cómo llegó a tus manos mi libro? —le dije—. ¡Si se presentó el lunes día 15, estamos a 20, ya hace dos días que lo has leído y tú vives en Madrid!» «Buena pregunta, ¡sí señor! Verás, Rafa falleció el mismo día que se presentó tu libro, el 15 de diciembre. Una amiga mía, Raquel, que es enfermera y había oído hablar mucho de ti y de tu caso, leyó tu libro y le encantó. Yo tuve que venir pitando de Madrid para ayudar a mi madre en todo lo referente a la muerte de Rafa. Nunca me había tocado hacerme cargo de esas cosas; es algo muy fuerte: por los nervios, la pena y porque te vuelven loco con papeles y trámites burocráticos. En fin, que no le aconsejo a nadie que se muera, porque es un lío para los que se quedan.» Entonces se le humedecieron los ojos y continuó diciendo: «Como ya te he dicho, Rafa y yo éramos muy distintos, pero, al ser los dos solos, estábamos muy unidos; él era todo para mí y cuando se fue me dejó destrozado. Raquel quería consolarme y la pobre no sabía cómo. En estos casos muchas veces sobran las palabras, y se le ocurrió la genial idea de regalarme tu libro. Si te soy sincero, cuando vi que se trataba de las vivencias de una chica enferma, no me apetecía mucho leerlo, pero sentí un impulso especial que no sabría cómo definir. Cogí el libro entre mis manos y me atrapó de tal manera que lo leí en tres horas y media, de una sentada. En cuanto terminé, fueron tantas las cosas que sentí, que me dije: "Esta chica vive en Logroño y yo estoy en Logroño; así que voy a hacer todo lo posible por localizarla". Busqué en la guía telefónica y mi sorpresa fue grande al ver que sólo había un Bejano. Llamé a tu casa y me cogió el teléfono tu madre; me pareció encantadora y, la verdad, quería venir a conocerte pero no me atrevía a pedírselo. Cuando tu madre me invitó, me pareció estar oyendo voces celestiales».

Yo ya había adquirido un poco de confianza con él y él, a su vez, conmigo. Los dos nos hicimos muchas preguntas; entonces le hice la «pregunta del millón»: «¿De dónde eres?» «¿Por qué lo dices?», respondió. «Porque ni tu físico ni tus apellidos son navarros ni riojanos.» «Verás —dijo él—, te explico: mi madre es riojana, pero mi padre es venezolano y mi abuela paterna es irlandesa. Mis padres se casaron en España y fueron a vivir a Venezuela. Los dos hermanos nacimos en Pamplona por expreso deseo de mi madre. Cuando éramos muy pequeños, mis padres decidieron separarse. Mi padre se quedó allí y nosotros tres nos volvimos a Logroño. Los dos hermanos estudiamos en el colegio de los hermanos Maristas.» «Ahora entiendo tu físico.» «Sí, sí; por lo que me ha dicho mi madre, he sacado mucho de la parte irlandesa. Rafa y yo éramos tan distintos que mucha gente no se creía que fuéramos hermanos. Él salió a la familia de mi madre y yo a la otra. En lo único que nos parecíamos era en los ojos: los dos los tenemos muy pequeñitos; él los tenía un poco más rasgados, pero muy parecidos a los míos.»

LUNES, 14 DE JUNIO DE 1999

«Mis dos hermanos, Javier e Iñaki, también estudiaron con los hermanos Maristas y en mi adolescencia casi todos mis amigos iban a ese colegio. Por eso, me extraña que no nos hayamos visto nunca. Además, la casa donde vivía yo antes está muy cerca de la tuya y los dos éramos socios del Club Recreativo Cantabria... y Logroño no es Washington.» «Y tú, ¿a qué colegio fuiste?» «A Nuestra Señora del Buen Consejo, de las Madres Agustinas», le respondí. «Otra casualidad: yo a los dieciseis años empecé a hacer mis primeros pinitos en un grupo de teatro que se formó en tu colegio, al que todos llamábamos "Las Agustinas"». «Claro, pero yo soy tres años mayor y ya no estaba en el colegio. Había ingresado en la escuela de Artes y Oficios y estudiaba arte y decoración.»

Patxi estaba sentado enfrente de mí. Mi madre, a un lado, de pie, iba traduciendo mis garabatos; así manteníamos una conversación. De repente, empecé a oír una voz que me hablaba; sus primeras palabras fueron:

R.: —¡Hola, Olga, mi vida! No te asustes, soy Rafa.
O.: —Rafa, ¿qué Rafa?
R.: —El hermano de Patxi.
O.: —¿El que falleció el 15 de diciembre de un cáncer de riñón y que era médico?

R.: —El mismo.
O.: —No me asusto, pero dime: ¿por qué te manifiestas y por qué lo haces a través de mí?
R.: —Olga, de momento sólo puedo decirte que tengo una misión que cumplir; mi hermano Patxi y tú formáis parte de ella, y el porqué tú eres el instrumento, de sobra lo sabes. En primer lugar, tú ya has estado en la Luz; por lo tanto, ya sabes que Dios y el más allá existen; por otra parte, vives aislada del mundo y, debido a tus condiciones físicas y a tu situación en la vida, estás permanentemente en un estado de consciencia especial y puedes atenderme cuando yo te necesite. Además, no te asustas.
O.: —Pues no, no me asusto de ti, pero creo que vas a complicarme mi ya complicada existencia, y eso sí me da miedo. Si necesitas decirle algo a tu hermano y tienes que servirte de mí, yo te hago el favor, pero luego te agradecería que me dejases en paz.
R.: —Perfecto. Yo a ti también te agradecería que no te adelantes a los acontecimientos y que te dejes llevar.
O.: —Sí, *bwana*, lo que usted diga. Oye, Rafa, es fantástico hablar contigo; por otra parte, ni Patxi ni mi madre se están enterando. Contigo no necesito escribir garabatos ni usar mi abecedario; te respondo con el pensamiento: ¡esto es de risa! Yo, que en teoría no puedo hablar, estoy haciéndolo con tres a la vez. Bueno, venga, vamos al grano. ¿Qué tengo que hacer?
R.: —Necesito que le transmitas a Patxi lo que voy a decirte. Quiero que le digas que soy feliz y que le doy las gracias porque está haciendo lo que le pedí, porque, sinceramente, creía que no iba a hacerlo.
O.: —Si no es mucho pedir, ¿podrías concretarme algo más para que Patxi no crea que estoy loca?
R.: —Tienes razón. Aquí todo es distinto, pero debo darte pruebas para que vean que todo lo que tú dices viene de mí. Cuando vi que mi final estaba próximo, le dije a mi hermano que, cuando falleciera, mi deseo era que incineraran mi cuerpo y que esparcieran mis cenizas en tres lugares muy concretos de Logroño, que por diversos motivos para mí eran muy especiales. Le dije: «Patxi, quiero que eches unas poquitas en el río Ebro, otras poquitas en la calle del Laurel y el resto en el campo de fútbol del Logroñés». Patxi se rió y me dijo: «Sí,

sí, tú no te preocupes, que yo me encargaré cuando llegue el momento de que se haga todo como tú quieres». Y, efectivamente, así lo está haciendo; todavía no ha terminado pero está en ello, y se lo agradezco un montón.

O.: —Tu nombre —Rafael—, en principio, es bonito, pues es el nombre de un arcángel. Pero yo relaciono nombres con personas que conozco que se llaman así, y, no te molestes, pero los «Rafas» que conozco son personas mayores y de pocas luces. Así que no me gusta tu nombre, y como, por lo que presiento, vamos a estar mucho tiempo juntos, con tu permiso, me gustaría buscarte otro más bonito.

R.: —Bueno, voy a darte más opciones: mi nombre completo es José Rafael; familiarmente me llamaban Rafa y mis amigos, por mis ojazos como platos, *chino*. Así que elige.

O.: —José Rafael parece un nombre de culebrón y, ya que todo esto es como de telenovela, no pienso llamarte así; Rafa, tampoco; y *chino*, menos. ¡Ya sé! Puedo llamarte *Peperra*, *Pepe*, de José; y *ra*, de Rafael. Me parece un nombre más juvenil, porque sólo tienes treinta y dos años. ¿Te gusta?

R.: —Sí, mi vida; me gusta.

O.: —Oye, eso de «mi vida» ¿va con segundas?

R.: —No, con primeras; algún día lo entenderás.

O.: —Vale, *Peperra*, mi infierno. No sé si yo seré tu vida, pero creo que tú vas a ser mi pesadilla.

R.: —Quiero que también le digas a Patxi que lea el libro *El más allá existe*, pues así entenderá las pruebas que voy a ir dándole, y adónde quiero llegar con todo esto. También quiero que el día 10 de enero le felicites en mi nombre porque es su cumpleaños.

O.: —Vale, intentaré retener en mi cabeza todo lo que me estás diciendo para transmitírselo a tu hermano. Y ahora, en serio, dime: ¿cómo te encuentras? ¿Eres del todo feliz?

R.: —No sólo soy feliz, también soy un privilegiado por la misión que me han encomendado y porque se me permite manifestarme. Cuando me diagnosticaron el tipo de cáncer que tenía, supe, como médico, que estaban leyéndome la sentencia de muerte. Intenté, durante el tiempo que pude, engañarme y llevar una vida normal, pero llegó un día en que me di cuenta de que irremediablemente me moría. Tenía terrores nocturnos y pánico a la muerte. Empecé a cuestionarme temas existenciales. Necesitaba muchas respuestas que no podía darme nadie: ni mi madre, ni mi chica, ni mi hermano; quizá con el que más hablé fue con Patxi. Pero me callé muchas cosas para no hacerles sufrir. Fueron dos años de un intenso sufrimiento; aunque mi dolor físico al final fue mucho, comparado con el tuyo, lo mío fue una nimiedad; pero tú tienes una paz interior que yo no tuve...

MIÉRCOLES, 16 DE JUNIO DE 1999

... y, como dijo William Blake, «toda pregunta que puede ser concebida tiene una respuesta». Yo me preguntaba sobre el sentido del sufrimiento. Si de verdad existía un Dios, ¿por qué permitía el dolor en sus hijos cuando un padre sólo desea lo mejor para éstos? ¿Existirá Dios? ¿Habrá vida después de esta vida? ¿Será cierto eso de la reencarnación? Mi final, físicamente, fue muy duro, pero moralmente mucho más: mis dudas, mis preguntas y mis miedos no me lo pusieron fácil. Por eso el día de mi muerte fue el más feliz de mi vida. Al llegar a la Luz, desaparecieron todos mis miedos, mis preguntas tuvieron respuesta y por fin sentí esa paz interior que durante tanto tiempo llevaba buscando. Lo tuyo, mi vida, más que un sufrimiento está siendo un holocausto, pues vives enferma y presa, pero no tienes miedo a la muerte. Sabes que Dios y el más allá existen. Tu único sufrimiento moral es que ya conoces la maravilla que es estar aquí y cada día te resulta más difícil seguir ahí. Pero, a pesar de todo, algún día entenderás que eres una privilegiada, una hija predilecta de la Luz Infinita.

O.: —Pues tú que estás mas cerca que yo, dile a la Luz Infinita que si así trata a sus hijos predilectos, no me extraña que tenga tan pocos amigos. Eso se lo dijo Santa Teresa de Jesús, y yo, como creo que no se ha enterado, se lo repito.

R.: —La Luz Infinita se entera de todo, así que no necesito decírselo, porque ya te habrá oído. Cuando vuelvas aquí, responderá a todas tus preguntas, igual que ha hecho conmigo. Y ahora, sintiéndolo mucho, tengo que marcharme; pero volveré.

O.: —¿Cuándo?

R.: —No puedo decírtelo, porque ni yo mismo lo sé. Dile a Patxi todo lo que te he dicho. Adiós, mi vida, y gracias por no cerrarme la puerta.

Cuando Rafa se fue, durante unos minutos estuve pensando en lo que acababa de sucederme. «Dios mío, Dios mío, ¡qué cosas tan fuertes me pasan! Esto es como la película de *Ghost*, pero en versión original.» Mientras mi madre y Patxi hablaban, ajenos a todo, yo pensaba: «¡A ver cómo se lo cuento a estos dos! *Peperra* me ha dejado cardíaca, pero yo voy a producir el "efecto dominó", y ahora, cuando se lo cuente, voy a ponerlos cardíacos a ellos. Sin pensarlo dos veces, voy a entrar a matar, porque como me lo piense, me meto en la barrera y de ahí no salgo».

SÁBADO, 19 DE JUNIO DE 1999

Le hice un gesto a mi madre para advertirle que quería escribir. Cuando comencé, Patxi exclamó: «Carmen, no sé cómo consigues entender lo que pone Olga en su cuaderno». «Es cuestión de práctica. Si te fijas en lo ya escrito, no entiendes nada; tienes que seguir el movimiento del rotulador». «Olga —dijo Patxi—, es una pena que no tenga más tiempo para estar contigo. Me encantaría poder entenderte yo solo. Bueno, Carmen, traduce lo que dice Olga.»

Entonces puse claro y conciso: «Mamá, Rafa acaba de estar conmigo y me ha pedido que le transmita a Patxi unas cosas de su parte». A mi madre le entraron sudores y exclamó: «¡Ay, hija! ¡Qué cosas te pasan!»

Patxi puso cara de asustado. Creía que estaba poniéndome mala, y dijo muy amablemente: «Oye, Olga, si te canso y no te encuentras bien, no te preocupes; yo me voy y con tu permiso vuelvo otro día». Cogió mi mano izquierda, me dio un besito y con mucho cariño me preguntó: «¿Te estás poniendo malita?»

Y mi madre dijo: «La que se está poniendo malita soy yo. Tranquilo, Patxi, que a Olga no le pasa nada. Bueno, sí le pasa, pero no es nada de su salud. A ver cómo te lo explico sin que salgas despavorido de esta habitación». Patxi estaba todo intrigado, como diciendo «¡a ver ahora por dónde me sale esta mujer!» Y mi madre empezó a contarle: «Verás, Patxi. Lo que voy a decirte es tan fuerte que me está sudando hasta el bigotillo y no sé ni por dónde empezar. Olga ya no es sólo un bicho raro por su enfermedad. Desde que despertó del coma, empezaron a sucederle cosas raras, entre comillas. Pero, desde hace un año aproximadamente, algunas almas se comunican con ella. Cuando esto empezó a sucederle, lo primero que pensamos es que tanto sufrimiento y tanto tiempo sin salir de casa estarían trastornándole la cabeza. Pero comprobamos que las cosas que decía era imposible que ella las supiese, y los datos que nos daba podían comprobarse. Entonces su hermana Mónica, que estudia psicología, consultó, asustada, con un profesor de su universidad. Le hicieron muchas preguntas sobre Olga, se interesaron mucho por el tema y pidieron permiso para venir a conocerla.

Cuando vinieron, después de mucho hablar con ella, a la familia nos dejaron muy claro que Olga no estaba loca y que lo que le pasaba era normal; que a mucha gente le sucede pero se lo calla y que en su situación no era extraño: «Cuando una persona pierde la vista, automáticamente el tacto y el oído se agudizan, y en el caso de Olga se le ha paralizado todo el cuerpo. Al ver poco, no poder hablar y vivir aislada del mundo, sólo le queda el oído y la cabeza; por eso ha desarrollado un sexto sentido. Hoy por hoy, hay muchas cosas que no tienen explicación, pero que muy pronto la van a tener. Nosotros tenemos en la facultad un equipo muy serio de investigación que estudia estas cosas». Yo dije: «Chico, esto parece de película y, hasta que no te toca de cerca, no te lo crees; y, ¡cómo no!, a nosotros nos tenía que tocar». «Los profesores de la universidad —o, como cariñosamente los llama Olga, *los cazafantasmas*— nos dejaron bien claro que mi chiquilla es un poco rara, pero está bien cuerda».

Patxi ya no tenía uñas y me dijo: «Olga, no aguanto más, cuéntame, cuéntame, por favor». «Bueno, aclarado ya por mi madre que no sufro enajenación mental, te diré que mientras estábamos charlando, el alma de tu hermano Rafa ha estado aquí hablando conmigo y me ha pedido que te diga lo siguiente...»

A medida que yo le iba diciendo todo lo que Rafa me había pedido, a Patxi se le iban humedeciendo los ojos, y, entre risas y lágrimas, decía: «Ya no me quedan uñas, voy a comerme los muñones. Esto es increíble, pero no tengo ninguna duda de que el que ha estado aquí contigo es mi hermano Rafa. ¿Cómo vas a saber tú su nombre completo, su apodo y lo que me pidió antes de morir? Y ya, el colmo: si acabas de conocerme, ¿cómo vas a saber la fecha de mi cumpleaños? Esto es alucinante. A tu madre le sudaba el bigotillo, pero a mí me están temblando hasta las pestañas».

LUNES, 21 DE JUNIO DE 1999

Desde que Patxi había venido a las cinco de la tarde había pasado mucho tiempo y muchas cosas. Patxi miró el reloj y dijo: «¡Madre mía! ¡Si son las nueve y media! A ti tienen que acostarte y darte la cena. Llevo cuatro horas metido en tu habitación y no me he enterado. Sé que tengo que irme, pero no quiero. Yo soy actor y estoy acostumbrado a los guiones de cine, teatro y televisión; pero qué cierto es eso de que la realidad de la vida supera con creces a la ficción. ¡Quién iba a decirme a mí que después de leer ese libro, que en un principio no quería leer, iba a conocer a su autora y que, a través de ésta, contactaría con mi hermano! Olga, me siento el hombre más feliz del mundo. Acabas de sembrar un jardín en mi corazón. Dentro de quince días voy a volver a Logroño, pues quiero llevarme a Madrid toda la ropa y efectos personales de Rafa. Si a ti no te importa, me gustaría mucho volver a verte».

«Está claro —le dije— que mi libro sólo ha sido el instrumento que te ha traído hasta mí, y por lo visto tu hermano nos necesita a los dos.» «Sí, sí; eso está claro. Me ha pedido que lea el libro *El más allá existe*. En cuantito que llegue a Madrid, lo voy a encargar; una amiga mía tiene una librería especializada en libros de mujeres y libros que no se encuentran en otros sitios. Seguro que ella me lo consigue sin problemas; me muero de ganas de leerlo. ¿Tú lo has leído?» «Sí, y esa es otra historia de las que superan con creces a la ficción. No te preocupes, yo te doy el nombre de la editorial y del autor.» «Vale, genial. Y, como tú ya lo has leído, ¿puedes decirme de qué va?»

«Creo que es mejor que lo leas sin prejuicios y sin crítica previa. Sólo voy a decirte que es la historia de un chico italiano, el pequeño de cinco hermanos, hijo de un prestigioso abogado de una ciudad de Italia, Trieste, que, tras ser asesinado, se comunica de una manera muy especial desde la otra vida. Y a través de su padre ha escrito ese libro. He leído muchos libros en mi vida, pero puedo asegurarte que éste me ha marcado. Primeramente, me encantó porque es un hecho real. También me sentí identificada, porque algunas cosas de las que cuenta Andrea, el protagonista, yo las experimenté cuando estuve en la Luz. Y en tercer lugar, y esto es lo más importante, ya te he dicho que desde que volví de la otra vida empezaron a sucederme cosas raras; pero fue hace un año cuando, a partir de leer ese libro, algunas almas empezaron a comunicarse conmigo. Los profesores de la universidad de mi hermana me dijeron que yo podía negarme, que las almas buscaban puertas abiertas y que si yo les hacía caso a todas iban a volverme loca; dado mi delicado estado de salud, me aconsejaron que me negase. Pero ni me negué ni voy a negarme, porque de muy pequeña mi abuela *Resu* me dijo: "No hagas nunca a nadie lo que no te gustaría que te hiciesen a ti". Yo, dentro de poco, me voy a ir al otro lado y no me haría ninguna gracia que, si necesito comunicarme, me pongan dificultades».

Patxi me dijo: «Estoy totalmente de acuerdo contigo. Si yo estuviese en tu lugar, haría lo mismo. Bueno, ahora sí que me voy». «¿Quieres que te lleve mi padre en coche?», le pregunté. «No, no. Podría pedir un taxi, pero me va a venir muy bien un paseíto. Necesito que me dé el aire, porque ahora voy a llegar a casa y esto no puedo contárselo a nadie, y mucho menos a mi abuela o a mi madre.» «Patxi, antes de irte sólo quiero decirte una cosa: que tengas absoluta discreción.» «Tú, tranquila. Yo sé que con esto no se juega y a mí estas cosas me dan mucho respeto; más, tratándose del alma de mi hermano.»

Patxi se fue a Madrid y a los quince días volvió con Luisa. Tal como lo describe más tarde en su capítulo —el siguiente a éste—, entró por la puerta de mi habitación, todo contento y sonriente, y me dijo: «Hola, *bichito*. Como te dije, aquí estoy otra vez». Me dio tres o cuatro besos en la frente, se sentó delante de mí para que yo pudiese verle y añadió: «He hecho los deberes: he leído el libro *El más allá existe* y he entendido perfectamente lo que Rafa quería decirme. La historia de Andrea es impresionante. Efectivamente, el libro me ha encantado. Mi hermanito es auténtico; desde la otra vida sigue ejerciendo de hermano mayor».

Me presentó a Luisa; me pareció una chica muy dulce, espiritual y encantadora. Noté que estaban muy emocionados porque acababan de cumplir el deseo de *Peperra*. Yo ya lo sabía, porque él me lo había dicho y me había pedido que les diese las gracias; pero yo no sabía cómo decírselo para que la impresión fuese menor. Lo hice a mi manera: me lancé sin anestesia.

Más tarde Patxi preguntó si *Peperra* me había dicho algo más. Yo le respondí:

«No, pero tú no te preocupes, que en cuanto lo haga, yo le digo a mi madre que te llame y ella te trasmitirá lo que yo le diga; mejor dicho, lo que Rafa quiera decirte».

Pasamos una tarde muy agradable. Al día siguiente, Patxi regresó a Madrid y, a los tres días justos, Rafa se comunicó una vez más conmigo.

MIÉRCOLES, 23 DE JUNIO DE 1999

Al principio, sus mensajes iban dirigidos casi siempre a Patxi y eran bastante terrenales. Era algo que yo no entendía. Aquel día Rafa vino a visitarme cuando el *carillón* del pasillo daba las seis de la mañana. Estaba dormida profundamente; no sé como explicarlo, pero sentí que él estaba a mi lado y automáticamente me desperté.

R.: —Hola, Olga, mi vida, necesito hablar contigo.
O.: —*Peperra,* a estas horas no han puesto ni las calles.
R.: —Claro, por eso estoy aquí.
O.: —Pesadilla, dime lo que quieras y déjame dormir. Espero que tu mensaje sea importante, porque si no, cuando suba contigo, voy a meterte una patada en tu culo etéreo que te vas a enterar. No me dejas en paz ni de día ni de noche.
R.: —Está claro que lo que no mata hace fuerte, y a ti tanto sufrimiento te ha convertido en una yegüita pura sangre, pero me encantas.
O.: —Me dijo tu hermano que cuando os enfadabais, él usaba la fuerza; tú, el coco y una lengua viperina. En eso ya veo que no has cambiado.
R.: —Mira quién habla.
O.: —A estas horas no me apetece discutir con un difunto. Vete, déjame dormir.

Rafa no dijo nada, pero sentí que la palabra «difunto» le había hecho daño, y le pedí perdón. Su respuesta prefiero reservármela. Me perdonó, pero me dejó claro que mis palabras le habían dolido mucho. Después de un rato de tira y afloja, me dijo:

R.: —Dile a Patxi que un director de cine muy importante de este país va a entrar en contacto muy pronto con él y va a ofrecerle un papel en su próxima película. El papel es muy pequeño, pero ese va a ser el comienzo de una gran amistad, tanto en el ámbito personal como en el profesional.

O.: —¿Y para decirme eso tan espiritual me despiertas? Te prometo que no entiendo nada, pero ya sé que no tengo que pensar ni adelantarme a los acontecimientos; sólo dejarme llevar.

R.: —Otro de los motivos por el cual eres mi instrumento es por ser una chica lista a la que no hay que repetirle las cosas dos veces. Y ahora, puedes seguir durmiendo. No puedes imaginarte cuánto os quiero. Comprendo que no entiendas, pero, poco a poco, entre los tres vamos a hacer un puzzle y, hasta que no estén todas las piezas, no se verá bien el dibujo. Adiós, mi vida y gracias por ser mi puerta abierta en esa vida desde ésta.

Viernes, 25 de junio de 1999

Esa fue una de las pruebas más concretas y exactas que Rafa dio a su hermano, aunque Patxi ya no tenía ninguna duda de la existencia de Dios, del más allá y de que su hermano seguía vivo en otro lugar y de otra manera; él sentía que aunque no tenía su presencia física, no lo había perdido.

Más o menos, a los tres meses de aquella prueba nos dio otra, si cabe más alucinante. Hacía dos o tres días que Patxi había llamado, para preguntar por mí. Me apetecía mucho verle, pero él le había dicho a mi madre que tenía mucho trabajo y que seguramente tardaría un tiempo en volver a Logroño. Yo me entristecí, aunque mi tristeza duró poco. *Peperra* vino esa tarde a visitarme y fue la primera vez que no vino solo; venía con otra alma, me la presentó y ella me contó su historia.

Al principio, cuando Rafa comenzó a realizar su misión con nosotros, he de confesar que yo no entendía nada, pero luego, a medida que fueron sucediéndose los acontecimientos, las piezas del puzzle fueron encajando y éste tomó forma. Rafa, desde la otra vida, a través de mí, le hizo saber a Patxi de la existencia de Dios y del más allá. Y cuando Patxi ya lo sabía, antes de irse, quiso darle tres pruebas: la primera fue con un director de cine, la segunda con una presentadora de televisión y la tercera con un músico y compositor.

Un día mi hermana Mónica me dijo con ironía: «¿Qué pasa? ¿Es que hay que ser famoso para que se te manifiesten desde la otra vida?» Yo le contesté de la misma manera que Rafa me respondía a mí: «Parece mentira que, siendo psicóloga, esa pregunta venga de ti. Patxi es actor, se mueve en un mundo de gente muy especial y su hermano está dándole pruebas muy concretas dentro de ese mundo. A mí en cambio no tiene que convencerme ni demostrarme nada; yo ya he estado en la Luz. Su trabajo conmigo ha consistido en prepararme de una manera espiritual».

Cuando *Peperra* y esa alma se fueron, me quedé dudando entre decírselo a Patxi o callármelo. A pesar de que siempre todo salía como *Peperra* decía, llegó un momento en que las cosas que me estaban sucediendo eran tan fuertes, que me entró miedo.

Cuando Patxi llamó el sábado, diciendo que estaba en Logroño y que si podía venir a verme, me dije: «Olga, no tienes escapatoria». Llegó Patxi y, después de saludarme, interesarse por mi salud y hacerme unos mimitos, me dijo sonriendo: «¿Ha vuelto a estar contigo "el golfete" de mi hermano?» «Sí.» «Me lo suponía. Cuenta, cuenta. Ya sé que soy un impaciente, pero me muero de ganas por saber qué te ha dicho.» «Primero, siéntate, no vaya a darte un "perrenque". Pero el "yuyu" casi me da a mí, cuando vi que su reacción fue de lo más positiva; para él todo era de lo más normal; no veía pegas a nada.»

Lunes, 28 de junio de 1999

Patxi y Rafa llegaron a mi vida en diciembre de 1997. Durante casi un año, Rafa estuvo preparándonos a Patxi y a mí para la misión que él tenía que llevar a cabo, y fue entonces cuando, a principios del 99, en una de sus visitas me dijo:

R.: —Olga, mi vida. Al principio de esta historia me preguntaste que por qué me manifestaba y por qué lo hacía a través de ti. Yo te comuniqué que sólo podía decirte que tenía una misión y que Patxi y tú formabais parte de ella. Pues bien, la misión tenía dos partes: en la primera, debía hacerle saber a mi hermano biológico que seguía vivo en la Luz y que Dios y el más allá existían; para ello, a través de ti, he ido dándole pruebas. Ahora, en la segunda parte de mi misión, debo hacer lo mismo con el resto de mis hermanos; y es cuando os necesito a los dos.

O.: —¿Y qué tenemos que hacer?

R.: —Tú tienes que escribir un libro; en él deberás contar cómo escribiste el primero, los frutos que te ha dado y los que te está dando; entre esos frutos está nuestra experiencia. Será a través de ese libro cómo yo haré saber al resto de mis hermanos, del mismo modo que lo hizo Andrea, que Dios y el más allá existen.

O.: —Si en esta vida tú hubieras sido bombero, camarero, camionero, ingeniero o torero, ... ¡yo qué sé!, cualquier profesión que no fuera la de médico, diría: «Este chico no sabe lo que dice». Pero tú has sido médico y tu alma sigue siendo la de un médico. Y en qué cabeza cabe que un médico en su sano juicio le pida a una persona que está paralizada de la cabeza a los pies, que no habla, que casi no ve, que respira y se alimenta de manera artificial y que lleva trece años aislada del mundo, que escriba un libro. ¡Menuda secretaria te has buscado! Yo pienso; porque otra cosa no haré, pero pensar, pienso. ¿Por qué no se lo pides a tu hermano? El no está limitado como yo, está sano y a él no le costaría tanto. A mí no me estás pidiendo que haga un esfuerzo sobrehumano, me estás pidiendo un milagro. Pero ¡por Dios, *Peperra*!, ¿qué me estás pidiendo?

R.: —Tú lo has dicho, por Dios te lo estoy pidiendo. Yo soy un peón como vosotros; al fin y al cabo, todos somos instrumentos de la Luz Infinita y si ella quiere que tú escribas un libro, no te preocupes, que, igual que sucedió con el primer libro, irá poniendo a tu lado en cada momento a las personas que vayas necesitando; y una vez más te digo que te dejes llevar.

Efectivamente, mi *Peperra* tenía razón. Elena entró a trabajar conmigo tres meses, sólo tres meses, antes de que yo empezara a escribir este libro. Y en un mes no sólo había aprendido a atenderme, sino a entenderme. Llevamos ya tantas horas escribiendo que a veces parece que me lee el pensamiento; al principio íbamos más lentas, pero ahora, a pesar de que yo estoy cada día un poco peor, avanzamos más, porque estamos totalmente compenetradas. Cuando Elena y yo empezamos a escribir, vimos la necesidad de que alguien fuera pasándonos a ordenador los capítulos; entonces Rosa, una amiga de mi madre y mía, administrativa de profesión, se ofreció a venir dos días a la semana, de cuatro a siete. Una vez más, Dios va poniéndome en cada momento a las personas que voy necesitando. Cuando *Peperra* me pidió que escribiese un libro, pensé que me pedía un imposible; pero en nueve meses de *gestación, la criatura* ya está a la mitad y, con un poco de suerte, en otros nueve meses estará totalmente formada. Lo mío está siendo una gestación de elefanta y el imposible será un milagro hecho realidad, porque *Peperra* es un tauro testarudo y cabezota, Elena una piscis intuitiva, Patxi un simpático capricornio, Rosa una genial secretaria acuario y yo una tenaz escorpio. Cuando le pregunté a *Peperra* que por qué no escribía Patxi el libro, me dijo:

R.: —Él tiene que escribir un capítulo en el que contará su experiencia contigo y conmigo, y así reforzará y verificará tu versión.

MARTES, 29 DE JUNIO DE 1999

O.: —Mira, *Peperra,* a mis treinta y cinco años lo normal sería que tuviera una familia, un trabajo; pero, gracias a Dios, no tengo un marido que vaya a divorciarse de mí por escribir lo que me pides. En realidad, no tengo nada que perder. Lo único que tengo es un nombre; la gente me quiere, admira y respeta, y no me hace mucha ilusión, ahora que estoy cerca de mi final, que cuando me vaya digan que había perdido la cabeza. Pero, bueno, por ti cargo con las consecuencias. Cuando esté allí, va a importarme un comino lo que digan aquí. Ahora bien, Patxi tiene por delante mucha vida. Cuando toda esta historia empezó, él era un actor poco conocido, pero, como tú bien dijiste, iba a llegar muy alto en su profesión. Poco a poco está subiendo como la espuma, y para cuando termine yo el libro será un actor famoso con mayúsculas. ¿Has pensado en las consecuencias que puede traerle el escribir el capítulo? Bueno, ya sé lo que vas a decirme, ¡qué tonterías digo! No sé cuándo voy a aprender a dejarme llevar. Ya sé que allí tenéis todo previsto, pero uno de mis defectos es que siempre pienso por mí y por los demás».

Durante el tiempo que *Peperra* ha estado conmigo hemos pasado ratitos maravillosos juntos; con él he reído, he llorado, he discutido y me he enfadado; él ha vivido en mí y yo en él, pero todo en esta vida tiene un principio y un final, aunque venga de la otra vida, que es infinita.

Un día le pedí a mi madre que por favor fuera a una tienda de discos y me comprara el último de Luz Casal, titulado *Un mar de confianza*. Cuando volvió me dijo: «El disco que me pedías todavía no ha llegado; te he traído otro de Luz que creo que no lo tienes; es todo de grandes éxitos. He salido perdiendo, porque es doble y vale más caro; así que espero que te guste». Le pedí por la noche que me lo pusiera mientras me relajaba para intentar conciliar el sueño. Cada una de las canciones de Luz me recordaba cientos de buenos momentos. Me sabía de memoria todas las letras, pues el *compact disc* era una recopilación de las más famosas. Pero había una que no la había escuchado en mi vida, titulada *Plantado en mi cabeza*. Cuando me detuve a observar la letra, me di cuenta de que esa canción narraba y definía exactamente lo que yo había sentido desde el primer instante en que oí tu voz, y dejé de ser una para pasar a ser dos. Esa canción me hacía sentir tantas cosas que se convirtió en algo especial para mí.

Pocos días después, vino tu hermano Patxi a visitarme. Le dije a Elena que pusiera el *compact disc*. Mientras sonaba la canción, Patxi cogió el disco para leer la carátula y con asombro exclamó: «¡Este disco lo tenía Rafa! Era uno de sus favoritos y lo oía a todas horas. ¡Cuántos recuerdos me trae!» Sentí que Patxi se ponía triste, que no estaba enterándose de la letra de la canción y, por lo tanto, no entendía lo que yo quería decirle. Elena quitó el disco y seguimos charlando.

Días después, en una de tus visitas, *Peperra*, mi vida, me confirmaste lo mucho que te gustaba Luz, la cantidad de veces que habías oído ese disco y el significado que ahora tenía esa canción. Si en esta vida ya te gustaba, desde el otro lado mucho más. De mutuo acuerdo decidimos que, si esa canción era muy especial para ti y para mí, esa era tu canción y nuestra canción. A petición tuya, la incluyo en mi libro, en el último capítulo, el de mi despedida.

En este capítulo he escrito lo estrictamente necesario, pero la mayoría de las conversaciones entre *Peperra* y yo serán algo que permanecerá siempre entre nosotros. Me dijiste que cuando escribiera lo que tenía que escribir, tú seguirías a nuestro lado, pero que yo ya no volvería a oírte como puedo oírte ahora; sólo te dejarían manifestarte el día de mi cumpleaños, el día de la presentación del libro y en momentos difíciles y especiales de mi vida. Sé que estoy haciendo lo correcto, pero también sé que cada palabra que escribo es un paso que me aleja de ti. Cuando llegaste a mi vida fueron muchas las veces que te rechacé. En realidad, no era a ti a quien rechazaba; presentía que ibas a hacerme trabajar y no quería. También me has dicho que el día de mi partida tú serás el primero en salir a buscarme; hasta que llegue ese día tu ausencia será otro infierno añadido al de mi cárcel.

MIÉRCOLES, 30 DE JUNIO DE 1999

Un día me dijiste que mi esfuerzo y el de Patxi por ayudarte tendrían una recompensa. Yo te dije: «No sé qué premio vas a darle a tu hermano, pero yo lo único que deseo es la libertad, una puerta de salida que me lleve de nuevo a la Luz». Luego te pregunté: «¿Sabes cuándo voy a morir?» Cualquiera que me oyese hacerte esta pregunta diría: «Hija, no te preocupes que te quedan tres telediarios». Pero tú sabes que eso me dijeron hace trece años y sigo aquí, y yo lo único que quiero es ir allí contigo y con todos los que me esperan. Tú me respondiste: «Hay cosas que no deben preguntarse, y esa es una de ellas. Eso sólo lo conoce quien tú ya sabes; yo, aunque lo supiera, nunca te lo diría. ¡Y se supone que tú estás más madura espiritualmente que la mayoría de las personas! ¡Parece mentira que esa pregunta venga de ti!»

Con palabras muy diplomáticas, terminaste echándome una bronca impresionante, tanto que me hiciste llorar, y yo soy de las que no lloro ni aunque me maten. Pero tú juegas con ventaja. Quiero pedirte perdón porque en más de una ocasión te he hecho chantaje emocional, diciéndote: «Yo escribiré el libro, pero tú llévame contigo. Quiero que me saques de la cárcel de mi cuerpo, de la prisión de estas cuatro paredes. No quiero más vida de esta vida, si tengo que seguir viviéndola sin ti».

Ahora entiendo lo que significaban las palabras «mi vida». No sé si yo habré sido tu vida, pero tú sí has sido la mía. Cuando viniste a mí, estaba viva pero muerta; y tú, muerto pero vivo. Has sido el rocío que me ha despertado muchas mañanas. Has sido como un gusanito de luz que ha iluminado mi noche oscura. Entraste en mi vida como un elefante en una cristalería y ahora vas a irte sin hacer ruido, como una mariposa.

¡Has estado tantas veces frente a mí!
Si te ibas, te añoraba en mi soledad.
He bebido a tu lado el placer,
lluvia de mayo, calor de mi invierno y de tu verano.
Oyéndote, el tiempo no existe,
mi alma se llena de luz
y me impregnas de paz.
Toda la vida y la muerte están en ti.
Ansias nuevas prisioneras en tu ser,
flor de embrujo fascinando mi vivir,
estréchame en tus dulces brazos etéreos
y hazme volar.
Oyéndote, el tiempo no existe,
mi alma se llena de luz
y me impregnas de paz.
Cómo cuesta despedirse de tu luz.
Algún día no hará falta ese adiós;
me quedaré siempre contigo.
Oyéndote, el tiempo no existe,
mi alma se llena de luz
y me impregnas de paz.

Canción interpretada por DULCE PONTES

He superado un coma profundo del que nadie pensó que iba a salir, he superado paradas cardíacas, neumonías graves y todo tipo de infecciones, ingresos largos en unidades de cuidados intensivos, habitaciones de aislamiento y de planta, traslados a otros hospitales e intervenciones quirúrgicas, incluso una de ocho horas de quirófano. He sufrido mucho y, como tú me dijiste, tanto sufrimiento me ha convertido en una yegüita pura sangre. He aprendido a superarme y a crecer en la adversidad, pero no creo que pueda superar tu ausencia. En estos momentos, si me dejara llevar por mis sentimientos, me pondría a llorar y me colgaría de tu cuello, gritando como una niña pequeña: «No te vayas, no te vayas». Pero no voy a hacerlo. Me dijiste que para ti el adiós también iba a ser duro y que no te lo pusiera más difícil.

La mayoría de los niños en sus primeros años de infancia tienen un amigo invisible y, al madurar, éste desaparece; yo fui siempre una niña muy realista y nunca tuve un amigo invisible; a mis treinta y cinco años, está claro que ya no soy una niña, pero ha sido fantástico tener un amigo invisible. No he necesitado mis ojos para verte, ni mi voz para hablarte, ni mi cuerpo para sentirte. Nunca pensé que un muerto, entre comillas, pudiera darme tanta vida. Ha llegado mi hora más triste, la de tu despedida. Sé que seguirás estando a mi lado y al de muchos otros, pero para mí no será lo mismo. Me has acostumbrado a lo bueno. Sabes que nunca me gusta pensar en el pasado ni en el futuro; no me gusta recordar el tiempo en el que fui una chica normal, en el que veía, hablaba, comía, respiraba, ... en una palabra, vivía; pero creo que si tengo que seguir yo sola hasta el final de mi camino sin ti, habré de hacerlo recordando cada momento y cada conversación que hemos tenidos juntos. Hasta el día en que mi noche obscura vuelva a verte en el resplandor de mi amanecer, Dios nos ha dado los recuerdos para que tengamos rosas en diciembre. No me despido de ti con un adiós; te digo «hasta pronto» y, por lo que más quiera la Luz Infinita, que sea pronto.

Caíste del cielo y llegaste a mi vida como rocío, como lluvia, como agua fresca para refrescar mi alma y aliviar mi dolor con tus palabras a la hora del alba. Llovió tu amistad, tu cariño y tu comprensión, y en mi corazón el invierno se hizo primavera y tus gotas de rocío me quitaron todas las penas. Tú vas a andar queriéndome toda la vida; yo estaré a la vera tuya, vida mía. Hay amistades que comienzan y terminan, pero la nuestra te prometo que será eterna e infinita. Yo estaré a tu vera cuando el alma se decida, llegaré a la eternidad si tú me guías.

«Peperra, mi vida». *Caíste del cielo como vestido de fiesta; tus palabras han sido como sorbitos de agua fresca, felicidad, ilusiones y ternura. Nuestras lágrimas y risas, con el alba, se mecían en la luna. Llegó el adiós y empezó a sonar el viento y se nos hizo un remolino el firmamento. Se nos llenó de Luz el alma una madrugada y nos despedimos llorando, cuando el sol se despertaba.*

Canción interpretada por las hermanas CHAMORRO

En este capítulo, que es, *Peperra*, tu capítulo, necesitaba hacerte presente con algo propio tuyo y no sabía cómo; pero tu madre me lo puso en bandeja. Cinco años antes de irte, cuando todavía eras un chicarrón del norte, fuerte, jovial y sano, algo en tu interior presentía la avalancha de sufrimiento que se te venía encima; una necesidad interior espiritual te empujó a hacer el Camino de Santiago. Cada vez que superabas una etapa, al terminar el día, a pesar del agotamiento físico, sacabas fuerza para ir escribiendo en trocitos pequeños lo mucho que llevabas dentro. Fue una idea genial. Las palabras se las lleva el viento, pero lo que dejas escrito, escrito está. Y, como madre sólo hay una, ella tuvo otra genial idea: cogió tus notas manuscritas y pasó todo a limpio, confeccionó un cuadernillo y lo ilustró con dibujos hechos a carboncillo, con alma de artista y corazón de madre. Patxi me trajo una copia y, cuando me la leyeron, te sentí especialmente cerca, sobre todo en tu última etapa y con tu última frase. Este año 1999 es el último Año Xacobeo del milenio y Santiago está recibiendo miles de peregrinos por tierra, aire y mar. Muchos que anteriormente hicieron el Camino repiten este año por ser el último. Es un año muy místico y especial. Tú no puedes repetir ya ese Camino porque estás en la otra vida, y yo no puedo iniciarlo; pero los dos somos peregrinos de la vida y hemos dejado bien marcada nuestra huella en el camino. A través de lo que tú dejaste escrito y de las páginas de este libro los dos viviremos este Año Santo y seremos, en esta vida y en la otra, siempre peregrinos.

A continuación, transcribo la última página del *Diario* escrito por Rafael, cinco años antes de su partida.

24 DE JULIO DE 1993

Santa Irene – Rúa – Labacolla – Monte del Gozo – Santiago

Es difícil describir lo que siento ahora mismo, cuando llevo varias horas en Santiago. Es algo indefinible. Me recuerda de alguna manera a aquella vorágine de ideas y sentimientos que me embargaban aquel primer día de marcha.

Las primeras horas del camino (aún es de noche con el primer paso) son de afán, pasión y ensoñación; no hay bosque impenetrable o cuesta empinada que merme el ansia, que mine las fuerzas. Hoy llego por fin, días y semanas después, con polvo en la boca, en el pelo, sudor pegajoso, las piernas plomadas pero ávidas de destino. Sin embargo, el Monte del Gozo no significa nada con Santiago a los pies, en las pupilas. Porque el peregrino sólo vive lo que pisa, lo que pasea, lo que camina.

Por eso, el placer sobreviene con las primeras casas, las rúas, los palacios, las iglesias compostelanas. Callejas estrechas y tortuosas, de nombre artesano, artístico o de comarcación; plazuelas tímidamente escondidas con fuente cantarina y motivos jacobeos.

Con cada metro, un bar, una tasca, un café, un librero, un orfebre, un encuadernador. Calles cultas con años en la piedra, con historia en cada esquina, y con cada dirección viaja una leyenda peregrina anunciando su final: la catedral que entreabre sus carnes por la Puerta del Perdón.

He aquí el último paso físico, el último latido de la ruta. Con el abrazo, confusión de alegría y tristeza. El que tras semanas de caminar se siente peregrino, ¿qué camina ahora? Tras el camino surgen múltiples senderos que a su vez se ramifican. No cruzan eternos campos de ocre sediento, ni hayedos, ni robledales; no hay pájaros ni insectos, ni gatos, ni perros, no hay viejos desdentados. No hay fuentes ni ermitas, albergues o posadas; pero son partes del mismo todo, el camino interior, el que hay que recorrer con los pies del espíritu y las vísceras del yo.

En cada camino hay un hombre, y en cada hombre un camino.

Recorrerlo es vivir ...

RAFAEL

Este capítulo es para mí lo más especial que he escrito en mi vida, se mire por donde se mire, se lea por donde se lea y se piense lo que se piense. Para su final quería dejar claro que todo lo que he escrito es realidad y, que por muy enfermo que tenga el cuerpo, mi mente sigue lúcida.

Quería que este capítulo tuviese un final precioso que resumiera y expresara todas las emociones que he vivido y sentido. Era algo tan grande que no encontraba nada. Estaba rompiéndome la cabeza, cuando vino a visitarme Nieves, amiga de mi madre y mía. Me trajo dos cintas preciosas de música y un libro de Paulo Coelho titulado *Manual del guerrero de la luz*. Cuando Elena me lo estaba leyendo, sentí que estaba escrito para nosotros. Entonces *Peperra* me susurró al oído: «Ahí tienes el final. Un beso y hasta pronto, mi vida».

El guerrero de la luz conoce la importancia de la intuición.

En medio de la batalla, no tiene tiempo para pensar en los golpes del enemigo. Entonces usa su instinto y obedece a su ángel.

En tiempo de paz, descifra las señales que Dios le envía.

La gente dice: «Está loco».

O bien: «Vive en un mundo de fantasía».

O también: «¿Cómo puede confiar en algo que no tiene lógica?»

Pero el guerrero sabe que la intuición es el alfabeto de Dios, y continúa escuchando el viento y hablando con las estrellas.

VII
Historia de una revelación

—por Patxi Freytez—

A lo largo de mi vida he tenido que enfrentarme en muchas ocasiones a una página en blanco. Y digo esto porque tanto mi madre como mi hermano Rafa y yo mismo siempre hemos sido muy aficionados a la literatura y al arte de escribir. Los tres disfrutábamos mucho componiendo poemas y relatos, e incluso los tres hemos ganado en más de una ocasión algún premio literario.

Hace ya muchos años que yo dejé de escribir. Atrás quedaron las redacciones del colegio, los poemas de juventud, apasionados y copiosos; aquellas dos obras de teatro escritas durante mis febriles años de estudiante de arte dramático y que conservo como auténticos recuerdos de juventud; aquellos trabajos de estudiante de periodismo en la Complutense, que «reproducía más que hacía», y tantos y tantos retazos de recuerdos que uno va escribiendo en papeles sueltos y que pasan a engrosar el archivo de la memoria perdida...

Pero, a pesar de tantos momentos de angustia y gozo ante el papel en blanco, nunca he sentido la responsabilidad y la tremenda inquietud que me produce comenzar este relato que voy a compartir con vosotros. Una historia que parece de ficción y que sin embargo ocupa todos los espacios y rincones de mi realidad, de mi vida y de toda mi existencia. Una historia que parece más digna de un guión cinematográfico que de un suceso real. No en vano, Olga, con su incombustible sentido del humor, la denomina como «*Ghost*, pero en versión original». Y, en cierto modo, así es como me gustaría que la disfrutarais. Porque el mensaje último de este testimonio no es otro que el de una historia de amor. De amigo a amigo, de hermano a hermano, de ser humano a alma humana, de creador a criatura creada. De corazón a corazón.

Sin embargo, antes de comenzar mi relato, quiero hablaros de la persona gracias a la cual mi historia de amor fue realidad. Y digo yo..., ¿qué podría deciros de Olga que expresara en su totalidad todo lo que esta personita ha supuesto para mi vida? En los capítulos que *Lechuguita* ha escrito anteriormente habéis tenido ocasión de leer testimonios de personas que la han conocido. Uno se siente pequeño a la hora de desnudar su corazón ante ese *bichito* capaz de devolver la alegría al espíritu más afligido. Es realmente difícil encontrar la mejor definición para Olga. Pero a mí se me antoja que Olga es la mejor descripción de la palabra *amor* que jamás haya encontrado en toda mi vida. Esta muchachita es la mejor coartada contra el abatimiento que jamás he conocido. Sólo recordar nuestro primer encuentro, es para mí un bálsamo que me aplico con fruición cuando me duele la vida.

Llegué a su casa con el corazón roto por el reciente fallecimiento de mi hermano Rafael. Y allí estaba ella, inmóvil como un muñequito que espera una mano de viento, para expandir su alegría por el mundo. Una mano que hace años abandonó su cuerpo pero que nutre de alegría, esperanza y vida un corazón que siempre está en primavera. Los primeros momentos que pasé a su lado fueron francamente duros y difíciles. Llegar con el corazón lleno de pena al hogar de una persona en esas condiciones es algo que al principio no dudé en calificar como un error imperdonable. Pero pocos minutos después y gracias a Carmen, su madre y «traductora», las palabras de Olga fueron entrando por mis oídos como un elixir de paz que fue envolviendo mi corazón como un manto protector. Lo que vino después sólo puedo calificarlo como un suceso mágico que dio a mi vida un sentido que había permanecido oculto desde que fui engendrado.

Siempre conservaré a Olga en mi recuerdo como el regalo más precioso que Dios me ha dado. Un ejemplo de valentía, coraje, amor a la vida y a todo lo que en ella cabe. Conocer a Olga es amar la vida. Llorar con Olga es llorar de amor.

Pero creo que también debo hablaros de mí y de mi realidad durante los años anteriores a conocer a *Lechuguita*. Los que me conocen saben de sobra que desde muy jovencito todos los temas relacionados con la religión, como postura activa en la vida, me causaban algo más que un simple repelús. Desde que era un chaval he considerado la libertad como el bien más preciado que todo ser humano puede tener. Y a pesar de haber sido educado en la fe católica durante los primeros dieciocho años de mi vida, siempre aborrecí esa manera de ver la vida que desde el primer momento te hacía partícipe de una culpa que yo no sentía mía. Todo lo que yo aprendía en misas y liturgias me parecía represivo e injusto.

Si me parecía difícil aceptar una fe cuadriculada e inmóvil, más me parecía imposible creer en un ser intangible que nos esperaba al final de la vida para echarnos las cuentas y enviar al bueno al cielo y al malo al infierno. Pero, ¿quién es del todo bueno y quién del todo malo? ¿Qué ser humano en este planeta tiene el patrimonio de la verdad? ¿Qué extraño poder tiene un señor que viste mantos de colores y que sólo ha estudiado en un seminario para dirigir las vidas de tantas personas? ¿Y por qué tanta intolerancia basada en complicadas teorías teológicas que olían a alcanfor? Todo ello, sumado al furor jacobino que recorría mis venas de revolucionario inconformista, me convirtió en acérrimo enemigo de todo aquello que preconizaba una disciplina venida del más allá y que me olía a hipocresía por todos los lados. Como estudiante de periodismo, observaba cómo el mundo avanzaba imparable por la senda del desarrollismo incontrolado e irresponsable y la Iglesia continuaba anclada en ideas y postulados más propios de la Edad Media que del final del siglo XX.

Tales eran, pues, en aquellos años, mis ideas acerca de la religión. Pero, obviamente, después de dos años de contactos con mi hermano Rafael y de la experiencia determinante que supone conocer a Olga, mi pensamiento cambió. La clave de todo ello no fue un cambio religioso. La religión es una interpretación humana de la espiritualidad del Ser y, como humana, susceptible de ser inexacta e imperfecta. En seguida percibí, como consecuencia de ese fenómeno paranormal, que el odio hacia los demás desaparecía de mi corazón radicalmente. Todos esos pensamientos y teorías de autodefensa y endurecimiento que nos inculcan, sobre todo a los chicos, desaparecieron. Aprendí a entender que, más allá del acto más deplorable, hay un porqué y que tras un alma que castiga y odia siempre están el sufrimiento y la duda. Descubrí que, tras mi aspecto de chico duro, moderno y «preparado para la lucha diaria», había sentimientos como la piedad, el perdón, la tolerancia, el arrepentimiento y, sobre todo, el amor. Aprendí que los hombres y mujeres que luchan contra el Lado Oscuro sólo combaten con su corazón y la fuerza de la Luz Divina, pero no juzgan a su enemigo. Ésa es labor de Dios. Como decía mi adorado *Ché* Guevara: «Hay que hacerse fuertes sin perder la ternura».

Creo que con este precedente podéis imaginaros cómo pude afrontar los hechos tan extraordinarios que el Cielo me tenía reservados. Y esos hechos son los que paso a relataros a continuación.

Para quienes no lo sepan, mi nombre es Patxi Freytez y mi trabajo es actuar: en el cine, en el teatro y en la televisión. Muchos me conocéis por eso, y supongo que, por esa razón, a más de uno le resultará extraño que alguien que vive en un mundo tan frívolo y materialista pueda hablar de temas como éste. Cierto es que mi profesión está plagada de frivolidad, vanidad, hipocresía y egoísmo. Pero también es cierto que, en muchos aspectos, no se diferencia en el fondo en casi nada de otras profesiones más «serias». Verdaderamente, he conocido, conozco y conoceré personas que aman su vida, su trabajo y a sus compañeros tanto como a sí mismas. Esta profesión también atesora grandes virtudes, esfuerzos, sacrificios y grandezas.

Cuando recibí una llamada de teléfono de mi hermano en la que me comunicaba que padecía un cáncer, yo actuaba en una compañía de teatro pequeña y pobre en la que se trabajaba mucho y se ganaba muy poco. Por aquel entonces mi situación personal, económicamente hablando, era desastrosa. Aquella noticia fue un golpe que me resultó imposible de aceptar. Mi hermano era médico, conocía perfectamente el mal que padecía y, aunque siempre conservó la esperanza, jamás me ocultó que su enfermedad era seria y grave. Esto fue a mediados del verano de 1996. Él acababa de licenciarse en medicina. Este hecho dejó a mis compañeros de teatro y a mí mismo sumidos en la consternación y el dolor. Los meses siguientes fueron tan funestos como este suceso preconizaba. Yo continué trabajando en mi compañía, a la vez que estaba en constante contacto telefónico con mi familia para saber cómo evolucionaba la enfermedad de Rafael.

En el mes de octubre estrenamos en la sala Cuarta Pared, de Madrid, *La Sonata de los Espectros*, de August Strindberg. El espectáculo fue un fracaso, y tantas semanas de esfuerzo, sacrificio, ensayos y carpintería, sacando dinero de debajo de las piedras, se quedaron en una derrota que nos ensombreció a todos. Una trayectoria que corría paralela a la de mi hermano Rafael. Ningún tratamiento daba resultado; su estado físico empeoraba por momentos y su sufrimiento y el de mi familia iban en aumento.

Por aquellas fechas yo compartía a menudo muchas horas con una antigua compañera de universidad a la que el tiempo había hecho volver a encontrarse conmigo; se llama *Mavi*, y es una mujer a la que quiero y guardo en mi corazón. Ella se empeñaba en convencerme de que existían otros planos de conciencia además del terrenal. Me contaba que su madre, desde muy pequeña, había tenido experiencias que le habían hecho alcanzar cierto grado de conocimiento acerca de lo sobrenatural y que ella le había transmitido parte de esos conocimientos también desde que *Mavi* era niña. Tanto era así que un día accedí a que *Mavi* me tirara las cartas del Tarot. Yo siempre contestaba a sus razonamientos con mi escepticismo, pero acepté que me las echara. Para no desentonar, lo que las cartas de *Mavi* decían no era muy halagüeño ni para mí ni para mi hermano. Pero lo más asombroso de todo fue que, según la lectura que *Mavi* hizo de esa tirada, tres sucesos iban a sucederme en un plazo de tiempo relativamente corto. Eso ocurrió hacia el principio de 1997. Esos tres sucesos eran los siguientes: Primero, iba a conocer a una mujer que iba a convertirse en mi compañera; segundo, una enorme ruptura iba a dividir traumáticamente mi corazón en dos; y tercero, un suceso iba a cambiar el rumbo de mi profesión de forma drástica.

Las semanas fueron pasando lentamente, hasta que llegó la primavera, la primavera más extraordinaria de mi vida. Mi hermano Rafa continuaba su vía crucis particular por una enfermedad que no le daba ninguna opción. El mal era inexorable, y el peregrinar de mi hermano de hospital en hospital, acompañado perennemente por nuestra madre, iba minando cada vez más su resistencia y la de toda la familia. Nuestra madre, Carmen, cumplía ejemplarmente su amarga misión de acompañar a Rafa en todos los mazazos, en todos los pronósticos negativos, en todo su sufrimiento. Y, aunque nunca ese acompañamiento fue fácil, ella no flaqueó ni un solo momento en su ingrata labor de estar con su hijo, cosa que no dejó de hacer hasta el mismo momento de su muerte. Mi madre tiene reservado un lugar junto a Él, que le hará olvidar en la otra vida todas las lágrimas que ha derramado y sigue derramando en ésta.

Pero, como os decía, en la primavera de 1997 todos los datos que *Mavi* leyó en las cartas fueron materializándose como por arte de magia. Una noche de mayo conocí en el teatro Alfil, de Madrid, a Luisa. Simplemente la vi, y no pude reprimir el instinto de seguirla e intentar conocerla. Se convirtió a partir de ese mismo día en uno de los pulmones que oxigenaron mi maltrecho corazón en los meses venideros. Un apoyo que nunca escatimó paciencia y esfuerzos en los momentos tan duros que compartió conmigo. Estuvo a mi lado en todo momento: rió conmigo, lloró conmigo y regó con su amor las pobres flores que todavía quedaban en mi pecho. Vivió la muerte de mi hermano como una compañera fiel e incondicional y acabó amándolo tanto como si lo hubiese conocido, cosa que nunca sucedió. La vida quiso que nos separásemos meses después de todo aquello, pero su amistad y amor es uno de los tesoros que conservo en mi corazón con mayor celo y cariño. Para mí es imposible recordar aquellos meses sin sentir su palabra, su paz y su compañía permanentemente a mi lado. Pero conocer a Luisa sólo fue el principio. Una extraordinaria sorpresa habría de terminar cumpliendo los otros dos designios que las cartas de *Mavi* profetizaron.

Por aquellas fechas, mi gran amigo e incondicional compañero Félix Gontán estaba ayudando a una compañía de teatro formada por un grupo de actores muy amigos y apreciados por nosotros. Algunos días yo me acercaba por la sala donde representaban, a lleno diario, su espectáculo, y les echaba una mano, junto a Félix. Hoy día, los cuatro integrantes del grupo son actores famosos y conocidos. Uno de ellos, Alberto San Juan, acababa de protagonizar una de las películas más taquilleras del cine español: *Airbag*. Un día, tras la representación, me dio la tarjeta de una jefa de «casting» muy habitual y conocida en nuestro cine y me animó para que fuera a visitarla: «Ánimo, chico, con un poco de suerte te cogen para un par de sesiones y te ganas unas perras».

Tal y como estaba mi peculio, cualquier número, por ínfimo que fuese, con tres ceros detrás era para mí un dineral capaz de aliviar mi penuria económica. Tomé la tarjeta y la guardé en mi cartera. Varios días después, y seguramente buscando un billete inexistente, volví a encontrarla, pues olvidé su existencia tan pronto como la guardé. Una soleada mañana, currículum en ristre, me planté en el despacho de Sara, que era el nombre de esa chica, y me entrevisté con ella. Días después, una llamada de teléfono me requería urgentemente para hacer una prueba de cámara en la oficina de una productora de cine. Un mes más tarde, Patxi Freytez era el protagonista de la esperadísima tercera película de Isabel Coixet: *A los que aman*.

Este fue el segundo designio que se cumplió. Mi vida laboral cambió de rumbo radicalmente. Del anonimato de los escenarios de batalla y furgoneta, pasé a formar parte de la galería de actores retratables de este país. Aunque la verdadera popularidad llegó dos años más tarde.

Pero el otro designio que faltaba por cumplirse llegó de la mano de este mismo hecho. En el seno de mi compañía se estableció un agrio debate sobre mi permanencia o no en el siguiente espectáculo. Y, como consecuencia de ello, tuve que optar entre mis compañeros de tanto sudor, sacrificio, ilusión y kilómetros, y la aventura fascinante, novedosa y plagada de trampas que supone el mundo del cine. Y opté por lo segundo. No sin que mi corazón se partiera en dos, debido a esa elección, y que mis ojos derramaran abundantes lágrimas por todo lo que abandonaba detrás.

Eran muchos cambios para tan poco tiempo. En el plazo de un año, estaba a punto de perder a un hermano, dejar a compañeros del alma en otro camino distinto al mío y comenzar otra carrera, en el cine, que me llenaba de ilusión y, por qué no decirlo, de miedo. Ni que decir tiene que todo lo que me estaba sucediendo suponía una pequeña brizna de aire fresco para mi desmoralizada familia. Rafael libraba su particular batalla en la Clínica Universitaria de Navarra, donde le llevé el guión de la película en la que, curiosamente, yo tenía que encarnar a un joven médico del siglo XVIII. Rafa, sin perder un ápice de su celo profesional, se apresuró a hacer cuantas correcciones creyó oportunas respecto a los detalles médicos del guión, muchos de los cuales fueron escrupulosamente respetados en el rodaje posterior.

Mi situación cambiaba meteóricamente para bien, y la ilusión de rodar una película me insuflaba más ánimos para soportar la dolorosa realidad de mi querido hermano. El popular dicho de que «Dios, cuando cierra una puerta, abre una ventana» se hacía inapelablemente real. Pero, a medida que el tiempo pasaba, el cáncer se cebaba más y más en el pobre Rafael. A la tortura psíquica que supone ver cada vez más cerca el final, había que sumarle el cruel sufrimiento físico que la enfermedad le infringía sin compasión.

Fueron varias las noches que compartí con Rafa en la Clínica Universitaria. Muchas las conversaciones que mantuvimos y en las que abordamos temas tan duros y escurridizos como la muerte, el miedo, la esperanza de que su fin sirviese para algo. En resumen, esos temas que rara vez abordas en la terraza de un bar una tarde de verano o en el campo de fútbol del Logroñés, donde Rafa y yo sublimábamos el hecho de ser hermanos hasta cotas de inmensa felicidad. Recuerdo aquellas conversaciones en lo más hondo de mi corazón. Preguntas sin respuesta que laceraban mis entrañas, sabiendo, como sabía, el poco aliento que quedaba a esa voz cansada, extenuada pero firme que todavía me regalaba el pobre Rafael. Recuerdo sus consejos, sus ánimos para el rodaje de la película y sus enormes deseos de poder estar vivo para poder ver a su hermano en el cine, aunque fuera en la pantalla del vídeo. Eso le llenaba de orgullo, y más después de tantos años de dudas sobre la viabilidad del camino que yo había escogido para mi futuro.

Pero a pesar de su afán y su gran ilusión, Rafael, jamás llegó a ver esa película. Dios tenía otros planes en los que él iba a erigirse en el verdadero protagonista.

Llegó el otoño y yo partí hacia Galicia para rodar el largometraje, dejando la mitad de mi corazón en la planta de oncología de la Clínica Universitaria de Navarra.

Cuando el rodaje llegó a su fin, la situación de mi hermano dejaba bien claro que sus días estaban próximos a terminar. Su estado físico era una auténtica debacle y ya no podía ni caminar solo. De allí fue trasladado al Hospital San Pedro de Logroño para estar más cerca de su familia mientras el final se acercaba. Yo, por aquel entonces, ya tenía un representante artístico, gracias a mi adorada querida compañera y amiga, Silke. Muy pronto él se convertiría en uno de los amigos más fieles y maravillosos que tengo. Conociendo la tristeza de mi situación, él no dejaba de animarme con proyectos de trabajo y pruebas para películas cuya viabilidad se me antojaba más que discutible, pero yo sabía que Octavio —este era el nombre de mi representante— lo hacía para insuflarme una ilusión de la que carecía por completo. Jamás olvidaré su apoyo, su constante interés, su infatigable palabra de ánimo ante la adversidad que mi familia y yo padecíamos. Dios me arrebataba a un hermano, pero me daba apoyos y cariños tan incondicionales, como el de mi nuevo amigo Octavio, a quien querré y admiraré toda mi vida. Él siempre será el representante a quien le debo gran parte del éxito en mi carrera, pero, sobre todo, será mi amigo del alma e inseparable compañero.

Aquellas fueron las últimas noches que compartí con Rafael, y los temas de conversación habían cambiado radicalmente. Rafa sabía que se moría, que sus días en este mundo estaban contados, y sus dudas y preguntas fueron transformándose en encargos, deberes y consejos. Yo le escuchaba atentamente, intentando controlar, a duras penas, el nudo que atenazaba mi garganta y el torrente de lágrimas que pugnaban por salir de mis ojos; las mismas lágrimas que estoy vertiendo escribiendo estas líneas y que agolpan en mi memoria cientos de recuerdos de mi querido hermano Rafael.

Ya con el invierno encima, un brusco empeoramiento obligó a trasladarnos de nuevo a Pamplona. Los tumores que se albergaban en los pulmones de Rafa crecían tan deprisa que rompían los vasos sanguíneos de que se alimentaban, produciéndole violentos vómitos de sangre que hacían temer un rápido y dramático desenlace. Al mismo tiempo, la relación entre los miembros de la familia se hacía tensa y difícil, pues la cercanía de un final tan doloroso hacía que los nervios se dispararan y que la cabeza y el corazón no tuvieran la paz necesaria para afrontar el hecho con un mínimo de calma.

Y llegó diciembre. Yo me trasladé por tiempo indefinido a Logroño para estar con mi abuela, mientras mi madre permanecía al lado de Rafa en la Clínica Universitaria. Pero poco antes, y estando yo todavía en Madrid, sucedió un extraño fenómeno que sería también premonitorio de lo que tendría que pasar después. Una noche, Luisa y yo dormíamos plácidamente en su casa de Madrid; a pesar de que yo estaba dormido, tuve un sueño que recuerdo haber vivido con tal nitidez que lo creí real por completo. Recuerdo que yo miraba dormir a Luisa, a mi derecha, en la cama; de pronto, la puerta del dormitorio se abrió y yo me asusté muchísimo al ver a mi abuela Elisa entrar en la habitación con un enorme rollo de papeles entre las manos. Parecía un montón de papeles enrollados, sujetos por un folio de papel cuadriculado que acerté a distinguir que estaba manuscrito. Yo miraba, perplejo y asustado, cómo mi abuela rodeaba la cama hasta ponerse a mi lado. Entonces le pregunté: «Pero, abuela, ¿qué haces aquí?» «Toma, Patxi —me respondió—, esto me lo ha dado tu hermano para ti».

Alcé mis manos hasta tomar todo el rollo de papel y me lo acerqué con la intención de leer el folio manuscrito que lo sujetaba. Cuando ya lo tuve al alcance de mi vista, vi que era la letra de Rafael. Súbitamente, me incorporé en la cama, dándole a Luisa un susto de muerte. Mi abuela había desaparecido, así como el rollo de papel. Luisa, sobresaltada, me preguntó muy seria: «Patxi, ¿qué te pasa?» Yo recuerdo que le contesté con una calma que me sorprendió a mí mismo: «Nada, Luisa. Mi hermano acaba de despedirse de mí».

En ese momento rompí a llorar con una violencia tal que Luisa, presa del pánico, no acertaba a consolarme de ninguna forma. Me sacó de la cama, me llevó al salón y me abrazó con todas sus fuerzas, intentando calmarme. Pero no había forma de parar el torrente de lágrimas y el llanto que me desbordaba. Un buen rato más tarde, conseguí apaciguar mi llanto y le conté a Luisa lo que me había sucedido en el sueño. Todo había sido tan real que me costaba concebir que realmente sólo se tratara de un sueño. Por fin, volvimos a acostarnos, pero yo no pude dormir hasta mucho más tarde. Cada vez que cerraba los ojos, sentía una presencia a mi alrededor que me hacía abrir los ojos de nuevo y mirar a todos los lados. Yo sentía que alguien estaba todavía allí, en ese dormitorio. Y yo sabía quién era. Poco tiempo después lo entendí todo.

El 13 de diciembre de 1997 mi abuela y yo estábamos en Logroño. De pronto, sonó el teléfono. Era mi madre. Rafa acababa de sufrir un derrame cerebral. Al otro lado del teléfono podía oír los gritos de dolor de Rafael. Poco tiempo más tarde, entraba en coma para no volver ya más. Mi abuela Elisa y yo nos desplazamos a toda prisa a Pamplona en un taxi; de ese viaje soy incapaz de recordar absolutamente nada. Cuando llegamos, Rafael agonizaba. Toda la familia, incluidos mis tíos José Luis y María Jesús que vivían en esa ciudad, estábamos allí en la habitación. Ellos dos, mis queridos tíos, acompañaron también a Rafael en su enfermedad, durante todas las largas temporadas que tuvo que estar en la capital navarra que nos vio nacer a los dos. José Luis es médico y tanto él como su esposa María Jesús tuvieron siempre un comportamiento ejemplar que nunca podré elogiar bastante. Ellos dos aportaban a la situación el mínimo de calma necesaria para que el resto de la familia no perdiese los nervios del todo. Su fortaleza, su apoyo, su cariño, su enorme amor hacia nosotros y hacia su pobre sobrino jamás podrán ser agradecidos con palabras. Siempre están y estarán en mi corazón y en el de Rafael, a quien tanto apoyo dieron durante su vida y en su enfermedad. Pero, a pesar de todo, yo preferí esperar el desenlace final al lado de Luisa, pues mi presencia allí más era fuente de nerviosismo que de paz. Antes de partir tuve mis últimas palabras con Rafael. Él respiraba penosamente al otro lado de la mascarilla de oxígeno y, aunque estaba en coma, yo sabía que podía oírme. Le dije todo lo que un hermano le dice a otro en su despedida y le regalé el último recuerdo que quise que se llevara de mí: una canción que le susurré al oído, una nana que todavía suelo cantar con mi guitarra en compañía de mis amigos y que jamás podré olvidar. La tarde del 14 de diciembre partí hacia Madrid, sabiendo que ya no volvería a ver a Rafael con vida.

Desde mi llegada a Madrid, Luisa y yo no hicimos otra cosa que esperar a que Dios decidiera definitivamente llamar a Rafa a su lado, lo cual sucedió pocas horas después. A las dos de la madrugada sonó el teléfono y todo terminó, o comenzó, según como se mire. Cinco horas más tarde cogí el primer avión hacia Pamplona. Lo que vino después fue una constante lucha contra los nervios desatados y el dolor en las entrañas. Los papeles, los traslados, las llamadas telefónicas y, por fin, la incineración del cuerpo sin vida de mi hermano en el tanatorio de Zaragoza un helador 16 de diciembre. La nevada que cayó ese día jamás podremos olvidarla ni Olga ni yo. Un día antes el rosal de Olga floreció en unas condiciones imposibles y con un color robado a otro rosal hermano; pero esa ya es otra historia.

No es difícil imaginar el estado en el que nos hallábamos toda mi familia y yo. Sólo el incondicional apoyo de mis amigos de Logroño me ayudó a sobrellevar lo que a mí me parecía imposible de llevar. Hasta que, pocos días después, mi amiga Raquel, también amiga de Rafael, me regaló un libro con la intención de hacer llevadero el infinito vacío dejado por mi hermano. No era la primera vez: cuando le diagnosticaron el cáncer ya me había regalado otro libro para que me familiarizase con esa cruel enfermedad. Este segundo libro se titulaba *Voz de Papel* y estaba firmado por una tal Olga Bejano Domínguez, a quien ya conocéis. Lo que sucedió en mi interior tras la lectura del libro de Olga ya os ha sido narrado de primera mano por la mejor testigo posible: la misma Olga.

Recuerdo la sensación de estupor, desconcierto, extrañeza y sorpresa que me invadió cuando *Lechuguita* comenzó a darme el primero de los muchos mensajes que yo recibiría de Rafa a través de ella. Las aclaraciones de su madre, Carmen, me llenaron de mayor sorpresa, si cabe, al saber que yo no era el primero ni habría de ser el último. Pero los datos eran exactos. Las posibilidades de que aquello fuera una broma de mal gusto escapaban de lo racional. La mente humana crea automáticamente pensamientos de duda y rechazo hacia lo que no comprende o escapa de su posibilidad de mensurar. Calibré desde todos los puntos de vista las posibilidades que existían de que aquello no fuera cierto. Pero, por más vueltas que le daba, era imposible que aquello fuera un truco. Hubiera sido necesario un despliegue de indagación de datos desde que mi familia se estableció definitivamente en Logroño. Algo así como la historia que narra la película *El show de Truman*. Poco a poco, mi resistencia a creer en todo aquello fue desmoronándose o, lo que es lo mismo, el espacio que nunca quise conceder voluntariamente a la Luz Divina fue estableciéndose en mi interior para siempre. Esa primera visita a Olga ya la conocéis por el capítulo que Olga ha dedicado a *Peperra*, pero hubo muchas más visitas a Olga y muchos mensajes más.

Podéis imaginaros que cuando salí de esa casa yo no caminaba, más bien flotaba sobre la acera, maravillado por la experiencia que acababa de vivir. Nada más salir a la calle, llamé a Luisa por el teléfono móvil para intentar explicarle lo sucedido. Cuando terminé mi relato, Luisa me escuchaba con el corazón en un puño y presa de la incredulidad más absoluta. Al contrario que yo, Luisa siempre había sido una mujer de una espiritualidad firme y respetuosa; su creencia en la realidad de lo divino siempre había estado en su corazón, pero la sorpresa que se llevó aquella tarde fue supina.

Pocos días más tarde, Luisa vino a Logroño para acompañarme en esos días difíciles de fin de año en los que Rafa no estaría por primera vez. Ni que decir tiene que ardía en deseos de conocer a Olga y saber del hecho de primera mano. Una mañana, quedamos Luisa, Ana —la novia de Rafael— y yo para cumplir el último deseo que nos quedaba por realizar: esparcir parte de sus cenizas por el campo del Logroñés. No sabíamos si eso precisaba de un permiso especial por parte del club, pero la poca cantidad de cenizas que llevábamos nos animó a hacerlo clandestinamente y, como tampoco nos permitieron entrar al césped, las depositamos detrás de una portería a través de la valla; el viento se encargaría del resto. Tras ello, nos despedimos de Ana, y Luisa y yo nos dirigimos al domicilio de *Lechuguita*, que se halla no lejos del estadio. Luisa estaba nerviosa y expectante, y yo explotaba de emoción. Tras los saludos y presentaciones de rigor, Luisa se sentó sobre la cama de Olga; yo, en la que sería mi silla oficial para el resto de mis visitas, y Carmen, al lado de su hija, en un pequeño taburete.

No pasaron ni dos minutos en su presencia, cuando Olga nos soltó, de repente y sin anestesia, que Rafa estaba muy contento porque acabábamos de cumplir el último de sus deseos: esparcir parte de sus cenizas por el campo de fútbol de Las Gaunas, ya que él creía que no íbamos a hacerlo. La cara de Luisa y la mía propia eran dos poemas. ¡No hacía ni veinte minutos que lo habíamos hecho y Olga ya lo sabía! Pero eso no era todo; me dijo que mi signo zodiacal era capricornio, a lo que asentí con sorpresa. También, que mi cumpleaños era el 10 de enero; yo asentí, boquiabierto, confirmándole que efectivamente esa era la fecha de mi cumpleaños. Ella continuó diciéndome: «Es que tu hermano me ha pedido que te felicite de su parte». La cara de Luisa ya no era un poema, era un volumen entero. La conversación continuó acerca de detalles de mi familia que *Peperra* le había contado a Olga. Aunque no la había visto en su vida, *Lechuguita* conocía la apariencia física de mi madre como si acabaran de tomarse un café hacía diez minutos. Luego nos aclaró que Rafa se la había mostrado «a su manera». Pero esos no eran los únicos detalles que Olga conocía; había otros que mi memoria no alcanza a recordar y que concernían a diferentes miembros de mi familia.

Cuando Luisa y yo abandonamos la «guarida» de *Lechuguita*, la certeza de que nos encontrábamos ante un hecho indudablemente real era absoluta, tanto por su parte como por la mía. La impresión que nos habían producido esas dos horas de conversación era incluso brutal. Es muy difícil intentar describiros lo que uno siente cuando las expresiones utilizadas por Olga para expresar los mensajes de Rafael eran calcadas de las que él mismo utilizaba cuando vivía entre nosotros. Como hermano suyo, sería capaz de adivinar con los ojos cerrados su ironía, su humor afilado y su particular manera de referirse a personas de su propia familia. No cabía duda, era él. Y estaba entre nosotros.

Pocos días después, cualquier persona que supiera que yo acababa de perder a un hermano hubiera alucinado por la alegría y la ilusión sin límites que yo exhibía sin pudor. Un nuevo horizonte de vida se extendía entre las hojas secas de mi pecho. Dios montó su tienda de campaña al lado de mi corazón y yo lo admití como un huésped permanente.

Y llegó la hora de partir de nuevo hacia Madrid. Sólo la abrumadora pena que atenazaba a mi madre ensombrecía la maravillosa primavera que yo llevaba en el corazón. Desde entonces, cada vez que me desplazaba a Logroño cumplía mi anhelado deseo de volver a ver a Olga y compartir su alegría y su resignado esfuerzo, aunque sólo fuera por unas horas. Olga me transmitía mensajes muy puntuales de Rafael. La mayor parte de ellos eran consejos relacionados con mi profesión y con mi salud. Me prevenía contra los falsos amigos, me aconsejaba prudencia y paciencia para los días venideros y me auguraba impresiones favorables hacia mi futuro profesional, lo cual me llenaba de inquietud y alegría, pues era la primera vez en mi vida que alguien me hablaba de un futuro que ya conocía, aunque fuera de forma general. Pero ese detalle tomaría un cariz espectacular muy pocos meses después, como luego os contaré.

Ya os he apuntado anteriormente que mi opinión sobre la espiritualidad y la existencia de un más allá cambió radicalmente. Mis posturas de adolescencia hacia la religión y quienes la profesan se suavizó y adopté posturas más tolerantes. El respeto y la tolerancia fueron cosas que mi experiencia llevaba implícitas, y mucho más teniendo en cuenta el cariño y la extrema sensibilidad que nos habían regalado todos los religiosos y sacerdotes que habían estado presentes durante la agonía de Rafa. En seguida entendí que no hay más que un Dios para todos. Cada pueblo lo interpreta de una manera, según su propio acervo cultural, su experiencia propia y sus propias costumbres. Cada uno lo llama de una manera y lo venera según su propio juicio. De manera que ahora pienso que existen tantas religiones en el mundo como seres humanos, pues todos llevamos su presencia y su divina protección allá donde estemos. También entendí que cada hombre crea sus propios sacramentos, según su manera de percibir a Dios. No existe una iglesia; cada uno de nosotros somos una. No existe una homilía; cada uno de nosotros somos una. No existe una manera de orar; cada hombre tiene su propia oración. No existe un solo camino para llegar a Dios. Como decía Rafa al final de su *Diario*, cuando hizo el Camino de Santiago: «En cada camino hay un hombre y en cada hombre hay un camino».

Todos hemos engañado alguna vez; todos hemos herido alguna vez al ser querido; todos hemos recorrido sendas que no nos pertenecían. Pero en todos nosotros está la posibilidad y el deseo de ser lo que Dios nos hizo: hermanos de sangre y de espíritu. Quienes se empeñan en convertir una sola realidad, una sola manera de interpretar la vida en una regla o en una ley, están negando la realidad y la diferencia del hermano. La tolerancia, la comprensión, la aceptación de la diversidad son la red de redes que conduce a Dios. Todos conocemos dónde se esconde el lado oscuro. Todos sabemos dónde está la verdadera realidad de la felicidad humana: en la sonrisa de un niño está la dicha de Dios.

Pero debo volver a mi relato y para ello debo volver a recordar a mi amiga *Mavi*. Podéis imaginaros que yo puse inmediatamente a *Mavi* al corriente de lo que me estaba sucediendo. Recuerdo su gran alegría por poder demostrarme, al fin, que ella estaba en lo cierto, y también por poder conocer ella un caso tan excepcional de primera mano. Pero también le comenté las dudas e inquietudes que todo esto me producía. Así que le rogué que le contase todo a su madre, pues la opinión de una persona experimentada en temas sobrenaturales podía servirme para entender cosas que, por aquel entonces, todavía no tenía muy claras. *Mavi* accedió encantada, y a los pocos días recibí una llamada suya citándome en su casa para hablarme de lo que su madre le había contado al respecto. *Mavi* me recibió con su habitual tranquilidad, pero en seguida percibí que tenía algo importante que decirme. Decidimos sacar a pasear a su perro para poder hablar con mayor intimidad. Lo que *Mavi* comenzó a contarme me dejó perplejo:

«¿Qué es para ti un ángel?» No supe qué responder, pero ella continuó hablando sobre lo que su madre le había contado.

«Patxi, mi madre está muy contenta por lo que te está sucediendo, pero eso no es óbice para que también se preocupe por ti. Mira, Patxi, en el mundo existen unos seres que no se diferencian en absoluto de todos los seres humanos, excepto en la misión que han venido a cumplir al mundo. Constantemente nos cruzamos por la calle con ángeles anónimos que, en muchísimos casos, ni siquiera ellos mismos saben que lo son. Existen dos clases de ángeles: los ángeles guerreros y los ángeles mensajeros. Los primeros son seres que han venido a este mundo a luchar y ofrecer hasta la última gota de su sangre para combatir el Lado Oscuro. Todos los días —prosiguió *Mavi*— mueren cientos de ellos en todo el mundo. Sólo tienes que leer los periódicos y ver las estadísticas de personas que mueren diariamente por la verdad de su corazón y por la paz y la justicia del mundo. Combaten la tiranía, el odio, la mentira y la violencia hasta agotar sus fuerzas. Los otros son ángeles mensajeros. Éstos vienen al mundo con la misión de dar testimonio a sus semejantes de la verdad que existe tras esta vida. Vienen con el cometido de propagar la verdad de su corazón y extender su mensaje a las personas que le rodean, para que entiendan y aprendan el secreto de la fe y del más allá. Tú eres uno de ellos.»

Las palabras que salían de la boca de *Mavi* me llenaron de inquietud y a la vez de temor. No obstante, yo quería saber más cosas sobre la opinión de su madre.

«Pero este hecho, además de llenar de alegría a mi madre, también le produce temor por ti, Patxi.» «¿Por qué, *Mavi*?», pregunté intrigado. «Porque eso te convierte en enemigo a combatir por el Lado Oscuro. Ahora eres uno de sus objetivos prioritarios. Has tenido la suerte de conocer una sabiduría que no todo el mundo puede alcanzar. Tu arma es la palabra, la experiencia y la fe. Pero no te engañes, no van a estar esperándote detrás de una esquina —dijo esbozando una tranquilizadora sonrisa—. El otro lado se vale de la mentira, de la mera apariencia, de tu propia debilidad para minar tu fuerza y tu fe. Sus armas son el egoísmo, los placeres engañosos, los valores efímeros y vanos de la soberbia, incluso tu propio abandono. Tu camino va a ser más duro, porque nadie sufre lo que ignora, y tú ya sabes que tras esta vida existe otra. Pero, tranquilo, no vas a estar sólo; otros ángeles te acompañarán. Te será fácil reconocerlos por su mirada limpia y su infinita piedad; visten como tú, escuchan tu misma música, salen por los mismos bares y sufren por lo mismo que tú. Pero su amor por ti y por los demás les hará estar siempre a tu lado. Incluso en las situaciones más difíciles.»

Este dato me sumió en una profunda reflexión los días siguientes a mi entrevista con *Mavi*. Primero, por el temor que me producía el hecho de sentir la preocupación que su madre no ocultó en ningún momento. En segundo lugar, porque en mi mente se abrió una realidad que yo nunca había sospechado. Empecé a darme cuenta de que, efectivamente, a lo largo de mi vida siempre me he sentido muy feliz por la cantidad de amigos que siempre he tenido y por la sincera amistad y el cariño que siempre me profesaron. Empecé a recordar infinidad de situaciones de derrota, depresión, duda, terror y miedo a las que nunca había tenido que enfrentarme solo. Siempre me vi acompañado por personas que estuvieron a mi lado y me acompañaron en los momentos más duros; no sólo en el pasado sino en mi vida presente, y sé que sucederá en el futuro. Entendí que un ángel es cualquier persona que tiende una mano, que siente misericordia, que no niega una sonrisa, que ve su dicha en la risa de un niño. También entendí que muchos de ellos mueren en las calles de nuestras ciudades por lo que parece hambre y pobreza. Pero no es esa pobreza lo que los ahoga, sino la falta de apoyo. Los ángeles del mundo mueren por falta de aliento en su corazón, mueren por falta de amor. Todos podemos caer a lo más bajo y volver a levantarnos con la ayuda de Dios y de una mano para apoyarnos cuando las fuerzas escasean. La historia de la humanidad está plagada de ejemplos de ese tipo.

También entendí lo que mi hermano me decía en uno de sus mensajes sobre los falsos amigos y las trampas de mi profesión: la vanidad, el abandono, el egoísmo, las drogas, la soberbia...; todo ello formaba parte de los peligros que la madre de *Mavi* pretendía descubrirme. Entendí que estaban escribiéndose las líneas maestras de mi propia leyenda personal, de la historia de mi vida, los pilares sobre los que yo debía edificar el resto de mi existencia. No es fácil; y nunca lo será. Pero esa es la razón de que yo esté escribiendo estas líneas junto a mi amiga Olga. Cuando este libro salga a la luz, yo seré, si nadie lo remedia, bastante más conocido de lo que soy ahora. Me acusarán de lunático, me acusarán de pretender buscar publicidad con este testimonio, me atacarán por muchos flancos; pero no me importa. Sé que mi profesión es sólo un instrumento para que Rafa cumpla su misión y yo la mía. Sé que conseguiré llevar algo de paz a algún corazón oprimido y que serviré de ayuda a personas que se sientan perdidas; esa será mi recompensa y el sentido de mi vida.

Mavi es periodista y trabaja en una agencia de información. Me consta que su cariño siempre estará a mi lado, y el mío al suyo. Ella es uno de mis ángeles y yo uno de los suyos. Seguro que vosotros ya estáis empezando a reconocer a otros a vuestro alrededor...

Pero volvamos a Olga y a los meses que siguieron, pues los hechos más asombrosos estaban todavía por llegar.

Un día, Luisa y yo recibimos una llamada de teléfono de Carmen, la madre de Olga, pues Rafa acababa de darle a su hija un mensaje urgente para que me lo transmitiera. Yo me senté para escuchar el mensaje, ya que, aunque no era el primero ni muchísimo menos, uno nunca acaba de acostumbrarse del todo a este tipo de «correo». Luisa escuchaba expectante lo que Carmen intentaba contarme.

«Mira, Patxi, Olga me ha dicho que es muy importante que vayas a un sitio público donde suele acudir un famoso director de cine español (el nombre lo omito por respeto a él, pero cualquiera que conozca mi trayectoria profesional en el cine lo deducirá en seguida). Es un lugar muy grande donde la gente acude para divertirse. Olga cree que debe ser una discoteca o algún lugar similar.» «Pero, Carmen, ¿cómo voy a saber qué sitio es ese? Yo no conozco los lugares por donde sale este señor y no voy a recorrerme todas las discotecas de Madrid para decirle que mi hermano fallecido quiere que yo lo conozca.» «Ya lo sé —contestó entre risas—, pero Olga no tiene más detalles de momento. Es todo lo que Rafa le ha contado. No sé qué es lo que puedes hacer; pero, de momento, tenlo presente.»

Cuando le conté a Luisa el mensaje, ella no ocultó su sorpresa. Por un lado, conocíamos de sobra la verosimilitud de los mensajes de *Peperra* y, por otro lado, ese director era y es el más famoso y conocido internacionalmente de este país. Para un actor que estaba empezando en el cine, como yo, era algo fantástico. Además, desde que rodé *A los que aman*, no había recibido ni una sola oferta de trabajo, y de eso hacía ya bastantes meses. Olga recibió algunos detalles más sobre el lugar días más tarde, pero eran igualmente vagos e imprecisos. Se trataba de un lugar grande para esparcimiento de colectividades amplias. Sin pensarlo, dedujimos que se trataba de alguna discoteca. Así que yo decidí dejar que el azar decidiese, si es que debía hacerlo en algún momento. Pero las semanas pasaron y, aunque eso nunca se me borró del todo de la memoria, sí pasó a un segundo plano de mi realidad.

Un día me encontré con Miguel, uno de los chicos que hicieron la dirección de arte de *A los que aman*. Nos tomamos una caña en la terraza de la plaza del Dos de Mayo y me comunicó que esa misma noche había un pase privado de la película *Los Amantes del Círculo Polar*, una película muy esperada que yo ansiaba ver. El estreno estaba muy próximo y aquel pase era para el equipo de la película y los profesionales del medio. Esa noche quedé con Octavio, mi representante, y con Juanma Bajo Ulloa, a quien conocía desde hacía tiempo, para ir a la proyección. Llegamos de los últimos y cuando entramos en la sala ya estaba todo el mundo sentado. Era un cine de la calle Fuencarral cuyas butacas se hallaban colocadas en tribuna.

Cuando alcé mi vista para ver quién había venido al pase, me quedé helado. Allí estaba él sentado, pero no estaba sólo. A su lado estaba Sara, la jefa de casting que me seleccionó para hacer la película de Isabel Coixet y que casualmente estaba haciendo el casting para la próxima película de este director. Cuando comenzó la película, mi cabeza era una centrifugadora. ¡Ahora lo entendía todo! ¡No era una discoteca! ¡Era un cine! Todo ello completamente lógico, dada mi profesión. Pero eso no era todo; Rafa le dijo a Olga que tenía que intentar conocerlo como fuera. Yo nunca había coincidido con él ni tenía constancia de que él supiera que yo existía, pero Sara estaba a su lado para facilitar lo que me faltaba por hacer. Una vez que terminó el pase, calculé cuándo tenía que bajar de mi asiento para colocarme estratégicamente detrás de Sara y de ese director, cosa que hice con precisión milimétrica. Ya en el vestíbulo del cine, Sara reparó en mí y me saludó con su simpatía y cariño habitual; y en ese momento dijo: «Ven, Patxi. ¿Conoces a ...?» Obviamente, yo contesté que no.

Para cuando quise darme cuenta, ya estaba estrechando la mano de mi nuevo amigo. Mantuvimos una corta conversación en la que me transmitió su curiosidad por mi película y sus deseos de verla. Su trato fue exquisito y extremadamente educado. Cuando salí del cine, después de despedirme de todos los amigos y conocidos con los que coincidí, mi estado rozaba la locura. ¡¡Todo se había cumplido tal y como Rafa dijo!! Pero todavía quedaba averiguar por qué era tan importante esa entrevista. Luisa y yo debatimos el hecho en casa con un entusiasmo fuera de lo común, asombrados como estábamos por lo insólito del caso. Mi aventura con *Peperra* tomaba un cariz de auténtico asombro. Pero las consecuencias de todo ello no se hicieron esperar. Rafa insistió en su mensaje en que el hecho de que yo conociera a ese director iba a ser por algo, y ese algo sucedió muy poco después.

Efectivamente, pocos días pasaron hasta que recibí una llamada de Sara. Quería hacerme una prueba para uno de los poquísimos personajes masculinos que aparecían en la película de este director. Yo preparé aquella prueba con verdadera dedicación y, tras unos días, la hice en la productora propiedad del mismo. Nada más terminar la prueba, viajé hasta Logroño loco de deseos de hablar con Olga y contarle todos los detalles de lo sucedido.

Coincidió que era fin de semana, y aproveché para pasarlo íntegramente allí. Cuando fui a casa de Olga, otra sorpresa me estaba esperando. *Lechuguita* me insinuó que, según sus «informes», yo iba a participar en esa película. Obviamente, era estúpido preguntar cómo lo sabía. Cuando regresé a Madrid, podéis imaginaros que lo primero que hice fue ir a ver a Octavio a su oficina para saber si había noticias sobre la prueba. Como ya os he dicho antes, Octavio es uno de los amigos en quienes más confío y al que quiero especialmente. Yo ya le había puesto al corriente de todos los sucesos extraordinarios que me estaban ocurriendo; así que lo que pasó no le pilló por sorpresa. Cuando le pregunté, él me contestó que habíamos tenido mala suerte. El director opinaba que yo resultaba demasiado joven en cámara como para hacer ese papel. Me sentí muy contrariado, pues eso no era lo que Olga me había insinuado, y así se lo transmití. Pero, ante la sorpresa de ambos, Octavio me dijo que, a pesar de ello, ese director quería que hiciese un papel más pequeño; quería que yo estuviese en la película. Y así fue, así se cerró el círculo que las sabias manos de la Providencia habían trazado entre mí y ese director, al que considero, desde entonces, mi amigo.

Tras esta experiencia, la fe se convirtió en el pilar fundamental de todos mis actos y esperanzas. Fui aprendiendo que el camino de cualquier hombre está jalonado por la experiencia de los que le han precedido y las señales que Dios envía para guiar sus pasos. Ese conocimiento fue básico para poder superar las pruebas que Rafael todavía habría de pedirme muy poco tiempo después de lo que acabo de contaros.

En uno de mis viajes a Logroño para visitar a Olga y a mi familia aconteció el segundo de los sucesos más sorprendentes de mi relato. Todavía estaba muy reciente en mi memoria el curioso fenómeno que os he contado y, por ello, lo que sucedió en aquella visita a Olga no me pilló por sorpresa. Tras un buen rato conversando con ella y con su madre, Carmen, sobre temas de nuestra vida «corriente», de pronto Olga me preguntó la hora que era. Yo se la dije y ella respondió:

«Vale, tenemos tiempo. Mamá, dale a Patxi papel y boli, y dile que copie lo que yo vaya diciéndote.» Carmen obedeció a su hija y comenzó a «traducir» lo que Olga garabateaba. Yo temblaba de nervios, pues sabía que lo que Olga tenía que decirme no era ninguna tontería. Olga comenzó a decir: «Mira, Patxi, Rafa ha conocido a un señor que falleció hace unos años de un infarto. Ese señor era magistrado y era amigo de una periodista muy famosa que presenta actualmente un programa de televisión sobre vida social. (Su nombre lo omito por la misma razón que lo hice anteriormente). Ellos dos presentaban hace unos años otro programa sobre temas jurídicos y su amistad era íntima y entrañable. Este señor, antes de sufrir el infarto que le hizo fallecer, tuvo otro. Al sufrir ese primer infarto tuvo la misma experiencia que yo cuando estuve en coma, la experiencia del «túnel». Después de recuperarse, este señor le contó a la periodista lo que le había sucedido, pues los dos son personas de una gran vida espiritual y solían hablar muy a menudo de estos temas. Bien, Patxi, Rafa me ha pedido que, con tu ayuda, le hagas llegar a esa periodista un mensaje de este magistrado. Ella ha de ponerse a su vez en contacto con la familia de este señor y transmitirles lo siguiente: que no lloren más por él, que es muy feliz donde se encuentra y que, por favor, lean el libro *El más allá existe*, del que Olga ya os ha hablado anteriormente.»

A continuación, Olga comenzó a darme detalles íntimos de la relación entre este señor y la periodista, con el fin de que ésta me creyese cuando yo le contara todo el mensaje. Obviamente, todos esos detalles los omito, porque pertenecen a la intimidad de estas dos personas. Yo copié fielmente todo lo que Carmen iba «traduciendo», a la vez que se me iba instalando un nudo en el pecho que inequívocamente reconocí: me estaba acojonando por momentos, con perdón de la expresión. El porqué es muy sencillo: era la primera vez desde que todo esto comenzó que yo no era el destinatario último de los mensajes de mi hermano; pasaba a formar parte de una cadena que no terminaba en mí; yo ya no era el último eslabón. Entonces recordé mejor que nunca las palabras de la madre de *Mavi* sobre los ángeles mensajeros, entendí que Rafa ponía a prueba mi fe y mi amor por él y por quien ni yo siquiera conocía, alguien que falleció sin yo saber siquiera de su existencia. Entendí que mi misión no se limitaba a contar a mis amigos íntimos mi experiencia sentados alrededor de la mesa de un café. Yo pasaba a adoptar una actitud activa; Rafa estaba pidiéndome que me convirtiera en su voz, en sus manos, en su corazón, en la voz de Dios. Como comprenderéis, me quedé impactado y sobrecogido, al igual que Carmen, que con un gesto muy serio dijo: «Patxi, esto son palabras mayores. Piensa bien lo que vas a hacer».

Carmen ya estaba acostumbrada a las cosas extraordinarias que suceden en la habitación de Olga; pero esto ya era demasiado. Creo que todos nos asustamos un poco, o un mucho; pero yo no lo pensé, por lo menos en ese momento. Firmemente decidí que haría lo que Rafa me estaba pidiendo, y así se lo dije a *Lechuguita* y a Carmen. Al fin y al cabo, mi posición en el mundo de las personas «públicas» no me hacía ser un completo desconocido para esa periodista.

Cuando volví a Madrid, sí que pensé ya seriamente en lo que me estaba metiendo. Por mucho que yo fuese actor y que Rafa me dijese en su mensaje que esa señora era muy espiritual, eso no era garantía suficiente para mí de que no iba a tomarme por un demente: «Pobre, otro actor que se vuelve loco con tanto Stanislavski». Pero, tras pensarlo mucho, con el apoyo de Luisa y de su fe incondicional en lo que me estaba pasando, decidí que lo haría. Pero ¿cómo?, ¿cómo empezar a hablar? ¿Cómo conseguir una cierta credibilidad, a priori, por su parte?

Entonces recordé algo y se me abrieron los ojos como platos. El verano anterior, antes de rodar la película, se hizo una presentación a la prensa del largometraje en el Palacio de Gaviria, en Madrid. A esa presentación vinieron muchos medios de comunicación y, por supuesto, cadenas de televisión. Pero, como yo no era famoso sino más bien un completo desconocido, sólo me entrevistó un canal de televisión, el canal donde trabajaba esa periodista; y, encima, me entrevistaron para su programa. No me consta que esa entrevista llegara a emitirse, pero yo ya tenía mi tarjeta de presentación cuando la llamara. Entonces comprendí que, efectivamente, nada es por casualidad y que la arquitectura divina está muy bien diseñada.

Por fin, una mañana me armé de valor y la llamé a la televisión. Cuando se puso al teléfono, yo no sabía qué decir. Ella me recordó cuando le dije quién era. ¡¡Bien!! La primera batalla estaba ganada. Luego le expliqué toda la historia de la muerte de mi hermano y los extraños sucesos que pasaron después. Para alivio mío, ella me escuchó con atención y supo entender la sinceridad de mis palabras. Tanto fue así, que cuando le comuniqué que tenía un mensaje para ella de ese magistrado, se entusiasmó tanto que me citó al día siguiente muy temprano en el VIPS de la calle López de Hoyos para desayunar juntos y escuchar toda la historia. Allí nos encontramos. Ella, cuando llegó, me pidió permiso para que un hermano suyo estuviera presente, a lo cual yo accedí encantado. Casualmente, éste se hallaba a punto de abrir una librería sobre temas esotéricos. Así que, ya reunidos los tres, le entregué a ella el manuscrito con el mensaje tal y como yo lo copié. Su sorpresa fue mayúscula al comprobar que todos los datos de la nota eran rigurosamente ciertos, incluyendo los detalles íntimos que el «nuevo amigo» de mi hermano había incluido para que ella me creyera. Todo fue por unos cauces de calma y sinceridad que me tranquilizaron mucho. La periodista, sin negar su asombro y perplejidad, aceptó todo como cierto y accedió a cumplir todo lo que su antiguo amigo le pedía. Y en la última conversación que mantuve hace muy pocos días con ella me comunicó que así lo hizo.

Como ya os he dicho, después de despedirnos esa mañana, no volví a hablar con ella hasta hace muy poquito. La llamé para hablarle de la existencia de este libro y de que pensaba contar en él toda la historia, preservando su nombre por razones obvias. Pero ella está encantada de que todo esto se sepa: «Hazlo, porque es verdad lo que sucedió».

Ella sigue trabajando en televisión con mucho éxito. Yo jamás podré olvidarla, por ayudarme a cumplir la misión que me fue encomendada y por creer en mí de la forma en que lo hizo. Siempre gozará, pues, de todo mi cariño.

Pero todavía sucedió otro caso idéntico al anterior muy poquitos días después. El modo de presentarse fue como el precedente: una llamada de Carmen y un mensaje con otra misión que cumplir. Pero esta vez también había algo que hacía este caso distinto. El mensaje no provenía directamente de mi hermano; esta vez venía de Andrea, el muchacho cuya historia se cuenta en el libro *El más allá existe*. Mi capacidad de asombro hacía ya mucho tiempo que estaba totalmente exprimida y no me sorprendí lo más mínimo. En ese mensaje Andrea me pedía que me pusiera en contacto nada menos que con un cantante pop español muy famoso, conocido ya fuera de nuestras fronteras, y también muy sensible a todos los temas relacionados con la espiritualidad y con la gente que sufre en el mundo. (Su nombre también lo omito por idénticas razones). Esta vez apenas se me permitió conocer el contenido del mensaje; era Olga quien tenía que encargarse de dárselo personalmente. Yo sólo pude saber que se trataba de una canción, una canción que ese cantante iba a escribir en un futuro y que yo, obviamente, desconocía. Sólo se me permitió saber pequeños detalles sobre esa canción, pero, sobre todo, que iba a ser un gran canto a la vida y que iba a ser muy popular y querida por muchísimas personas.

De nuevo, la misma situación, pero esta vez mis ánimos ya no eran los mismos. Todos los casos anteriores los afronté con entereza, pero éste ya empezaba a desbordarme. Me requería un esfuerzo tal para intentar que se me escuchara sin que se me tomara por loco, que yo me sentía agotado. Soy una persona humana y mi capacidad de asimilar tiene límites. Además, me asustaba pensar que todo eso trascendiera al ámbito de mi profesión y se me tomara por un vidente de pacotilla. Realmente, se me estaban pidiendo un esfuerzo y un sacrificio muy grandes. Olga, Carmen —su madre—, Luisa y cuantos conocieron el hecho me animaron a seguir adelante: «Patxi, hazlo. Aunque no vuelvas a hacerlo más. Rafa lo entenderá».

Y decidí hacerlo. Pero le rogué a Rafa en mis oraciones que no me pidiese más misiones de este tipo, pues me encontraba agotado por la presión y la responsabilidad. Nunca más he vuelto a recibir ningún otro mensaje con misiones similares hasta el día de hoy. El único encargo que recibí fue escribir este capítulo que estáis leyendo, pero esa es ya otra historia.

De nuevo tuve que estrujarme el seso para encontrar una forma de presentarme a él que le resultara creíble. Además, ni siquiera sabía si se encontraba en España, pues durante varios años residió en Nueva York y también en Londres. Pero de nuevo la arquitectura divina estaba diseñada para facilitarme el camino. Rafa nunca me pediría un imposible, aunque me lo pusiera difícil, y así fue. Recordé que dos íntimas amigas mías habían trabajado con él anteriormente: Cristina y Daniela. Las dos conocían todo lo que me estaba pasando desde que Rafa murió, y ambas se quedaron asombradas cuando les conté el nuevo cometido que se me había encomendado. Cristina había trabajado conmigo en el rodaje de *A los que aman* y desde entonces nos unía una gran amistad. Ella trabajó anteriormente con este cantante durante el rodaje de un vídeo musical y accedió a intentar ponernos en contacto de forma que él me escuchara.

Pero todavía tendría otra ayuda más. Mi amiga Daniela era la madre del sobrino de una actriz a la que adoro y que me ayudó muchísimo en mis primeros momentos en el mundo del cine. Mi amistad con ella también era muy grande e igualmente accedió a intentar ayudarme, pues ella se dedica a hacer coreografías y a enseñar danza. Daniela conocía muy bien al cantante al que me refiero, porque había coreografiado también algún vídeo clip de este chico e incluso había bailado en algunos otros. De manera que tenía dos eslabones en mi cadena que me ayudarían a conectar con mi objetivo; y así ocurrió. Un día recibí una llamada de Daniela en la que me decía que había hablado con él, que le había pedido por favor sólo que me escuchara y que confiara en ella y en mí. En prueba de su amistad hacia Daniela, accedió a hablar conmigo, le dio un número de teléfono para que yo lo llamara y así lo hice.

La conversación que mantuvimos fue muy larga. En ella me explicó que no dudaba de todo lo que yo estaba contándole, pues, efectivamente, él es muy sensible a estos temas; pero me explicó que recibe todos los días infinidad de cartas de un sin fin de personas y que no todas eran un ejemplo de coherencia. Lo entendí en seguida y le dije que lo comprendía completamente. Me pidió que Olga le enviase por correo todo el material que ella considerase conveniente con el fin de que él se convenciese de la seriedad del asunto, a lo que accedí encantado. Me dio su dirección de Madrid para que Olga le enviase lo que quisiera y, sin más, nos despedimos. Rápidamente telefoneé a Carmen para que le contase todo a Olga. La reacción de *Lechuguita* no se hizo esperar: a los pocos días, Olga le envió una carta personal invitándole a que la visitara, ya que ella no podía desplazarse; también le envió un ejemplar de su primer libro, *Voz de Papel,* y otro del libro de Andrea, así como otros documentos que ella consideró oportunos. Pocos días después de recibir el paquete de Olga, el secretario de este chico llamó por teléfono a casa de *Lechuguita* anunciando la visita del célebre cantante. Incluso le rogó a Carmen que, dado el absoluto secreto de su visita, les permitiera comer en su domicilio, sugiriéndole que, como este muchacho era vegetariano, ajustase el menú a sus gustos.

Esa visita nunca ha llegado a producirse hasta el día de hoy. La vida de una estrella internacional es muy agitada y *Lechuguita* es un ser con muy poca capacidad de reacción, a pesar de su infatigable coraje. Pero nadie sabe cómo Dios escoge la puesta en práctica de sus designios; además, también el hombre es libre para escoger el camino de sus pasos.

Tras este último suceso, *Peperra* enmudeció. Por lo menos para mí, pues me consta que siguió visitando a Olga y dándole fuerzas para su ingrato camino por esta vida. Pero el final tenía que llegar, y un día así sucedió. Hace unos meses, en una de mis visitas a Olga, *Lechuguita* me comunicó el último mensaje de Rafa. En él me decía que su misión entre las dos vidas estaba próxima a terminar, que sus visitas sólo iban a limitarse, a partir de ahora, a los detalles que Olga y yo íbamos a necesitar saber para nuestra última misión. Y esa última misión es este libro. Rafa me pedía el último sacrificio. Arriesgar mi credibilidad ante quien me conoce, ante el mundo, ante mis compañeros de trabajo, como persona cuerda, y contar todo lo que me ha sucedido desde que él se marchó. Esa sería mi última prueba de amor hacia él y hacia Dios, mientras pudiese manifestarse a través de Olga. Y eso es ni más ni menos lo que he hecho.

En estas páginas he desnudado mi corazón ante vosotros y ante quien quiera escuchar la verdad de mi alma. Quienes me conocen, que son muchos, saben que yo nunca miento con las cosas importantes, que mi corazón siempre ha estado a disposición de quien lo ha llamado y que también he tenido que recorrer caminos espinosos y duros en los que he derramado lágrimas amargas que nunca he escondido. Quienes me quieren, saben que yo no tengo ninguna necesidad de inventarme nada, que quien me pide verdad, obtiene verdad y que jamás he negado cariño a quien me lo ha solicitado. También saben que sólo soy un ser humano, con mis grandes defectos y mis pequeñas virtudes; que muchos de ellos me han visto deslizarme por pendientes llenas de peligro en las que he estado a punto de dejarme la vida y siempre he encontrado una mano dispuesta a ayudarme para salir del agujero; y que siempre tendrán mi eterno agradecimiento quienes me abrieron los ojos cuando estaba ciego.

A todos ellos quiero dedicar este pedazo de corazón que ofrezco en forma de papel: a todos los amigos y amigas que prestaron sus oídos a mi voz cuando yo les relataba esta historia de locos. Todos me escucharon, pues saben que cuando mi corazón habla es incapaz de mentir. Todos respetaron la sinceridad de mi relato, y los que no me creyeron, no me achacaron a mí la culpa sino a sus corazones incrédulos, lo cual no les hace ni peores ni mejores que cualquier otro. A cada uno la verdad le llega en su momento, y en su voluntad está abrir su corazón a lo que nos asusta. Pero el alma humana y el amor son coraje y valentía. Son las armas de Dios para hacernos invencibles e inaccesibles al desaliento. Él y sus ángeles están siempre a nuestro lado, y para que sepamos conocerlos les ha puesto nombres de personas. Olga, Carmen, *Mavi*, Luisa, Silke, Elena, Iñaki, Juanma, Fele, Aitor, Ana Rosa,

Nacho, Pedro, Elisa, *Peperra*, Laurita, Lucía, Rebeca, Maite, Marta, Octavio, Raquel... y tantos y tantos ángeles que me rodean y que hacen que mi vida sea un poco más fácil, un poco más hermosa, un poco más suya.

A todos aquellos que me acompañaron cuando mi corazón lloraba por la muerte de mi hermano les dedico este tesoro, así como el resto de mi vida. Y, por supuesto, a mi madre, cuyo incesante dolor tendrá cumplida recompensa cuando la mano de su hijo Rafael la levante del dolor en el que está sumida. Para ella todo mi amor y mi admiración por su coraje de madre hasta el final. Yo prometo ser su digno hijo hasta que Dios me llame a su lado y al de mi hermano Rafael.

Para todos vosotros, con todo mi amor.

PATXI FREYTEZ PÉREZ
Logroño, agosto-septiembre de 1999

Breve biografía de Rafael

Rafael Freytez Pérez nació un caluroso 11 de mayo de 1965 en Pamplona (Navarra). Residió los cuatro primeros años de su vida en Venezuela, país natal de su padre.

Ya de vuelta en España, se estableció en Logroño, donde estudió en el colegio de los Hermanos Maristas hasta que comenzó sus estudios universitarios. Cursó la carrera de medicina en Soria, Zaragoza y Vitoria. Se licenció en 1996, en la Universidad del País Vasco. En 1997 obtuvo plaza de médico residente en la localidad de Estella (Navarra), cuya titularidad nunca llegó a poder ejercer.

Rafael terminó su camino el día 15 de diciembre de 1997, en la habitación 738 de la Clínica Universitaria de Navarra. Partió a la 1:45 de la madrugada. Días antes de su marcha me decía que su partida, igual que el Camino de Santiago, era un trayecto tan doloroso que tenía ganas de llegar a su destino; pero que, a la vez, sentía perder la belleza inigualable de la Ruta...

(Última página del *Diario de Ruta* del Camino de Santiago de Rafa. Fue su madre, Carmen, quien la escribió.)

Logroño, 15 de septiembre de 1999

VIII
Pasaporte a la Luz

—por Luisa Merino—

Nunca has tenido tanto como
ahora que no tienes nada

J. SAMALEA

He pasado mucho tiempo sin saber por dónde empezar a contar mi experiencia en toda esta aventura. Todas las dudas en la elaboración de este texto partían de otras dudas y turbulentas reflexiones para intentar entender el sentido de los acontecimientos.

Cada suceso de nuestras vidas tiene una razón nada casual, una razón concreta que se nos brinda para seguir aprendiendo. Poco importa que el acontecimiento sea bueno o malo, alegre o triste, impactante o aburrido; la cuestión es que por alguna «razón» ocurrió.

Con cada hecho, el aprendizaje y la percepción siempre son distintos para cada persona. Sirva como ejemplo el libro *Voz de Papel:* de su lectura habrá tantas reacciones como número de lectores. Afortunadamente para Olga y su familia, no a todo el mundo se le antoja conectar con la autora imperiosamente. Pero, en un momento dado, para Patxi fue la reacción más lógica.

Lo que ahora quiero relataros son las reacciones que yo experimenté en mi interior a raíz de todos estos acontecimientos que ya conocéis.

Para acercaros un poco más a mi realidad, dejadme que os ponga en antecedentes sobre mi trayectoria, llamémosla, espiritual.

Yo crecí en el seno de una familia donde la religión nunca existió. Mi padre es y ha sido siempre un hombre activamente comprometido en la causa de los débiles y él fue el que me inculcó el valor de la justicia y sobre todo el valor del conocimiento que hace a los hombres libres. Así que aprendí desde pequeña la importancia de ser libre, de elegir tus propias creencias y defenderlas. Sin embargo, mi padre siempre fue un acérrimo detractor de la Iglesia Católica, pues él había sufrido en sus carnes y en las de sus seres queridos las consecuencias de una religión intolerante y castradora que divide a las almas en buenas y malas y controla a sus súbditos a través del miedo. En mi casa era mi madre la que mantenía sutilmente la cercanía de lo divino y lo mágico, y a menudo nos enseñaba a mi hermana y a mí alguna oración antes de acostarnos. Paradójicamente, yo estudié en un colegio católico donde, sin descanso, me enseñaban todas las claves culpabilizadoras de esa religión.

De esta forma yo pasé mi infancia en un devenir espiritual entre el ateísmo imperante en mi casa y la marcada religiosidad del colegio. Así que fue muy pronto, y propiciado por la realidad que me mantenía dividida, cuando empezaron a aflorar en mí las preguntas que todos nos hacemos en la vida sobre el más allá, el principio de la existencia, la muerte, Dios...

A medida que fui creciendo, empecé a constatar que había muchas formas de entender la divinidad y la finalidad de la existencia humana, que podía entenderse ésta como algo mucho más amplio y cósmico, algo que no depende del tiempo ni el espacio, donde las experiencias mundanas son sólo eslabones de algo mucho más etéreo, luminoso, eterno y divino como es el Amor del que todos estamos hechos. Comencé a leer libros* que daban apoyo a mi nueva conciencia espiritual; encontré personas que supieron guiarme o acompañarme con su luz y tuve experiencias de las que no pueden entenderse con la cabeza sino solamente con el corazón; y, poco a poco, mi ser, de naturaleza espiritual, fue decantándose por otras formas de percibir y sentir esta cosa maravillosa que es la existencia del cuerpo, del alma y del espíritu.

Todo esto parecía estar integrándose en mí, hasta que un día, de pronto y sin previo aviso, el más allá se presentó en mi

* Especialmente recomiendo los libros del doctor Raymond Moody, los de Dannion Brikley que vivió una reveladora «experiencia próxima a la muerte», y *El lugar del Alma* de Gary Zukav.

vida a través de la experiencia que, por medio de Olga, compartí con Patxi.

El día que Patxi y yo nos conocimos, tuvimos la sensación de ser dos almas que se estuvieran «reconociendo». Durante el año que siguió fuimos felices juntos y, aunque nunca llegamos a comer perdices (siempre me han dado algo de pena los pajaritos boca arriba en un plato), sí que compartimos momentos cruciales de nuestras vidas, reímos y lloramos juntos con una sinceridad que pocas veces se da en la vida; en los momentos difíciles fuimos verdaderos compañeros y en toda esa aventura en la que pasamos por experiencias tan dispares nos tocó, además, convivir de cerca y repetidamente con la muerte.

Pero, cierto es que todas estas experiencias fueron sucediéndose y entretejiéndose de manera sutil, de forma que unos acontecimientos iban allanando el camino a los siguientes.

El alma de Rafa eligió despedirse de Patxi antes de su muerte física a través de un sueño, y eso ayudó considerablemente, a mi parecer, a todo lo que había de venir después. La noche en que Patxi se despertó de aquel sueño en el que su hermano se despidió de él los dos supimos que la despedida en el plano físico era cuestión de días.

Aquel sueño me hizo recordar otro que yo había tenido tres años antes, un largo sueño lleno de detalles en el que mi abuelo, muerto doce años atrás, vino para decirme que me quería y que siempre iba a estar a mi lado. Mi despertar de aquel sueño fue similar al de Patxi: estaba asustada y a la vez con el corazón lleno de amor; no podía parar de llorar, sentía la presencia de mi abuelo junto a mí y estuve largo rato hablando con él, en voz alta, entre sollozos.

Así que aquella noche, junto a Patxi, supe que lo único que podía hacer era abrazarlo y darle todo mi amor, porque el duelo del corazón por la pérdida de un ser querido sólo puede traspasarse, a veces, con las lágrimas.

Yo tardé quince años en ser consciente de la pérdida de mi abuelo. Hasta entonces no había derramado una sola lágrima por él, y no porque no lo quisiera, sino porque no me había dado el permiso de sentir esa pérdida y dejarlo partir.

Otra experiencia que vino a formar parte de la urdimbre ocurrió a finales de aquel verano del 97: mi gran y querido amigo Orlando murió inesperadamente. Días antes yo había tenido un sueño: soñé que el árbol que hay en mi casa se llenaba de flores blancas, mientras Orlando y yo charlábamos apaciblemente bajo sus ramas. Para mí aquella fue nuestra despedida. En los días que siguieron a su muerte mantuve una vela encendida junto a su retrato. Rezaba, a mi manera, para que encontrara su luz allí donde estuviera, le ponía música y le hablaba, y desde entonces siempre tuve la certeza de que de alguna manera e, igual que mi abuelo, él seguía acompañándome.

Paradójicamente, la muerte de Orlando, pasados los primeros momentos, llenó mi corazón de una tremenda dulzura y un amor por la vida que nunca antes había experimentado con tanta fuerza. Tengo la impresión de que aquel trance en el que Patxi me acompañó y vivió conmigo fue una especie de toma de contacto con lo que, en breve e inevitablemente, había de ocurrir en su propia historia personal.

De algún modo, el destino, —y, otra vez, no por casualidad— nos había colocado en el camino para encontrarnos y, por un espacio de tiempo, ser maestros el uno del otro: entender desde diferentes ángulos una misma cosa, la existencia y el devenir del alma; entender que la muerte es el don sin el cual la vida carecería de sentido y de orden. Como lo representan en Oriente, el ying y el yang forman un todo indivisible; sin la existencia de uno, el movimiento del otro cesa.

Yo nunca llegué a conocer personalmente a Rafa, sin embargo llegó a ser alguien realmente cercano y querido para mí.

La tarde en que Patxi conoció a Olga me llamó después para contarme todo. Hablamos largamente, y he de decir que, aunque los hechos estaban verdaderamente fuera de lo habitual, desde el primer momento acepté, con una facilidad que a mí misma me sorprendía, que eso estuviera ocurriendo. Por otro lado, era fascinante la forma en que alguien que había sido tan escéptico con lo «sobrenatural» y con la «vida después de la vida», como había sido Patxi hasta entonces, de pronto se convirtiera en el más natural de los «creyentes».

Sin embargo, fue a partir del momento en que conocí personalmente a Olga, cuando se me removieron los cimientos. A todas las novedades que Rafa nos tenía preparadas aquel día se añadió el tremendo impacto que supuso ver a una persona con una lucidez tal como era, y es, la de Olga, con un cuerpo tan «desarmado» como el suyo.

Ella garabateaba en el bloc y yo tenía la sangre helada en las venas. Ella se reía, a su manera, y yo no podía articular palabra.

«Olga, perdóname, pero esto tenía que escribirlo, por todas las veces que tu has tenido que pasar por esta experiencia con diferentes personas.»

En esa visita me di cuenta de lo poco que yo solía agradecer a la vida los dones que cada día me daba, y ahí estaba Olga, llena de vida, sin poder salir de su habitación, plena de valor y optimismo.

Aquel encuentro fue como una especie de banderilla en el lomo, que por un lado me apaciguaba y por otro lado me daba ganas de salir corriendo. Afortunadamente, Carmen, su madre, con su gran sentido del humor, me hizo sentir tan a gusto que pronto pude empezar a concentrarme en el otro asunto: los mensajes que Rafa estaba enviando y que Olga iba transcribiendo.

Aquellos mensajes me parecieron tremendamente humanos, en el más amplio sentido de la palabra. Por un lado, destilaban un enorme cariño de hermano hacia Patxi y, por otro lado, trataban temas de lo más cotidiano, como felicitar a su hermano por su cumpleaños .

Fue pasando el tiempo y los mensajes se sucedieron y se diversificaron: estaban los mensajes que Rafa le iba dando directamente a Patxi, anunciándole eventos importantes en su carrera, aconsejándole o previniéndole en diferentes asuntos; y, por otra parte, estaban los mensajes que el mismo Patxi tenía que hacer llegar a terceras personas.

Tengo que decir que a mí estas cuestiones tan mundanas, venidas de un alma del más allá, se me hacían un poco extrañas. Pero, de cualquier forma, los acontecimientos fueron sucediendo tal y como iban siendo anunciados.

Y, finalmente, llegó el momento en que Olga decidió escribir este libro a petición de Rafa.

Un aluvión de dudas y preguntas sobre el sentido último de esta publicación se cebaron en mí.

También he de decir que yo sólo conocía la parte de la historia que había vivido de primera mano, y era sólo a partir de ahí desde donde yo podía ver todo esto.

Algunas preguntas eran éstas: ¿Por qué Rafa no envía mensajes a panaderos, acomodadores o trapecistas?; ¿por qué sus mensajes siempre se han centrado en personas populares o famosas?; ¿qué sentido tiene mostrar entre líneas a estas personas y sus oficios?, ¿para qué?

En un intento de congruencia conmigo misma, y con la idea de dotar de honestidad mi pequeña colaboración, busqué durante algún tiempo la razón que debía estar escondida detrás de todo esto y, ya que el alma de Rafa siempre se había expresado en términos mundanos, centré ahí mis reflexiones.

De pronto, me pareció sencillo: Rafa se expresaba a través de la personalidad que fue, para llegar a entenderse con otra personalidad, la de Olga, hasta llegar, en este caso, a una tercera personalidad, la de Patxi. Y, claro está, el mundo en el que Patxi se desenvuelve y en el que puede hacerse entender mejor es el mundo en el que Rafa le ha pedido que transmita sus mensajes o los de otras almas. Y, ¿por qué no?, un mundo al que muchas personas vuelcan sus miradas diariamente.

No es la primera vez que el mundo del espectáculo, el cine, etc., es un medio para otro fin; a veces, incluso de forma casual. Tenemos ejemplos como Shirley Mc Lain, que ha escrito innumerables y maravillosos libros de crecimiento personal o de fenómenos «paranormales», los cuales, gracias a la popularidad y al reconocimiento de los que goza esta gran actriz, han podido llegar a muchas personas a las que quizás de otro modo nunca habrían llegado; personas a las que, posiblemente, este tipo de conocimiento les haya abierto el corazón y la mente a otros tipos de conciencia.

Ésta es, a la postre, una de las mayores satisfacciones que puede tener cualquier ser humano, si, como parte de la red que formamos entre todos, puede dar un pequeño empuje para que la conciencia del ser humano realmente se «humanice», se torne más amorosa y tolerante con este mundo maravilloso y maltratado que habitamos y con todos los seres que lo pueblan, ya sean grandes o pequeños en todos sus sentidos.

Y de nuevo hay que abrir nuestro corazón y nuestra mente a la posibilidad de que esta vida no sea sino un pequeño momento en la existencia y en el aprendizaje de cualquier alma.

LUISA MERINO
Madrid, diciembre de 1999

IX
Mi «amico» Andrea

MARTES, 6 DE JULIO DE 1999

Este capítulo va a estar dedicado a mi primer amigo etéreo, pues fue a través de él como *Peperra* y otras almas llegaron a mí. «Amico», en italiano, es amigo, y Andrea, aunque en castellano es el femenino de Andrés, en italiano es el nombre de un santo y muchos niños lo llevan; en Italia es muy popular y, por supuesto, masculino.

Voy a explicaros quién es Andrea, cómo llegó a España y cómo lo conocí. El 24 de octubre de 1996 por la tarde, estaba yo viendo tranquilamente la televisión o, mejor dicho, oyendo. Tenía bastante fiebre y mi padre se sentó al lado de mi silla para cuidarme; en la cama me aburría mucho y, aunque me encontraba fatal, prefería estar sentada. Mi padre tenía el poder en la mano, es decir, el mando a distancia; no dejaba de hacer *zapping*. En veinte segundos cambió cuarenta veces de canal, y yo en mi interior pensaba: «Ya estamos con la burra a brincos; estás poniéndome al borde de un ataque de nervios; dale que te pego, mariquilla, al torno. Juanma, hijo, ya podías estarte quieto con el mandito de la tele». Yo «ni churreaba ni murreaba», pero él se dio cuenta de que se estaba pasando cuatro pueblos y me dijo: «Espera, hija, es que había leído en la programación que hoy hay toros y no los encuentro por ninguna parte».

Entonces le dio sin querer al canal de la ETB (Euskaltelebista, televisión vasca) y oí: «El más allá existe». Le hice una seña con el pie.

¿Quieres ver esto?, preguntó. Afirmé con la cabeza. En pocos segundos me di cuenta de que se trataba de un programa «magazine de tarde» en el cual estaban presentando un libro muy especial. Mi padre me leía los subtítulos. El presentador estaba con una señora de mediana edad, y mi padre me dijo: «Me recuerda a Araceli».

Me levantó el párpado para que pudiera verla con más claridad y, efectivamente, tenía razón. Entonces pusieron debajo de ella en letras grandes: Rosa Millet, escritora catalana. Me gustó su forma de hablar. El tiempo en televisión es oro; ella debía saberlo muy bien y no se anduvo por las ramas; en poco tiempo explicó y concretó. Me quedó muy claro que estaba hablando de un libro cuyo título era *El más allá existe*. Explicó cómo había llegado esa historia a su vida y lo mucho que había tenido que luchar para editar ese libro en España. El argumento del libro me intrigó un montón, y cuando citaron los datos le pedí a mi padre que los cogiera e hiciera todo lo posible por conseguírmelo. A los quince días ya lo tenía en casa.

JUEVES, 29 DE JULIO DE 1999

A ratitos, entre mi madre y una amiga, me lo fueron leyendo. A veces se paraban y decían: «¡Esto es increíble!» Se les ponía la carne de gallina, pero a mí no, porque yo había tenido la misma experiencia que el protagonista. Todo lo que él decía me resultaba familiar, no me impresionaba, y por supuesto, no dudaba ni un ápice de lo que decía. En seguida Andrea pasó a ser parte de mí; él, a través de su libro, pedía ayuda. En mi situación no sabía cómo ayudarle, pero me ofrecí en cuerpo y alma y él me aceptó. ¡Vaya que si me aceptó! Cuando, de muy pequeñita, le decía a mi abuela *Resu* al verla fregar los platos: «Abuela, ¿te "aduyo"?», a ella le hacía tanta gracia que no supiese decir ayudo que me ponía un delantal más grande que yo, me subía a una banqueta, me colocaba a su lado y me decía: «Claro que sí, vida mía, "adúyame", que, como dice el refrán, *la ayuda de un niño es poco y el que la desprecia es un loco*».

Aunque ya no soy una niña, me tienen que hacer todo como a un bebé. Pero Andrea distinguía muy bien entre mi materia deteriorada y mi alma, y por eso aceptó mi ayuda. Yo no sabía cómo iba a hacerlo, pero él sí.

Poco a poco, a medida que fueron sucediendo las cosas, entendí por qué camino me iba llevando; y este capítulo es el final de nuestro caminar.

La historia de Andrea, resumida, es la siguiente: él llegó a esta vida por sorpresa cuando nadie lo esperaba: sus padres eran ya mayores y sus cinco hermanos estaban ya creciditos; así que cuando él llegó, se convirtió en el juguete de la casa. Era un niño tranquilo, más maduro de lo normal, por crecer entre cinco hermanos ya mayores. A pesar de tener los mimos de toda la familia, no era un niño mimoso y tonto, pero sí muy cariñoso. Ya en su infancia fue protagonista de un hecho excepcional: aquejado de sordera en un oído, visitado por los más prestigiosos especialistas que catalogaron su caso de irreversible e incurable, recobró la audición tras aplicarle en el oído agua de Lourdes y recitar devotamente una plegaria a nuestra madre la Virgen María. Entonces sólo tenía cinco años. Ese hecho fue y ha sido estudiado, y está perfectamente documentado. Quizás sin saberlo su familia, esa fue la primera señal de que Andrea era un ser especial y que tendría, en esta vida y en la otra, una misión muy importante.

Andrea creció y creció, y se convirtió en un joven de una talla física y humana superior a lo normal: medía un metro con noventa y seis y calzaba un cuarenta y siete. Era muy deportista y tenía unas condiciones físicas envidiables; jugaba a voleibol en la primera división nacional. Era alto, guapo, sano, inteligente y de muy buena familia; como se dice vulgarmente, un buen partido; el típico chico que todas las madres quieren por yerno. Con todos esos «defectos» le sobraban las chicas, pero él tenía muy claro que lo primero era su carrera. Tuvo algunas amigas especiales, pero nunca quiso comprometerse en serio con ninguna; quería vivir intensamente antes de formar su propia familia. Su padre, Lino Sardos Albertini, era un abogado muy prestigioso de la ciudad de Trieste. Andrea nunca ejercía de «hijo de», pero su padre le había dejado el listón muy alto. Estaba terminando la carrera de derecho; los sobresalientes y las matrículas de honor cubrían su expediente académico. Sólo le faltaba examinarse de una asignatura para convertirse en abogado.

Tenía unos ahorros y pensó que era una buena idea comprarse un coche de segunda mano para poder ir con sus amigos a diferentes sitios durante el verano. Salió de su casa el 9 de junio de 1981, hacia las diez de la mañana, con la intención de volver el sábado o el domingo 14 de junio. Llamó al día siguiente para saludar a su madre, cosa que hacía siempre que se encontraba fuera de casa por causa de actividades deportivas. Esa fue la última vez que entró en contacto con su familia. En el camino todas sus ilusiones y proyectos se truncaron: fue atracado por unos individuos que no se conformaron con quitarle el dinero; también le quitaron la vida, «esta vida»; la otra, gracias a Dios, no puede quitársela nadie. Andrea era un chico muy responsable y respetuoso con su familia; si iba a retrasarse o cambiaba de planes, siempre avisaba a su madre. Por eso, cuando empezó a pasar el tiempo y no aparecía, sus padres pensaron que le había sucedido algo grave; y no se equivocaron.

Andrea no fue encontrado muerto. Por muy doloroso que sea eso, encontrarlo, aunque muerto, hubiese sido lo ideal. Pero no sucedió de esa manera y Andrea fue dado por desaparecido. Su familia vivió un largo tiempo angustioso y doloroso que parecía que nunca iba a tener un final. Se levantaban y se acostaban con una fijación: ¿Dónde estará Andrea? Sólo querían que apareciera, vivo o muerto, pero que apareciera. Todas las preguntas debían tener una respuesta. Andrea, desde el más allá, se encargó de poner luz donde sólo había angustia y oscuridad.

Finalmente, Lino Sardos Albertini, al cabo de dos años, aceptó el ofrecimiento que le hizo una cliente para entrar en contacto con una persona que se había comunicado en una ocasión con su padre, difunto hacía tiempo, después de muerto. Nada que perder. Y, aunque de entrada no creía en este tipo de experiencias, un tanto obligado por las circunstancias, aceptó. Y así se estableció el contacto. La señora Anita tenía un extraño sistema de comunicación entre este mundo y el otro: manteniendo completamente abierta la mano izquierda, sin apoyarla y sin ser zurda, colocaba sobre la palma cualquier utensilio que sirviera para escribir y éste se le pegaba literalmente a la piel... Y llegaron las comunicaciones, con un nivel de vocabulario superior al propio de su cultura elemental y en italiano, cuando lo único que ella hablaba era el dialecto de Trieste. Nada sostenía el útil de escribir en alto, sólo se apoyaba en la mano izquierda; en las condiciones descritas, escribía de arriba abajo, de tal forma que para poder leer su contenido tenía que darse un cuarto de vuelta a la hoja de papel.

Esta persona no quería, bajo ningún concepto, percibir remuneración o compensación económica por su intervención, escondiendo su identidad bajo un seudónimo (señora Anita). El padre expuso las respuestas del hijo a las críticas más severas y a los controles más rígidos. Todo demostraba que el hijo seguía existiendo. Eso sí, en otra dimensión. A través de los mensajes, Andrea informó del lugar exacto en que se encontraba su cuerpo: en Turín, muy lejos de Trieste, donde vivía, en el lecho del río Po y con un metro de barro encima, encallado en las raíces de un gran árbol.

En otro mensaje cuenta su experiencia en el momento de la muerte: «Contemplaba la escena de mi asesinato desde lo alto y seguía todos los detalles con despego...; luego mi alma se adentró en un largo túnel. Ves en el fondo una Luz grandiosa que te llama..., mucha paz, ningún deseo de volver atrás».

Andrea desde el más allá, y siempre a través de la señora Anita, les hizo saber cómo había muerto y cuál era su misión. Su padre, en principio, tenía dos obsesiones: una, que Andrea le dijera el nombre de los asesinos para que se hiciese justicia; y otra, encontrar el cuerpo para poder darle cristiana sepultura, quedarse tranquilo y poder descansar todos. Andrea se negó a delatar a sus asesinos; sólo proporcionó algunos datos: cuántos eran, de dónde eran, sus edades, cómo lo mataron y cómo se deshicieron del cadáver tirándolo al río Po.

JUEVES, 12 DE AGOSTO DE 1999

En una de las comunicaciones Andrea le hizo saber a su padre que la Luz Infinita (así llama a Dios) le había hecho nacer y morir para dar testimonio de la existencia del más allá. La claridad del mensaje es diáfana: «*Imagínate, papá, por un momento, que el mundo estuviera convencido de la existencia del más allá: desaparecerían todos los errores de la vida, ya que todos querrían elevar sus almas a las cotas más altas*».

Tras más de tres años de comunicaciones, el padre se decide a publicar el libro, no sin antes obtener la opinión positiva de eminentes teólogos y la del titular de la cátedra de parapsicología de la Universidad Pontificia de Letrán, el redentorista Andreas Resch: «He leído el libro con gran interés y no he encontrado en él nada que sea contrario a nuestra fe».

Andrea no lo tuvo fácil con su padre. Éste es un señor muy culto, de rectos principios y muy escrupuloso con su fe y con todo lo referente a Dios. Cada vez que Andrea le daba una prueba, él, como abogado y por deformación profesional, lo escribía y documentaba, pero no hacía lo que su hijo le pedía, que era escribir el libro. Hasta que no pasaron casi tres años y tuvo muchas pruebas y documentación, y después de consultar a algunos miembros de la Iglesia, no empezó a escribir *El más allá existe*.

Jesús dijo: «Por sus frutos los conoceréis». Cuando el libro salió a la luz, empezó a dar unos frutos increíbles en el ámbito espiritual; los ha dado, los da, y estoy convencida de que seguirá dándolos. Yo he podido comprobarlo en primera persona. Como ya dije en capítulos anteriores, cuando desperté del coma, no sólo lo hice físicamente sino emocional y espiritualmente. En seguida empezaron a sucederme cosas que transformaron mi vida; pero de todas ellas la más importante, después de mi experiencia en el más allá, empezó cuando, a través de su libro, conocí a Andrea.

A mí Andrea no tenía que convencerme ni hacer saber que Dios y el más allá existen. Yo siempre lo había creído y a los veintitrés años tuve la suerte de comprobarlo. Cuando me leyeron el libro, sentí una necesidad fuerte de ayudar a Andrea. Como persona humana, lo primero que pensé fue en el dinero: «Si yo tuviese solvencia económica, compraría muchos ejemplares de tu libro y se los haría llegar a personas que a su vez yo sé que podrían echarte una mano; pero si no tengo voz, ni salud, ni dinero, ¿cómo puedo ayudarte? Dicen que querer es poder. Andrea, en este caso bien sabe la Luz Infinita que quiero y deseo ayudaros, pero que no puedo. Como para Dios no hay nada imposible, si quiere que os ayude; Él sabrá cómo, dónde y cuándo».

Lunes, 23 de agosto de 1999

La misma noche que terminaron de leerme el libro, el alma de una chica fallecida se comunicó en sueños conmigo. Yo en un principio pensé que era eso, un sueño, y no le hice caso; pero a la mañana siguiente, estando sentada en mi silla, despierta y bien despierta, volví a oír la voz de esa chica. Me dijo claramente quién era, cómo había fallecido y que me pusiera en contacto con su padre para darle un mensaje de su parte. Una de las cosas que pedía era que su padre leyera el libro *El más allá existe*. Lógicamente, yo no podía llamar a su padre. Entonces no tenía a Elena, mi enfermera, y dependía de mi madre. Supuse que ésta se negaría, pero la chica insistía e insistía, hasta tal punto que consiguió desquiciarme, y me dije: «A grandes males, grandes remedios». Cogí a mi madre por banda y le expliqué lo que me estaba pasando: «Sólo quiero dormir y, como no llames a su padre, me va a matar por agotamiento, porque las almas cuando se empeñan en algo son más pesadas que el plomo. Si haces todo lo que ella me ha dicho, no te preocupes, que su padre va a venir a verme y no va a tomarnos por locas».

Mi madre, después de pensárselo un rato, llamó por teléfono. Habló con su padre, y al día siguiente a mediodía vino él a visitarme. Le conté lo que me estaba sucediendo con el alma de su hija y le dije todo lo que ella me había pedido. A su padre se le saltaban las lágrimas, pues no dudaba de que todo aquello que yo le decía venía de su hija. Ésta le explicó, a través de mí, cómo había fallecido, lo que había sentido e incluso rectificó el diagnóstico dado por la forense, que dijo a la familia que la causa del fallecimiento había sido muerte súbita; ella me explicó: «Dile a mi padre que mi fallecimiento fue debido a un aneurisma cerebral. Caí fulminada al suelo y, como no tuve ningún tipo de enfermedad o de sufrimiento, cuando mi alma salió de mi cuerpo, incluso cuando vi la Luz, me costó tiempo darme cuenta que había muerto».

MARTES, 24 DE AGOSTO DE 1999

E insistió: «Pídele, por favor, que no vayan tanto al cementerio; yo ya no estoy allí. Si me sienten más cerca y quieren ir de vez en cuando, como dice mi madre, «para hacerme la cama» (así llama ella a limpiar mi sitio y ponerme flores), no me importa. Pero si van, rotos de dolor, a llorar, su sufrimiento no me deja descansar».

Al oír eso, mi madre le preguntó a su padre. «¿Vais mucho al cementerio?»

«Todos los días. Ahora he dejado allí a mi mujer.»

La escena era un cuadro más original que un Dalí: yo en mi silla, enferma y limitada al cien por cien; mi madre traduciendo mis garabatos; y el padre de la chica controlando la emoción y tomando nota de todo en uno de mis cuadernos.

Cuando se fue de mi casa, se dirigió a una librería y compró el libro de Andrea. Después de leerlo volvió a visitarme y me dijo: «Ahora entiendo perfectamente lo que mi hija quería decir. Toda la familia hemos cambiado de actitud».

Aquella fue la primera vez que un alma desde la otra vida se comunicaba conmigo; ocurrió once veces más. Todas actuaban de la misma manera: cuando yo hacía lo que me pedían, desaparecían de mi vida; el único que ha permanecido de manera continua durante casi dos años ha sido mi *Peperra*. Todas las almas coincidían en una cosa: me pedían en sus mensajes que las personas a las que iban dirigidos leyeran el libro *El más allá existe*. Entonces fue cuando comprendí de qué manera la Luz Infinita y Andrea permitían que les ayudase.

Cuando, tras leerme el libro, empezó a sucederme ese tipo de cosas, sentí la necesidad de saber más sobre el mismo y su protagonista. Me puse en contacto con Rosa Millet y nació entre nosotras una preciosa amistad.

Viernes, 27 de agosto de 1999

Al no poder hablar con ella por teléfono, le escribí una carta. En ella le contaba quién era, cómo era mi vida y cuál mi situación física. También le comentaba que había escrito un libro. Entonces *Voz de Papel* todavía estaba sin editar. Ella me pidió que le enviara un borrador. Fue al leerlo cuando empezó a conocerme y a quererme de una manera muy especial. A pesar de que entre las dos había una relación entrañable, no me conocía personalmente; por eso, esperé a que llegasen el día, el lugar, la hora y el momento oportuno para contarle lo que me estaba sucediendo después de leer el libro de Andrea.

En esta vida todo tiene su momento bajo el cielo, y al año, más o menos, llegó ese esperado y ansiado día. Rosa y su marido Santiago decidieron ir de vacaciones a un monasterio precioso de Galicia y en la ruta incluyeron el pasar por La

Rioja, deteniéndose unas horas en Logroño para conocerme. Llegaron a la una, estuvimos hablando con gran familiaridad y naturalidad, como si nos conociésemos de toda la vida. En realidad, aunque acabábamos de conocernos personalmente, el libro de Andrea y el mío nos habían unido un año antes. Comieron en casa y después estuvimos casi cinco horas sin dejar de hablar. Ella había intuido al leer el borrador de *Voz de Papel* que a mí me pasaban cosas raras, entre comillas; así que cuando me lo preguntó, me lo puso en bandeja:

—Me han pasado muchas cosas, pero lo más increíble empezó cuando leí el libro de Andrea.

Ella sintió que a mí me daba apuro contárselo, por si pensaba que estaba mal de la cabeza, y automáticamente exclamó:

—¡Olga, hija, no te preocupes! Nada de lo que me digas me va a asustar. No eres la primera ni la última que ha tenido experiencias con Andrea después de leer su libro. Tanto es así que en Italia se ha creado una fundación con personas expertas en diversos campos para estudiar el «fenómeno Andrea». Lo tuyo quiero comentárselo a su padre, pues algo así aún no había sucedido.

—¿Vive su padre todavía? —pregunté.

—Sí, sí —respondió—; es ya muy mayor y está delicado de salud; pero está al día y se encarga personalmente de todos los asuntos de Andrea.

—Yo a ti te vi en la televisión vasca. Hice que me compraran y leyeran el libro, y así Andrea llegó a mi vida.

—Pero si ese libro no estaba editado en España y todo sucedió en Italia, ¿cómo y dónde conociste tú a Andrea?

—Si la vivencia de Andrea te parece alucinante, el cómo llegó a mí no lo es menos.

La historia es la siguiente:

«*El más allá existe* me cayó entre las manos por pura casualidad en una gran superficie del sur de Francia, concretamente en la localidad de Bourg Madame. Tras hacer las compras necesarias para la alimentación, me dirigí al departamento de librería en el que estaba mi marido ojeando libros y, como es algo que a mí también me encanta hacer, aparqué el carro y decidí esperar a que terminara, imitándole. Antes de que pudiera darme cuenta, tenía *El más allá existe* entre las manos y me llamó de inmediato la atención. Siempre me han gustado especialmente las historias reales. No obstante, si no hubiera visto que el prólogo era de un religioso, quizás no lo habría comprado: ¿un hijo que desde el más allá se comunica con su padre...? Bien podía ser una invención o una patraña inventada por algún aficionado a temas esotéricos. Pero no sólo estaba el prólogo del ex-superior de la compañía de San Pablo, sino que, además, una introducción escrita por un jesuíta señalaba la posición de la Iglesia Católica ante este tipo de fenómenos. Me lo llevé.

Lo leí de un tirón. Lo empecé a primera hora de la tarde y no me fui a la cama hasta que lo tuve terminado. Los comentarios que hice a lo largo de su lectura fueron la causa de que Santi y mi hijo Marc lo leyeran a continuación. De regreso a Barcelona (esto sucedió unos días antes de Semana Santa del 93), lo leyó también mi hija Xantal y, posteriormente, diversos miembros de mi familia y amigos que dominaban el francés. Al constatar la cantidad de gente a la que había ayudado a encontrar la fe o a despertar aquella que permanecía dormida, pensé en regalarlo a todos cuantos yo creía que podía ayudar. Así que intenté encontrarlo en Barcelona y en castellano, pero no me fue posible. Fue entonces cuando llamé por teléfono por primera vez al autor, el abogado italiano Lino Sardos, quien me dijo que no estaba editado en español. Me ofrecí a traducírselo gratuitamente, pero me señaló que ya disponía de una traducción, que lo interesante sería que intentase encontrar un editor. A poder ser, ese editor debía ser importante, a fin de disponer de una buena distribución en Hispanoamérica.

Hice varias gestiones al respecto, pero sin el menor éxito. Personas con las que en principio no debía por qué tener ninguna dificultad para entrar en contacto parecían haberse fundido. La única editorial que procedió a la lectura del manuscrito dijo estar interesada, pero para hacer la edición al año siguiente... Y así fue cómo, poco a poco, surgió la idea, por iniciativa de mi marido, de editar el libro nosotros mismos.

Una noche, mientras tomaba café en casa de unos amigos —tres hermanas y un hermano—, una de las amigas, que había leído el libro, me preguntó cómo estaba el asunto de la posible edición española. Le respondí que por el momento no había ninguna novedad y que Santi decía que quizás debiéramos editarlo nosotros mismos.

En cuanto terminé de decir estas palabras, un fuerte olor a flores, yo diría que a flores blancas, nos invadió. Una de las hermanas, alérgica a un montón de cosas y creo que a determinadas plantas también, se levantó de golpe y empezó a buscar la procedencia del mismo, pero, al alejarse unos pasos de la mesa alrededor de la que estábamos sentados, el olor desaparecía. Tras unos minutos, el perfume se extinguió, pero, en cuanto estuvimos todos sentados de nuevo, volvió a producirse el fenómeno. Leonor, la hermana que había leído el libro, dijo: «Es Andrea». Yo pensé que no era posible y me levanté también. Los cinco estuvimos buscando de dónde podía proceder el olor. Personalmente, comprobé que no llegara del exterior, abriendo y asomándome a las ventanas. El hermano estuvo mirando si en alguna parte de la casa se había derramado una botella de colonia. Nada de nada. No obstante, nuestra búsqueda era un tanto ilógica, ya que el perfume seguía siendo perceptible tan sólo alrededor de la mesa en la que habíamos estado sentados; si nos apartábamos de ella un metro, ya no lo percibíamos. Tras unos minutos desapareció. Nos sentamos todos de nuevo.

Debo reconocer que, a pesar de no hallar explicación alguna al fenómeno, me sentía bastante escéptica para aceptarlo como algo de procedencia sobrenatural, pero a los pocos segundos de hallarnos de nuevo sentados se produjo por tercera vez con mayor intensidad. En esta ocasión tuve la sensación de recibir una ducha que, procedente de la parte superior de la habitación y llegándome en diagonal desde la izquierda, me sumergía en un baño de perfume y frescor.

Sin haber aún reaccionado demasiado, me despedí y me fui a casa a contárselo a Santi. Estuvimos cinco días pensando qué debíamos hacer, hasta que decidimos comunicárselo al señor Sardos. Éste, gratamente sorprendido, nos dijo de inmediato que suponía que se trataba de una «señal» de Andrea para indicar que éramos nosotros quienes debíamos editar el libro en lengua castellana. No obstante, dijo también que, ante la importancia de la cuestión, iba a plantear la pregunta a Andrea, pues, aunque una vez terminado el libro habían concluido las comunicaciones, en determinados casos importantes todavía recibía respuesta a sus preguntas.

Unas siete semanas después, y no teniendo noticias del señor Sardos, le llamé de nuevo. Me dijo que, lamentablemente, no había obtenido respuesta por el momento.

Algunos días más tarde, un fax nos anunciaba que había llegado la respuesta, y que Andrea decía que, a través de nosotros, el libro cruzaría el océano para ir a lo que muchos denominaban la otra parte del mundo, es decir, América. La respuesta llegaba por conducto doble, ya que, tras mi llamada telefónica y al no tener aún respuesta, señor Sardos decidió plantear de nuevo la pregunta a su hijo. La primera vez lo había hecho a través de una señora de Turín. La segunda, a través de una persona de otra parte de Italia que desconocía la existencia de la persona anterior.

De haber tenido la menor duda, que no la tenía, sobre la veracidad del caso, ésta me habría desaparecido por completo ante la reacción del abogado Sardos, que, sin conocernos de nada y en contra de los consejos de su importante editor francés, se puso por completo en manos de unos perfectos desconocidos en el mundo editorial. Con el agravante de que entre sus manos lo que tenía era un *best-seller,* puesto que en Italia se llevaban vendidos en aquel momento más de 160.000 ejemplares y en Francia más de 60.000.

El más allá existe vio la luz en España en abril de 1994. En agosto del mismo año vino de vacaciones un joven escritor venezolano, quien, impactado a su vez por el libro, se encargó de introducirlo en su país. Lo anunciado por Andrea se había cumplido sin intervención alguna por nuestra parte».

Andrea fue mi primer amigo etéreo. A medida que iban leyéndome su libro, nació entre los dos una relación que llegaba más allá del amor o de la amistad, una especie de complicidad mística. A los dos nos unía nuestra experiencia en la Luz; él llegó a Ella y no tuvo que regresar; yo, en cambio, sí. Pero, al conocer la muerte de cerca y vivir en las circunstancias que vivo, siento que estoy a caballo entre la otra vida y ésta. Andrea no tuvo que enseñarme la existencia de Dios y del más allá: aunque tuve que regresar, un día yo estuve allí. Sin saberlo, yo volví con una especie de puente, y con él aprendí que muchas almas podían cruzarlo para estar conmigo. Gracias a ese puente, *Peperra* llegó a mi vida.

Andrea nació y murió para dar testimonio del más allá; a través de su padre, escribió un libro para transmitir su vivencia y acercar a la gente a Dios. De la misma manera, *Peperra* llegó a mi vida y nos pidió ayuda a su hermano Patxi y a mí para que su testimonio llegara a otras muchas personas. En esta vida él se hizo médico, pues siempre le gusto ayudar a los demás; antes curaba cuerpos y ahora, a través de este libro, desde la otra vida, su testimonio curará muchas almas.

A los catorce años me dije: «Soy católica porque me han educado así; si hubiese nacido en la India, seguramente sería hinduista». Así que, por mi cuenta, me puse a estudiar todas las religiones, y llegué a la conclusión de que Dios es como el faro de un puerto; y cada barquita, una religión. Cada una tiene un nombre y navega por un mar distinto, pero todas se sienten atraídas por la misma Luz; y al final todas terminan anclando en el mismo puerto.

Mi conocimiento de Dios ha ido creciendo y evolucionando con el tiempo, con las vivencias y con las experiencias; es difícil querer a quien no se conoce. Cuando uno le abre a Dios su corazón, él da muestras continuas de su existencia; pero si uno se cierra... No hay mayor ciego que el que no quiere ver ni mayor sordo que el que no quiere oír. Mucha gente dice: «A mí me gustaría tener fe o poder ver a Dios, pero yo no puedo creer en algo que no puede verse, tocarse, oírse o demostrarse científicamente. A ver, ¿por qué no podemos ver a Dios?»

La verdad es que yo siempre lo he sentido tan cerca que nunca me he hecho esa pregunta; pero la respuesta, para las personas que se la hagan, me la ha dado, como muchas otras veces, un libro. La segunda vez que tuve que ser ingresada gravemente en la UCI, cuando me recuperé, Luis y Marisol (amigos de mis padres y míos) me regalaron un libro precioso titulado *Señor Dios, soy Anna*. Lo leí el primer año del vía crucis de mi enfermedad. Desde aquel día hasta hoy han pasado la friolera de trece años, pero al escribir este capítulo me vino como un flash lo que decía Anna, la protagonista de ese libro, una niña que falleció antes de cumplir los ocho años y que con sólo cinco tenía esta forma de entender la fe y esta forma de explicar por qué no podemos ver a Dios:

Fe es más que confianza, es más que seguridad; no tiene que ver con la ignorancia ni tampoco con el conocimiento. Es simplemente la capacidad de abandonar la convicción de que «yo soy el centro de todas las cosas» y dejar que algo más o alguien más se haga cargo.

LUNES, 30 DE AGOSTO DE 1999

Tanto cuando estudié arte y decoración como cuando hice estudios profesionales de fotografía tuve que estudiar a fondo la teoría del color, y nunca se me ocurrió pensar que ahí estaba la razón por la que no podemos ver a Dios; y Anna, con tan sólo cinco años, la descubrió. Su razonamiento, cuando su amigo Fynn le explicaba cómo se comportaban los colores en contacto con la luz, era éste:

Habíamos hablado de la luz transmitida y la luz reflejada —decía Fynn—; *la luz tomaba el color del vidrio a través del cual se transmitía; el color de una flor amarilla se debía a la luz reflejada. Habíamos visto los colores del espectro con la ayuda de un prisma, habíamos hecho girar el disco de Newton para mezclar todos los colores del espectro y que volvieran a ser blancos. Yo le había explicado que la flor amarilla absorbía todos los colores del espectro, con excepción del amarillo, que al ser reflejado llegaba hasta el ojo. En aquella ocasión, Anna caviló un rato sobre esa información para después decir: «¡Ah! ¡El amarillo es la parte que no quiere!»; y después de una pequeña pausa: «Entonces su verdadero color son todas las partes que quiere».*

Era algo que yo no podía discutirle, ya que, en cualquier caso, no estaba seguro de qué diablos podría querer una flor. Ahora bien, el Señor Dios era un poco diferente de una flor. A una flor que no quería la luz amarilla se la llamaba amarilla, porque de ese color la veíamos.

MARTES, 31 DE AGOSTO DE 1999

Pero no se podía decir lo mismo del Señor Dios. ¡El Señor Dios quería todo, así que no reflejaba nada! Pero si el Señor Dios no nos devolvía ningún reflejo era imposible que pudiéramos verlo,¿verdad?

Las estrellas sólo pueden verse en la oscuridad. Por eso cuando la enfermedad hizo que en mi vida se hiciese de noche, en mi silencio y en mi noche oscura aprendí a mirar al cielo... y descubrí la Luz Infinita. Estrellas como Andrea y *Peperra* iluminan mi espera.

X
Riojana del Año

JUEVES, 9 DE SEPTIEMBRE DE 1999

A estas alturas de escritura, el libro ya ha pasado su ecuador; según voy dándole la vida a él, siento cómo se va la mía. La enfermedad está cebándose en mí, me va minando; mi cuerpo va entrando en barrena, pero mi alma no. Nada ni nadie podrá destruir nunca mi alma de color salmón. Recordar todo el cariño que recibí cuando me hicieron *Riojana del Año* me da fuerzas para no tirar la toalla y seguir escribiendo. Este capítulo no quería escribirlo yo, pues a una, de niña, le enseñaron a ser humilde, y pensé que la persona más indicada para escribirlo era mi amigo periodista Emilio Ramírez. Él fue uno de los que organizó y vivió todo en primera persona. Pero, lógicamente, mis sentimientos nadie puede plasmarlos mejor que yo, por mucho que me conozcan o me quieran. Por eso, en este capítulo voy a limitarme a reflejar eso, mis sentimientos; y luego le cederé a Emilio mi voz de papel.

Al día siguiente de la presentación del libro *Voz de Papel*, a primera hora de la mañana, el teléfono empezó a sonar. Era mucha la gente que llamaba para felicitarme y lo hacían por dos motivos: el primero, porque en el periódico venía un artículo precioso sobre el éxito que había tenido la presentación; y el segundo porque me habían propuesto como candidata a «*Riojana del Año* 1997».

Fue una sorpresa enorme; nunca imaginé que yo algún día formaría parte de una propuesta como esa, y menos cuando las listas estaban elaboradas ya y las votaciones habían empezado hacía dos semanas. Pero el destino así lo quiso: uno de los candidatos se retiró de la lista y decidieron ponerme a mí en su lugar. En esto no hay jurado que valga; son los lectores del periódico *La Rioja* los que, con sus votos, tienen la última palabra. Por eso, con una lógica aplastante, pensé que yo tendría muy pocos votos, pues llevaba muchos años aislada del mundo; el no poder salir a la calle equivale a que no puedo estar en sociedad. Yo no veo a la gente y la gente tampoco me ve a mí. Pero me equivoqué.

Los medios de comunicación me sacaron de mi «guarida» y aislamiento, y entonces las personas que me recordaban se volcaron en muestras de cariño, afecto y solidaridad. Eran muchos los que querían venir a abrazarme. Dado mi estado de salud, era imposible, y una vez más en mi vida era el papel el que me abrazaba a través de las muchas cartas que recibí.

También fueron muchos los periodistas a los que tuve que atender, y uno de ellos comenta: «tú naciste en Madrid; luego eres riojana de adopción. De la noche a la mañana, a una madrileña la hacen riojana popular. Vas a formar parte de la historia de La Rioja. ¿A que no lo habías pensado? Y ahora, dime: ¿Te sientes más riojana de adopción o de corazón?»

Mi respuesta fue: «Sentirme, sentirme, lo que se dice sentirme, me siento española, europea y ciudadana del mundo. Acabas de hacerme la pregunta del millón. Cuando de niña me preguntaban: "¿Y tú, de dónde eres?", para no soltar todo el rollo, decía: "de España"».

Soy el fruto de una navarra y un riojano; por parte materna, todos son navarros en muchas generaciones; pero, por parte paterna, mi árbol genealógico es un *tutti-frutti*. Mi abuela paterna es riojana; ella, su hermano y sus padres nacieron en Logroño, pero sus abuelos eran de un pueblo vasco muy cercano a La Rioja, La Puebla. Mi abuelo paterno era de Sevilla, el único hijo varón entre cuatro hermanas y mellizo de una de ellas. Pertenecía a una familia acomodada; su padre tenía un negocio de guarnicionería en esa misma ciudad y trabajaba para la casa real de Alfonso XII; éste le concedió a mi bisabuelo el título honorífico de «Caballero cubierto ante el Rey». Mi abuelo era el típico señorito andaluz y quiso ser torero. Hoy en día la mayoría de los toreros tienen estudios y se dedican a ello por vocación, pero en aquellos años casi todos se metían en ese mundo por necesidad. Mi abuelo llegó a ser novillero y a torear en la Real Maestranza de Caballería de Sevilla; pero mi bisabuelo le cortó las alas y no le dejó cortar orejas: no veía bien que un niño de buena familia fuera torero, y, por narices, tuvo que hacerse militar.

Foto 5: Abuelo paterno, Manuel Bejano Baena

Siendo ya militar, uno de sus destinos fue Logroño. Aquí conoció a mi abuela, se casaron y nació mi padre. Cuando éste no había cumplido un año de vida, mi abuelo fue destinado a Madrid, a la Escuela Superior del Ejército. Así que a mi padre le ocurrió lo contrario que a mí: él nació en Logroño pero vivió hasta los veinticuatro años en Madrid, aunque siempre pasaba un mes del verano en la localidad riojana de Fuenmayor. Mi abuelo decía que La Rioja era la Andalucía del norte, por lo que, a pesar de ser muy sevillano, quiso morir en Fuenmayor; y por él tenemos allí los Bejano el panteón familiar.

Yo, en cambio, nací en Madrid. A los doce años me trajeron a Logroño después de vivir un año allí, dos en Pamplona, tres en Palma de Mallorca y seis en Puertollano (Ciudad Real). Mis abuelos paternos vivían en Madrid y los maternos en Pamplona. Cuando iba a Madrid, mi abuela Pilar me decía: «Tienes ojos de gata; se nota que eres madrileña y castiza por los cuatro costados». Y me soltaba la siguiente retahíla: «Naciste en la clínica del Cisne, en Chamberí, fuiste bautizada en Cuatro Caminos, en la iglesia de Nuestra Señora de los Ángeles; por si eso fuera poco, tu madre parió con Lola Flores y tú naciste a la vez que su tercera hija, Rosario».

Después de semejante discurso, no me quedaba ninguna duda de que era madrileña. Cuando iba a casa de mis otros abuelos, si se me ocurría decir que era madrileña, mi abuela materna decía: «De eso nada, la mitad de tu sangre es navarra».

¡Y buenos son los navarros!; ¡cualquiera decía que no! Así que cuando fui a Palma ya tenía bastante conflicto. Allí, con tres años, empecé el colegio. En casa nos hablaban en castellano y en el *cole* en mallorquín. Por primera vez me llamaron forastera; me dejaron muy claro que, aunque vivía, comía, vestía y hablaba como ellos, yo era forastera. En el colegio hacían mucha diferencia entre los niños que eran de la isla y los que estábamos trasladados, porque se suponía que nosotros no íbamos a terminar todos los cursos. La mayoría éramos hijos de empleados de empresas nacionales de líneas aéreas o de petroquímicas, y los traslados no duraban más de tres o cuatro años. Mi hermano Javier y yo, a pesar de ser muy pequeñitos, nos adaptamos perfectamente a la isla; éramos felices, no tuvimos ningún problema de claustrofobia o de comunicación y nuestro juguete preferido era el mar. En cambio, a mis padres, en especial a mi madre, al año de estar allí, la humedad del clima les afectaba a los huesos. El tener que depender de un barco o un avión para salir de la isla le producía a mi madre claustrofobia; aunque entendía el mallorquín, no lo hablaba y le daba mucha rabia cuando iba a hacer la compra tener que llevarnos a Javi y a mí de traductores e intérpretes. Entonces no había hipermercados; la tendera del barrio hablaba tan poco y tan mal el castellano que prefería comunicarse en su lengua. La gente se moría de risa con nosotros dos. Javi y yo nos sentíamos muy a gusto, pero donde hay capitán no manda marinero y a los tres años nos fuimos a Puertollano (Ciudad Real).

Cuando a mi madre le decían sus amigos: «Estáis locos, ¡cambiar esto por aquello!» Ella respondía: «Es la primera plaza que ha quedado vacante y me da igual ir a Turruncún de Abajo, con tal que tengan carreteras y que hablen castellano».

Martes, 14 de septiembre de 1999

Cuando llegamos a Puertollano estaban en feria. Muchas niñas iban vestidas de sevillanas, y lo primero que dije fue: «Mamá, este pueblo es muy bonito, ya puedes ir comprándome un traje para bailar flamenco».

Aquello fue dicho y hecho. Mi madre tuvo la mala suerte de que, justo al lado de nuestra nueva casa, hubiera una tienda especializada en trajes de baile. Por no oírme, me llevó a la tienda y elegí un vestido azul marino, con los flecos, lazos y lunares en verde y los zapatos de tacón a juego. Era la primera vez en mi vida que me calzaba zapatos de tacón. Mi madre estaba histérica con la mudanza, pero a mí, con sólo cinco años, me parecía la cosa más divertida del mundo. Yo correteaba por la casa taconeando y Javi, cuando veía que los hombres de la mudanza le ponían poleas a algún sillón, se sentaba y me gritaba: «¡Olga, corre, ven, que van a subirnos como en la noria!»

La casa de Palma tenía una terraza enorme, pero la de Puertollano dos. Nos encantó la casa, el colegio y *el poblado* (así llamaban a la zona industrial que está a dos kilómetros de Puertollano). Allí estaban todas juntas las empresas petroquímicas y una refinería de petróleo. A mí me encantaba que mi padre nos llevase por la noche a la factoría. Todo eran luces de muchos colores, y las esferas de butano, que de lejos ya se veían grandes, a medida que Javi y yo nos acercábamos, se volvían inmensas. Se podía subir a ellas por unas escaleritas, pero cuando habíamos subido diez u once metros, era tanta la altura que yo me sentaba en el suelo y pedía socorro; no me atrevía ni a seguir subiendo ni a bajar. Javi tenía tanto miedo como yo, pero como los niños no lloran, decía: «¡Socorro! ¡Que alguien venga a bajarnos de aquí!» Y en seguida se oía una voz que decía: «Oye, que alguien coja a los hijos de Bejano».

Cuando venían a por nosotros, Javi se apresuraba a decir: «Mi hermana es una miedica y no me deja subir». Luego, mi padre nos echaba la bronca. Cada vez que nos llevaba a la factoría teníamos alguna aventura.

El primer día en el colegio María Inmaculada, de Puertollano, marcó mi vida. Yo tenía en el «chip» de mi cabeza que en casa se hablaba castellano y en el colegio mallorquín. Tenía cinco años, comenzaba segundo de parvulitos y estrenaba colegio, uniforme y compañeras. Me colocaron en una mesa redonda roja. En cada mesa —todas eran de distinto color— nos colocaban a cuatro niñas; era una manera sencilla de enseñarnos los colores.

Me dirigí a mi primera amiguita en mallorquín; me miró como si yo fuera de otro planeta, le dio un codazo a la niña de al lado y le dijo con un acento manchego graciosísimo: «"Cucha", la niña nueva qué raro habla». «Yo no hablo raro, hablo mallorquín. ¿Aquí no sabéis mallorquín o qué?» «Pues no —respondió la niña—, aquí se habla manchego. ¿Tú no eres de aquí?» Y me hizo la pregunta que yo tanto temía: «¿De dónde eres?» «Si te digo que soy española, termino antes.» «"Cucha" —añadió ella—, la niña qué graciosa es. Venga, dime, ¿de dónde eres?» «De Madrid.» «Mentira, mi madre es de Madrid y no habla como tú.»

Entonces no tuve más remedio que soltarle toda la parrafada: «Escucha bien, porque sólo voy a decírtelo una vez: mi madre es navarra, mi padre riojano, yo nací en Madrid y he vivido ahí, en Pamplona y en Palma de Mallorca; y ahora vivo aquí».

Ese día, cuando mi madre vino a buscarme, le hice un examen de geografía española: «Mamá, España ¿cuántos países tiene?» «Hija, España es sólo un país». «¿Y Madrid no es un país?» «No, es una ciudad, y es la capital de España». Yo insistía: «¿Y Pamplona y Palma de Mallorca no son otros países?» «No, todas son ciudades de España», aclaraba mi madre. «¿Y por qué en España cada pocos kilómetros hablan de una manera distinta, se viste y se come de diferente modo?»

A mi madre le entró la risa y dijo: «España es así, por eso vienen tantos turistas; si no les gusta una comida pueden elegir veinte; pero todos los extranjeros piden paella». «Oye, mamá, y cada vez que a papá lo trasladen de factoría y nos cambiemos de ciudad ¿voy a tener que aprender otro idioma? A Javi y a mí nos hace ilusión cambiar de ciudad, de casa y colegio, pero si cada vez tenemos que aprender un idioma, cuando seamos mayores vamos a saber más lenguas que en la Torre de Babel. Fíjate, mamá, sólo tengo cinco años y ya sé hablar en madrileño, en navarrico, en mallorquín y ahora estoy aprendiendo el manchego».

A mi madre le estaba poniendo la cabeza como un bombo: «Hija, otra cosa no tendrás, pero pico y don de lenguas no te faltan. Pero ¿a que no sabes decir *chiripitifláutico*?» Lo dije a la primera. Entonces me enseñó un trabalenguas: «El cielo está enladrillado, ¿quién lo desenladrillará?; el desenladrillador que lo desenladrille, buen desenladrillador será».

Jueves, 16 de septiembre de 1999

Cuando iba a cumplir los doce años, a mi padre lo trasladaron a la factoría de Fuenmayor, en La Rioja, y nos vinimos a vivir a Logroño. En septiembre estrené otra vez uniforme, colegio y compañeras. Tenía un acento manchego impresionante; cada vez que me dirigía a una compañera de mi clase, le decía: «"Cucha", niña». Les chocaba mi expresión y se reían de mí; yo me reía de ellas porque cada dos segundos usaban la palabra «maja»: «Maja, ¿sabes qué?» Y «maja» para esto y para lo otro. A los dos o tres meses de estar en el colegio me di cuenta de que yo también decía «maja», había perdido el acento manchego y ya hablaba en riojano.

Todo eso, con ayuda de mi madre se lo expliqué al periodista. En realidad, no tenía por qué darle tantas explicaciones, pero llegaron a mis oídos comentarios de gente que dijo: «No sé cómo pueden proponer para *Riojana del Año* a una chica que es madrileña».

Y más tarde, cuando me concedieron la medalla de oro, se repitieron esos mismos comentarios. Así que en este capítulo ya dejo bien claro que no soy riojana de nacimiento, pero soy algo más que de adopción, porque por parte paterna tengo sangre riojana. A estas tierras llegué con doce años. Cuando venía en el coche iba mirando por la ventanilla el paisaje. De repente, dejé de ver los campos secos de color ocre y los olivos y molinos de La Mancha. La acuarela de mi vida cambió de color, dejando paso a los verdes del norte y a las viñas. Hasta el día de hoy llevo en estas tierras veintitrés años. He de confesar que durante algún tiempo las odié, pues fue el primer febrero que yo pasé aquí cuando tuvieron que operarme de apendicitis; perdí la salud y comenzó mi particular calvario. Era muy niña y tenía que buscar un culpable, y le decía a mi padre: «Si no hubiésemos venido a vivir a Logroño, seguiría siendo una niña sana».

Con el tiempo entendí que si eso tenía que pasarme, me hubiese pasado en cualquier sitio de España o del mundo. Pero al febrero siguiente sucedió el acontecimiento que llevaba anhelando desde los cuatro años. Por fin, Papá Dios me escuchó y nació una riojanita en la familia, mi hermana Mónica. Ella me hizo tan feliz que decía: «Si no hubiésemos venido a vivir a Logroño, a lo mejor no hubiese nacido ella. Esta tierra me ha dado una de cal y otra de arena, pero no me importa haber perdido la salud si por fin tengo una hermana».

MIÉRCOLES, 22 DE SEPTIEMBRE DE 1999

En esta tierra he vivido prácticamente toda mi vida. He tenido las mejores y las peores vivencias, pero ella me ha dado tres cosas clave en un ser humano: amor, amistad y solidaridad. De estas tierras partiré a la Luz y, aunque me siento riojana y quiero a La Rioja y a sus gentes, no puedo olvidar que durante mis primeros doce años de vida mi preciosa voz, mientras la tuve, habló de diferentes maneras y con distintos acentos; mi delgado y estilizado cuerpo vistió distintos trajes regionales; mi boca degustó exquisiteces variadas de la gastronomía española; mi cuerpo tuvo que aclimatarse a diferentes temperaturas; y mis ojos eran como el diafragma de una cámara fotográfica cada vez que veían algo; el archivo fotográfico de toda mi vida lo conservo fresco en el cerebro.

Por eso, riojana, sí, y no sólo de adopción, sino también de sangre por parte paterna y de corazón y vida por parte mía. Dicen que el buey no es de donde nace sino de donde pace; mi corazón es una inmensa pradera y yo he crecido en diferentes pastos.

El día de mi partida, antes de entrar en la Luz, haré escala en Madrid, en Pamplona, en Palma de Mallorca, en Puertollano y de nuevo volveré a La Rioja; y desde el Monasterio de San Millán de la Cogolla me despediré de ella y de esta vida. Creo que es el mejor lugar para hacerlo, pues es la cuna del castellano y de las letras, y cuando la enfermedad me dejó sin voz, tuve que adoptar, como voz, el papel. Dios y el destino me hicieron escritora, y el A, B, C del alfabeto hizo y hace que siga viva. Las letras me dieron la vida y la ilusión perdida, y yo, por mi parte, en mis libros les doy vida a ellas. A través de los libros, las letras y yo seguiremos vivas en el tiempo.

El que me propusieran para *Riojana del Año* fue un regalo del cielo que me dio la oportunidad de salir de mi «guarida» a través de los medios de comunicación. Esto supuso que miles de riojanos —con sus votos, sus cartas y sus llamadas telefónicas— me hiciesen llegar su cariñoso apoyo, solidaridad y mucha, mucha energía positiva que dejé en reserva en mi corazón y que estoy utilizando ahora.

Cada día me resulta más difícil escribir; mi cuerpo, cansado y maltratado por la enfermedad, dice: «¡Ya no puedo más!» Pero el alma va tirando, y el recuerdo de aquellos días le «pone las pilas».

Ahora, como ya dije al comienzo de este capítulo, le cedo la letra de mi voz de papel a mi amigo y periodista Emilio Ramírez, para que os explique lo que es ser *Riojano del Año*, pues yo lo viví desde mi «guarida y él desde la calle».

* * *

«Para nosotros ha sido un enorme privilegio que Olga apareciera en nuestra vida. No conocíamos ni a ella ni a su familia. Todo fue casual o porque Dios así lo quiso.

Hacía seis meses que nuestra hija y hermana Lola, se había ido al lado de Dios. Él se la había llevado en las primeras horas de la mañana del 14 de junio de 1997.

Nunca había estado enferma. No sabía nada de medicamentos. Trabajaba como fotógrafa profesional en Foto Payá, de Logroño. ¡Qué coincidencia! Era, por tanto, colega de Olga. Sin saber por qué, se había ido de nuestro lado. Nos quedaba una enorme pena y un vacío imposible de llenar.

Estábamos en el mes de diciembre y acababa de culminar la selección de candidatos a «Riojanos del Año 1997». Esta campaña la había creado yo —junto con José Lumbreras, a la sazón delegado de la Edición Rioja de *La Gaceta del Norte,* y José Luis Eizaga, director de la emisora local *Radio Rioja*— con el nombre de «Populares Rioja» en 1976, en las páginas del desaparecido diario *La Gaceta del Norte*. Desde 1984 la continué con el nombre de «Riojanos del Año» en las páginas del diario local *La Rioja*. Era la vigésimo segunda edición la de este año.

La finalidad fundamental de la campaña siempre ha sido la de rendir homenaje popular a aquellas personas o entidades que han supuesto algo importante en la vida riojana. No era condición imprescindible haber nacido en esta tierra, sino haberla sentido.

Aquél 14 de diciembre un humano reportaje realizado por mi compañera Estíbaliz Espinosa nos mostraba el ejemplo de Olga Bejano en vísperas de la presentación en Logroño de su libro *Voz de Papel,* que tanto impacto causó en los logroñeses. Algo especial nos invitaba a leerlo y a contagiarnos de la entereza de Olga, al conocer sus duras y sacrificadas vivencias que nos obligaban a meditar y a pensar que además de valorar mucho la vida tenemos mucho que aprender.

Nuria, nuestra hija, comentó: «Papá, esta chica, Olga, merece que la tengas en cuenta para proponerla como candidata; es un ejemplo para todos». Yo tenía previsto mantener la campaña por última vez, y lo hacía en memoria de mi hija Lola, como póstumo homenaje. «Tienes razón, hija —comenté—; también yo lo había pensado.»

Al día siguiente de aparecer la selección de candidatos en el diario local, uno de los propuestos, el sacerdote riojano Victoriano Labiano, llamó a la dirección del periódico *La Rioja* rogando se le eliminara de la campaña como candidato: «No es mi mejor momento emocional. Os agradezco que me hayáis propuesto, pero habrá otro candidato que lo merezca más que yo».

La luz se encendió. Ya tenía la esperada inclusión de Olga Bejano en la lista de candidatos. Era el momento de situarla. Se trataba de una joven que nos había impactado por su lección de amor y por su resignado sufrimiento cristiano. Nos había transmitido algo especial.

Olga Bejano Domínguez, pues, figuraba entre los candidatos. Su presencia en la campaña despertó especial cariño. Ella nos había «hablado», ¡y de qué forma!, a través de su libro *Voz de Papel*.

Su inclusión provocó especial interés. Quienes la conocían «de oídas» pudieron valorar seriamente el ejemplo que para todos los riojanos suponía tenerla en esta selección, y quedaron refrendados el cariño y admiración por ella a través de los miles de votos recibidos. Esta joven entraba en todos los hogares riojanos y era querida y admirada. Transmitía amor y sencillez, convirtiéndose en ejemplo de valoración de la vida. Hablar de Olga Bejano era hablar de algo nuestro. No importaba el lugar de nacimiento. Lo importante es que era riojana por vínculos familiares y... un ángel que Dios había enviado a La Rioja.

Su empeño por vivir era digno de los mejores elogios, y nada mejor que incluirla en la lista, junto con otros candidatos, ejemplares también por distintas circunstancias, merecedores de recibir el más encendido de los aplausos como homenaje popular hacia ellos.

En esta campaña han sido proclamadas, a lo largo de distintas ediciones, muchas personalidades, entre las que destacan políticos, médicos, escritores, músicos, religiosos, inventores, actores y un denso y larguísimo etcétera. Todas ellas eran personalidades riojanas de alto nivel. Al margen de las personas, también han sido galardonadas entidades, sociedades, empresas, fundaciones de todo tipo, llenas de humanidad, que han llevado el nombre de nuestra tierra riojana por todo el país y por el extranjero.

Se ponía en marcha aquella edición de 1997 de la que, después de casi dos meses de votación, saldrían elegidos los más votados. Esta vigésimo segunda edición tenía algo muy especial: los votos para los candidatos afluían masivamente. Miles de cupones fueron llegando, expresando las preferencias de los lectores.

Al cerrar la campaña, habían conseguido las máximas puntuaciones en el apartado de «personas»: Juan Vicente del Álamo (transplantado de corazón, campeón del mundo de tenis para transplantados); Olga Bejano Domínguez (joven ejemplar y admirable, autora del libro *Voz de Papel*); Jorge Elías (joven tenor, alumno predilecto de Alfredo Kraus); Ángel Bayo (bombero ejemplar fallecido); Gabriel Fabón Barco (oftalmólogo).

En el apartado de «colectivos» eran elegidos: Guardia Civil Riojana (en representación de toda la Guardia Civil, que liberó a don José Antonio Ortega Lara, funcionario de prisiones secuestrado por ETA); FER (Federación de Empresarios de La Rioja) y Cámara de Comercio de La Rioja; Orfeón Arnedano «Celso Díaz»; Colegio de Ingenieros Técnicos Industriales; Monasterio de San Millán de la Cogolla (cuna del castellano y Patrimonio de la Humanidad).

Llegó el momento de la gala en la que se proclamaba a los elegidos en los salones del Círculo Logroñés, con un lleno hasta la bandera y con asistencia de todas las primeras autoridades autonómicas, provinciales y locales. Había expectación por ver y saludar a los distintos candidatos. Olga no podía acudir de forma física, pero estaba con todos nosotros desde su cama. Sus padres estuvieron magníficamente arropados. El interés por saber algo más de Olga era impresionante. Ella tuvo el detalle de enviar unas líneas que fueron leídas a través de la megafonía, felicitando a todos sus compañeros de homenaje y teniendo un recuerdo especial para Juan Vicente del Álamo, transplantado de corazón que supo salir adelante gracias a ese corazón que le había dado la vida de nuevo.

Cuando se leyó la semblanza de Olga Bejano, el público, en pie, aplaudió con fuerza hasta enrojecer las manos; más aún, cuando sus padres salieron a recoger la distinción. El objetivo se había cumplido y el refrendo, en forma de aplauso, llegaba hasta la cama desde la que Olga seguía, de manera espiritual, el desarrollo del acto. Estaba con nosotros y nosotros con ella.

Ahora debo rebobinar mi memoria y retroceder hasta el 14 de junio de 1997. Era sábado; resplandecía el sol en Logroño. El día amaneció como uno más. En mi familia cada uno teníamos prevista nuestra programación diaria. Mi hija Lola se levantó pronto, sobre las ocho y cuarto, con más prisa que de costumbre. A las once debía estar en la localidad riojana de Ribafrecha, donde tenía que realizar, junto con su compañero de trabajo en Foto Payá, Roberto, un reportaje de boda.

Al levantarse, comentó con su hermana: «Nuria, esta noche he soñado que íbamos las dos en bicicleta —cada una en distinta bicicleta— por un camino. De pronto, hemos tomado caminos diferentes. Mira en el libro de interpretación de los sueños su significado». «Esta noche —le respondió—, cuando vengas a casa, lo miramos en los libros que tenemos que hablan del tema».

Lola se duchó, se secó el pelo y vino a desayunar con la familia. Su madre le había preparado su fruta favorita; le gustaba desayunar fruta. Charló con nosotros mientras su madre había bajado en busca del periódico al buzón. Al ofrecerle el diario, le dijo: «Gracias, mamá, me has puesto un desayuno riquísimo. Tengo que irme pronto a Ribafrecha —continuó— a hacer un reportaje de boda». «Hija mía —comentó su madre— es una pena que tengas que ir a una boda cuando ayer, en esa misma iglesia, celebraban el funeral de un joven matrimonio muerto en accidente de tráfico». «Es cierto, papá —dijo dirigiéndose a mí—, pero tú sabes mejor que yo que la profesión es dura y en ocasiones como ésta tienes que entregarte a tu trabajo. Tú, por tu experiencia profesional como periodista, lo has vivido muchas veces». Ahí quedó el comentario.

Se fue directamente a uno de los cuartos de baño a terminar de arreglarse. Se la veía contenta, muy feliz; le apasionaba su trabajo. Escuchábamos que tarareaba una canción mientras terminaba de pintarse, con coquetería, los ojos. Su hermana se acercó a recordarle: «Lola, son las nueve y diez. No te retrases». Su respuesta fue clara y normal: «No te preocupes que en un minuto termino».

Estas fueron sus últimas palabras. Con la sonrisa en los labios, cayó de espaldas. Sonó un fuerte golpe. Su hermana estaba al lado. Como movidos por un resorte, nosotros tres, padre, madre y hermana, nos pusimos en movimiento. Le hice, con ayuda de Nuria, la respiración boca a boca y le di un masaje cardíaco. Personalmente, creí que podía recuperarla. En Logroño hay dieciséis personas que viven porque en su día, siendo yo el primer socorrista riojano, desde 1962, como miembro de Cruz Roja, pude recuperarlas. Con mi hija no pude conseguirlo. Triste, pero cierto.

En unos momentos acudieron a nuestro domicilio la Cruz Roja y agentes de policía. Éstos trajeron personal médico del Centro de Salud Gonzalo de Berceo con equipos de reanimación. Urgentemente, la trasladamos al Hospital San Millán, a la sección de «Urgencias», en una ambulancia de la Cruz Roja, mientras una doctora, seguía tratando de reanimarla. La policía, en su coche patrulla, iba delante, con las sirenas sonando sin cesar, abriendo paso a la ambulancia.

En «Urgencias» los médicos se volcaron. El caso era de extrema gravedad. La ciencia no podía hacer más. Una hora más tarde llamaban por megafonía a los familiares de Lola Ramírez. Pasamos los tres a un despacho. Dos médicos jóvenes, hombre y mujer, nos miraban. Les dije: «Veo que está muy grave». «Así es —nos respondieron—. Estamos tratando de resucitarla». Esta expresión hizo que por mi cuerpo corriera un enorme escalofrío. «Han dicho ustedes "resucitarla", no "reanimarla".» «Así es» —respondieron.

Poco a poco, la sección de Urgencias del Hospital San Millán iba llenándose de compañeros, amigos... Algo más tarde volvieron a llamarnos por el mismo procedimiento. En una pequeña salita, donde había una mesa y tres sillas, teníamos de nuevo a los dos médicos. Su mirada nos decía todo. Les pregunté si había muerto. Su respuesta fue clara: «Nada hemos podido hacer por salvarla. Lo sentimos».

Los tres nos quedamos helados. Era increíble. En un momento se había derrumbado toda la felicidad familiar. Lola, que nunca había estado enferma, que nunca había tomado medicación, que se cuidaba al máximo y nos cuidaba, ella, que rebosaba salud, se había despedido de este mundo.

Ni que decir tiene lo que sentimos ante la triste situación. Dios quiso que pudiéramos estar a su lado en aquellos momentos de despedida. Nuestra mente volaba con rapidez. Un interrogante nos asaltaba: «¿Por qué tenía que haber sido ella?»

Lola y Nuria eran uña y carne. Nuria puso la cara sobre la de su hermana, ya inerte, mientras le decía: «Eres muy egoísta, Lola; en todos los viajes siempre has sacado billete para las dos y ahora lo has sacado para ti sola». Ellas tenían previsto, como de costumbre, pasar sus vacaciones en Sitges —ese bello rincón de la costa catalana— pocos días más tarde. El inesperado desenlace había truncado las ilusiones.

Era estremecedor. Yo deambulaba, mi esposa y madre de Lola, repetía una y otra vez: «Doy gracias a Dios por haberla conocido y haber podido disfrutar de ella y con ella durante treinta y ocho años. Un 5 de enero Dios me la había regalado y ahora me la quita; no puedo hacer nada». Es difícil expresar con palabras lo que sentimos y seguimos sintiendo.

Todos se preguntarán qué tiene que ver Lola con Olga. La explicación vendrá a continuación.

Sentíamos una fuerza y una paz interna muy fuerte; algo especial. Teníamos la seguridad de que Dios es maravilloso y había elegido a Lola. Nos constaba o presentíamos que Lola estaba bien. No había nada más que ver su rostro sonriente en el féretro. Al observarla nosotros, ella nos transmitía una paz inmensa desde su último lecho terrenal.

Fueron pasando los días. Uno de ellos, en el mes de diciembre, a través de Maribel —buena amiga y a la vez cliente de Lola—, la madre de Olga, Mari Carmen, nos comunicaba que ésta quería hablar conmigo. Tenía un mensaje de Lola, nuestra hija y hermana. Era el día de San Esteban. La verdad es que sentí cierto recelo. Quería transmitirme un mensaje de Lola; ¿qué sería? La duda me asaltó y acudí a su casa con cierto escepticismo.

Cuando llegué a su habitación, algo me iluminó a partir del momento en que me saludó con su pie desde su silla de ruedas. Vi en Olga algo especial, un deseo enorme de decirme algo importante. Me senté frente a ella y le di un peluche que le llevaba, un hermoso monito que Nuria, por mandato de Lola, como me diría Olga, le había comprado.

Se iniciaba nuestra charla: «Olga, ¿qué tienes que decirme?» «A finales de octubre —respondió ella— tu hija Lola estuvo hablando conmigo. Me dijo que te llamara. Me ha dicho que no quiere que sufráis por ella, que es muy feliz y que os imaginéis que vive en Estados Unidos y que no podéis verla, pero que está muy bien y muy cerca de Dios. También me ha dicho que no bajéis tanto al cementerio, sobre todo su madre, para sufrir. Ella sufre si vosotros sufrís por bajar tanto. Resumiendo, que la dejéis descansar, que ella está contenta».

«Olga, ¿tú ves a Lola?» «No la veo. Sólo la oigo cuando me llama. Lola me ha dicho que tenía mucho miedo a la muerte y que ni se enteró; fue un aneurisma cerebral». «¿Hablaste mucho con ella?», seguí preguntando. «Un buen rato. Lola es un poco bruja y me dijo: "Yo a ti voy a ayudarte, pero si tú me ayudas a mí". Ella era fotógrafa y yo también fui fotógrafa en una campaña electoral. Me ha dicho Lola que leas el libro de Andrea *El más allá existe,* de la editorial Pena Millet; cómpralo en la Librería Cerezo. Este libro debes leerlo tú primero, luego Nuria y su madre la última. Es un libro que va a daros mucha paz.» Casualmente, Lola era cliente asidua de esa librería logroñesa. «¿Cómo sabe Nuria que me gustan los monos?», continuó Olga. «Porque lo ha leído en tu libro.» «Pero le ha mandado Lola que me lo compre», dijo Olga.

Así transcurrió hora y media, charlando con Olga y respondiéndome ella con su «voz de papel». Al final, me comentó: «Estoy cansada de tanta lucha».

Cuando me despedí, dentro de mí sentía una paz enorme. «Escuchar» a Olga había hecho brotar en mí algo muy importante, me había transmitido algo especial. Habíamos perdido una hija y hermana, pero saber que Olga, desde su silla de ruedas e intubada, se había convertido en la mensajera de Lola para nosotros, mediando en la transmisión de estos mensajes, nos daba más paz.

Ni que decir tiene que el mazazo de la muerte de Lola fue duro, pero la entereza que nos daba nuestra hija desde el más allá era tan grande que sólo faltaba tener noticias suyas; y estas aparecieron a través de Olga. Lola había hablado con ella. Se convertía en la prodigiosa mediadora y enlace entre ella y nosotros.

Desde aquel momento, comenzamos a «verla» en el silencio, en la oscuridad, en los momentos difíciles. Gracias a aquella conversación con Olga, pudimos acrecentar nuestra fe y «hablar» nosotros con ella, aunque nunca obteníamos respuesta; sin embargo, nos cabía la esperanza de que ella recibía nuestros mensajes.

A partir de entonces estamos recibiendo su ayuda. Justo es que recordemos aquellas palabras que, desde el momento de su ausencia, su madre repite una y otra vez, dando gracias a Dios por haberla conocido, por haber podido disfrutar de ella y con ella a lo largo de treinta y ocho años que, por su intensidad, fueron más de medio siglo. Había nacido un 5 de enero, como regalo de Reyes, y ahora el Supremo Hacedor la había llamado a su lado.

Si a esto unimos esa fortaleza que nos dio Olga, sólo podemos dar gracias a Dios, al libro de Andrea y a ella. Nuestra vida ha hecho que las enormes grietas dejadas en nuestro corazón queden abiertas sólo para recibir y dar amor. Ha sido un ejemplo que nunca podremos olvidar.

Olga me ha hecho recordar una estrofa que aprendí siendo niño en el Colegio de Valvanera, de los Hermanos Maristas, donde yo estudié, dándole ahora un significado importante:

Rico, nunca hagas alarde ante el pobre de riqueza,
ni tu pobre, al ver al rico, maldigas de tu pobreza.
El rico con sus tesoros y el pobre con sus miserias,
desnudos, como han nacido, han de volver a la tierra.

Desde que conocí a Olga siento una gran paz interior, pensando que el más allá existe y que debemos preocuparnos más por el resto de los humanos, con el fin de hacer entre todos que esta vida, con sus defectos y virtudes, sea un enorme paraíso.

Gracias, Olga.

EMILIO RAMÍREZ
Periodista

12 de octubre de 1999

XI
Medalla de Oro

JUEVES, 28 DE OCTUBRE DE 1999

El viernes 22 de mayo de 1998, a la una menos cuarto del mediodía, vino a conocerme y a visitarme el Presidente de la Comunidad Autónoma de La Rioja, don Pedro Sanz. Días antes, cuando su secretaria personal, Malu, llamó a mi domicilio para concertar la visita y le dijo a mi madre que el presidente del gobierno quería conocerme, ella pensó en el presidente de la nación. Cuando colgó el teléfono vino a mi habitación y me dijo entusiasmada: «¿A que no te imaginas quién va a venir el viernes a visitarte?» «Algún periodista», le respondí. «Frío, frío. Va a venir el Presidente del Gobierno».

Yo ni me inmuté, pues sabía que desde que leyó mi libro quería venir. En la cena de «Riojanos del Año» saludó a mis padres, les dijo que había leído mi libro y que le había llegado al alma. Añadió que, a pesar del dolor de la cruel enfermedad, tenían muchos motivos para sentirse orgullosos como padres. Y dijo que le encantaría conocerme personalmente.

Mi madre me dijo asombrada: «Tal y como te lo he dicho, ¿no has pensado en el presidente de la nación?» «No —le dije—. Es lógico pensar en el presidente de mi Comunidad Autónoma. Soy conocida popularmente, pero no tanto como para que venga el presidente de la nación». «¡Pues yo me he dado un susto! ¡Ya me veía a Aznar en casa!», añadió mi madre. «Tú no vas a cambiar en la vida. Parece que en vez de en Logroño, vives en *Saint Olaf*», continué. «¿Qué es eso?» «La localidad donde vive la despistada de la serie *Las chicas de oro*.» «Mira que eres mala. ¡Cómo te ríes de tu pobre madre!»

Cuando el *Presi* entró por la puerta de mi habitación, sentí como una brisa de aire fresco. Él estaba feliz y transmitía su felicidad: «Hola, Olga, ¿cómo estás? He oído hablar mucho de ti. Te he visto en los medios de comunicación, también he leído tu libro y tenía unas ganas enormes de conocerte».

Me entregó un ramo de flores precioso. Mi madre lo acomodó en una silla enfrente de mí y le explicó que si no se ponía en ese ángulo, yo no le veía. Él lo entendió perfectamente y comenzó a hablarme con total naturalidad. No me trataba como si fuera tonta o sorda, algo que es muy normal en las personas que me visitan por primera vez. A los veinte minutos de estar hablando, noté que se ponía nervioso y me dijo: «Bueno, Olga, ya te he dicho que me apetecía mucho conocerte, pero el motivo principal de la visita es que tengo que darte una buena noticia». Entonces se le llenaron los ojos de lágrimas. «Perdona, Olga, soy de lágrima fácil, y a mí estas cosas me emocionan mucho; y más tratándose de ti».

Yo no entendía el porqué de tanta emoción, hasta que dijo: «Tengo que notificarte que te ha sido concedida la Medalla de Oro de La Rioja, junto con don Claudio García Turza. Por si no lo sabes, éste es el máximo galardón que a cualquier riojano o riojana se le puede otorgar».

Mis padres se emocionaron. A mí no me dio tiempo; sólo pensaba en la que se me venía encima. Creo que al *Presi* le extrañaba mi actitud: todos estaban emocionados menos yo. Me quedé congelada. Y a continuación añadió: «En estas cosas hay que seguir un protocolo y tengo que preguntarte si aceptas. Tu medalla es la número veintisiete; hasta ahora nadie ha dicho que no. Si tú lo dices, serás la primera».

Por unos instantes pensé que todo eso era muy bonito pero que iban a volverme loca, y yo no estaba para esos trotes. Pero luego pensé que para mis padres, mis hermanos, mis amigos y tanta gente que me quiere iba a ser algo precioso e inolvidable; y está claro que en esta vida no hay rosa sin espinas, de la misma manera que no hay espina sin rosas. La enfermedad ya nos había proporcionado mucho dolor y muchas espinas, y yo no podía decirles que no a las rosas...

Viernes, 29 de octubre de 1999

... y, tras pensarlo, mi respuesta fue:

«Es para mí un honor que hayan pensado en mí para una distinción tan grande, y acepto porque, aunque sé que tanto sufrimiento no vamos a olvidarlo nunca, quiero que el día que me vaya mi familia recuerde estos momentos. Y que lo bueno de mi vida difumine lo malo».

Pedro se emocionó y me dijo: «Tú no te preocupes. Ten por seguro que eres un ejemplo de vida, y el día que te vayas tu familia y mucha gente se sentirán orgullosos de ti. Estamos de acuerdo en que la enfermedad te ha roto la vida, pero ha hecho que saques lo mejor de ti misma. Todos los años se conceden dos medallas, y siempre hay diferencias de opinión al decidir a quién concederlas; este año, por primera vez en la historia de la medalla, todos han estado de acuerdo».

«¿Puedes decirme quién es mi compañero de medalla? Sólo sé su nombre», le dije. «Es un profesor de la Universidad de La Rioja; es catedrático e investigador de las letras; la medalla le ha sido concedida por su fantástica labor de investigación. Y a ti, por tus valores humanos y por tu libro», me respondió.

«Me siento orgullosa de tener ese compañero de medalla y de que las dos medallas estén relacionadas con las letras». «Pues la verdad, es que tienes razón. Ahora voy a explicaros cuál es el desarrollo de la ceremonia de entrega de medallas. Como ya sabéis, todo se hace en el Monasterio de San Millán de la Cogolla. Lógicamente, tú no puedes ir; así que tendrán que venir los medios de comunicación aquí. Yo te impondré la medalla y luego nos iremos todos a San Millán. La persona a la que se le entrega la medalla debe elegir a alguien para que haga su loa. Pero tú tienes que elegir a dos personas, una para que haga tu loa y otra para que físicamente te represente. Pueden ser tu padre o tu madre.»

A mi padre le faltó tiempo para decir: «No, no; su padre se emociona y no vale para esas cosas. Su madre tiene más entereza. Mi mujer tiene muchas tablas y se apunta a un bombardeo. ¿A qué sí, cariño?» «Sí —dijo mi madre—. Yo, en el momento, sé controlar las emociones, aunque luego me quedo hecha polvo. Pero no te preocupes, hija mía, que tu madre no va a fallarte.» «Ya lo sé, "Madre Coraje".» Pedro soltó una carcajada: «Ya veo que sentido del humor, no te falta». Y, tras hablar unos cinco minutos más, se marchó.

Cuando me quedé sola, alcé mis pensamientos al cielo y le dije a Papá Dios: «Te pedí que me ayudases a escribir y publicar *Voz de Papel*, y me has ayudado con propina. Ser *Riojana del Año* fue algo muy grande, pero esto es ya demasiado. ¿Tú no te das cuenta de que una ya no está para estos trotes? Tú me has metido en este lío, así que ya puedes ayudarme a hacer el escrito. Tengo muy poco tiempo y mucha fiebre; por lo tanto, Tú me dirás. No sé por qué todo el mundo se cree que soy *Superwoman,* pero no es así. Mi compañero de medalla es un ilustre hombre de letras y, aunque no le llego ni a la suela de los zapatos, una tiene su corazoncito y su autoestima bien alta, y no puede escribir cualquier cosa. Tengo claros varios puntos: en esas ceremonias tan protocolarias y con tanto boato, la gente hace unos discursos que aburren a un caballo y mi intención no es la de aburrir a nadie; además, me gustaría dar las gracias de una manera clara por la medalla y por la vida. Tú sabes mejor que nadie que desde hace años vivo de propina y, aunque estoy deseando estar a tu lado, por cosas como ésta merece la pena seguir viva. La primera parte del escrito ya la tengo en mi cabeza. Desearía terminar con algún poema bonito sobre la vida, pero no se me ocurre ninguno; dame Tú alguna idea, ¡que para eso eres quien eres!».

MARTES, 2 DE NOVIEMBRE DE 1999

Aunque pueda parecer increíble, en ese mismo instante recordé que en un programa de *Tele 5* conducido por la periodista María Teresa Campos y emitido hacía un año, ella le hizo una entrevista preciosa al cantautor Alberto Cortez. Después de hacer un repaso por su carrera profesional, le preguntó para terminar: «Para una persona que ha viajado y ha vivido tanto como tú, ¿qué es la vida?» Él se quedó unos minutos pensativo y dijo: «Teresa, voy a responderte con unos versos que escribí hace ya tiempo. En ellos dejo claro qué es la vida para mí. Se titulan *¡Qué suerte he tenido de nacer!*

Comenzó a recitarlos. Se hizo en el plató un silencio de esos que ponen los pelos de punta. A María Teresa empezaron a humedecérsele los ojos. Él recitaba con una voz preciosa y con el alma; se notaba que esos versos los había escrito él y se sentía un padre orgulloso. Me parecieron tan bonitos que quise conseguirlos; pero a las tres personas a las que se lo encargué les resultó imposible encontrarlos ni en tiendas de discos ni en librerías. Así que cuando recordé aquellos versos, tuve claro que con ellos quería terminar el escrito de la medalla.

Llamé a mi madre para decirle: «Mami, te necesito. Una vez más tienes que ser mi voz». «¿Y a quién tengo que llamar?» «A Alberto Cortez», le dije. «Ese chico me suena. ¿Es amigo tuyo o de Mónica?» «Mamá, "ese chico" es amigo de todo el mundo, porque es un artista muy conocido.» «¡Ay, sí! —añadió—. Ya caigo. Ya sé quién es. Claro que lo conozco, pero yo soy tu madre, no Papá Noel, y no sé dónde vive ni su teléfono. ¡Hija, me pides cada cosa!» «No te alteres. A ti Dios te ha dado "pico" y a mí "coco", y las dos formamos un equipo perfecto», concluí.

Hacía escasamente dos semanas que el equipo de ese mismo programa había venido a mi casa para hacerme un reportaje que gustó mucho; tocó los corazones de mucha gente y removió conciencias en la Administración. Gracias a ese reportaje, conseguí la ayuda sanitaria que tengo hoy, sin la cual no podría estar escribiendo este libro, entre otras cosas.

Todo el equipo se llevó un trocito de mí en su corazón, y la periodista Chari Gómez me dio varios teléfonos del programa y el de su móvil particular. Esta señora, además de periodista, es actriz; por tanto, era la persona más indicada para conseguirme los versos. Podía pedírselos directamente a Alberto Cortez y, en caso de que éste se encontrase de viaje, no tendría mucho problema en buscar en los archivos de televisión el vídeo de la grabación de ese programa.

Sin poder hablar, a golpe de garabato y abecedario, sudé tinta hasta que mi madre me entendió; pero lo conseguí. Entendió y obedeció. Llamó a Chari, pensando que le pedía un imposible. Ésta se puso muy contenta al oír la voz de mi madre. Entendió perfectamente el mensaje y preguntó qué día era la ceremonia. Terminó la conversación diciendo: «Dame tiempo para hacer la gestión. Felicita a Olga en mi nombre y en el de todo el equipo, y dile que no se preocupe, que ahora mismo voy a llamar a Alberto Cortez; es encantador».

Mientras, yo pensé que la persona ideal, por muchos motivos, para hacer mi loa era el médico neumólogo Luis Ponce de León, que me había atendido en mi enfermedad. Cuando mi madre le llamó para pedírselo, no sólo aceptó sino que se enorgulleció, se emocionó y añadió: «Carmen, yo, como médico, muchas veces he tenido que hacer ponencias en los congresos de medicina; pero escribir con tintes poéticos no se me da bien, y para una ceremonia de esa altura ... ¡Eso son palabras mayores! Pero dile a Olga que se hará lo que se pueda, que vamos a quedar bien y a dejar bien alto el pabellón de La Rioja».

JUEVES, 4 DE NOVIEMBRE DE 1999

Chari llamó a mi madre diciéndole: «Ya he hecho la gestión que me pediste. Hemos tenido suerte. Alberto no está de viaje; se encuentra en Madrid y ya tengo su teléfono. Si quieres, lo llamo yo; pero casi prefiero que lo hagas tú».

Y así lo hizo. Cuando habló con él, le explicó que era la madre de una joven enferma y que, como yo no podía hablar, ella era mi voz. Él se interesó por el tipo de enfermedad que padecía, y al decirle que era neurológica y muscular, le dio el nombre de algunos hospitales en el extranjero. «Es una pena que con una chica joven no se intente hacer todo lo posible», le dijo.

Mi madre le explicó que lo mío había comenzado a los trece años y yo tenía ahora treinta y cuatro; que en ese periodo de tiempo habían estudiado mi caso en España y en el extranjero y que cuando yo tenía veintitrés años, después de superar un coma profundo, tanto yo como mi familia habíamos aceptado que no había solución posible; el día a día era lo único que nos quedaba. Precisamente por mi actitud positiva en ese día a día y por haber sido capaz de escribir un libro en esas condiciones tan precarias, me habían concedido la *Medalla de Oro de La Rioja*.

Él comentó: «Me siento feliz de que su hija tenga una actitud tan ejemplar ante tanta adversidad y sufrimiento. Y me halaga que en un acto tan especial y emotivo utilice mis versos». Mi madre le dejó caer que teníamos el tiempo justo y él añadió: «Dígale a Olga, de mi parte, que no se preocupe. Ahora mismo voy a decirle a mi gabinete de prensa que hoy sin falta envíen los versos. Quiero que le dé a Olga mi más sincera enhorabuena. Y ahora dígame sus datos. Me gustaría que me enviase Olga un ejemplar de su libro y una copia de su escrito». Cuando todo pasó y me quedé un poco más tranquila, así lo hice.

Los días previos a la ceremonia fueron un poco estresantes. El teléfono no dejaba de sonar, pues continuamente recibíamos felicitaciones, cartas, visitas, periodistas. Yo me acostaba y me levantaba, calculando lo que tenía que escribir y el tiempo que me quedaba. Mis padres y Luis Ponce de León tuvieron que ir varias veces al Palacio de Gobierno de La Rioja; allí el jefe de protocolo les explicó todo el desarrollo de la ceremonia. Al doctor Ponce y a mí nos dijeron que la lectura de los escritos no podía exceder los diez minutos. Estaba calculado para que todo saliese perfecto.

A las diez y media de la mañana yo ya tenía que estar preparada y «visible». A esa hora es cuando normalmente empiezan a asearme, y no terminan conmigo hasta la una menos cuarto. El desayuno me lo dan a las nueve. Ese día, 9 de junio de 1998, mi padre entró en mi habitación con el desayuno, cantándome las «mañanitas» a las siete.

Viernes, 5 de noviembre de 1999

A las siete y media llegó Ana; así se llamaba quien entonces me cuidaba; Elena llegó a mi vida cuatro meses después. A lo largo de un proceso de enfermedad tan largo han sido varias las personas que me han ido cuidando: Paz, Isabel, Segunda, Ana y Elena. Cada vez que viene alguien a cuidarme, primero aprende a atenderme, luego a entenderme y el tercer paso, y el más importante, a quererme. Y como en esta vida todo cambia, el día que tienen que marcharse me dejan el «corazón partido».

Cuando tenía dieciséis años le di calabazas a un chico que, por lo visto, estaba más enamorado de mí de lo que yo pensaba. Se montó en su moto y se puso el casco para que no lo viese llorar y, lleno de rabia, me dijo: «Cada uno en esta vida recoge lo que siembra; algún día te partirán a ti el corazón tantas veces como tú lo partas».

Aquella frase fue como la maldición de una gitana. A más de uno, en su momento, le rompí el corazón. Ahora a mí no me lo rompen los hombres, pero sí las personas que me cuidan el día que tienen que marcharse.

Y, como iba diciendo, aquel día Ana y yo comenzamos la jornada tres horas antes. A las diez empezaron a llegar los periodistas de prensa y televisión. El salón se llenó de gente y de cámaras. Como estaban continuamente subiendo y bajando a buscar el material, mi madre optó por dejar la puerta abierta. Con el servicio de escolta que llevaba el Presidente estaba claro que no iban a desvalijarnos el piso.

A las diez y media en punto, como me habían pedido, yo ya estaba lista. Seguidamente, entraron todos los medios de comunicación a mi habitación; me saludaban, felicitaban y preguntaban dónde había enchufes. Todos iban directos al del aspirador. Uno me desconectó el respirador y, cuando la alarma empezó a sonar, exclamó asustado: «¡Ay, Dios!, ¿qué he hecho? ¿Estás bien?» Ana se moría de risa. «¡Oye, que me vas a matar a mi chiquilla!» Les indicó qué enchufes podían utilizar y cuáles eran intocables.

Aunque en la habitación entraba una luz natural preciosa, pues había salido un día muy soleado, bajaron las persianas, encendieron focos y antorchas y fueron tomando posiciones mientras esperaban la llegada del Presidente. A mí me iban haciendo preguntas, fotos y grabaciones en vídeo. Entre los nervios, el agobio y el calor de los focos, empezó a subirme la fiebre. Tenía la cara como un tomate y los ojos como huevos; no veía «tres en un burro» y lagrimeaba tanto que pensaban que estaba emocionada. De repente, sentí que todos los periodistas se ponían nerviosos y decían: «¡Ya viene, ya viene!»

Al momento, entró el Presidente. «Hola, buenos días a todos. ¡Qué guapa te han puesto! Aquí estoy para ponerte la medalla.» Un señor que estaba a su lado abrió una cajita y se la dio. Antes de ponérmela, me la enseñó y me dijo: «Mira qué bonita es...»

Me explicó el porqué de cada detalle de la medalla; luego, me la colgó en el cuello con un poco de miedo, por si me hacía daño o tocaba algún tubo. Mi madre iba indicándole y diciéndole cosas para que todo se hiciese con naturalidad. Cuando él estaba colgándome la medalla, empezaron a disparar los flashes a toda velocidad.

Un fotógrafo que era bastante alto se subió encima de mi cama, dio con la cámara en la lámpara y automáticamente se fue la luz. Por segunda vez en menos de una hora volvió a sonar

Foto 6: El Presidente de la Comunidad Autónoma de La Rioja D. Pedro Sanz entrega a Olga la Medalla de Oro de La Rioja el 9 de Junio de 1998, les acompañan D. Claudio García Turza y María del Carmen Domínguez (madre de Olga).

la alarma de mi respirador. Fueron momentos de confusión. A uno de los fotógrafos le entró la risa. «Como no termine esto pronto, la vamos a matar». Y yo, al oírle, empecé a reírme. Mi madre explicó que no pasaba nada, que se había ido la luz y que yo me estaba riendo. Con mucho sentido del humor, le dije a Pedro Sanz: «En todas las ceremonias tiene que haber una anécdota, y en la mía, cómo no, tenía que ser la alarma del respirador la que la protagonizara. Quien con niños se acuesta, mojado se levanta». «Me encanta tu sentido del humor», dijo él.

Yo sentía que con el Presidente de la Comunidad había dos hombres más, pero como no hablaban, no podía identificar sus voces. Pedro me dijo: «¡Mira quién ha venido a felicitarte!» «¿Quién?», pregunté. «Tu compañero de medalla, Claudio García Turza.»

Mi madre abrió uno de mis ojos. Vi a un hombre tremendamente emocionado. Quería hablarme y no podía articular palabra. Estaba haciendo esfuerzos sobrehumanos para contener la emoción. Dejé que se le pasara y le dije: «Muchas gracias por venir en persona. En primer lugar, mi más sincera enhorabuena y, en segundo lugar, quiero que sepas que me siento muy orgullosa de tener un compañero de medalla de una talla intelectual y de una calidad humana como las tuyas».

LUNES, 8 DE NOVIEMBRE DE 1999

Entonces la que se emocionó fui yo, cuando con la voz quebrada me dijo él: «Había oído hablar mucho de ti y te he visto en los medios de comunicación, pero no se ve el esfuerzo tan grande que tienes que hacer para comunicarte y cómo, en estas condiciones físicas, hayas sido capaz de escribir un libro. Sinceramente, a tu lado me siento pequeño».

Mi madre lo veía tan emocionado que para romper el hielo cogió mi cuaderno, le mostró mis garabatos y, como a él le habían concedido la medalla por su trabajo de investigación en las letras y en descifrar códices antiguos, mi madre le dijo: «Si eres capaz de descifrar esto, yo te concedo otra medalla». Todos se echaron a reír. Mi madre le explicó: «Si te fijas en lo ya escrito, es imposible entender nada; sólo es posible siguiendo el movimiento del rotulador».

El otro señor que estaba con el Presidente, miró el reloj y dijo: «Tenemos que irnos si queremos llegar puntuales al Monasterio de San Millán». «Sí, sí, ya nos vamos; no te preocupes». Pedro se dirigió a mí y me dio un beso en la frente: «Bueno, Olga, ... me da pena marcharme; ya sabes que, aunque no puedas venir con nosotros, vas a estar allí». «Sí, y vosotros aquí. Voy a veros por la tele,» le dije. «¡Ah sí! Es cierto. Van a retransmitirlo por *La 2 de Televisión Española* en directo. Lo tendré en cuenta. A lo mejor te mando un saludo.»

Claudio también se despidió. Los primeros en salir fueron el Presidente, su ayudante, mi compañero de medalla y el servicio de escolta. Los periodistas se quedaron un cuarto de hora más, sacando primeros planos de la medalla y haciéndome preguntas. Después salieron mis padres y, poco a poco, fueron recogiendo todo el material. Los pobres periodistas ya estaban sudando la gota gorda, y la cosa no había hecho más que empezar. De repente, Ana y yo nos quedamos solas. Parecía que había pasado por casa una manada de elefantes. Ana levantó la persiana y un sol precioso me acarició la cara. El aire refrescaba la habitación.

«Parece mentira el calor que dan esos focos. Han dejado el cuarto como las calderas de Luis Candelas. Yo no sé cómo, con lo enferma que estás, puedes aguantar tanta emoción. Cuando te ponía la medalla, yo estaba llorando a moco tendido. Si a mí hoy no me da un "yuyu", ya no me da en la vida. ¡Ay, *Olgui*, cómo te han dejado!», decía Ana riéndose a carcajadas. «Tienes la cara roja, roja, y los ojitos como una rana. Voy a preparar una manzanilla y te los lavo.»

Ana se tomó un zumo y a mi me dio otro a través de la sonda; me lavó los ojos, me refrescó la cara con tónico y las dos nos colocamos frente al televisor. Mi padre ya había dejado preparado el vídeo.

El día 9 de junio se celebra el «Día de La Rioja». En la ceremonia oficial se hace la entrega de medallas. Pero ese año 1998 era especial, pues también se iba a declarar al Monasterio de San Millán de la Cogolla —cuna del castellano— Patrimonio de la Humanidad.

Ana, que tiene mucho sentido del humor, cuando empezó la retransmisión exclamó: «¡Cuánta "pata negra" junta!» Yo me fijé en las medias de las señoras y dije: «Yo no veo medias negras». Ana se atragantaba de risa. «¿Es que tú no has oído nunca esa expresión? Bien, te explico: el jamón de jabugo es de pata negra y, como es de primera calidad, a la gente guapa, pija o rica, se les llama "pata negra".» «¡Ah!, vale! Entonces la gente como yo somos jamón de bellota», bromeé. «A ti voy a darte yo bellotas. Por eso te han concedido la Medalla de Oro, por ser de jamón de bellota ¡No te fastidia! Anda, vamos a cotillear sobre los modelitos. Con los hombres tenemos poco que comentar; todos van de traje o de uniforme. Pero las féminas... ¡de todo hay en la viña del Señor! Esto es divertidísimo. La última vez que estuvimos cotilleando fue en la boda de la Infanta. ¡Ay, Olgui, cómo pasa el tiempo! Calla, calla, que empieza.» «¡Cállate tú, cencerro, que yo llevo trece años callada!» «Mira que eres mala —dijo ella—; ya sabes que cuando me pongo nerviosa no callo.»

El acto comenzó por mi compañero. Primero anunciaron su medalla, luego un catedrático de la Universidad de La Rioja y amigo suyo hizo su loa. Por último, el Presidente le impuso la medalla y, tras unos quince minutos hablando y diciendo cosas preciosas, finalizó su turno, y llegó el mío.

Todavía no habían empezado y Ana ya estaba llorando. Yo intentaba controlarme, pero ella me lo ponía muy difícil. «Como aquí no nos ve nadie, voy a llorar a placer», dijo Ana. «Tú llora lo que quieras, pero no te olvides de abrirme el ojillo, que, si no, no veo.»

Seguidamente anunciaron mi medalla y el Consejero del Gobierno de La Rioja don Manuel Arenilla comenzó a leer un pergamino con este texto:

El Consejo de Gobierno de La Rioja
bajo la presidencia del
Excmo. Sr. D. Pedro Sanz Alonso, en su
reunión del día 29 de mayo de
1998, aprobó el siguiente decreto:

Conceder a Dña. Olga Bejano Domínguez,
por los méritos contraídos, de acuerdo
con el Decreto 21/85 de 17 de mayo, la

MEDALLA DE LA RIOJA

Reconociendo con ello su actuación en
pro del progreso y desarrollo de La Rioja.

San Millán de la Cogolla, 9 de junio de 1998

Fue cuando realmente me emocioné, y Ana no daba abasto con los pañuelos de papel. Cuando terminó de leerlo, le dio entrada al doctor Luis Ponce de León. Dos días antes él había venido a mi casa para leerme su escrito y leer el mío. Al oír lo que tenía preparado, quise comérmelo a besos y, como no podía, le aplaudí con los pies. Le dije: «¡Anda con el que sólo sabía escribir ponencias médicas! Pues si llegas a saber, te dan el Nobel de Literatura». «Tu aplauso con los pies —respondió él—, me ha encantado y lo que has escrito tú es precioso; muy sencillo pero bonito. ¿Y cómo se te ha ocurrido lo de los versos de Alberto Cortez?» «Eso fue un cable que me echó "El de Arriba"».

Cuando vi a Luis subir las escaleras, «más guapo que un San Luis» —valga la redundancia—, recordé esos momentos en mi habitación y tuve que hacer esfuerzos para no volver a emocionarme. Se colocó en el atril y, mientras ordenaba los folios, se notaba que no podía controlar el temblor de sus manos.

En el aire había tantas pelusillas de los chopos que parecía que estaba nevando. Debido a ello, se oían muchos estornudos; pero, a medida que Luis fue hablando, su voz, en un principio nerviosa, fue adquiriendo fuerza y calor, y consiguió que se oyera el silencio y que se derramaran las primeras lágrimas. Éste era su escrito:

Excelentísimo señor Presidente de la Comunidad Autónoma. Excelentísimas e Ilustrísimas Autoridades. Señoras y Señores.

Es para mí un motivo de gran satisfacción participar en este acto en el que se reconocen los méritos de los riojanos y riojanas que contribuyen a acrecentar el prestigio de nuestra Región. Expresarme en este cenobio de San Millán, auténtico poema hecho piedra, con todo merecimiento declarado Patrimonio de la Humanidad, hace que, como riojano, me sienta aún más orgulloso de mi origen.

Pero lo que más satisfacción me produce en este acto es el presentar a una persona a quien quiero y admiro profundamente y que este año ha sido una de las distinguidas por nuestra Comunidad Autónoma con la Medalla de La Rioja.

El haber sido designado de entre un grupo de personas, médicos como yo o de otras profesiones, que venimos realizando tareas de seguimiento, apoyo y asistencia a Olga constituye para mí un gran honor. Esta relación ha creado unos vínculos afectivos tan firmes y sinceros que transcienden el ámbito profesional y nos unen al destino de esta familia con el fuerte atractivo que emana de esta gran mujer. Cualquiera de ellos hubiera podido y querido estar en mi lugar.

Hace cinco años y medio ingresó en nuestra Sección de Neumología del Complejo Hospitalario San Millán-San Pedro una paciente de 29 años que marcaría de forma indeleble mi vida profesional y también mi vida personal.

Esta paciente se llama OLGA BEJANO DOMÍNGUEZ, a quien hoy dedicamos un justo y merecido reconocimiento.

Desde un principio, y a pesar de no tener una relación directa con ella, se sabía claramente que no era una paciente similar a las que estamos acostumbrados a ver, controlar y tratar habitualmente.

Analizar sus comportamientos y su manera de ser me ha llevado, poco a poco, a identificarme con Olga y admirarla, de tal manera que, si bien, por mi profesión, controlo y trato su enfermedad desde el punto de vista médico, es la manera de asumir su problema, la energía, el tesón y el coraje con que se enfrenta diariamente a las limitaciones para ganar la batalla de su libertad interior lo que me ha revelado otra forma latente en la mayoría de los humanos y en mí mismo: una especie de ceguera espiritual, como es la insatisfacción y el temor producidos seguramente por la comodidad, el bienestar y la seguridad del nicho ecológico en que nos protegemos, enfermedad tanto más grave cuanto más se posee y se domina.

Las visitas a Olga son siempre una revelación, un descubrimiento de nuevos valores, una lección de humildad y esperanza, de fe en la vida y en la fuerza del deseo, un elogio de la libertad por encima de las limitaciones, una confirmación del poder de la inteligencia racional, emocional y afectiva, una invitación a la felicidad que emana del equilibrio interior y de la fe.

Las circunstancias de esta enferma: su temprana edad; la evolución de su enfermedad, cuyos primeros síntomas se remontaban a dieciocho años atrás y que habían transcurrido en un devenir incesante y desesperanzado por distintos servicios de varios centros hospitalarios; y el aumento de secuelas negativas que se iban añadiendo progresiva e inexorablemente a su larga lista de lesiones permanentes, reduciendo su autonomía a medida que disminuía su capacidad de movimiento y expresión. El desconocimiento de la naturaleza del propio mal y la impotencia para actuar contra él habían creado una sensibilidad especial hacia ella entre quienes la tratábamos.

Después de los primeros contactos profesionales, pude comprobar que lo más relevante de esta paciente estaba más allá o por encima de su historial clínico: eran la actitud y el talante que mostraba ante su situación y ante la vida. Esta persona tenía algo que la hacía verdaderamente especial y ese algo era ELLA MISMA.

Olga ha conseguido durante todos estos años de enfermedad un enriquecimiento personal sorprendente, gracias a sus ganas de vivir, a la progresión constante de ambiciosos objetivos en un proyecto de vida incierto, sujeto a todas las contingencias de la enfermedad, y a la búsqueda de recursos con los que sobreponerse a las dificultades, tanto más creativos y valientes cuanto más mermadas estaban sus posibilidades físicas. Todo, impulsado por su gran fuerza de voluntad, su tesón y sus enormes y firmes creencias religiosas.

En estos últimos años Olga ha ido elaborando el que, de momento, constituye su principal trabajo literario. La obra autobiográfica «Voz de Papel», que vio la luz editorial en diciembre de 1997. En ella narra, de forma fluida, directa, natural y espontánea, el rosario de experiencias, tanto dolorosas como felices, por el que ha transitado a lo largo de su vida: y lo hace sin acritud, sin amargura, con sentido del humor en muchos casos, aunque también con una sinceridad sobrecogedora. Diríamos, emulando a José Ángel Valente, que Olga: escribe por espera y no desde la locución, sino desde la escucha de lo que las palabras van a decir.

Su afición a las artes plásticas le facilitó, seguramente, esta mente fotográfica con que evoca y transforma en relato las anécdotas y experiencias que componen la urdimbre de una historia conmovedora y poderosa, destinada a transmitir esperanza, a mostrar la mejor esencia del alma.

También su calidad de enferma y las consecuentes dificultades de comunicación le habrán impulsado a hurgar dentro de sí y a reflexionar sobre su experiencia vital.

Este libro también contiene su sentido del ser y estar en la vida. *Cuenta la felicidad que producen las pequeñas cosas cuando se carece de todo. La frívola inconsciencia con que se disfruta lo cotidiano, cuando no se sospecha que puede llegar a perderse.* «Nunca me han seducido las cosas fáciles», *confiesa en algún momento de su relato.*

Otro de sus trabajos destacados es el titulado «No a la eutanasia», *tema al que también hace referencia en las páginas de «Voz de Papel», cuando dice:* «Yo, a pesar de estar muy grave nunca he querido morir, porque tengo amor y espero tenerlo cada vez que lo necesite».

En dicho artículo argumenta sobre la aceptación de la vida, a pesar de las dificultades, y defiende el derecho a estar en ella con la dignidad de ser persona, con la grandeza de quien se considera, por el simple hecho de haber nacido y seguir viviendo, un ser único e irrepetible, capaz de realizaciones personales, muy satisfactorias para ella, aunque puedan ser incomprendidas por los demás. Todo el escrito refleja su sentido positivo de la vida y se opone claramente a las teorías a favor de la eutanasia con delicadeza, elegancia y firmeza.

Otro rasgo admirable de la biografía de Olga es que, estando privada de movilidad e imposibilitada, casi por completo, para la comunicación verbal y no verbal, sea capaz de transmitirnos sus mensajes. Esta es la confirmación de que, tal como desea, está rodeada de cariño, ya que es su familia quien, merced a una dedicación y compenetración admirables, interpreta, por la intuición que da el cariño, los jeroglíficos con que ella, a duras penas, es capaz de esbozar su pensamiento.

Precisamente en este lugar donde nuestra lengua se manifiesta como Patrimonio de la Humanidad, el testimonio de Olga nos confirma que es la voluntad de entendimiento entre las personas la que hace posible el lenguaje en cualquiera de sus manifestaciones, rudimentarias o evolucionadas.

Recientemente, nuestra querida Olga ha comenzado a comunicarse por el sistema morse, y es probable que, si encuentra apoyo, pueda adaptar este método a un sistema informático que le permita cumplir la promesa de su segundo libro, para el que ya tiene argumento y título «Voz de Metal».

Como se deduce de todo esto, se da un paradójico contraste entre las limitaciones físicas de Olga y su activa vida intelectual y espiritual. Que pueda seguir desarrollándola adecuada y satisfactoriamente depende por completo de la técnica y de los apoyos humanos externos que vayan efectuando el doblaje de sus carencias a la medida de sus constantes necesidades.

Su vida, en estos momentos, depende, principalmente, de su entorno familiar. En adelante, y cada vez más, las soluciones a su problema asistencial habrá que buscarlas a través de las instituciones.

Creo que la concesión de esta «Medalla de La Rioja» a Olga Bejano Domínguez muestra claramente que la sociedad en que vivimos inmersos, presidida tantas veces por la fuerza del poder, la riqueza o la vanidad, es capaz de sensibilizarse con las cualidades más consustanciales a la condición humana: la comprensión, la solidaridad y la justicia. *Espero que los ecos de este acto solemne vengan acompañados de los necesarios apoyos materiales e institucionales.*

Ni aquellos anónimos estudiantes del cenobio de San Millán que dejaron, sin pretenderlo, con sus anotaciones marginales en el sermón de San Agustín, el testimonio más importante del primigenio romance castellano, ni Olga, cuya vida transcurre al margen de los avatares de la vida pública, soñaron nunca con llegar a ser personajes famosos.

Hoy, en este acto, se le rinde homenaje de reconocimiento por su contribución a la cultura de los valores más positivos de la convivencia humana: la comunicación, la constancia, el esfuerzo y la humildad.

Y ahora, antes de finalizar, permitidme una última licencia poética. Hace tiempo, no sé en que libro que por desgracia perdí, leí un poema premonitorio. Decía así:

Estás oscura
en tu concavidad
y en tu secreta sombra contenida.
Inscrita en ti.
Nos entraste al fondo de tu noche
ebrios de claridad.
Nos acariciaste la sangre.

Olga, recibe nuestro admirado reconocimiento por «tu alma color salmón, el color de los peces más aguerridos del río, los que nadan tenazmente contracorriente en las aguas torrenciales para perpetuar el ciclo de la vida».

DR. LUIS PONCE DE LEÓN
9 de junio de 1998

Cuando él terminó, me hubiera tocado a mí subir para que el presidente me impusiera la medalla. Me la había puesto una hora antes, para que los medios de comunicación pudieran captar en imágenes el momento. Pero en la ceremonia, en el Monasterio, era mi madre la que me representaba físicamente. Aunque por dentro estaba muy emocionada, subió las escaleras con mucha entereza y elegancia. Se dirigió a la presidencia y, como la medalla no era para ella, el presidente, por unos instantes, dudó entre dársela en la mano o colgársela en el cuello; al final, se la colgó. Mi madre, cuando se subió al atril, lo primero que hizo fue beber un poco de agua para tragar el nudo de emoción que tenía en la garganta. Seguidamente, se quitó la medalla, la ofreció al cielo y dirigiéndose a toda la gente, dijo:

«Me la quito porque no es mía, y es tan bonita que, si no lo hago, me la voy a querer quedar». La mayoría de las personas presentes creían que lo que ella iba a leer no lo había escrito yo, por estar tan enferma...

Martes, 9 de noviembre de 1999

... pero, según comenzó la lectura de mi escrito, todos se dieron cuenta de que ésa era mi «voz de papel». Yo puse el alma al escribirlo y ella al leerlo. El escrito era el siguiente:

«Excmo. Sr. Presidente de la Comunidad Autónoma de La Rioja. Excelentísimas e Ilustrísimas Autoridades. Señoras y Señores.

A todos un saludo muy cordial y mi más sincera enhorabuena a don Claudio García Turza.

Una vez más, debido a mi estado de salud, tengo que estar aquí, aunque mi deseo sería estar ahí. Me resulta muy difícil plasmar desde mi habitación lo que tendría que estar viendo, oyendo, oliendo y sintiendo, si pudiera estar presente.

En las fiestas de San Bernabé de los años 1985 y 1986 tuve la satisfacción de vestirme de riojana para participar en la ofrenda de flores que se hace en honor a la Patrona de Logroño, Nuestra Señora de la Esperanza.

Todos los años, cuando llegan estas fechas, lo recuerdo con especial emoción. A partir de ahora, el 9 de junio de 1998, «Día de La Rioja», será para mí otra fecha muy especial.

En mayo de 1987, cuando la enfermedad comenzó a deteriorar mi cuerpo, yo luché para que no lo hiciera con mi alma. Tuve que seguir peleando, no sólo con la enfermedad, sino con la sociedad para no dejarme marginar como enferma y defender mis derechos.

Las lágrimas no son fértiles, por eso, en vez de llorar, empecé a escribir un libro que sólo Dios sabe lo que me costó. Siete años escribiéndolo y tres más que tardaron en publicarlo. Tanto esfuerzo, finalmente, está viéndose con creces recompensado con las muestras de cariño recibidas, no sólo de La Rioja sino desde cualquier punto de España e incluso de diferentes partes del extranjero. Desde diciembre del 97 recibo cartas, llamadas de teléfono... Estamos sobrepasados por tantas muestras de afecto.

Al hacerme a mí entrega de esta medalla, estáis dándosela también a todos los que me cuidan todos los días, a los que me apoyan y quieren, y a tantas y tantas personas que, debido a alguna enfermedad o discapacidad física, tienen que luchar de manera especial en esta vida para que no se les lleve la corriente.

Son muchas las personas que, por una u otra razón, están felices de que hayáis pensado en mí para otorgarme esta medalla. Así que a los responsables de todo esto, en nombre de todas ellas y en el mío propio, gracias.

A los trece años estuve en el Monasterio de San Millán con el fin de recopilar datos para un trabajo escolar. ¡Quién iba a imaginarse que veintiún años después, a raíz de mi enfermedad, escribiría un libro, por él me nombrarían Riojana del Año y cinco meses después recibiría esta distinción tan grande! ¡Recibir la Medalla de Oro de La Rioja en el Monasterio de San Millán de la Cogolla, cuna del castellano y Patrimonio de la Humanidad! ¡No se puede pedir más! ¡Me siento tan grande y tan pequeña a la vez! Lo único que se me ocurre es mirar al cielo y decir: «Señor, ¡qué suerte he tenido de nacer!»

Y me apoyo en unos versos de Alberto Cortez para seguir diciendo:

Qué suerte he tenido de nacer
para estrechar la mano de un amigo
y poder asistir como testigo
al milagro de cada amanecer.

Qué suerte he tenido de nacer
para tener la opción de la balanza,
sopesar la derrota y la esperanza
con la gloria y el miedo de caer.

Qué suerte he tenido de nacer
para entender que el honesto y el perverso
son dueños por igual del universo,
aunque tengan distinto parecer.

Qué suerte he tenido de nacer
para callar cuando habla el que más sabe,
aprender a escuchar, esa es la clave
si se tienen intenciones de saber.

Qué suerte he tenido de nacer,
y lo digo sin falsos triunfalismos;
la victoria total, la de uno mismo,
se concreta en el ser y en el no ser.

Qué suerte he tenido de nacer
para cantarle a la gente y a la rosa,
y al perro y al amor y a cualquier cosa
que pueda el sentimiento recoger.

Qué suerte he tenido de nacer
para tener acceso a la fortuna
de ser río en lugar de ser laguna,
de ser lluvia en lugar de ver llover.

Pero sé, bien que sé ...
que en mi viaje final escucharé
el ambiguo tañir de las campanas
saludando mi adiós, y otra mañana
y otra voz, como yo, con otro acento,
cantará a los cuatro vientos ...

¡Qué suerte he tenido de nacer!

A todos muchos saludos, besos, abrazos y ... ¡gracias!»

OLGA BEJANO DOMÍNGUEZ
9 de junio de 1998

Cuando mi madre terminó de leer, los presentes rompieron en un aplauso impresionante. Ella, como le había indicado el jefe de ceremonias, se dirigió de nuevo a la presidencia, y el presidente, en vez de darle la mano, rompió el protocolo y se fundió con ella en un abrazo.

A través de la televisión se veían perfectamente las lágrimas deslizarse por la mejilla de Pedro Sanz. Los periodistas hicieron primeros planos de ese momento y de todas las personas que estaban en el lugar.

Ana, a moco tendido, me dijo: «¡Qué grande eres! Sin salir de tu habitación, has conseguido que se emocionen hasta las piedras del Monasterio».

El comentarista que estaba retransmitiendo tenía que dar por finalizado lo mío y dar paso al presidente, que era el que cerraba el acto. Estaba tan emocionado que se le quebraba la voz y no podía hablar.

Yo, muy emocionada, le dije a Ana: «¡Dios mío! ¡Que termine todo ya, que voy a morirme de tanta felicidad!» Ana me decía: «Tú, aquí en casa, con cara de buena y viendo por la tele la que has organizado. Se me hace raro que no dejen de hablar de ti y que tú estés aquí conmigo frente al televisor. Tienes que estar molida con tantas emociones, porque yo estoy muerta. ¡Mira, ya sale a hablar el presidente! En cuanto termine, si quieres te meto en la cama. Ya no lloro más y me callo, que seguro que te dice algo».

El Presidente comenzó hablando del «Día de La Rioja». Tuvo un recuerdo muy bonito para todos los riojanos emigrantes que viven en el extranjero. Después mencionó a los dos galardonados.

De Claudio dijo: «*Claudio García Turza representa el afán investigador, el ímpetu de querer ir más allá de lo conocido para aportar novedades transcendentales que sean útiles a la sociedad. Unas veces en solitario, otras en colaboración con su hermano Javier, nos ha sorprendido con descubrimientos que nos permiten a los riojanos conocernos mejor. El más llamativo fue el que presentó en el Congreso Internacional de Historia de la Lengua, en el que logró datar documentalmente la partida de nacimiento del español en el año 964, más de cien años antes de la estimación que se había realizado de las Glosas Emilianenses. Los dos, Olga Bejano y Claudio García Turza, representan valores importantes que era justo reconocer con la máxima distinción que concede la Comunidad de La Rioja...*»

Respecto a mí, dijo: «*Solidaridad y cultura son conceptos que estamos reiterando en este «Día de La Rioja» de 1998. Soli-*

daridad desde la vivencia personal de una grave enfermedad que no impide transmitir un mensaje de esperanza al mundo. Solidaridad para llevar con alas de papel las vivencias personales y fortalecer otras que quizá no sean tan duras. Olga Bejano no es una escritora consagrada, aunque su estilo augura brillantez. No es una persona que haya innovado las letras riojanas. Es, sencillamente, una mujer joven que ejemplifica esos valores con los que nos identificamos los riojanos: el carácter emprendedor y luchador, la personalidad abierta y acogedora, la actitud solidaria y tolerante. Entregarle «La Medalla de Oro de La Rioja» es reconocer su esfuerzo y capacidad, y la de jóvenes riojanos que se rebelan contra la adversidad y luchan desde posturas positivas para lograr una sociedad con una mejor convivencia.

Querida Olga, esta mañana, cuando te entregaba en tu casa «La Medalla de Oro de La Rioja», decías que ibas a estar viéndonos por televisión. Yo quiero, desde San Millán, enviarte un abrazo, el cariño, el afecto y la admiración de todos los que estamos en San Millán y de toda La Rioja...»

En ese momento se le quebró la voz y todos los asistentes rompieron en un aplauso para que se le pasara la emoción y pudiera terminar con su escrito.

Fue un acto tremendamente emotivo. Cuando todo terminó, los periodistas se lanzaron a la busca y captura de los políticos y de los dos galardonados. Como yo no estaba, buscaron a mis padres; pero mi padre, cada vez que veía un micrófono o una cámara, «salía por patas». Ana se moría de risa y decía: «Tu padre es auténtico, no aparece por ningún lado».

Mi madre, en cambio, como pico no le falta y sabe controlar muy bien los nervios, se defendió con los medios «como gato panza arriba». Después de atender a los periodistas, el presidente, las autoridades, los dos galardonados, familiares y los ilustres invitados tenían una comida de gala. A mi madre le daba pena que yo no pudiese asistir y, aunque no saboreo la comida porque me va directamente al estómago a través de la sonda, echó a mi puré tres langostinos. Ana estaba empeñada en darme de comer y acostarme, pero yo quería esperar a que volviesen mis padres. A las cinco yo ya no sentía mi cuerpo. Estaba a punto de rendirme, cuando a las seis menos cuarto llegaron mis padres con un montón de amigos. Entraron en mi habitación, me saludaron, me felicitaron y me contaron la anécdota de la ceremonia.

Resulta que todos los años, por la noche, la víspera del «Día de La Rioja», colocan unos toldos enormes para proteger a los asistentes del sol, pues los actos se celebran al aire libre. Horas antes del comienzo de la ceremonia, uno de los toldos se vino abajo y no daba tiempo de volver a colocarlo. Ese toldo era justo el que tenía que proteger del sol a la presidencia y a los dos galardonados, familiares e invitados de estos. Mi madre dijo: «Hija, ¡de buena te has librado!» Parecía un cangrejo y me decía: «Por lo menos yo llevaba un vestido fino y de manga corta, pero los hombres, con traje y corbata, ... a más de uno casi le da un desmayo. Y tú, ¿qué tal has pasado el día? Tienes una cara de cansancio que pareces María Magdalena. Vamos a irnos a la terraza a merendar y a charlar un poquito. Tú te acuestas ya y descansas, que desde las siete de la mañana estás en danza. Mañana no te vas a tener».

Me sentía realmente agotada, pero cuando Ana me metió en el «sobre», sentí que volaba. Los budistas hacen un tipo de relajación con la que consiguen hacer viajes astrales, y yo tenía tal cansancio que no sentía ni el cuerpo, a pesar de no haber hecho ningún tipo de relajación o de meditación; exhausta, pero a punto de volar de felicidad.

Ana se despidió y, dándome un beso en la frente, me dijo: «Todo llega y todo pasa. Que descanses; mañana será otro día».

Miércoles, 10 de noviembre de 1999

Al irse, puso el intercomunicador en mi cuarto y en la cocina para que pudieran oírme desde la terraza. A las seis de la tarde tenía tanto sueño como si fuesen las doce de la noche. Me quedé relajada pensando en todos los acontecimientos del día y me dije: «Todo lo de hoy ha sido como un sueño. Días como éste no se dan dos veces en la vida; pero, efectivamente, mañana será otro día, y para continuar sobrellevando mi cruel enfermedad tendré que seguir colgándome otro tipo de medallas: la medalla de la humildad, para dejarme hacer diariamente todas las cosas que necesito; la medalla del valor y del coraje; la de la lucha contracorriente. Y ningún día me olvido de colgarme la medalla de la autoestima».

Me gustaron mucho las palabras de Pedro Sanz cuando dijo que a través de mi libro había volado con alas de papel. Efectivamente, a través de él, sin poder hablar, mi voz de papel había estado conversando con más de seis mil personas. Y como el libro se vendía también en Latinoamérica, aunque yo no me había movido de mi habitación, él sí había viajado en avión. Así que, a través de él, había conseguido hablar y volar con voz y alas de papel.

Interiormente, recité los versos de Alberto Cortez. Me los habían leído tantas veces que los había aprendido de memoria. Pensé que me encantaría que los volviesen a leer el día de mi partida. Y con el último de los versos, exhausta pero feliz, plácidamente me dormí, y una vez más pensé: *¡Qué suerte he tenido de nacer!*

L'Hospitalet de Llobregat, 2 de Julio de 1998

Gabinete Presidente
- 9 JUL. 1998
ENTRADA

Contestar

Muy Honorable Sr. Pedro Sanz
Presidente del Gobierno de la Rioja,

Distinguido Sr,

Informado de que el Gobierno que usted preside ha concedido la medalla de La Rioja a la Srta. Olga Bejano, me permito escribirle para manifestar mi admiración hacia su Gobierno por la valentía y por la sensibilidad que han demostrado para con una persona cuya invalidez no le ha permitido desarrollar la vida en plenitud de condiciones.

Para los que trabajamos intentando mejorar la salud de la población representa un orgullo el comprobar que existen todavía en la política gestos como este.

Creo que no exagero si afirmo que Olga Bejano es una de las personas que más me ha impresionado a lo largo de toda mi vida.

Espero y deseo que se la pueda ayudar el máximo posible tanto a ella como a sus familiares que han echo también un gran esfuerzo para mantener la ilusión por la vida.

Atentamente,

Dr. Ramón Estopà y Miró
Jefe de Sección de Neumología
Ciutat Sanitària y Universitària de Bellvitge
Feixa Llarga s/n
08907 L'Hospitalet de Llobregat

XII
La guarida de «Lechuguita»

LUNES, 4 DE OCTUBRE DE 1999

Cuando mi primogénito, *Voz de Papel*, me sacó a la luz y me hizo popular, fueron muchos los medios de comunicación que me entrevistaron. Los de prensa y televisión podían hacerlo viniendo a mi casa, pero, al no tener yo voz, los colegas de la radio lo tenían un poco más crudo; así que optaron por entrevistar a mi madre. A ella pico no le falta y la mujer hacía lo que podía, intentando responder lo que yo, si tuviera voz, hubiera dicho. Pero, por muy madre mía que sea, ella es ella y yo soy yo. Una de las preguntas que los periodistas de la radio le hacían por activa y por pasiva, era: «¿Cuál es la situación física real de Olga?»

Cuando mi madre se la explicaba y decía que yo vivía sin poder salir a la calle, no se creían que llevase más de trece años en mi habitación. Uno de los entrevistadores, que era un chico más o menos de mi edad, dijo emocionado: «¡Pobre Olga! Es casi como un osito cuando está en su guarida invernando; está vivo pero sin vivir; nadie lo ve hasta que llega la primavera y sale a la luz».

Yo pensé para mí mientras le oía en la radio: «Hijo, sin verme, has dado en el clavo». Y le preguntó a mi madre: «¿Cómo es la habitación de Olga... o, mejor dicho, su "guarida"?»

MIÉRCOLES, 13 DE OCTUBRE DE 1999

Eso es algo que sólo puedo responder yo, pues yo soy la que lleva trece años viviendo y muriendo en mi habitación. Pues bien, voy a describiros cómo es mi hábitat no natural. Me siento como un bichito en cautividad. Tengo todo lo que necesito para poder vivir, pero, paradójicamente, ninguna de las máquinas que me ayudan a vivir puede darme la libertad; por el contrario, vivo presa, atada a ellas.

Mi habitación es un rectángulo de tres metros de ancho y cinco y medio de largo. Cuando estoy sentada en la silla, enfrente de mí veo una puerta que, aunque siempre está abierta, es para mí como un muro de piedra, pues por ella no puedo salir, por lo menos de momento. El día que mi alma salga de mi cuerpo esa puerta y otras se van a enterar. Cuando alguien viene a visitarme y la atraviesa, puede sentir que está en una unidad de cuidados intensivos o en la habitación de la muñeca *Barbie*.

En la parte izquierda está todo lo hospitalario. Mi cama, aunque siempre está vestida con colchas o edredones bonitos para que no parezca de hospital, es eléctrica, de níquel y con barrotes, los cuales me vienen muy bien para colgar campanillas que pueda tocar con mis pies. Al no tener voz y no poder moverme, por la noche no podía pedir auxilio; por eso mi padre inventó un sistema de comunicación: compró un timbre cuadrado que me colocan pegado a la sábana bajera, cerca de mi pierna derecha; con el poco movimiento que me queda, puedo hacerlo sonar; pero cuando mis fuerzas físicas me lo impiden, me es más fácil mover la punta de los pies y tocar las campanillas.

En mi habitación hay un intercomunicador, y mientras estoy sentada me colocan otra campanilla en el tobillo izquierdo. Así pueden oírme si lo necesito o si me pasa algo. Aun con todas las medidas de precaución y seguridad pertinentes, en más de una ocasión se me ha desconectado el respirador y han tardado más de tres minutos en oírme. Una vez, mi padre estaba en la siesta con la puerta cerrada y mi madre en la terraza tendiendo la ropa, y no oían la alarma del respirador. Otras dos veces, por la noche, les cogí en un sueño profundo y no oían ni la alarma, ni las campanillas, ni el intercomunicador que por las noches está en la mesilla de mi madre. Yo me estaba ahogando y nadie venía a ayudarme; y cuando ya me encontraba a punto del paro cardíaco, oí los pasos de mi padre. Al dar la luz, me vio cianótica, azul como un «pitufo»; cogió el ambú* y estuvo insuflándome aire para hiperventilarme, antes de volver a conectarme al respirador.

* *Ambú: Balón de primeros auxilios que sirve para insuflar aire por boca o traqueotomía, directamente a los pulmones.*

Los sustos en mi «guarida» son bastante frecuentes. Cuando se va la luz, empiezan a sonar pitos y alarmas por todos los sitios, y me siento como en un parque de atracciones.

Jueves, 14 de octubre de 1999

El ambiente de mi habitación está claramente dividido en dos. Entrando por la puerta, al lado izquierdo, está el secreter, seguido de un mueble con la minicadena de música; tengo módulos y cajas donde están todos los discos y cintas, perfectamente ordenados en su sitio y en mi cabeza. Le siguen la mesilla, la cama y un taburete pequeñito para colocar el respirador cuando estoy acostada. Luego viene la estrella de la habitación: el aspirador de quirófano; él me permite vivir sin secreciones. Me costó doce años conseguirlo, y hasta que él llegó a mi «guarida», me aspiraban con un aspirador de alfombras que mi padre —que es un inventor como los de los dibujos animados—, con mucho ingenio y paciencia, adaptó a la situación. Después hay un mueble tipo nido de abeja, con ocho huecos, donde está todo lo que necesito para el aseo, además de cajas, carpetas, la batería de emergencia y el aspirador portátil. En la parte alta de la pared hay dos módulos: uno suele tener medicamentos; el otro, colonias que me van regalando. En los módulos está siempre colgado el ambú. Ese lado de la habitación está claro que tiene mucho de UCI.

En el lado derecho tengo dos estanterías llenas de libros, cintas de vídeo y portarretratos. La estrella de este lado es la mesa donde tengo el equipo de ordenador y la televisión con cable de vídeo. Últimamente me han conectado a Internet y ¡me han puesto teléfono! Cuando lo vi tan chulo, dije: «Me parezco a la *Barbie*. Mi habitación es como la de ella; no me falta un detalle. Bueno sí, ella tiene a su novio *Ken*».

En mi «guarida» de lo que más disfruto es de la cadena de música, por la siguiente razón: si quiero leer un libro, alguien tiene que leérmelo; si quiero ver la tele o una película de vídeo, alguien tiene que abrirme uno de los ojos, porque si me abren los dos veo doble; si quiero hablar por teléfono, necesito un intérprete; y si quiero mandar un *e-mail*, también necesito ayuda. Pero para oír música o algún programa de radio no hace falta que me estiren las orejas. Oír, sentir y pensar es lo único que puedo hacer yo solita. La música transporta al alma y le hace vivir sus mejores momentos. Siempre me gustó la música y desde muy niña aprendí a cantar, a bailar y a tocar instrumentos, pero nunca llegué a pensar que algún día las letras y notas musicales me darían la vida.

VIERNES, 15 DE OCTUBRE DE 1999

En mi habitación tengo un balcón. Cuando se abre, siento el calor o el frío, si es de día o de noche. Por él percibo las estaciones, oigo llegar el primer autobús, y las voces de los niños cuando van al colegio me indican que comienza un nuevo día. Entonces pienso: «Es duro ver poco y mal; es duro no poder hablar; es duro no poder comer; es duro no poder respirar; es duro no poder moverse; y muy, muy duro, depender de los demás. Pero, quizás, lo que más duro me resulta es oír a la gente en la calle y tener que vivir en cautividad. Entonces, para no llorar, me imagino que vuelvo a ser normal y que puedo salir a la calle, y canto eso de:

Esta mañana, de paseo, con la gente me encontré;
al cartero, al lechero y al policía saludé.
Entonces me di cuenta de una gran realidad:
las cosas son importantes, pero la gente lo es más.
¡Viva la gente! La hay donde quiera que vas.
¡Viva la gente! Es lo que nos gusta más.
Con más gente, a favor de gente, en cada pueblo y nación
habría menos gente difícil y más gente con corazón...

Mi familia ha hecho todo lo posible por suavizar mi situación y darme la mejor calidad de vida, dentro de las posibilidades. Encontrar una «guarida» para *Lechuguita*, no fue tarea fácil.

MARTES, 19 DE OCTUBRE DE 1999

Cuando en agosto de 1987, tras dos meses de hospital, volví a mi casa —de la que cuando salí creí no poder volver jamás—, lo hice con fecha de caducidad, pues me dieron, como mucho, seis meses de vida. Yo compartía habitación con mi hermana Mónica. Era una habitación muy grande en la que cada una tenía su espacio bien definido. Pero, a medida que el tiempo pasaba y yo no me moría, la enfermedad avanzaba e iban cambiando las circunstancias. Toda la familia veía la necesidad de cambiar de casa, aunque ninguno quería. Nuestro piso estaba situado en el centro de la ciudad. El colegio de Mónica estaba enfrente y ella sólo tenía que cruzar la calle. Mi madre tenía la tienda justo debajo. Mi padre podía ir andando en diez minutos a su despacho. Y si a mí tenían que trasladarme corriendo al hospital, en siete minutos estábamos en «Urgencias». Los colegios, los trabajos, las tiendas, los amigos, el hospital..., todo estaba cerca, pero en esta vida, como dice la canción, *cambia todo, cambia*.

Mónica terminó sus estudios y tenía que salir fuera de Logroño para hacer la carrera de psicología; mi padre se jubiló y, al deteriorarse tanto mi estado de salud, mi madre se vio obligada, con todo el dolor de su corazón, a traspasar la tienda. Entonces mi padre dijo: «Creo que ya es un buen momento para cambiarnos de casa y, ya que nos marchamos del centro, vamos a ir a una vivienda unifamiliar, adosada o no, pero unifamiliar. Todas tienen merendero y, puesto que casi no podemos salir de casa, podrán venir nuestros amigos a comer y a cenar». Mi madre le decía: «Juanma, tú sólo ves lo lúdico de ese tipo de viviendas y no ves las barreras arquitectónicas, o no quieres verlas; pero voy a dejar que te desengañes tú solito».

Miraron todos los chalets que había en el año 94, y tanto los normales como los más caros estaban diseñados de la misma manera. En la primera planta tenían cocina, salón, un baño y, como mucho, una habitación. En la segunda planta, las habitaciones principales y uno o dos baños; y en la tercera, la buhardilla. Nosotros necesitábamos dos habitaciones en la primera planta, pues mis padres tienen que levantarse veinte veces por la noche para hacerme aspiraciones, y las escaleras hubieran sido un problema. Mi padre pensó en poner un ascensor; con un millón y medio de pesetas, según él, estaba todo solucionado.

Mi madre le dijo: «Sí, Juanma, con el ascensor nos ahorramos nosotros el tener que subir y bajar escaleras, pero si Olga tiene que estar en su habitación y nosotros vamos a hacer la vida en la primera planta, entonces no sólo estará aislada del mundo sino también de su familia; si nos cambiamos de casa es para darle una mayor calidad de vida». Mi padre se fue convenciendo y dijo: «Vale, tú ganas; de todas maneras, cuando cambien nuestras circunstancias tiempo hay de vender el piso que compremos y comprar una casa unifamiliar. Como tú eres la que prefiere un piso, yo te acompañaré a las inmobiliarias, pero tú lo vas a buscar; yo ya estoy hasta las narices de ver casitas».

MARTES, 20 DE OCTUBRE DE 1999

Miraron y miraron. Encontrar un piso majo no era tan difícil. Pero que ese piso no tuviese barreras arquitectónicas como, por ejemplo, un portal sin escaleras o un ascensor donde cupiese mi silla con el respirador, no era tan sencillo. Por fin, después de meses de búsqueda, encontraron un piso que reunía todas las condiciones. Era todo exterior; por lo tanto tenía sol y luz. Al ser un primero, disponía de una terraza bastante grande. Las puertas y el pasillo eran anchas. La parte izquierda del piso daba toda a la calle y la derecha a la zona de recreo y la piscina. El portal no tenía escaleras, y mi silla, con respirador incluido, cabía perfectamente en el ascensor. En caso de tener que trasladarme en una UCI móvil, para evitar el numerito en la calle, la UCI podía entrar en el garaje y a mí me bajaban en ascensor hasta la ambulancia; y en caso de tener que trasladarme en camilla, sólo había dos tramos de escaleras.

Compraron el piso y me explicaron cómo era. Por esas fechas, tuve que ser trasladada al Hospital de Bellvitge, en Barcelona. Cuando salí de mi casa no sabía que ya no volvería a ella. Mientras mi madre y yo estábamos en Barcelona, el resto de la familia se encargó de hacer la mudanza; así que cuando volvimos, una vez más para mí, todo era distinto: el barrio, la casa, las tiendas, los vecinos, etc.

Mi madre, según íbamos llegando en la UCI móvil, muerta de risa, me decía: «Hija, salimos en la UCI de la calle Galicia y volvemos a la calle Chile, de una casa a otra. ¿Qué sientes?» «Que cada vez que salgo de casa para ir a un hospital, cuando regreso parece que vengo de otro mundo. La primera vez volví de la otra vida y después de estar un mes en Bellvitge oyendo catalán me siento como si me hubiesen abducido; ese es otro mundo. Desde que volví del coma lo mío es un continuo volver a empezar».

Cuando entré por la puerta de mi nueva casa, después de los saludos de bienvenida, me metieron en la que sería mi guarida.

Mónica me abrió el balcón y me dijo entusiasmada: «Mira qué cuarto más chulo tienes. El balcón da a un parque precioso. Este barrio es todo nuevo y no lo conoces; cuando lo estaban construyendo tú estudiabas en Madrid y luego te pasó lo que te pasó. Pero no te preocupes, que en cuanto se organice todo lo de la mudanza, tú descanses y esta familia vuelva a la normalidad, yo te sacaré de paseo. ¿Quieres?» «Sí —le respondí—, pero no tengo ropa; ya sabes que desde que estoy enferma sólo uso trajes de luces.» «No te preocupes, mañana te busco ropa —añadió ella—. Voy a vestirte "superpija", para que no pierdas las buenas costumbres. Te lo juro por Snoopy.» «Un respeto a tu hermana mayor, que todavía estoy convaleciente y, encima, con toda la casa "patas arriba", parece que acabo de llegar a Bosnia», le dije yo.

JUEVES, 21 DE OCTUBRE DE 1999

Mónica cumplió su palabra, y un día, a la una del mediodía, me sacó de paseo. En Barcelona me habían comprado una silla de ruedas eléctrica, y como tenían que adaptarle una caja metálica en el respaldo para poder meter el respirador, el doctor Estopà, me dejó una que ya estaba adaptada, mientras preparaban la mía. Esa silla se la habían hecho a medida a un chico que ya había fallecido, y la familia la había donado al hospital.

Mi madre bajó al portal para ayudar a Mónica a sacarme a la calle, y dijo: «Llévala a los porches y no te vayas muy lejos, por si pasa algo; y procura que no se canse; si no, no va a querer salir otro día».

Cuando mi madre se fue, le dije a Mónica: «Madre sólo hay una... ¡y nos ha tenido que tocar a nosotras! Tú, ni caso». Mónica empezó a reírse. «¿Cuántos años llevas sin pisar la calle?» «Siete —le respondí—. Se me hace raro ver personas, tiendas, niños, perros, coches.» Entonces Mónica me decía en broma: «¡Mira, un nene! ¡Mira, un "guau-guau"!» Y añadió: «¿Te cansas?» «Sí, me canso y me mareo —respondí—, pero tú no pares. Sigue, sigue...» «Vale, vamos a un sitio donde pasean a muchos perros; hay una chica que tiene un "husky" que ha sido campeón de España y le he hablado mucho de ti. A ver si tenemos suerte y la vemos.»

Íbamos paseando y yo pensaba: «Cuando Mónica era pequeñita, era yo la que empujaba su sillita y ahora se han cambiado las tornas». De repente, ella se paró y dijo: «¡Madre de Dios! ¡Cómo pesas! Parece que estoy empujando la cabalgata de Reyes». Yo me moría de risa. «Sí, sí, ríete. Quince kilos de silla, cincuenta tuyos y veinte del respirador... ¡suma, hermana, suma!» Acto seguido, se fijó en un botón de la silla: «¡Uy, qué botón tan chulo! ¿Para qué será?» Apretó y la silla empezó a desplegarse. Yo notaba mi culo cada vez más cerca del suelo, y Mónica decía: «¡Ay, Dios mío! ¿Qué he hecho? Que se me desparrama mi hermana. Olga, no te asustes, que está todo controlado. ¡Estas sillas tan modernas hay que estudiar para entenderlas!».

Bajó al suelo el respirador y, con veinte kilos menos, pudo controlar la silla. Cuando todo pasó, después de un susto enorme, aunque las dos nos lo tomamos a risa, como por arte de magia, apareció la chica del «husky». Estuvimos un rato con ella y volvimos a casa. Por el camino de vuelta Mónica iba diciéndome: «¡Anda, que tu primer paseo... y la primera en la frente! A mamá no le decimos nada, porque se va a asustar, y con lo bien que nos lo hemos pasado las dos solas, no me va a dejar a mí solita sacarte más veces».

De las ocho veces que salí a la calle, en cinco ocasiones tuvimos percances, pero el más gordo también me ocurrió con mi hermana. Esa vez, por suerte, no íbamos solas. A dos de sus amigos se les ocurrió la brillante idea de sacarme a pasear para enseñarme un mini-golf muy cercano a casa.

VIERNES, 22 DE OCTUBRE DE 1999

Vinieron a buscarnos a las cuatro de la tarde, pues sabían que a las seis yo ya estoy «sin pilas». «¡Qué guapa te han puesto!, me dijo Juan al verme.» Hace tiempo que dejé de ser guapa, y «aunque la mona se vista de seda, mona se queda». Pero se agradece el piropo. Eso sí, después de tres horas preparándome, estoy como los chorros del oro.

«Bueno —dijo Mónica—, ya estamos listas. ¿No nos dejamos nada?» «Sí, el ambú.» «Olga —dijo Mónica—, la máquina tiene cuatro horas de batería y no hace falta llevar el ambú; ya llevamos bastantes cosas. ¡Hija, qué miedo tienes a salir a la calle!» «Cada vez que salgo me pasan cosas —dije yo—. A mí no me importa morirme, pero me da pánico asfixiarme. Imagínate que estamos en la calle y se para la máquina.» A lo cual la respuesta de Mónica fue: «Imagínate que se me cae una teja en la cabeza». «Si te cae una teja en la cabeza —comenté—, tienes el noventa por ciento de posibilidades de "quedarte pajarito" sin enterarte. Pero si la máquina se para, yo tengo tres minutos de agonía, y tú no eres *Superman* para ir volando a buscar el ambú. No voy a discutir: o coges el ambú o no salgo.»

Mónica no me hizo ni caso y me sacaba a la calle diciendo: «Hija, qué perra has cogido con el ambú. Pareces una cría pequeña cuando no le dejan sacar los juguetes a la calle». Me sentía tan impotente, que sólo me quedaba una opción: cogí impulso y me dejé escurrir por la silla. Ella vio que o cogía el ambú o lo tenía más claro conmigo que el zapatero de Tarzán. Mientras iba, renegando, a cogerlo, uno de sus amigos me decía: «¡Anda con la *Olguita*! ¡Qué carácter tiene! No puede hablar ni moverse, pero no veas cómo se hace entender. O llevamos el ambú o se tira de la silla. Di que sí, yo estoy contigo; mujer prevenida vale por dos». Y, partiéndose de risa, añadió: «Y tú vales por cuatro. Eres de ideas fijas. Ya sé a quién se parece Mónica. Una a que sí y otra a que no, nos van a dar aquí las seis de la tarde». «¡Hala, aquí está tu ambú! ¿Conforme?» «Sí, conforme.»

Me llevaron a un parque muy bonito. Nos sentamos los cuatro en una terraza. Éramos el blanco de todas las miradas, pero no nos importaba y nos reíamos de un cuadro. Me enseñaron el mini-golf. Me hacía ilusión conocer los nuevos «multicines», y cuando nos dirigíamos hacia ellos estaba tan agotada que empecé a ponerme malísima. Mónica dijo: «Vámonos a casa corriendo, que le va a dar un *yuyu*».

Yo no veía el momento de llegar a casa, cuando de repente empezó a sonar la alarma del respirador. Los amigos de

Mónica decían: «¿Qué pasa? Oye, Mónica, Olga está poniéndose morada y tú blanca. ¡Por Dios! ¿Qué está pasando?» «¿Que qué está pasando? El respirador se ha parado. Voy a desconectarlo para que deje de sonar la alarma. Tú coge el aspirador portátil. Y tú empuja la silla y corre. Yo le voy haciendo ambú.»

Cuando entrábamos los cuatro por la puerta de casa parecía que veníamos de Vietnam. Ese día decidí que la vida se veía preciosa por televisión; así que, salvo esas ocho salidas y alguna que otra en UCI móvil, paso los minutos, las horas, los días, los meses y los años sin salir de mi guarida. Lo que decía Antonio Flores en una de sus canciones titulada *Mi habitación*, que yo he adaptado a este capítulo, eso mismo que él sentía en su habitación, hoy siento yo en mi guarida. Ella es mi celda, mi prisión, mi lucha, mis problemas, mi ilusión y mi perdición. Mil miradas a esas fotos colgadas, mis proyectos e ilusiones por la enfermedad truncadas. Mi salvación o mi suerte, mi vida o mi muerte, así la veo yo. Eso es todo lo que encuentro en mi habitación. El sol ha salido, la noche ha caído, a pesar de los pesares sigo luchando y un día más he vivido.

Todo el lío en busca de una «guarida» para *Lechuguita* comenzó a finales de 1994. En la primavera de 1995 estrené la que desde hace cinco años es mi nueva «guarida». Hace pocos días mi padre entró feliz en mi habitación para darme el desayuno. La noche anterior había estado de cena con unos amigos y se lo había pasado en grande. Como un niño pequeño, empezó a contarme:

«¿A que no sabes dónde estuve ayer cenando? ¿Te acuerdas de que antes de comprar este piso a mí me gustaba un chalet cerca de Villamediana? Pues resulta que un amigo mío que tú no conoces compró ese chalet. Me lo enseñó entero; se ha gastado una millonada en decorarlo, pero le ha quedado precioso. ¡Fíjate!, en el ático ha puesto su despacho, ha forrado todas las paredes de madera y ha hecho una biblioteca increíble. Pero —ahora que no nos oye tu madre— me regalan ese chalet y no lo quiero. Entre enseñarme la casa y entrar y salir del merendero me pasé toda la noche subiendo y bajando escaleras, y nosotros no estamos para subir pendientes. En el argot de los ciclistas, nosotros estamos para «llanear». Si hace cinco años tú ya estabas mal, tal como estás hoy en día sería imposible vivir en un chalet, aun gastándonos una millonada en adaptarlo. Me fastidia reconocerlo, pero tu madre tenía razón. Lo dicho, hija, nosotros estamos para «llanear».

A mí eso de «llanear» me hizo tanta gracia que no podía parar de reírme, y en mi interior pensaba: «Yo ya no estoy ni para subir pendientes ni para "llanear"; ya me falta poco para volar».

Él se contagió de mi risa y los dos nos traíamos una juerga impresionante de par de mañana. Mientras, mi madre, ajena a todo, dormía.

Además de vivir presa, tengo que estar escoltada las veinticuatro horas del día. Muchas veces, aunque estoy acompañada, me siento muy sola; y otras veces, estando sola, recibo visitas especiales que me acompañan y me dan el calor y la luz que necesito.

Lo que buscas está allí mismo donde tú estás en este momento. Sí, deja de mirar hacia fuera y sepulta tu mirada en lo más profundo de ti mismo. Agudiza tu percepción, afina tus sentidos, y allí, en el centro de tu ser, estás tú mismo, tu YO, tu verdadera esencia, la verdad detrás de la mentira, la energía inmortal que anima al barro. Mira con unción y reverencia, porque es Luz..., esa Luz que te ciega es Dios. Escucha como dice: «Yo soy el camino y la vida».

JOHN BAINES

Miro al mar y digo:
¡Qué majestuoso espectáculo!
Miro al cielo y exclamo:
¡Oh, qué maravilla!
Más cuando miro a mis profundidades,
balbuceo en silencio y digo: Aquí está
la suprema magnificencia de la creación de Dios.
En mí está el mundo,
y mi alma es la imagen de Dios.
Tú crees que eres nada y contienes todo el universo.

AVICENA

En mi habitación me lavan, me visten, me alimentan, me curan, me cuidan, me entretienen y me aburro. En ella vivo, sufro, escribo, lucho, oro, medito y practico el «sólo por hoy».

LUNES, 25 DE OCTUBRE DE 1999

El Papa Juan XXIII escribió algo absolutamente precioso; lo tituló *Decálogo de la Serenidad*. Es algo que la primera vez que lo leí decidí aprender de memoria para intentar practicarlo día a día. Eso me ayuda a elevarme como persona y a sobrellevar mejor mis limitaciones y mi cruel enfermedad.

Ese maravilloso decálogo dice así:

1. *Sólo por hoy trataré de vivir exclusivamente el día, sin querer resolver el problema de mi vida todo de una vez.*
2. *Sólo por hoy tendré el máximo cuidado de mi aspecto: cortés en mis maneras, no criticaré a nadie y no pretenderé mejorar o disciplinar a nadie, sino a mí mismo.*
3. *Sólo por hoy seré feliz en la certeza de que sólo he sido creado para la felicidad, no sólo en el otro mundo sino en este también.*
4. *Sólo por hoy me adaptaré a las circunstancias, sin pretender que las circunstancias se adapten siempre a mis deseos.*
5. *Sólo por hoy dedicaré diez minutos de mi tiempo a una buena lectura, recordando que, como el alimento es necesario para la vida del cuerpo, así la buena lectura es necesaria para la vida del alma.*
6. *Sólo por hoy haré una buena acción y no lo diré a nadie.*
7. *Sólo por hoy haré, por lo menos, una cosa que no deseo hacer; y si me sintiere ofendido en mis sentimientos, procuraré que nadie se entere.*
8. *Sólo por hoy me haré un programa detallado. Quizás no lo cumpliré del todo, pero lo redactaré. Y me guardaré de dos calamidades: la prisa y la indecisión.*
9. *Sólo por hoy creeré finalmente —aunque las circunstancias demuestren lo contrario— que la buena providencia de Dios se ocupa de mí como si nadie más existiera en el mundo.*
10. *Sólo por hoy no tendré temores. De manera particular no tendré miedo a gozar de lo que es bello y de creer en la bondad.*

Y así, sólo por hoy, pasito a pasito y poquito a poquito, en mi «guarida» pasan los minutos, los días, los meses, los años. Pasa la vida.

Una de las cosas que más llama la atención a la gente que viene a visitarme por primera vez es que, a pesar de vivir aislada del mundo, estoy al día de todo...

MARTES, 26 DE OCTUBRE DE 1999

Tengo tres ventanas al mundo: la tele, la radio y el ordenador. En estos trece años de arresto domiciliario han cambiado mi cuerpo, mi alma, mi forma de pensar y la vida a una velocidad de vértigo. Cuando en el año 1987 se truncó mi vida, eran muy pocas las personas que tenían un teléfono móvil, e internet no se sabía lo que era. En los noventa casi todo el mundo tiene un móvil, y cuando se hacen amigos es tan normal pedir el número de teléfono como la dirección electrónica. Cambia el modo de vestir, la comida, el lenguaje, hasta el dinero; en estos años han cambiado dos veces el diseño de las monedas y de los billetes, pero ahora tenemos el cambio definitivo con el euro.

La gente observa en mi habitación los libros, las películas de vídeo, los *compact disc*, las cintas de música y... me observan a mí; se asombran de que esté al día y a la última en todo, incluso en el lenguaje. Cuando me enfadaba con algún miembro de mi familia en 1987 les decía «vete a paseo» o «vete a hacer puñetas». En 1999, les digo «déjame en paz, no me rayes». Un día vino a visitarme el doctor Ponce de León y le solté alguna parrafada de actualidad. Los ojos se le salían de las órbitas y, riéndose, me dijo: «Llevas trece años sin poder hablar y sin salir a la calle y estás al día de todo. ¿Se puede saber dónde has aprendido tú esa expresión?» «En la tele», respondí. Mis tres ventanas me tienen al día de todo.

Cada segundo siento como cambia la vida, por eso me encanta la canción de Mercedes Sosa que dice:

Cambia lo superficial,
cambia también lo profundo,
cambia el modo de pensar,
cambia todo en este mundo.

Cambia el clima con los años,
cambia el pastor su rebaño,
y así como todo cambia
que yo cambie no es extraño.
Cambia el más fino brillante
de mano en mano su brillo,
cambia el nido el pajarillo,
cambia el sentir de un amante,
cambia el rumbo el caminante,
aunque esto le cause daño,
y así como todo cambia
que yo cambie no es extraño.
Cambia todo, cambia, (bis)
cambia todo, cambia. (bis)
Cambia el sol en su carrera
cuando la noche subsiste,
cambia la planta y se viste
de verde la primavera,
cambia el pelaje la fiera,
cambia el cabello el anciano,
y así como todo cambia
que yo cambie no es extraño.
Pero no cambia mi amor
por más lejos que se encuentre
ni el recuerdo ni el dolor
de mi pueblo y de mi gente.
Y lo que cambió ayer
tendrá que cambiar mañana,
así como cambio yo
en estas tierras lejanas.
Cambia todo, cambia, (bis)
cambia todo, cambia. (bis)

Aunque considero que no he vivido todo lo que tenía que vivir, creo que ya he sufrido lo bastante para madurar, evolucionar y pasar de curso a la otra vida, con matrícula de honor y *cum laude*. Me consuela saber que no hay mal que cien años dure, y creo que ya está cerca mi cambio definitivo. Ese día dejaré de invernar en mi «guarida». Dejará de ser invierno y por fin veré la primavera, aunque yo, más que como un osito, me siento como un gusanito de seda.

Muchas veces, en mi soledad, recuerdo que cuando tenía nueve años y vivíamos en Puertollano una niña de mi clase me regaló diez gusanitos de seda. Cuando me presenté en casa con ellos mi madre puso el grito en el cielo. Después de hacer mil aspavientos y de decir que eran unos bichos asquerosos, reflexionó y me dijo: «Como tú eres una niña muy responsable y sé que los vas a cuidar muy bien, te dejo tenerlos una temporada, porque, aunque a mí me dan repelús, es muy pedagógico para vosotros ver como crecen y hacen el capullito».

Por suerte muy cerca de casa había un árbol de morera. Le regalé a mi hermano Javi cinco gusanitos y salíamos, un día sí y otro no, a coger hojas. Él era más fuerte pero yo más ágil, y en ese caso valía más la maña que la fuerza. Me cogía en brazos y me decía: «Salta a mis hombros, como los del circo».

Ponía los pies sobre sus hombros y los dos manteníamos el equilibrio. Él me acercaba a alguna rama grande y yo subía e iba de rama en rama como un mono. Él, desde abajo, iba cogiendo las hojas que yo le tiraba, las metía en una bolsa y a la vez me iba indicando donde estaban las más grandes. Era muy divertido, aunque en más de una ocasión no nos matamos de milagro. Al volver a casa, limpiábamos las hojas y las metíamos en bolsas al congelador. A medida que los gusanos iban creciendo se fueron multiplicando. Cada vez había que invertir más tiempo en cuidarlos. Javi se cansó y me regaló los suyos, y de la noche a la mañana me vi con más de trescientos gusanos. Los tenía seleccionados por tamaños en cajas de zapatos. Metía las cajas debajo de mi cama, y, mientras me dormía, oía el ruido que hacían al comer; no dejaban de comer ni de día ni de noche; así que en pocos días eran ya adultos. Cuando se hacían grandes, los separaba en cajas especiales y en seguida empezaban a hacer los capullitos. Me parecía algo tan maravilloso que me quedaba embobada observando cómo iban encerrándose en la seda y con qué perfección construían su casita, su última morada.

MIÉRCOLES, 27 DE OCTUBRE DE 1999

Muchas veces, entre las cuatro paredes de mi habitación, me siento como uno de esos gusanitos a los que yo de niña cuidaba. El balcón equivale a los agujeritos que perforaba en la tapa de las cajas para que pudiesen respirar.

El día que Papá Dios considere que ya he madurado lo suficiente, *Lechuguita* dejará de ser un vegetal activo. Entonces mi alma se separará de mi materia deteriorada y, al igual que el gusanito de seda se transforma en mariposa y se libera del capullo en el que ha estado encerrado, yo me liberaré de mi cuerpo y de estas cuatro paredes. Quizá mi padre, que es el primero que entra por las mañanas en mi habitación cuando viene a darme el desayuno, al levantar la persiana y darme en la frente el beso de buenos días, sentirá que ya me he liberado. Se dará la vuelta y verá en las cortinas posada una mariposa de color salmón, esperando que le abran el balcón para ir a la Luz.

En principio fuiste mineral,
después fuiste planta;
luego te convertiste en animal:
¿cómo puedes ignorarlo?
Después te volviste hombre.
Cuando hayas trascendido la condición
de hombre te convertirás, sin la menor duda,
en ángel.
Supera incluso la condición angélica:
penetra en el océano
para que de gota de agua puedas transmutarte
en mar...

YALAD UD-DIN RUMI
Maestro y poeta sufí del siglo XII

XIII
A mi hermana Mónica, de su Tata Madrina

LUNES, 23 DE NOVIEMBRE DE 1998

Mi querida hermana: soy tu Tata Madrina. Así me llamabas cuando eras un «coco». Cuando tenías tres años te llevé al cine a ver *La Bella Durmiente*, de Walt Disney; a ti te llamaron mucho la atención las hadas madrinas y me preguntaste: «Tata, ¿quién es mi hada madrina?» Y yo te respondí: «Si te sirve de algo, además de tu hermana, soy tu madrina de bautismo, pero que, yo sepa, todavía no me han salido alas ni puedo volar ni hacer magia».

A ti se te iluminó la cara, abriste los ojos como platos y me dijiste: «No importa, Tata, tú eres mi madrina. No sabía que cuando me bautizaron tú fuiste mi madrina, pero Dios también es mágico y si Él quiere también puede hacer magia. ¿A que sí, Tata?»

Yo te susurré al oído: «Sí, cariño, yo soy tu Tata Madrina, pero cállate ya; nos están oyendo y se está riendo todo el cine de nosotras». Pero tú seguías: «En el *cole* nos han dicho que Dios hace milagritos y eso es igual que hacer magia; si Dios ha querido que tú seas mi madrina, aunque no tengas alas, tú a mí siempre me tendrás que proteger, y eso es igual que ser un hada madrina». «Que sí, que yo soy tu Tata Madrina, pero cómete las palomitas y cállate ya o te prometo que, como sigas dándome la "paliza" con las hadas madrinas, vamos a salir volando del cine a casa y no van a hacernos falta las alitas.» Esa fue la primera vez que fuimos juntas al cine y en más de un momento pensé: «¡Tierra trágame!».

Cuando iba a buscarte al *cole* o te llevaba al parque a jugar, tus amiguitas, al verme, te decían: «¡Qué mamá tan joven! Y ¡qué guapa es! Tú, en lugar de responder «no es mi madre, es mi hermana», les decías: «Ésa no es mamá, es mi Tata Madrina».

Foto 7: Mónica, dos años y medio, en el paseo del Espolón, Logroño.

Las niñas se quedaban a cuadros y yo me ruborizaba por la vergüenza que me hacías pasar; así un ciento de veces. No sabía como hacerte entender que la gente no comprendía lo que tú decías y que era mejor no decirlo, hasta que un día se me ocurrió una idea y te dije: «Mónica, ese es nuestro secreto». Y esa fue la palabra mágica; ya no volviste a decir en público que yo era tu Tata Madrina; sólo me lo decías en la intimidad.

A medida que voy escribiendo, pongo la fecha; cada capítulo me cuesta entre mes y mes y medio escribirlo. Como podrás observar, si empecé en octubre, al ritmo que llevo, este capítulo tenía que haber sido escrito entre los meses de agosto y septiembre de 1999, pero decidí darle unos días de vacaciones al capítulo dos y pasar directamente del dos al trece, porque el próximo 22 de febrero de 1999 vas a cumplir veintidós años y este capítulo va a ser mi regalo. «Doña Perfecta», como muchas veces me llamas, tiene todo pensado y calculado para que este capítulo toque a su fin a tiempo y yo pueda darte una sorpresa más espiritual que material. Las cosas espirituales no perecen nunca y las materiales sí. Quizás este sea uno de los últimos regalos que voy a poder hacerte para tu cumpleaños, y quiero que cumpla dos condiciones: que no se rompa y que dure para siempre. Si lees este capítulo cada 22 de febrero, aunque yo me haya ido, estaré contigo celebrando tu cumpleaños, y ningún año sentirás que te falta mi regalo, porque el regalo de este año es perenne e infinito.

Hablando de cumpleaños, el pasado 3 de noviembre fue el mío. Me cayeron treinta y cinco otoños; no digo primaveras porque el otoño también es precioso, y esta «hojita» que soy yo nació en otoño. Lo de hojita es porque, de muy pequeñita, familiarmente me llamaban Olguita, y cuando la gente decía «y esta nena tan guapa ¿cómo se llama?», como no sabía pronunciar «Olguita», yo les decía «Hojita».

MIÉRCOLES, 25 DE NOVIEMBRE DE 1998

Sigo hablando de cumpleaños. Desde que te fuiste a estudiar psicología a Salamanca, ningún año habías venido para el mío. Todos los años me mandabas una postal preciosa, llamabas por teléfono y el regalo me lo traías cuando venías por

Foto 8: Olga, diecisiete años y Mónica tres, esquiando en la estación riojana de Valdezcaray.

Navidad. Pero este año el regalo has querido ser tú, y las dos sabemos por qué. Fuiste un regalo con sorpresa; viniste con tus amigos y vecinos mejicanos María Antoñeta, su marido Martín y la pequeña que tenía que llamarse Mafalda, por las cosas que dice y hace con sus escasos tres años; pero su nombre es Mariana. Los niños de ahora aprenden el lenguaje humano y el de las nuevas tecnologías casi a la vez. Los papás de Mariana son los dos escritores y están becados por la Universidad Pontificia de Salamanca. Tú tuviste la suerte de conocerlos en la universidad y de que fueran vecinos tuyos, puerta con puerta.

Cuando llegaron a España, Mariana todavía no tenía un año; pero es curioso que, aunque está creciendo en Salamanca, su acento es más mejicano que castellano, y, entre la lengua de trapo, su acento mejicano y que se le nota que es hija de dos intelectuales, la niña es un cóctel, por lo que sólo con observarla te hace morir de risa.

El día en que vinisteis a verme, mientras comíais en el salón, yo preferí quedarme tranquila en mi habitación y Mariana quiso estar conmigo. Pidió que le pusierais vídeos de Walt Disney y así yo, «la homenajeada», me tragué *La Bella y la Bestia*, *Dumbo* y *Pinocho*. Mariana se acomodó en una silla, cogió el pato de peluche que está siempre encima de mi cama y nos hablaba a los dos, al pato y a mí, de la misma manera. Los dos le respondíamos igual: el pato no podía hablarle y yo tampoco; pero eso a ella no le importaba y hablaba por los tres.

Yo estaba celebrando mi cumpleaños en estéreo: a la vez que os oía a vosotros en el salón y seguía vuestra conversación, estaba como en una guardería. La enfermedad no concede licencias para días especiales y precisamente los días que quiero o necesito tener más energía es cuando más floja estoy; pero he aprendido a tomármelo con filosofía.

Mónica, en un momento determinado, eso fue lo que tú hiciste conmigo: filosofar. A mí ya me habían acostado, tú entraste en mi habitación, cerraste la puerta, moviste mi cuerpo inmóvil para hacerte sitio en mi cama y te sentaste: «Necesito hablar contigo», dijiste. Yo pensé: «Soy todo oídos, porque en la cama no puedo responderte y otra cosa que escucharte no puedo hacer». «¿Estás contenta? —me dijiste—. No te quejarás, te he traído a los mejicanos; sabía que iba a hacerte ilusión y también ha venido Patxi, tu amigo del alma». «Y tanto que del alma —pensé yo—, pues el alma de su hermano Rafa, que este 15 de diciembre hará un año que se fue al Cielo, volvió para que de alguna manera los tres, Rafa, Patxi y yo, nos hiciésemos amigos».

Mientras yo pensaba eso, Mónica añadía: «Y eso que tu cumpleaños no es hoy; hoy ha sido la celebración en familia, pero el martes les toca el turno a tus amigas y a toda la gente que te quiere... y ya sabes lo que te espera: llamadas, visitas —y, bromeando, añadiste— y flores, muchas flores».

Cuando me concedieron la medalla de oro de La Rioja recibí tantas flores que un día le dije a mamá en broma: «Mamá, la casa de los Bejano parece un tanatorio».

Les hizo tanta gracia que cada vez que me regalan flores hay risas en casa. Y que quede bien claro que me encantan las flores, pero es que lo de esa temporada fue demasiado.

JUEVES, 26 DE NOVIEMBRE DE 1998

Me contaste que el fin de semana anterior lo habías pasado en Madrid, que estuviste con mi amiga Olga Nalda y que, lógicamente, hablasteis de mí. «¿Sabes, Olga?, me di cuenta de que tu amiga te conocía mejor que yo. Cuando tú tenías la edad que yo tengo ahora y vivías en Madrid la vida a tope, yo era muy pequeña y esa faceta de tu vida de la que tu amiga me hablaba yo no la conocía. De repente, me vi yo en Madrid con tu edad y tus ilusiones y, aunque llevas muchos años enferma y yo he crecido con tu enfermedad, fue entonces cuando me puse en tu lugar; en un instante repasé toda tu vida y me eché a llorar. Luego fui a comer con Patxi; él me notó triste y me preguntó que qué me pasaba. Estas cosas no suelo contárselas a nadie, sólo a mi novio; pero Patxi hace un año perdió a Rafa, su único hermano y el sí podía entenderme mejor que nadie. Así que le dije: «¿Sabes, Patxi?, en estos momentos me he dado cuenta de lo mucho que para mí significa mi hermana, y no sabía que nos pareciésemos tanto. Ahora, que he crecido, pienso en la cantidad de cosas que podríamos hacer juntas. Fui muchas veces a esquiar con Olga, pero entonces ella me enseñaba y eso le impedía disfrutar de las pistas buenas. Ahora, que yo ya sé esquiar tan bien como ella, nunca podremos ir las dos juntas; y como eso, mil cosas. Cuando fui al cine a verte en tu película, Patxi, todo era perfecto, pero me faltaba ella. Siempre hemos estado muy unidas; sólo nos separaban los trece años que nos llevamos, y ahora que la edad nos vuelve a unir, Dios se la va a llevar».

Mónica siguió diciéndome más de una, de dos, de tres y de casi once veces: «Al llegar a casa, me encontraba una nota que decía: Mónica coge tus cosas y vete a casa de Alina; estamos con Olga en la UCI. ¡Tantas veces me mentalicé de que iba a perderte! Pero, al cabo del tiempo de ponerte tan mal, volvía a verte entrar por la puerta de casa. Así que, de alguna manera, me hiciste crecer con la convicción de que tenía una hermana que de vez en cuando se ponía a morir, pero que nunca lo hacía. Tengo muy asumidos la enfermedad y los sustos que nos has dado y nos das, pero no sé por qué últimamente tengo la sensación de que vas a dejarnos y no quiero que lo hagas. Sé que eso es muy egoísta por mi parte...

LUNES, 30 DE NOVIEMBRE DE 1998

... sé que, tanto yo como todos los demás, nos hemos acostumbrado a tenerte enferma, pero, como muy bien me dijiste un día, tú no te acostumbras. Por mucho tiempo que pase, el sufrimiento no disminuye; más bien, al contrario, cada día es un poco más duro. Y después de haber tenido tu experiencia en el otro lado de la vida, sabes lo maravilloso que es estar allí y todavía te resulta más difícil el día a día de aquí. Olga no sé cómo decirte esto. Tú me has enseñado muchas cosas, pero lo más importante es que ya no dudo de la existencia de Dios y del más allá».

Entonces se llenaron tus ojos de lágrimas, la voz se te quebró y me dijiste: «Olga, prométeme que cuando te vayas al otro lado seguirás protegiéndome como lo has hecho siempre; —y, riéndote, añadiste— pero ni se te ocurra darme sustos ni señales desde el otro mundo, que ya sabes que soy muy miedosa». Y las dos nos reímos.

Habían pasado dieciocho años desde el día que te llevé al cine a ver *La Bella Durmiente*, pero, con otra edad y otras palabras, estabas pidiéndome que no dejara de ser nunca tu «Tata Madrina». Yo pensé para mis adentros: «No, cariño, no te dejaré nunca; además, el día que Dios me ponga alas para irme al cielo, seré tu hada madrina de verdad y, aunque tú no puedas verme ni tocarme ni oírme, en los momentos más importantes de tu vida sí podrás sentirme, porque siempre tendrás a tu lado a tu Tata Madrina. Entonces seré un hada madrina de verdad».

Ese día te desahogaste y te quedaste más ancha que larga; ahora me toca a mí. Ya sabes que estudié fotografía y me encanta el cine. Como directores me gustan Fernando Trueba, José Luis Garci, Pedro Almodóvar e Isabel Coixet. Aunque no conozco personalmente a ninguno de ellos, en algún momento de mi vida me he identificado con sus trabajos. Quizá con la que más me identifico es con Isabel Coixet: las dos somos mujeres de carácter y con mucha sensibilidad. Al mismo tiempo, las dos tenemos edades parecidas, aunque ella es casi dos años mayor; todo hay que decirlo. Las dos hemos trabajado en publicidad; ella hacía anuncios en cine y yo en fotos, pero, para el caso, los mismos perros con diferente collar. ¿Sabes, Mónica? Me están viniendo a la mente dos de los títulos de películas de Isabel Coixet: uno es *Cosas que nunca te dije* y el otro *A los que aman*. Y yo, porque te amo, en este capítulo voy a decirte esas cosas que nunca te dije.

Como ya sabes, mi querida hermanita, cuando vine a esta vida, nuestro hermano Javier, el primogénito, hacía quince meses que había llegado a ella. Él y yo éramos como Zipi y Zape: si estábamos juntos nos matábamos y si nos separaban nos añorábamos; y, como dice la copla, «ni contigo ni sin ti tienen mis males remedio; sin ti porque no vivo y contigo porque me muero». Con Javi aprendí que había dos tipos de fuerza, la física y la psíquica; él conmigo empleaba la física y, como yo sabía que por ese camino nunca iba a vencerle, aprendí a usar la psíquica. Y no veas de qué manera el «coco» de niña que era yo desarrolló su «coco» para hacerle mil diabluras a su hermanito y así cobrarme los palos que él me daba.

Papá tenía una moto muy grande y Javi, con casi tres años, quería tener una igual. Nuestro querido papá tuvo la brillante idea de comprarle un triciclo con un remolque atrás. Javi me decía: «Monta, que te llevo». Y por la cuesta más empinada de Pamplona cogía velocidad y levantaba la palanquita; el remolque daba la vuelta y Olguita, de cabeza, al suelo. Después de que el nene le hizo a la nena la faena un par de veces, cuando él me decía «monta, que te llevo», yo le respondía que «nanay», pero se la guardaba bien guardada y, con sólo dos años, yo maquinaba con memoria de elefante.

Foto 9: Javier, cuatro años y Olga tres. Palma de Mallorca.

Frecuentemente, visitábamos a la abuela materna *Resu* en su preciosa casa de Pamplona. Tenía una cocina económica antigua tan bonita que la conservaba de adorno; pero el hueco donde en tiempos se guardaban el carbón y la leña, la abuela lo había acondicionado para meter algunos de nuestros juguetes. Yo, con carita de buena, le decía a Javi que me cogiera la muñequita que estaba más al fondo. Él, todo galante, me decía: «Espera, ahora te la cojo». Se subía a una banqueta y se metía en el hueco de la cocina. Me acercaba por detrás y cuando él estaba dentro yo bajaba la tapa y me sentaba encima para que no pudiera salir. Javi, al verse encerrado, gritaba como un poseso. Al oír semejantes berridos, en seguida venían a sacarlo y me decían: «Pero ¡mira que eres bruja!; eso no se hace». Y yo les contestaba: «Javi es malo; me pega y me tira del triciclo».

A papá lo destinaron a Palma de Mallorca. Allí aterricé a los dos años y medio, y Javi a los tres y medio. En Palma nos familiarizamos con los barcos, los aviones y el mar. Empezamos a ir al *cole* y aprendimos a *parlar* el mallorquín. Me gustaba mucho ir a clase porque, aunque tenía a Javi, había muchas niñas para jugar. Entonces fue cuando sentí la necesidad de tener una hermanita, pues muchas niñas de mi clase la tenían y yo sólo contaba con el *jaimito* de Javi.

VIERNES, 4 DE DICIEMBRE DE 1998

Fue allí, en Palma, donde empecé a rezarle a Papá Dios, a la Virgen María, a mi ángel de la guarda y a los Reyes Magos. A todos les pedía que, por favor, me mandaran una hermanita; pero como no se la pedí a los papás, no venía.

Transcurridos dos años y medio, nos fuimos de la isla y dejé de ver los molinos de viento mallorquines para ver los de la Mancha, pues fuimos a vivir a Puertollano, en Ciudad Real, la tierra de Don Quijote. A los dos años de estar allí, mamá nos comunicó a Javi y a mí que, al terminar el invierno, la cigüeña, antes de emigrar, iba a traernos un hermanito. Nos pusimos locos de contentos y, como de costumbre, empezamos a discutir. Él decía que iba a ser niño y yo que niña; pero toda la familia estaba en mi contra. Yo era la única que deseaba una niña. Fueron nueve meses de esperanza e ilusión, pero todo se desvaneció un 5 de marzo de 1970, cuando al mediodía vino a buscarme al colegio mi tata *Lupe,* que era una chica que trabajaba en casa ayudando a mamá. Javi iba al colegio en autobús y yo andando. *Lupe* me llevaba y recogía. Nos queríamos un montón; ella era mi cómplice y hacía de hermana mayor. A mí me parecía muy mayor, pero sólo tenía veintiseis años. Se llamaba Guadalupe, aunque nos tenía prohibido pronunciar ese nombre. Sólo nos dejaba llamarla «tata» o *Lupe*. Y, como iba diciendo, *Lupe* vino a buscarme entusiasmada: «¿Sabes, Olgui? Ya ha nacido tu hermanito». «¿Hermanito o hermanita?», pregunté yo con mi última esperanza. Cuando ella dijo «hermanito», se me rompió el alma.

JUEVES, 10 DE DICIEMBRE DE 1998

De regreso a casa, no dije ni una palabra. En cuanto *Lupe* abrió la puerta, fui directa a mi habitación, dejé mis libros en el secreter y sin quitarme el abrigo me tumbé en la cama. De rabia e impotencia, empecé a llorar desconsoladamente.

Como era una niña que no lloraba nunca, al oírme, *Lupe* se asustó, vino corriendo y exclamó con su acento manchego: «Pero ¿qué le pasa a mi muchacha?». Yo le dije: «¡Vete!».

En vez de irse, se sentó en la cama para intentar consolarme. «No te ha hecho gracia tener un hermanito, ¿verdad? Claro, como eres la pequeñita, Iñaki va a destronarte, y eso no te gusta.» «¡Te he dicho que te vayas y que me dejes en paz!» *Lupe* insistía: «¿Sabes?, me ha dicho tu padre que ha pesado más de cuatro kilos y medio, y que es enorme y monísimo».

Entonces empecé a llorar con más fuerza y le dije: «Sí, muy mono, muy mono, pero tiene "colita", ¡idiota! Te crees muy lista y no me entiendes; yo no tengo celos por dejar de ser la pequeña ni por el nuevo hermanito». Y, gritando, dije: «Yo quería una niña y es un niño; así que déjame en paz». «¡Vale, vale! —dijo *Lupe*—, ya te dejo; pero tenemos un problema gordo, porque..., Olguita, "la colita" no se la podemos cortar.»

«¡He dicho que te vayas! Y no me llames Olguita, Guadalupe; me llamo Olga.» «Con la carita de buena que tiene, ¡menudo genio gasta la niña! —dijo ella—. ¡Habrá que verte cuando seas mayor!»

¡Ay, *Lupe*! ¡Si pudieras verme ahora!... Entonces tenía siete años; hoy tengo treinta y cinco recién cumplidos. Han pasado veintiocho años, mucho tiempo y muchas cosas. Ya no tengo carita de buena ni esos ojos verdes tan grandes que a ti te gustaban tanto. ¿Sabes, *Lupe*? Tu muchachita está enferma desde hace doce años. La enfermedad me ha paralizado los ojos, la cara y el cuerpo, pero tú tenías razón; si me vieses de mayor, como dijiste aquel día, comprobarías que la enfermedad me ha paralizado el cuerpo, pero no el carácter. Tu fuiste testigo de la rabieta que cogí cuando nació Iñaki, pero también viste cómo llegué a quererle, y dejé de jugar con mis muñecas, porque él era mi muñeco de verdad; no tenía que ponerle pilas para que se moviese: él tenía vida, era mi Pepón.

A los dos días de estar Iñaki en casa, él descansaba en su cuna. Ésta era de níquel con unos biseles preciosos blancos que tenían un lazo azul grande en medio. Yo me colé en su habitación sin que me viese mamá; me quedé mirándolo y le cogí la manita; él agarró uno de mis dedos, lo apretó y no lo soltaba. Le di un beso en la cara, me gustó su textura y ese

Foto 10: Iñaki, cuatro meses. Puertollano, 1970.

olor a vida recién estrenada, y le susurré al oído: «Eres tan guapo que te perdono que seas un niño».

En ese instante enterré el hacha de guerra contra Iñaki. Era muy feliz con mi Pepón; pero, como no era de plástico, creció y me quedé sin mi juguete.

VIERNES, 11 DE DICIEMBRE DE 1998

En cuanto cumplió los dos años, no quería saber nada conmigo. Yo era una niña muy responsable y si mamá me lo dejaba a mi cuidado, él tenía que obedecerme, y eso no le gustaba. En cambio, Javi le dejaba hacer lo que quería; por eso Javi era su ídolo. Javi era el piloto de todas las pifias e Iñaki su copiloto; así que cuando me hartaban, me aislaba en mi habitación. A pesar de que tenía dos hermanos, crecí como niña sola. Para colmo, cuando iba a casa de mi tía, la única hermana de mi madre, como ella tenía tres hijos, se juntaban los cinco y se pasaban el día metiéndose conmigo: «Tú a esto no puedes jugar. Vete, que es cosa de chicos». Me rompían las muñecas y me levantaban las faldas. «Sois unos cerdos y estoy harta de camiones, coches, vaqueros e indios», les decía. Más de una vez pensé: «¿Qué he hecho yo para merecer esto? A ver, ¿por qué no podía yo tener una hermanita?»

Pero, gracias a Dios, en esta vida todo pasa y todo llega. Javi y yo nos llevamos quince meses; cuando yo tenía seis años para siete, llegó Iñaki, y cuando Iñaki tenía siete años, casi como un milagro, naciste tú.

Lunes, 14 de diciembre de 1998

Por segunda vez se repetía la historia. Fue al salir al mediodía del *cole* cuando nuestra abuela materna, *Resu*, me dio la noticia. Eran las dos y cinco minutos de la tarde, y me contó que a la una y cuarto tú habías llegado a este mundo. Me abracé a la abuela y las dos bailamos por el pasillo. Luego me preparó la comida y en cuanto comí llamó a un taxi. Me fui corriendo a verte, antes de volver al colegio. Papá estaba esperándome en la puerta del hospital para que me dejaran pasar. Cuando subí, creo que ni le di un beso a mamá; fui directamente al nido y había dos nenas; me quedé mirándolas y, señalándote, miré a mamá y dije: «¿A que es ésta?» Ella, emocionada, asintió con la cabeza: esa cosita era mi hermana.

No pregunté si podía cogerte; directamente te cogí. Pesaste tres kilos y ochocientos cincuenta gramos y, como todos habíamos pesado más de cuatro kilos y medio, a mamá le parecías pequeña. Eras delgada y muy larga, tenías una cara preciosa y rosada, con unas facciones tan finas que parecías una medalla. Cuando terminé de observarte, les dije a los papás: «Es preciosa, pero se parece a Epi». Tenías los pelos tiesos.

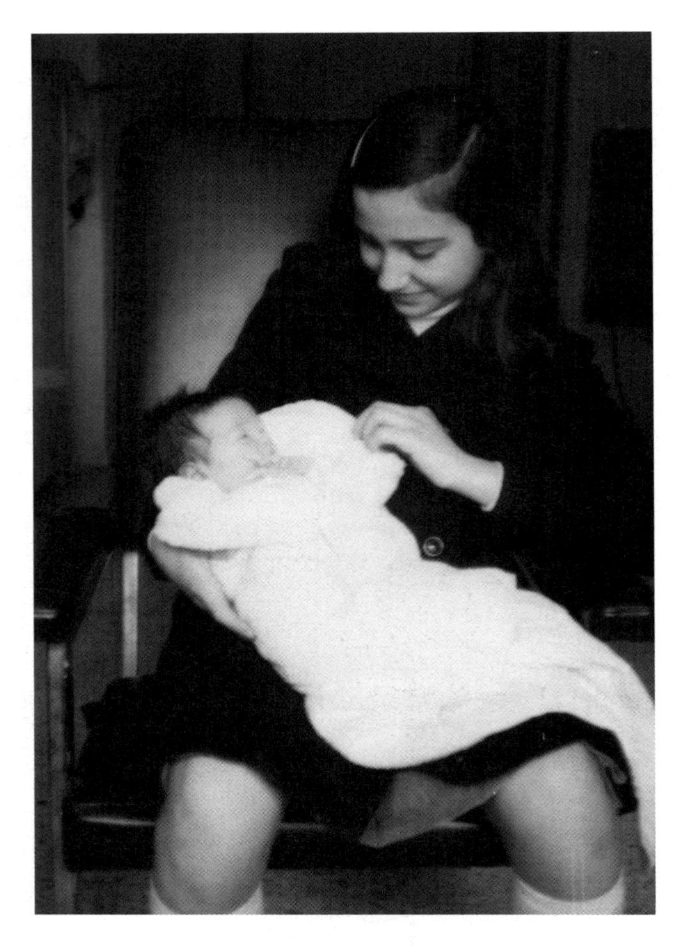

Foto 11: Mónica en brazos de Olga, el día de su nacimiento.
22 de febrero de 1977, Logroño.

Cuando tú naciste, había una serie infantil televisiva cuyos protagonistas eran dos muñecos, Epi y Blas. Tu tenías los pelos como Epi, tiesos. Era una pelusa morenita; yo te soplaba y tu pelo parecía a esas pelusas con las que todos los niños alguna vez hemos jugado en el campo. A la abuela *Resu* le encantaban los bebés con rizos y cuando te bañaba, con el pelo mojado, te hacía ricitos y me decía: «Mira a Mónica, qué guapa está». Y en cuanto se te secaba el pelo, adiós rizos. Yo me moría de risa, te cogía en brazos e iba a donde estaba la abuela y le decía: «Mira qué guapa está Epi». Como todos no reíamos, tú también lo hacías, y daban ganas de comerte a besos, con esa cara tan guapa, dos hoyitos en las mejillas y tus pelos tiesos.

MARTES, 15 DE DICIEMBRE DE 1998

Cuando estabas en tu cuna, yo me acercaba y, al verme, extendías los bracitos para que yo te sacara. Entonces te soplaba el pelo y te decía, según te iba cogiendo: «Ven aquí, pelusa».

Foto 12: Mónica, tres meses. Mayo de 1977, Logroño.

Esos pelos tan graciosos te duraron poco. Al mes, se te cayeron y te salió un pelo precioso, moreno, fino y muy liso. Ya no podía soplarte, pero sí ponerte lacitos. A los tres meses empezaste a fijarte en la tele y cuando veías a Epi y Blas te volvías loca. Como todos los de tu generación, creciste con la serie *Barrio Sésamo* y Epi te enseñó los números, colores, formas y cosas: lejos-cerca, detrás-delante, arriba-abajo, abrir-cerrar... Por eso, cuando mamá me abre un cajón y no lo cierra, le digo con ironía: «Se nota que tú, de niña, en tu pueblo, no veías a Epi y a Blas. Las cosas se abren y luego se cierran; si no te importa, cierra el cajón». Y mamá se mosquea. Uno de mis hobbies es discutir con tu madre y eso empezó el mismo día de mi nacimiento: ella empujaba para que yo saliera y yo me metía para adentro; ella, que sí y yo, que no; y así en todo y por todo. Menos mal que madre no hay más que una, aunque también dicen que amores reñidos son los más queridos.

Mi querida hermanita, la verdad es que te hiciste mucho de rogar antes de venir a este mundo. A Dios en muchas ocasiones no lo entendemos, pero el tiempo nos demuestra, una y mil veces, que Él no se equivoca. Él sabía que tú eras algo muy importante en mi vida y te envió en el momento más oportuno, pues, al llevarnos trece años, lo has sido todo para mí. Durante tus primeros años de vida fui para ti una segunda mamá y por tu culpa, con diecisiete años, más de una vez me dijeron «señora» y me trataron de usted, porque pensaban que la niña que llevaba en la sillita era mi hija. A mí, al principio, me gustaba aclarar que no lo eras, que eras mi hermana, pero llegó un momento en que estaba tan harta que me callaba y me decía a mí misma: «Que piensen lo que quieran».

A medida que tú ibas creciendo, la diferencia de edad era menos notoria. Cuando dejé de parecer tu madre, pasé a ser tu hermana mayor y no sé qué fue peor. No lo digo por nosotras, sino por la gente. A ti todo el mundo te decía: «¡Qué ojazos tiene tu hermana, qué bien viste y qué clase tiene!» Tú te pavoneabas y presumías de tu hermana mayor; aunque tú eras y eres preciosa, esos comentarios de la gente te producían inseguridad.

JUEVES, 7 DE ENERO DE 1999

A las dos nos echaban muchas flores, pero, lógicamente, los piropos que se referían a ti, siendo una niña, eran distintos de los que a mí me decían, porque yo era una jovencita que, como dicen las abuelas, estaba en edad de merecer. Tú nunca oías tus piropos, sólo escuchabas los míos; por eso me tenías idealizada. Tú querías ser como yo en todo y para todo, y no te dabas cuenta de que yo era trece años mayor. Una de las cosas que me caracterizaba, cuando era una «persona normal» (entre comillas), y que todo el mundo recuerda como un rasgo de mi personalidad es que iba siempre impecablemente arreglada y eso era algo que también hice contigo mientras me dejaste. Antes de sacarte a la calle, te bañaba y elegía tu ropa al detalle; siempre te ponía vestiditos clásicos, abrigos ingleses, zapatitos mercedes y siempre llevabas chaquetitas y calcetines a juego hechos por la abuela *Resu*. También tenías lazos de todos los colores. Yo te peinaba y a ti te encantaba que te pusiese guapa para irnos a la calle; pero cuando la gente te decía cosas, te morías de vergüenza y buscabas mi cuerpo para esconderte.

Foto 13: Mónica, cinco años. Logroño.

Hasta los cinco años me dejaste bañarte y vestirte, pero a partir de esa edad eras tú la que elegías la ropa y me decías: «Olga, ¿esto va bien con esto otro?». Eras peor que yo, y tenía que decirte tres horas antes que te arreglaras, porque, como querías hacerlo todo tú sola, era la única manera de no llegar tarde a los sitios.

Fuiste una buena alumna. Yo te enseñé a cuidar tu aspecto personal y en esa lección también te expliqué que del mismo modo había que cuidar el interior. Tú todavía eras muy pequeña para entender esa filosofía, hasta que en nuestra casa se hizo realidad el cuento de *La Bella y la Bestia*.

La enfermedad no se llevó a tu hermana, pero sí su belleza. Fue entonces cuando entendiste la lección y empezaste a quererme por mi interior. Ahora ya sabes que los seres humanos somos algo más que materia; por eso tú nunca te has avergonzado de la materia deteriorada que es ahora tu hermana.

Sólo tenías diez años cuando sufriste un duro golpe. Tu ídolo se convirtió en estatua de sal. Pero lo niños son muy listos y tú me cambiaste el adjetivo de «guapa» por el de «valiente»; el caso era seguir presumiendo de hermana mayor. A todas las niñas de tu colegio les hablabas de mí y me las presentabas. Así desfiló por casa medio colegio de las Agustinas. Hoy, doce años después, sigues con la misma temática, y ya he conocido a media Salamanca. Cada vez que vienes a casa, traes a algún invitado y me haces partícipe de tu vida. Yo no puedo salir y tú intentas traerme esa vida a casa. De esa manera, ha sido un placer para mí conocer a tanta gente, que, de no haber sido por ti, jamás hubiese conocido.

Quizás los que más huella me han dejado han sido los mejicanos, porque han tenido que partir hacia su tierra. En dos días tuvieron que preparar el traslado de Salamanca a Méjico y, entre nervios, prisas y agobios, Marian sacó tiempo para escribirme esta carta:

Salamanca, 11 de diciembre de 1998

Mi querida Olga:

Ya te habrán contado lo que pasó, pero estamos muy tranquilos y tenemos varias alternativas, por lo que sigo pidiendo que tus oraciones se dirijan a Mariana.

Así que esta carta, aunque no lo quiera, tendrá un tono de despedida. No hablaré más de teología.

En mi bolso de mano llevo el sobre donde guardo tus cosas: escritos que me diste y la flor. Anoche ha venido Mónica con Diego, Ana y Arantxa y nos han regalado un marco precioso, grabado, y han hecho una composición de fotografías muy simpáticas. Pusieron una foto tuya. Me ha dado mucha alegría, porque quería una.

Es curioso cómo, al despedirme de ti, siento que no es una verdadera despedida. Yo no sé si lo que te voy a decir es pensamiento mágico, según la psicología, pero es como el niño que cree que al final del arco iris hay un arcón lleno de oro y eso le hace feliz...

Pues yo siento que tú eres como ese arcón lleno de joyas que está y estará siempre en mis certezas. El arco iris no es un lugar, es casi una epifanía. Sé que tú Olga no estás sujeta a un lugar, y qué curioso que se sienta esto cuando tú no puedes salir de tu habitación. Pero tu vida se mueve en ámbitos que sobrepasan ese espacio; y cuando ya no estés más en tu habitación, en tu silla, seguirás cercana. ¿Tal vez más?

Mariana dice que te visita en la casita que le has regalado, pero que en esa casa no tienes «pupa». La comunicación que hemos tenido tú y yo parece darse en una casa en la que sólo las dos podemos entrar y donde no hay «pupas». Sin embargo, tal vez nunca hubiéramos podido conocernos así si no hubiera sido por nuestras «pupas».

Te quiero mucho y eres una de las dos experiencias más importantes que he tenido en este País. Te vas con nosotros, Olga; eso no lo dudes.

Un abrazo fuerte, de ser a ser. Marian.

P.D.: El día 12 de diciembre, día de la Virgen de Guadalupe, estaremos viajando hacia nuestro continente... Recuérdanos ese día junto a la imagen tan preciosa que tienes de Nuestra Señora de Guadalupe, ¿vale?

Me la leíste y ninguna de las dos pudimos reprimir las lágrimas. Se iban con una espinita: no tenían mi libro, *Voz de Papel*, pues se lo habían regalado a unos amigos. Yo cogí uno de mis libros, ya que, al hacerse la segunda edición, la editorial me había enviado veinte ejemplares; se lo dediqué e incluí el apreciado garabato que Marian y Martín me habían pedido. Mi garabato les hacía tanta ilusión que casi lo valoraban como un Picasso. Entre las cosas que les ponía en la dedicatoria, les decía que las personas se trasladan pero los sentimientos no lo hacen nunca; y ellos, Martín, Marian y Mariana, permanecerán siempre en mi corazón.

Estas Navidades viniste con Jane. Ella es norteamericana; va a estar un año en Salamanca, y las dos, junto con tu gato Epi, compartís apartamento. Por cierto, a Epi lo bautizó tu novio, sin saber que a ti de bebé te llamábamos así. Tú a mí me habías hablado mucho de Jane y a ella le habías hablado mucho de mí; las dos teníamos muchas ganas de conocernos y en Navidad se hizo realidad el deseo. Me pareció desde el primer momento una chica encantadora, enseguida se adaptó a la familia y a mis circunstancias. Me comentó que se sentía muy a gusto en casa, pero, lógicamente, sus pensamientos estaban con los «suyos»; en unas fechas tan especiales sus sentimientos estaban divididos.

Estaba explicándome cómo celebraban las Navidades en su casa y, cuando sus ojos empezaron a llenarse de lágrimas, rompió en una carcajada y exclamó: «¡Seguro que ellos no han cenado tan bien como yo! Eso seguro». Volvió a reír y dijo: «¡Qué rico estaba el pavo! Me gusta mucho cómo coméis en España».

Creo que Jane se sintió muy a gusto con nosotros. Al despedirse tenía una gripe impresionante y no se atrevía a besarme; agarró uno de mis brazos y me dijo: «Cuídate, que voy a volver». Y repetía: «Cuídate, que volveré. ¿Entiendes lo que te estoy diciendo?» Con la cabeza dije que sí. «Vale, entonces hasta pronto», concluyó ella.

Viernes, 8 de enero de 1999

Yo intuí que lo que quería decir era que no me fuese al Cielo, que me quería volver a ver en abril, y le dije: «Sí, Jane, espero seguir aquí por un tiempo, el suficiente para escribir mi segundo libro».

Cuando ella salía por la puerta de mi habitación, me entró la risa al recordar un momento de los que viví con Jane. Un compañero de nuestro hermano mayor Javi había tenido un bebé y quería comprarle un regalo; como no está muy puesto en esas cosas, te pidió a ti que lo acompañases. Así, fuisteis Javi, un amigo de éste, Jane y tú. Estuvisteis toda la tarde de compras y risas, y al volver a casa le dijiste a Jane: «Anda, cuéntale a Olga nuestras compras».

Ella, complaciente, cogió una silla y la puso al lado de mi cama. Con su acento americano y su español tipo indio, me dijo: «Hemos estado en una tienda de cositas para bebés y Javi le ha comprado a su amigo ropita para... —ahí se atascó— ... ¿cómo se dice?» Yo sabía que ella quería decir cochecito y, de repente, salta: «¡Ah, sí, ya sé! Javi ha comprado una ropita preciosa para el garaje del bebé». Empecé a reírme y, como no llevaba el ritmo del respirador, comencé a ponerme colorada. Ella me decía: «¿Pero qué he dicho?» Y yo no podía parar de reír.

En su momento, Mónica, no pude explicártelo y te lo digo ahora. Jane, si lees esto, espero que no te moleste. Si algo valoré de ti, fue el esfuerzo que hiciste para comunicarte conmigo. Las dos pusimos mucho de nuestra parte, y querer es poder.

En estas Navidades, he tenido momentos de agobio, pues todo se sale de la rutina y mi estado de salud se altera un poco. Pero también he vivido momentos preciosos; sin ir más lejos, el día de Reyes llamó por teléfono mi amiga Gloria. Habló con mamá, pero estaba tan emocionada que se le hacía un nudo en la garganta y tenía que parar porque se le entrecortaba la voz. Le leyó a mamá la carta que les había escrito su hijo Fernando a los Reyes Magos. Lo primero que les ponía, por segundo año consecutivo, era: «Por favor: si podéis, curad a la amiga de mi mamá y amiga mía también Olga Bejano, porque lleva más años malita que los que tengo yo de vida, y el 29 de enero voy a cumplir ocho años».

Fernando fue el primer retoño de mis amigas. Cuando él nació yo ya llevaba casi cinco años enferma. De bebé me miraba con extrañeza; a los dos años empezó a hacer preguntas; a los tres entendió que Olga estaba malita, pero, según el razonamiento de un niño, las personas, si se ponen enfermas, tarde o temprano se curan y si no, se mueren; ahora bien, que una persona lleve años y años enferma y ni se cure ni se muera eso no entra en su lógica. Él quiere que yo me ponga buena y, después de llevar tiempo y tiempo intentando comprender, la única solución que ve es pedírselo a los Reyes Magos. ¿Sabes, Fernando? Si este año no te han hecho caso y sigo malita, no te preocupes; a mí tardaron trece años en mandarme a mi hermanita, así que tú insiste; a ver si algún año te hacen caso.

Mónica, hablando de los hijos de mis amigas, está viniéndome al pensamiento una escena de tu niñez. Tú tenías cinco años; era verano. Yo volvía a casa de la calle y te traía una bolsa de golosinas; te busqué por toda la casa y no te encontré; entonces fui a la cocina y le dije a mamá: «¿Dónde está Mónica?» Ella me dijo: «Le he dicho que saliera a la terraza para que no me manchara la casa. Sal y verás el zafarrancho que tiene montado».

Salí y te vi tumbada en el suelo, con una cartulina blanca y rodeada de colores. Habías cogido mis témperas y acuarelas y estabas como un «cristo». Al verte, exclamé: «¡Virgen Santa, la que has liado!» Y tú, con carita de no haber roto un plato: «Mira, tata, qué dibujo más bonito he hecho». «Con la que has organizado tiene que ser precioso; a ver tu obra de arte».

Toda orgullosa, me lo enseñaste. Habías dibujado una novia con un traje romántico, con velo y una cola muy larga; la cola la llevaban unos niños. Yo te dije: «A ver, explícame el dibujo». Señalando a la novia, añadiste: «Ésta soy yo de mayor, y las "damitas" y los "pajitos" son tus hijos».

LUNES, 11 DE ENERO DE 1999

Cuando vi que me habías estropeado las témperas y las acuarelas —que eran de alta calidad, pues por aquel entonces yo cursaba tercero de arte y decoración y esas acuarelas me las había traído un amigo de Italia—, sentí ganas de estrangularte. Encima de estropearme todo, me habías plantado una recua de hijos para que te llevasen la cola del vestido y te habías quedado tan ancha. Yo, como una imbécil, al final, en vez de reñirte, terminé riéndome contigo y comiéndote a besos. «No se dice "pajitos"; esa corte que has dibujado son los pajes y damas de honor.»

Cuando yo llevaba tres años enferma, mi amiga Olga Nalda vino a decirme que se casaba. Eso planteaba un problema: yo no podía asistir a la ceremonia y mi amiga lo sabía, pero no quería permitir que en un día tan importante para ella su amiga del alma no estuviese allí. Había que buscar una solución y esa solución fuiste tú. Asististe a las bodas de todas mis amigas en representación mía. En la boda de Olga Nalda, que fue la primera en casarse, tú tenías catorce años y en la de Marián, que fue la última, tenías dieciocho.

Al final de las ceremonias, una de las fotos típicas era la de la novia con todas sus amigas, y allí estabas tú, ocupando muy dignamente mi lugar. Cada vez que una de mis amigas anunciaba su boda, tú te ponías loca de contenta, pues todo el mundo, al conocer mi situación y saber que tú ibas en mi lugar, te arropaba, se volcaba en atenciones hacia ti y eras tan protagonista como la novia. Al final de la ceremonia, había casi ya un ritual: mis amigas venían a casa para que las viera vestidas de novia, y, emocionadas, me entregaban su ramo de flores; yo las secaba y hacía una composición floral en un cuadro con los nombres de los novios, la fecha y algún poema bonito; todo ello se escribía en el cristal del cuadro con letras doradas. El primero pude hacerlo todo yo, pero con los otros tuve que movilizar a varias personas para que hiciesen lo que yo no podía hacer. Me costó mucho más trabajo, pues yo era la que decía qué cosas había que comprar, cómo y dónde, y luego iba diciéndoles cómo se hacía. Al no poder hablar y tener que explicarme escribiendo, todo eso era agotador; pero lo hice. Ese detalle les encantaba a mis amigas y es algo que, según ellas, con los años va cobrando valor, al igual que el regalo que les hice a cada una de ellas.

Mónica, en su día tú fuiste a la boda de mis amigas en representación mía, y el día que en tu vida la margarita diga «sí», me gustaría que todas ellas sean mi representación en tu ceremonia. Esa corte de honor que yo no puedo darte te la proporcionarán ellas. De momento, ya tienes cinco: Fernando, Marina, Ana, Javier y Eloísa; los nombro en el orden en que han llegado a esta vida. Tú dibujaste seis, que, gracias a

Dios, no los he tenido que parir; para eso están las amigas. Falta uno, pero Olga Nalda y Marián son las dos que quedan por estrenarse como mamás; Olga creo que no está por la labor y Marián, al ser azafata de vuelo, se pasa el día como el «correcaminos» por los aeropuertos, y cuando se cruza con la cigüeña le dice: «Déjame, que tengo prisa».

Cumples veintidós años, y el que falta, como aún queda tiempo, puede llegar en cualquier momento; pero si no lo traen las dos que quedan, que lo ponga el novio. El marco para la ceremonia ya lo tienes elegido. Siempre dices: «Yo me voy a casar en el Monasterio de San Millán, porque soy riojana y ese es el Escorial de La Rioja, cuna del castellano, y porque ahí le entregaron a mi hermana la Medalla de Oro de La Rioja». Y también añades: «Y ¡anda que no me costó lágrimas esa medalla!, porque tenía un examen muy importante que no podían aplazarme y tuve que quedarme en Salamanca. Pero ¿sabes, Olga?, saliste en el telediario de la primera cadena de *Televisión Española* y se enteró toda mi facultad; y a algún que otro profesor, al verte en la tele, le remordió la conciencia, porque en un acto tan importante que no se repite en la vida yo tenía que haber estado». Y dices con rabia: «Corramos un "estúpido" velo».

Yo también estuve pensando más en ti que en lo que me estaba aconteciendo. Si te sirve de consuelo, yo tampoco pude asistir; tuve que quedarme en casa y, al igual que tú, lo vi todo por televisión. Pero tú te libraste de los periodistas y yo no. Casi me matan porque, con tanto cable y tanto foco, se desconectó la luz varias veces y cuando oían la alarma de mi respirador, decían: «No sé si vamos a dejarte viva para cuando llegue el *Presi* a ponerte la medalla».

¡De la que te libraste! Por mucho que te contemos, no sabes bien el follón que se preparó en casa. Bueno, ya pasó; pero el día que tú te cases, como aún falta tiempo, con un poco de suerte, yo ya no estaré atada a mis máquinas ni a la silla de ruedas; creo que ya estaré libre y podré asistir. Y por allí, pululando, estará tu Tata Madrina con tu sobrino *Migueluco* de la mano y no nos perderemos ni ripio.

Me apetece recordarte una conversación de hermanas que tuvimos hace tiempo. Un día me dijiste: «Cuando sea mayor, me gustaría tener una niña para poder ponerle tu nombre; ¿te gustaría?», me preguntaste. Y mi respuesta tajante fue «no». Tú te quedaste fría y cortada. Te di un beso en la frente, pues entonces todavía mis labios «funcionaban» y pude hacerlo, cogí mi cuaderno y empecé a explicarte mi teoría sobre los nombres: Olga significa ser alto y divino; así viene en unos sitios, pero en otros reza como santo o santa feliz. En Rusia hay tantas «Olgas» como «Cármenes» en España y, por ser un nombre ruso, el funcionario del registro, no quería registrarme, ya que se trataba de un nombre «rojo» y en tiempos de Franco así se veían las cosas; ni siquiera sabían su significado. El funcionario dijo: «O le ponen María Olga o viceversa». Papá le respondió: «Ni María Olga ni Olga María; la niña va a llamarse Olga Victoria; Victoria por su madrina y Olga porque se le pone en las narices a su padre. Y así, entre tiras y aflojas, me registraron.

Me gusta mi nombre. Creo que le va a mi persona, pero es mi nombre, igual que Mónica es el tuyo, y tu hija debe tener el suyo y no llevar el nombre de nadie. Todos los seres humanos somos distintos. Los nombres se inventaron para diferenciarnos y, como es imposible que haya un nombre diferente para cada persona, se crearon los apellidos para reforzar esa diferencia. Por eso, me parece absurda la manía que tiene la gente de repetir los nombres en criaturas inocentes que, más de una vez, quedan coronadas de por vida. Si yo hubiese tenido una niña se habría llamado Minia, porque es un nombre corto, original, femenino y con un significado precioso: Amor. No se refiere al amor de pareja, sino al Amor Universal, y ese tipo de amor es el que mueve al mundo.

Miércoles, 13 de enero de 1999

Después de soltarte el rollo sobre mi teoría de los nombres, me dijiste: «¡Hombre!, si lo planteas así, creo que efectivamente llevas razón. No le pondré Olga pero Minia tampoco, porque no me gusta». Entonces yo me eché a reír y te dije: «Vale, ni Olga ni Minia. Tengo una idea: eliges diez nombres que te gusten a ti y al que sea tu marido; haces diez papelitos, los metes en una bolsita, metes la mano de la criatura y el nombre que esté escrito en el papelito que coja, ese será su nombre; así, si de mayor dice que no le gusta, puedes explicarle: "Pues, guapa, lo elegiste tú". Como verás, ya doy por supuesto que será una niña».

No hace mucho tiempo en nuestra familia vivimos una situación similar cuando nuestro hermano Javier nos comunicó que iba a ser papá. A los tres meses supimos que la criatura era varón, y un día, comiendo, salió a la palestra cómo se iba a llamar. Entonces expuse mi teoría: «Ponedle como queráis, pero elegid un nombre que sea su nombre».

Javi dijo: «¿Y cómo sabemos cuál tiene que ser su nombre?» Le contesté: «Muy sencillo, piensa cuándo y dónde lo engendrasteis. Javi se puso pensativo y, tras reflexionar, unos minutos dijo: «Fue engendrado en el pueblo, en una casa que está en la calle San Miguel; muy cerca hay una ermita que se llama ermita de San Miguel y da la casualidad que eran las fiestas de San Miguel». Y todos dijimos: «Está claro».

No obstante, cogimos la Biblia para conocer el significado del nombre; uno de los significados es «belleza de Dios» y, como suponíamos que iba a ser un niño muy guapo, tenía que llamarse Miguel; además, no había ningún Miguel en la familia. Como ya tenía nombre, hablábamos de él como de uno más: Miguelito por aquí y Miguelito por allá. Tú, Mónica, le trajiste de Salamanca un proyector de dulces sueños; lo probamos en mi habitación, apagamos la luz y, a la vez que sonaba una canción de cuna, en el techo se veían nubes de algodón, una luna llena, ositos y muchas estrellas. Yo le compré una mochila porta-bebés para que lo llevaran colgado, pues iba a nacer en mayo y, si hace buen tiempo, es muy sano llevarlos así. La vida se ve más bonita en vertical que tumbado en un cochecito en horizontal.

Miguelito iba a ser primer hijo, nieto y sobrino en nuestra familia, y tú y yo estábamos locas de contentas con la idea de ser tías. Los acontecimientos se precipitaron: todo estaba previsto para un 8 de mayo, pero Miguel nació prematuro un 14 de marzo. Sus pulmones estaban inmaduros y los alvéolos cerrados; se hicieron esfuerzos sobrehumanos para que pudiera respirar y él luchó treinta y seis horas por una bocanada de aire, como un salmoncito fuera del agua; eso lo convirtió, igual que a mí, en un alma de color salmón, y un 16 de marzo se fue al cielo. Prefirió la luna, las nubes y las estrellas de verdad a las de tu proyector y, en lugar de mi mochila, le parecían más cómodos los brazos de Dios, y se marchó.

Pasó de puntillas por esta vida. Estuvo muy poco tiempo, el suficiente para que los que pudieron verlo comprobaran lo especialmente guapo que era. Si algo de él llamaba la atención era su belleza y con eso dejó claro que no nos equivocamos al elegir su nombre. Cuando cumplió un año, su tía Olga le escribió un poema que, con permiso de tía Mónica, voy a incluir en tu capítulo para que *Migueluco* y yo vivamos en este libro para siempre.

Miguel, el día que te engendraron
el mismo Dios se emocionó
de ver la cosa tan bella
que ahí se estaba creando.
Tan genial y tan bonito,
Papá Dios quiso que, en vez
de un nene, fueses un angelito.
Sé que cuando llegue la hora
de marcharme, Dios te permitirá
venir a buscarme.
Sé que vives allí, pero
en nuestro corazón
también estás aquí.
¡Felicidades, Migueluco!
Hoy cumples un año
de angeluco.

A Miguel, con cariño, de su tía Olga
14 de marzo de 1998

Mi querida hermanita, es tanto el amor que siento por ti, que todos los años, cuando se aproxima la fecha de tu cumpleaños, me devano los sesos pensando en tu regalo, y hace tres años me sucedió algo tan bonito que creo merece la pena recordarlo. Eran los días finales de enero de 1996. Me metí en la cama pensando en tu regalo; le di tantas vueltas a mi cabeza que parecía una lavadora centrifugando, y no podía dormirme. Cuando mi cabeza dejó de «centrifugar», concilié el sueño. Entonces soñé algo especialmente bonito; fue de esos sueños que de vez en cuando suelo tener.

Alguien estuvo toda la noche hablando conmigo y me explicó que algunas personas nacían con fecha mágica.

Entonces yo le pregunté: «¿Qué quiere decir eso de fecha mágica?» Y la voz me dijo: «Cuando en una persona coincide que el día del nacimiento, el mes y el año tienen el mismo número en algún año de su vida, vive una fecha mágica. Esto solo les sucede a muy pocas personas, y a las que les ocurre sólo les pasa una o, como mucho, dos veces en su vida».

Automáticamente, me vino la fecha de tu cumpleaños a la cabeza y me di cuenta de que a lo largo de tu vida tú podías tener dos fechas mágicas: el «22-02-2002» y el «22-02-2022».

JUEVES, 14 DE ENERO DE 1999

Le dije a la voz: «¿Y los ceros, qué?» Me contestó: «Los ceros no importan y, además, el 2002 es capicúa».

El sueño me había dado la solución a tu regalo. Al día siguiente, en cuanto terminaron de asearme y me sentaron en la silla, llamé a mamá y le dije: «Necesito que me hagas un recado». Ella dijo: «Miedo me da. A ver, ¿qué tengo que hacer?» Entonces le dije: «Vete a la joyería de mi amigo José Herrera, dile que va a ser el cumpleaños de Mónica y que quiero regalarle algo que pueda colgarse al cuello y grabar.

Mamá le trasmitió muy bien lo que yo le había dicho y él, muy amable, le dejó diez piezas, a cada cual más bonita, para que me las trajera a casa y yo, con tranquilidad, pudiera elegir. En principio, me gustaban todas; no sabía por cuál decidirme. Le señalé a mamá una banderita y le dije: «A ver, enséñame mejor ésa».

Me levantó los párpados y la acercó a mis ojos. Pude observar que era una bandera monísima, toda de oro; los colores estaban hechos de esmalte. Por la parte de atrás daba la casualidad de que tenía una «M» en el centro, porque esa bandera era la letra «M» en el lenguaje de los marineros. Aunque era la pieza más cara de todas, supe que era esa y no otra la que debía elegir. Entonces le dije a mamá: «Me quedo con ésta. Apunta en un papelito las dos fechas que voy a decirte. Dile a José que en la parte superior de la bandera grabe la fecha «22-02-1996», que es el día en que voy a regalársela; y en la parte inferior, «22-02-2002», que, según mi sueño, es su fecha mágica; tanto ese año como el 2022 marcarán su vida, porque serán años especialmente buenos para ella en todos los aspectos».

Foto 14: Cumpleaños de Mónica. Salamanca, 22 de febrero de 1999.

Milagrosamente, Mónica, la banderita lleva ya tres años sin perderse, colgada de tu cuello. Y digo «milagrosamente» porque todo lo pierdes. Como a «Doña Perfecta», como tú me llamas, no se le escapa una, he querido reflejar ese sueño tan bonito en tu capítulo, porque considero que el regalo de cumpleaños de ese año y de éste deben estar juntos, ya que son los mejores regalos que, a mi parecer, te he hecho en toda tu vida; por lo menos, son los más espirituales.

Cuando una persona vive como yo, a caballo entre esta vida y la otra, de vez en cuando suele hacer un repaso de los mejores momentos que ha tenido. Sin lugar a dudas, el día que tú llegaste a este mundo fue el más feliz para mí, superando incluso, al día de mi Primera Comunión o al de mi primer amor. Entre esas cosas que nunca te dije, quiero decirte ahora que fue un placer para mí cuidarte de bebé, enseñarte a dar tus primeros pasos, llevarte y recogerte tantas veces en el *cole*, enseñarte a nadar, a esquiar, a patinar sobre hielo y asfalto, aficionarte a la gimnasia rítmica, llevarte al cine, al circo o al teatro, ir juntas de paseo, tomarte como modelo en mis trabajos de fotografía. También ha sido un gran placer el haber podido conversar las dos, horas y horas, de nuestras cosas. Primero lo hice con mi verdadera voz y, cuando la perdí, nuestros diálogos continuaron con mi «voz de papel».

Recordar el pasado me produce dolor y, aunque pude olvidar, no quise; a pesar de mi noche triste, no echaré al fuego ni uno solo de los felices momentos que me has dado, que me das y que me diste. Hay una frase de Rabindranath Tagore que dice: «Si lloras porque no puedes ver el sol, tus lágrimas no te dejarán ver las estrellas». En mayo hará trece años que no puedo salir a la calle y disfrutar de ese sol, pero en mi vida tengo una luna llena que es Dios y todos los que desde el otro lado me dan luz. También tengo muchas estrellas que, para que no sienta miedo, iluminan mi vida; pero de todas ellas hay una que brilla tanto que parece un cometa, y ese cometa eres tú. Muchas felicidades, perennes e infinitas, de tu Tata Madrina.

22 de febrero de 1999

XIV
Despedida

Peperra, mi vida: una vez más, todo lo que empieza termina un día. Durante mucho tiempo estuviste preparándome para que escribiese este libro. El día que me lo pediste no sabía si el loco eras tú o yo. Te dije: «Tú has sido médico y tu alma sigue siendo la de un médico; ¿cómo le puedes pedir a una persona que está en mis condiciones que escriba un libro?».

Pero, una vez más, me he dado cuenta de que para la Luz Infinita no hay imposibles. Primero, te mandó a ti entrar en mi vida; luego, tú te has encargado, desde la otra vida, de dirigir todo el *cotarro*, y has sabido trabajarlo de maravilla.

Al principio, tuviste que ganarme a mí y eso no fue tarea fácil. Cuando Elena llegó a mi vida, enseguida me di cuenta que ella era algo más que una enfermera. Me diste una «bici» con cuatro asientos. Primero, me colocaste a mí en ese tándem; yo tenía que poner el alma, los sentimientos y mucha fuerza de voluntad. En segundo lugar, pusiste a Elena, que, además de ser una excelente enfermera, tenía la misión en todo esto de ser traductora e intérprete. En tercer lugar, pusiste a Rosa, a la que cariñosamente llamo *Aimí*, que es amor y belleza en japonés; ella es el ángel informático, la que trabaja con el demonio del ordenador, que en más de una ocasión nos ha hecho diabluras, pues, aunque nos pusiste una rosa de secretaria, escribir este libro no ha sido precisamente un camino de rosas. Las espinas han sido los dolores, los desmayos y la fiebre; pero está claro que tengo un alma más fuerte que un roble. Mi materia cada día está más deteriorada, pero eso trato de ignorarlo; yo vivo de mi alma. En cuarto lugar, pusiste a Jesús Bonet; él será el encargado de hacer la corrección final y de que este libro sea una criatura preciosa para que una cigüeña lo lleve volando a la editorial.

Cada vez está más cerca el momento en que pueda escribir: «el milagro se ha hecho realidad y el tándem ha llegado a la meta». Sabes muy bien que soy una persona a la que no le gusta llorar; tú eres el único ser que me ha hecho derramar lágrimas a raudales.

Cuando llegaste a mi vida lloré, porque eso era un hecho extraordinario y ya estaba cansada de ser un bicho raro; mi único deseo era ser normal. En más de una ocasión me hiciste llorar, porque los dos tenemos mucho carácter. Después de acostumbrarme a tu amistad, el día que me dijiste que ya estaba tu misión en marcha y que tenías que irte lloré como no lo había hecho en toda la vida. Me consolaste diciéndome que no era un adiós definitivo, que volverías en ocasiones especiales y que, por supuesto, serías el primero en venir a buscarme.

El día de mi cumpleaños viniste a felicitarme. Eran las ocho y cuarto de la mañana, la hora exacta de mi nacimiento. El estómago se me llenó de mariposas y mi corazón daba saltitos de alegría cuando de nuevo oí la voz de mi *Peperra*. Estuvimos juntos unos veinte minutos. Creo que tuvimos la conversación más bonita y espiritual que nunca hemos tenido, y volviste a hacerme llorar; pero esta vez mis lágrimas eran perlas de cristal que brillaban de felicidad.

Te pregunté: «¿Crees que voy a poder terminar el libro?» Tú te enfadaste un poquito y me dijiste: «Eres más terca que una mula. Está claro que no he conseguido, ni nunca voy a conseguir, ni en esa vida ni en ésta, que te dejes llevar». Yo, de guasa, te dije: «Creo firmemente en Papá Dios, en la Virgen María, en mi ángel de la guarda, en los Reyes Magos y en la Santísima Trinidad. Pero también creo firmemente que estoy hecha unos zorros y hay días que cuando me acuestan me siento tan mal que tengo mis reservas sobre si al día siguiente me van a levantar». Y añadí: «Vale, no te enfades; está claro que voy a terminar el libro...

LUNES, 15 DE NOVIEMBRE DE 1999

... pero preguntarte cuándo..., eso ya es demasiado, aunque podías darme una pista». «¡Cómo eres! Venga, vale. Grábate esto en tu cabeza: el día 15 de diciembre de 1997, por la mañana, floreció el rosal estando cubierto de nieve; por la tarde se presentó *Voz de Papel,* y ese mismo día, de madrugada, yo nacía a la otra vida. De ese primer libro ha nacido toda esta historia y, como consecuencia, este segundo libro. Por lo tanto, el 15 de diciembre es una fecha muy especial para los dos.» «Vale —contesté—, estoy de acuerdo, pero como no me has dicho el año, puedo terminarlo cuando quiera.» «¡Cómo eres! Repito: 15 de diciembre de 1999», dijo él. «¡Tú no sabes lo que dices! Cada día estoy más cansada física y psíquicamente, y últimamente tengo fiebre un día sí y otro también. Pero "de perdidos, al río", y si a ti te gusta esa fecha, haré lo imposible para que el tándem llegue a la meta ese día. Al fin y al cabo, éste es tu libro.»

Como decía Madre Teresa de Calcuta, cuando venimos a esta vida lo hacemos con un cuaderno en blanco. Día a día vamos escribiéndolo. A mí ya me quedan pocas páginas. Por eso, antes de escribir el final, me gusta repasar las primeras hojas de ese cuaderno. A cualquiera que me viera ahora le resultaría difícil imaginar que en un pasado no muy lejano fui guapa. En mis primeros años de vida hubo cinco cosas que me marcaron para siempre: ser una niña guapa, tener unos ojos especialmente bonitos, vivir en muchos sitios, llamarme Olga y ser zurda. Hay una anécdota que resume dos de esas cosas.

Cuando vivíamos en Palma de Mallorca una vez fuimos a pasar el día a la playa de Alcudia. Mi hermano Javier siempre se llevaba una bolsa grande llena de vaqueros e indios de plástico y muchas pinzas de madera de tender la ropa. Con ellas hacía de todo, trenes, barcos, aviones y, por supuesto, más vaqueros e indios. A él no le gustaba hacer en la arena castillos como a todos los niños; construía fuertes comanches. Como a mí los indios y vaqueros no me seducían lo más mínimo, le ayudaba yendo a la orilla con mi cubito a coger agua. Cuando volvía, lo hacía tan concentrada para que no se me cayese ni una gota, que no veía más allá de mis narices. Oí una voz que se dirigía a mí en mallorquín: «Nena, ven». Yo miré a la persona de la que procedía la voz y ella dijo: «Sí, sí, tú, la del biquini azul con margaritas blancas».

Me acerqué y vi a una señora en una tumbona. Era una mezcla entre foca monje y árbol de Navidad. Me hablaba todo el tiempo en mallorquín, pues se dio cuenta de que yo le entendía perfectamente. Primero me renegó y me pidió que no pasara cerca de su tumbona, porque cada vez que iba y volvía de la orilla le salpicaba con arena: «¿Es que no te das cuenta?» Yo, muy educada, le respondí: «Perdone, no le había visto». Y pensé para mí: «¡Y anda que es pequeñita la señora!» «¿Cómo te llamas?», me dijo. «Olga», contesté. «Olga... ¿qué más?» «Tengo muchos apellidos, pero mi mamá me enseña que sólo tengo que decir dos.» «A ver, dime todos los que sepas.»

MARTES, 16 DE NOVIEMBRE DE 1999

«Bejano, Domínguez, Aldazábal, Catalán, Baena, Arnedillo, Aguirre, Raquel.»

«Tienes unos apellidos muy bonitos, pero ninguno de ellos es de la isla», comentó la señora. «No, no son de la isla. Son de mis papás y de mis abuelitos. No sabía yo que la isla tuviese apellidos. ¡Ah, bueno, claro! La isla se llama Palma y el apellido de Mallorca.» La señora empezó a reírse a carcajadas, y yo, con mis cuatro años escasos, no veía la gracia por ninguna parte. «Quiero decir —me explicó— que no eres de aquí.»

Y, cómo no, no sólo me hizo la pregunta que tanto me molestaba, sino que añadió: «¿Sabes que eres una niña muy guapa y que tienes unos ojos preciosos? Lo único que no me gusta de ti es tu nombre; con esa carita de ángel que tienes no te pega llevar un nombre rojo». «No sabía yo que los nombres tuviesen colores. ¿Qué es un nombre rojo?», le pregunté. «Rojo, quiere decir de izquierdas —aclaró ella—. Pero tú eres aún muy pequeñita para saber qué es la izquierda». «Yo sí sé lo que es la izquierda. ¡Y anda que no me está costando palos ser de izquierdas! En el *cole* la profesora me dice: "esta niña de izquierdas puede con mi paciencia", y me da cachetes para que escriba con la derecha.» Volvió a reírse a carcajadas: «¡Ah, ya entiendo!, es que eres zurda». «No, ya no soy zurda, ahora soy ambidiestra.»

A base de cachetes aprendí a usar la mano derecha. A muchos niños zurdos de mi generación les provocaron muchas dislexias gratuitamente. Ya entonces di las primeras

Foto 15: Olga, tres años y medio, en la playa de Alcudia, Palma de Mallorca.

pruebas de mi gran capacidad de adaptación a las circunstancias. A partir de ese momento, siempre usaba la mano derecha para escribir y comer; pero al caminar empezaba con el pie izquierdo. Los profesores de gimnasia y la profesora de danza se dieron cuenta en seguida de que era zurda. Cuando ingresé en la escuela de fotografía, un profesor me dijo: «Tengo contigo un mosqueo impresionante. Llevo días observándote y escribes con la derecha, pero eres zurda de ojo. ¿Puede explicarme, "señorita", cómo se come eso?»

Mi mayor deseo ha sido siempre pasar desapercibida por la vida y no lo he conseguido nunca. Cuando era guapa llamaba la atención por guapa y ahora no es precisamente mi belleza lo que llama la atención...

JUEVES, 18 DE NOVIEMBRE DE 1999

... pero lo tengo muy asumido y lo digo sin ningún tipo de complejo. Los chicos me decían: «Tienes todo bonito: el cuerpo, la cara, los ojos, el pelo...; y no sólo eres guapa por fuera, también eres muy guapa por dentro y le caes bien a todo el mundo, porque no vas de diva por la vida y no te lo tienes creído».

Yo siempre respondía que mi belleza no tenía ningún mérito por mi parte; el que yo fuese guapa había sido cuestión de suerte y de genética; por tanto, no tenía motivos para presumir, aunque reconozco que mi alma se sentía muy bien dentro de aquel cuerpo. Luego, la enfermedad se llevó toda mi belleza exterior, y un día, cuando me vi en el espejo, no me reconocí; fue tanto el dolor que sentí que, después de pasar una noche llorando, me dije: «Olga, los espejos ya no existen para ti. Que me vea la gente no me importa, pero si tengo que seguir viviendo así, yo no puedo verme». Luego me consolé con el cuento del «patito feo»: todo el mundo se reía de él, hasta que un buen día, mientras nadaba triste por el lago, el reflejo del agua le dio la mayor alegría de su vida cuando comprobó que era un bello cisne. A mí me sucedió todo lo contrario; pero como mi vida está siendo como de cuento, confío en tener un final feliz.

Nunca presumí de mi belleza ni ahora me avergüenzo de todo lo contrario. Yo no hice nada para tenerla ni he hecho nada para perderla; la genética, mis padres y la suerte hicieron lo primero; la enfermedad se ha encargado de lo segundo.

Cuando retrocedo con el pensamiento en el tiempo y recuerdo las primeras páginas del libro de mi vida, añoro a un ser que me hizo muy feliz. En Palma de Mallorca aprendí a leer, a escribir, a hablar en otra lengua que no era el castellano, me familiaricé con los barcos y aviones y descubrí que se podía llegar a querer cosas que no eran seres humanos, como el mar y mi pequeña Mariona, una cría de chimpancé. Unos conocidos de mis padres tenían un restaurante muy famoso en la isla, cerca del zoo. El matrimonio tenía un hijo de la misma edad de mi

Foto 16: Olga, tres años y medio, Javier, cuatro y medio, con la chimpancé Mariona en Palma de Mallorca.

hermano Javier y acababan de tener una niña. En el zoo una chimpancé primeriza también había tenido una cría hembra. Como siempre había estado en cautividad, no sabía ejercer de madre; la cría corría peligro y el biólogo del zoo decidió hacer un experimento: les propuso al matrimonio que acogiesen durante un año y medio a la cría de chimpancé y que la cuidasen igual que a su bebé, para así poder comparar las dos evoluciones físicas y psíquicas. Le pusieron un nombre muy mallorquín: Mariona. Cuando nos conocimos ella tenía cuatro meses y yo cuatro años escasos. La cogía en brazos y para mí era como esa hermanita pequeña que no tenía y que tanto deseaba. Sus pies rodeaban mi cinturilla, sus brazos hacían lo mismo con mi cuello, inclinaba la cabecita sobre mi hombro y me miraba con una ternura, en teoría, impropia de un animal. En principio, era yo la que dominaba la situación: me sentía como su mamá e, igual que hacía cuando jugaba con mis muñecas, repetía ese mismo rol con Mariona; pero en pocos meses ella creció y se convirtió en una encantadora «marimandona».

Cuando aún no había cumplido el año yo seguía siendo más alta pero ella pesaba doble que yo y tenía más fuerza. Entonces era Mariona la que dominaba la relación; en cuanto me veía aparecer, venía corriendo y de un salto se me abrazaba. Yo decía: «Mamá, me voy a jugar con Mariona». Mi madre respondía: «Vale, pero no te vayas lejos; en seguida vamos a comer».

Mariona me cogía la mano y buscaba un lugar tranquilo donde hubiese algún árbol; se sentaba en el suelo y apoyaba la espalda en el tronco; a continuación flexionaba sus patitas y en el hueco que quedaba me sentaba a mí. Me descalzaba, cogía su pie izquierdo y lo juntaba con el mío derecho; observaba el tamaño, la planta y los dedos; luego hacía lo mismo con las manos. Le encantaba cogerme las orejas; ponía su dedo pulgar arriba y el índice abajo, y doblaba la oreja; luego me llevaba mi mano a su oreja para que yo le hiciese lo mismo. Ese gesto lo he repetido a lo largo de toda mi vida con mis seres queridos. Lo que más le gustaba era mi melena. Mi madre siempre me llevaba muy bien peinada. Primero me tenía media hora peinándome y luego Mariona me quitaba cualquier cosa que llevase en el pelo: gomas, lazos, pasadores o diademas; después me separaba cabello a cabello. Yo era muy niña y no sabía lo que hacía; hoy sé que intentaba desparasitarme. Mariona no permitía que nadie que no fuese de su familia o de la mía se nos acercase; cuando alguien lo hacía, se ponía delante de mí, empezaba a saltar y a chillar y sacaba los dientes. A mí me daba mucha risa y si ella tenía algún objeto cerca, como mi cubito, el rastrillo o la pala para jugar con la arena, lo cogía y me golpeaba en la cabeza, como diciendo «no te rías, idiota, que te estoy defendiendo». Cuando me pegaba no lo hacía fuerte, pero yo en broma me ponía a llorar y entonces me abrazaba. Cuando oía que mis padres me llamaban, si veía que yo me dirigía hacia el coche, aunque no derramaba lágrimas, yo sabía que lloraba. Entre ella y yo no había casi palabras, pero nos comunicábamos sin problemas.

Han pasado treinta y tres años, y todavía recuerdo, como si fuese hoy, su cuerpo, su carita, su mirada, su boca, sus gestos, sus orejas, su olor, su textura y la gracia que tenía con sus dedos para coger hormigas. El noventa por ciento de los chimpancés no superan los cuarenta años de vida; suelen fallecer entre los treinta y cinco y los treinta y ocho, así que las dos vamos a tener un cuaderno de vida escrito con un volumen similar de páginas.

Aquel ser marcó mi vida, y siempre he tenido y sigo teniendo una atracción especial por los chimpancés. Cuando supe que su madre había estado a punto de matarla, yo era muy pequeña para entender que una madre pudiera rechazar a un hijo y pensé: «Y si la hubiese matado, ¿adónde hubiera ido?».

«Mamá, cuando alguien se muere ¿adónde va?» «No sé, hija, pero dicen que al Cielo.» «¿Y en el Cielo la gente no se muere?», seguí preguntando. «No, allí uno vive para siempre.» Yo me quedé pensando y dejé a mi madre boquiabierta al exclamar: «¡Ah, claro, por eso no se mueren los Reyes Magos! Como viven en el cielo, están siempre vivos, y nos ponen juguetes a Javi y a mí, y os ponían a ti y a papá cuando erais pequeños, y a los abuelos y a los bisabuelos y a todo el mundo desde que nació el Niño Jesús. Mamá, tiene que ser fantástico vivir en el Cielo.»

Mi madre recuerda de mi infancia que yo era una niña tipo «Mafalda», pero más mística que rebelde. Le hacía muchas preguntas sobre la vida, la muerte y Dios, algo que no es normal que se cuestione una niña de entre cuatro y cinco años. Como tampoco era muy normal que yo no quisiera salir de casa para ir al *cole* sin antes haber dejado hecha mi cama y todos los muñecos colocados. Pero todo tiene una explicación: si mi cama la hacía mi madre o la chica, el embozo lo dejaban bajo y, como por las noches yo tenía miedo, me gustaba taparme la cabeza. Respecto al tema de los muñecos, para mí tenían vida, y lo primero que hacía al levantarme era sacar la mano por la ventana y, si hacía frío, como yo era su mamá, antes de irme al colegio los abrigaba a todos; como la familia de muñecos era una familia numerosa, mi madre me gritaba: «¡Olga, hija! Ahora no son horas de jugar, deja los muñecos, que se nos escapa el autobús». Y Javi, que tampoco me entendía, decía: «Si quieres, le das cera al suelo».

Mi madre siempre les comentaba a sus amigas: «No sé como he podido tener una hija tan asquerosamente perfecta. ¿A que no podéis imaginaros lo que me hizo un día? Le encanta planchar, y cuando termino suelo dejarle un pañuelo para que ella lo planche. Un día se me olvidó dejarle el pañuelo; de repente, la oí gritar, fui corriendo y le pregunté: «¡Olga, hija!, ¿qué has hecho?» Ella, haciendo pucheritos, me respondió: «Como no me has dejado ropa para planchar, he buscado algo que estuviese arrugado y me he planchado el codo».

VIERNES, 19 DE NOVIEMBRE DE 1999

Esa anécdota deja claro que en mí el orden y la limpieza son algo que despuntaban desde pequeñita.

Recordando mi infancia, me viene a la memoria otra anécdota que protagonicé cuando tenía nueve años. No queda muy bien que la escriba yo, pero, como a mi madre le encanta y muchas veces recordándola se emociona, quiero de alguna manera que estas letras sean un homenaje a ella.

Un día estaba en el patio del colegio de Puertollano. Cursaba cuarto de EGB. Nos hacían colocarnos en fila, de dos en dos, por orden de lista, y teníamos que subir de esa manera a clase. Faltaban cinco minutos para las nueve y mi compañera no llegaba. Ésta era una niña modélica, sacaba muy buenas notas y nunca se retrasaba, por lo que empecé a preocuparme. De repente, llegó toda sofocada, con la corbata del uniforme torcida y el lazo de la coleta suelto. Estaba colorada. Ante mis insistentes preguntas, ella sólo decía: «¡Ay, Olga, espera! He corrido tanto que tengo flato y no puedo ni respirar».

Le dejé que se recuperase y, ya en clase, me explicó: «¿Sabes? En la pajarería que hay dos calles más abajo tienen un mono en el escaparate; es graciosísimo, y por entretenerme viendo al dichoso mono casi llego tarde». «Y ¿cómo es el mono? ¿No será un chimpancé?» «Yo no entiendo de monos, pero un chimpancé seguro que no es. Es de esos pequeñitos que tienen el rabo muy largo.»

En cuanto salí del colegio, fui corriendo a la pajarería. Tenían al mono metido en una jaula muy grande; dentro le habían puesto una especie de «tablao andaluz», con su mesa, sillas y una guitarra. El mono se sentaba en su silla como una persona y aporreaba la guitarra. Era el centro de atención de todos los que pasaban por allí. Me fijé en que al lado de la pajarería había una anciana sentada en una silla, en la acera, delante de la puerta de la que parecía su casa. La miré y ella me sonrió; le devolví la sonrisa. Miré el reloj; a mí también se me había hecho tarde y llegué a mi casa colorada y con flato de tanto correr, igual que mi compañera Marina.

Al día siguiente, al salir del colegio al mediodía, volví a la pajarería y de nuevo vi a la anciana; pero esta vez ella no se limitó a sonreírme, sino que entabló conmigo una conversación: «Es el segundo día que vienes a ver al monito; dile a tu papá que te lo compre». «Si le digo eso a mi papá —respondí—, ¿sabe qué me va a decir? Que ya tiene tres en casa: mis dos hermanos y yo.»

MARTES, 23 DE NOVIEMBRE DE 1999

«¿Cómo te llamas?», dijo ella. «Yo, Olga, ¿y tú?» «Como la patrona de Puertollano: María de Gracia.» «Yo vivo enfrente de la Parroquia de Nuestra Señora de Gracia», añadí. «Entonces tú tienes que tener una casa muy bonita», comentó la anciana. «Bueno, no está mal, pero no es una casa, es un piso.»

Me pidió que no le llamara María de Gracia; le gustaba más «abuela», y esa palabra yo sólo la usaba con los padres de mis padres. Ella me explicó que, como era una persona mayor y yo una niña muy cariñosa, también podía llamarla «abuela». Me invitó a pasar a su casa para darme unas galletas. Cuando entré, me sorprendí de lo que vi y, aunque no dije nada, ella me leyó la cara y me dijo: «Vives en la mejor zona de Puertollano y dices que tu casa no está mal. Mira dónde vivo yo».

Aquello no era ni una casa ni un piso; era una lonja del mismo tamaño del que hoy es mi «guarida». Tenía una cama, una cocinita, un armario con ropa y otro, que hacía las veces de despensa, con comida. No tenía agua corriente, y la luz se la habían cortado. Las paredes estaban llenas de fotografías. La casita estaba como los chorros del oro, igual que su dueña. La casa olía a brasero. Yo miré la foto, color sepia, de un soldado muy guapo, con uniforme.

«Ese era mi marido», me dijo orgullosa. Y, emocionada, añadió: «Y esos eran otros tiempos. La vida da muchas vueltas, ¡Ay, hija, la vida... qué dura es!». Y empezó a narrarme la suya: «Me casé a los veinte años; mi marido tenía cinco más. La foto es de cuando estaba en la mili. Era minero y trabajaba en las minas de mercurio de Almadén. Éramos muy felices y vivíamos muy bien. A los dos años tuvimos una niña. Por aquellos tiempos no se daba a luz en los hospitales; la tuve en casa. El parto se complicó y la niña nació con problemas cerebrales y de todo tipo por falta de oxígeno. Los médicos me dijeron que no viviría más de dos años, pero todavía sigue viva».

Con inocencia de niña, le pregunté: «¿Y dónde está tu hija?» Ella se echó a llorar. Yo no sabía donde meterme. «Ya te he dicho, hija, que la vida da muchas vueltas. Mientras mi marido vivía, todo fue bien; él trabajaba en la mina, yo cuidaba de él, de la niña y de la casa. Él murió joven, a los cincuenta y seis años, de un cáncer de pulmón.»

«¡*Abueli*! —exclamé—. Era ya viejito.» «No, cielo. Tú eres una niña y cincuenta y seis años te parecen muchos, pero se me fue muy joven. Cuando él se marchó, me quedé sola con la niña. Me dieron una pensión tan pequeña que no me alcanzaba para nada; así que tuve que ponerme a trabajar. Pero el tiempo fue pasando y me hice vieja y enfermé; ya no podía trabajar ni cuidar de mi niña...»

MIÉRCOLES, 24 DE NOVIEMBRE DE 1999

«... Como en Puertollano no había centros especiales, una asistente social hizo todos los papeles y gestiones necesarias, y se llevaron a mi hija a Madrid. Mientras pude, iba a verla casi todas las semanas, pero ya no puedo ir sola. Sé que ya está muy mal y le queda poco tiempo. Tengo una pena muy grande. Ya no sirvo para nada, ni puedo ir a ver a mi hija para despedirme, ni puedo enjalbegarme la fachada de mi casa como hacen el resto de mis vecinas; las deudas se me amontonan, porque con la pensión no me llega y no puedo trabajar. Hija, dale muchas gracias a Dios porque tú lo tienes todo y ojalá sigas así toda tu vida.»

De vuelta a casa, fui consciente por primera vez en mi vida de que la realidad superaba con creces la ficción. Ese día en el *cole*, en clase de lectura, me había tocado leer el cuento navideño de *La Pobre Castañera*. También era una historia triste de una abuelita enferma y pobre. Por el camino, de regreso a casa, me puse a llorar, y cuando se me pasó el sofocón, me dije: «Olga, eres boba. ¡Cuántas veces te ha dicho tu abuela *Resu* que las lágrimas no son fértiles y que llorando no se soluciona nada! A los problemas hay que buscarles solución, y yo tengo que conseguir tres cosas: que lleven a la *abueli* a Madrid para que pueda ver a su hija, que le enjalbeguen su casita y que le paguen las deudas. En cuanto me senté a comer, empecé a contarle a mi madre cómo había conocido a la abuelita y qué podíamos hacer para ayudarla. Ella me oía, pero no me escuchaba».

«Olga, hija, a la hora de comer parece que te dan cuerda. Tienes el tiempo justo para comer, asearte y volver al colegio; así que, por favor, come y calla.» «Mamá, en esta vida hay cosas más importantes que la comida.» «Eso lo dices porque a ti no te falta», comentó mi madre. «Me estás sacando de mis casillas», le dije yo. «Te voy a poner el plato de sombrero», respondió ella. «Pues haz lo que quieras», terminé.

Por esa época, a mi madre le dio por ponerme para comer filetes de hígado y de carne de caballo. Le había dicho un pediatra que yo era una niña muy activa y que necesitaba sobrealimentación. Yo, que odiaba la carne, con disimulo se la daba al perro, y antes de irme al colegio visitaba la despensa y llenaba la cartera de galletas, magdalenas y chocolate. Así que, como la comida no me gustaba, me importaba muy poco que, si se enfadaba, me pusiese el plato de sombrero; pero... «perro ladrador, poco mordedor».

De vuelta al colegio, pensé que quizá sor Concepción podría ayudar a la abuelita, pues, además de dedicarse a la enseñanza, era Hija de la Caridad y estas religiosas ayudaban a muchos pobres. Al salir de clase la esperé y hablé con ella. Me dijo: «Dile a tu madre que si te deja venir el sábado por la mañana al colegio. De ese modo, tú me llevas a casa de la abuelita y me la presentas».

Así lo hicimos, y la hermana, poco a poco, fue haciendo todo lo que yo quería y que, por mis nueve años, no podía. Como la *abueli* vivía muy cerca del colegio, todos los días pasaba alguna hermana a visitarla. Le llevaban comida, le pagaban las facturas, le enjalbegaron la casita y pudo ver cumplido el deseo de despedirse de su hija. Al poco tiempo ésta falleció y las hermanas se encargaron de que se le trasladara de Madrid al cementerio de Puertollano; y ellas corrieron con todos los gastos. Le ofrecieron a la abuelita la posibilidad de ir a una residencia para ancianos. Ella se negó en redondo, y una mañana fría y con mucha niebla, cuando sor Concepción fue a visitarla, la encontró muerta en su cama.

Nuevamente, las hermanas se encargaron de su entierro. Tuvo una despedida preciosa: la enterraron junto a su hija, celebraron una misa en la capilla del colegio y cantó el coro, del que yo era la voz solista. Tuve que hacer esfuerzos sobrehumanos para que la emoción no me quebrara la voz.

Cuando toda esa historia terminó, sor Concepción, que era profesora mía y tutora, llamó a mi madre para felicitarle por la hija que tenía. Por supuesto, en aquel entonces no me dijo nada mi madre, pero un día, cuando yo ya estaba muy enferma, se sinceró conmigo y me dijo: «Cuando tenías nueve años y removiste Roma con Santiago para ayudar a esa abuelita, tu tutora, que era un encanto de persona y que llegó a quererte muchísimo, me llamó un día para hablar conmigo. Yo creía que iba a decirme algo del colegio y me dejó boquiabierta con lo que me dijo. Para cualquier madre sus hijos son los mejores, pero que te lo diga alguien de fuera... Me comentó que no era muy normal que una niña de esa edad se preocupara tanto por el sufrimiento de los demás. También me dijo que eras muy solidaria y que cuando alguna compañera se ponía enferma, tú eras la primera en ofrecerte para llevarle a su casa los deberes. Y, por último, añadió unas palabras que, a pesar de mi mala memoria, las circunstancias de tu vida hacen que las recuerde con frecuencia: "Olga promete mucho y es una niña que tiene ángel"». Mi madre se emocionó y siguió diciendo: «Todo lo que prometías, la enfermedad ha hecho que se quede en agua de borrajas. Pero sor Concepción tenía razón, hija mía; tú tienes ángel, y eso no van a poder quitártelo ni la enfermedad ni la muerte».

Acto seguido, cogió una foto que tengo de esa edad con el uniforme de aquel colegio, la miró, la besó y exclamó: «¡Qué ojos tenías! ¡Tan grandes, tan verdes y tan bonitos! Y, aunque no te guste parecerte a mí, te fastidias porque esos ojos son míos».

A pesar de que mi madre nunca me ha dicho nada, sé que cada vez le resulta más duro ver cómo su cisne está, día a día, un poquito más feo y pachucho. Pero para ella sigo siendo la más guapa, porque ve más allá de mi deterioro físico, ve mi ángel. En esta vida he sido guapa y fea, sana y enferma, rica y pobre, he sido la cara y la cruz de la moneda de la vida. Mientras tuve salud, lo tuve todo; cuando la enfermedad hizo acto de presencia, todo se desvaneció como un maleficio.

Hace muy pocos días vino a visitarme mi amiga Gloria y me dijo que su hija Ana, que sólo tiene tres años, en un ata-

Foto 17: Olga, con nueve años, en el colegio María Inmaculada de Puertollano (Ciudad Real).

que de mimos, le había dicho: «¿Sabes, mamá? Si algún día yo vuelvo a nacer, quiero hacerlo dentro de la misma mamá».

No sé de dónde ha sacado Ana la idea de que algún día volverá a nacer. Yo, después de las experiencias que he tenido, no creo en la reencarnación, tal como creen los budistas. Aunque sí sé que nuestra vida no termina aquí, tengo la total seguridad de que a esta vida no voy a volver a nacer. Pero, como se dice en La Rioja, ¡un suponer!...

JUEVES, 25 DE NOVIEMBRE DE 1999

... Si algún día yo volviera a nacer a esta vida, me gustaría repetir lo mismo: nacer en el mismo país y en la misma ciudad, vivir en los mismos sitios, tener la misma familia, los mismos amores y, por supuesto, los mismos amigos. Como decía Emerson, *«la única manera de tener un amigo es serlo»*. La amistad hay que trabajarla día a día, de la misma manera que el amor; si no, se marchita. Yo he sido siempre muy amiga de mis amigos, igual que ellos de mí, y eso es algo que tampoco podrá arrebatarme la muerte. Mis seres queridos y mis amigos estarán siempre donde yo esté.

Hace muy pocos días vino a visitarme mi amiga Marián con su marido Pablo. Como es azafata de vuelo, nos vemos poco. Nuestras vidas son muy distintas; ella, por su profesión, está todo el día corriendo, mientras que yo estoy quieta. En su última visita me comentó que ya no iba a decirle a la cigüeña: «déjame, que tengo prisa». Me dijo que deseaban mucho ser papás y que habían tenido dos falsas alarmas, lo cual les había entristecido mucho; y añadió: «Tú, que tienes enchufe con las alturas, a ver si haces algo. Además, queremos que sea una niña y, por supuesto, si nace, su nombre ya lo sabes; será Olga».

Al venir en domingo, yo estaba en la cama, y con el abecedario era muy lenta la comunicación. Cuando mi amiga Marián me dijo que a su hija querían llamarla Olga, se me hizo un nudo en la garganta; no porque a su futura hija la llamen Olga, sino porque para pensar eso tienen que quererme mucho, pues un nombre es para siempre. Yo le quería decir: «Marián, ya sé que me quieres mucho, pero no hace falta que a tu hija le pongas mi nombre». No sabía cómo explicarle, sin herirla, mi teoría sobre los nombres. Dio la casualidad de que Rosa estaba en casa y le pedí que cogiera el capítulo dedicado a mi hermana Mónica y le leyese el trocito referente a dicha teoría. Cuando Rosa terminó, Marián me dijo: «Entiendo perfectamente lo que quieres decirme. Olga significa ser alto y divino; me parece un nombre precioso y yo voy más allá. Me siento impotente porque no puedo curarte y mucho menos evitar que un día te vayas. Pero si algún día tengo una hija, ni tú ni nadie pueden impedirme que le ponga dicho nombre, y, de alguna manera, si se llama Olga, tú seguirás viviendo en ella y en mí».

VIERNES, 26 DE NOVIEMBRE DE 1999

A los seis días de aquella conversación, recibí un correo electrónico de mi amiga Marián tan sumamente bonito que, con su permiso, quiero incluir un trocito en este capítulo. En él me comentaba el deseo tan grande que tenían de ser padres de una niña y de que otra vez habían tenido una falsa alarma:

«Hola, "Lechuguita". Hemos recibido tu e-mail... De todas maneras, a pesar de esta nueva falsa alarma, me gustaría comentarte algo que me ocurrió el último día que estuvimos juntas. ¿Recuerdas? Yo tenía que regresar esa tarde a Madrid; sentada en el coche, no hacía más que darle vueltas al jugoso extracto de tu libro, al que acababa de ser invitada a saborear. Por supuesto que entendí lo que querías decirme, pero yo buscaba en mi cabeza la manera de demostrarte que no estaba en un error en cuanto a ponerle tu nombre a una hija (si alguna vez consigo tenerla). Para mí los recuerdos materiales carecen de ese valor profundo y entrañable que tienen..., no sé, pues una carta, una foto, una palabra en el momento preciso..., por poner algunos ejemplos. Por eso nunca se me ocurrió darte mi ramo de novia; en primer lugar, porque para mí era un auténtico incordio: no sabía que hacer con él, me lo olvidaba por todos los sitios; y en segundo lugar, porque no era algo con lo que yo me sentía lo suficientemente identificada como para dárselo a alguien tan importante para mí, como tú...

Siempre he tenido nuestra amistad como bonita y sincera y, aunque nuestras vidas van recorriendo distintos caminos, es maravilloso adivinar que seguimos buscando la manera de que de vez en cuando se entremezclen y confluyan, para así poder decirnos: «Oye, qué bien que estamos de nuevo aquí; nos veremos en la próxima encrucijada, ¿verdad?» En cada encuentro no sólo hay noticias, un beso aquí, una risa allá,... siento una necesidad cada vez más clara de decirte que te quiero y que echo de menos tu voz amiga. Esta necesidad me invade completamente y, lo más grave, no sé como decírtelo. Entonces yo iba pensando en todas estas cosas, cuando me dije que, definitivamente, se llamaría Olga. Y bueno, lo de la señal que se supone que tendría que recibir, quizás la tendría muy difícil, por no decir imposible, pero algo se me ocurriría decirte para convencerte y así eludir la dichosa señal. Pues bien, no me hace falta recurrir a nada. En esos momentos una estrella fugaz hizo su aparición ante nuestras narices (Pablo también la vio). Los dos, como bobos, pedimos sendos deseos, y yo me dije: «Toma señal, Marianita; ahora sí que ya lo tienes claro del todo».

Así que, Olga querida, lo siento mucho. Y ¡ah!, no vale decirme que su nombre debería ser Estrella o Estela, porque no sólo no me gustan, sino que yo estaba pensando en ti.

MARIÁN TORRES
Domingo, 21 de noviembre de 1999

Estoy segura, segurísima, de que Marián y Pablo serán papás de una niña, y no tengo ninguna duda de cuál será su nombre. Esa criatura será la que falta para completar la corte de honor de pajes y damitas que Mónica dibujó siendo niña. Con amigas así está claro por qué no me importaría repetir mi vida. Lo único negativo ha sido la enfermedad; pero incluso ella me ha dado cosas tan grandes como mi *Peperra*.

LUNES, 29 DE NOVIEMBRE DE 1999

Estoy convencida de que sin tanto sufrimiento como estoy teniendo nunca hubiese llegado a tener un crecimiento personal tan importante y una madurez espiritual tan impresionante. Cualquier persona medianamente inteligente no quiere matricularse en la *Facultad del Sufrimiento*, pero cuando el rumbo de la vida te inscribe en esa universidad, al principio uno se rebota y dice: «A mí esta carrera no me gusta; yo no he nacido para sufrir». Pero si el sufrimiento se sabe canalizar, uno descubre que es capaz de realizar esa carrera, y si consigues la licenciatura, a pesar de ser una carrera muy dura, es la carrera donde más se aprende. Yo me siento muy orgullosa; tras más de veinte años en esa universidad, he conseguido la licenciatura, el doctorado, la cátedra y el *cum laude* en sufrimiento, y mi premio de fin de carrera no ha sido un coche, sino el sentirme cada día más cerca de la Luz Infinita y el tener amiguitos tan especiales como Andrea y *Peperra*. Mi relación con este último ha sido lo más grande que me ha pasado en esta vida. Todo lo que siento hacia él lo describe perfectamente una canción de Luz Casal. La primera vez que la oí, fueron tantas las cosas que sentí que le dije: «*Peperra*, mi vida, ésta será nuestra canción».

A él le encantó, y desde mi silencio se la canto cuando estoy triste o alegre, cuando lo siento lejos o cuando está muy cerca. La letra de esa canción dice así:

La tarde que te descubrí
cambió mi forma de vivir;
esa primera excitación
se ha ido volviendo una obsesión.
Hay veces que no puedo hablar
y siento ganas de llorar;
no sé encontrar explicación,
quizá he perdido la razón.
Estás plantado en mi cabeza
como un estigma, como la señal,
un pensamiento loco, una sombra y un ideal.
No sé lo que me has dado
para plantarte en mi cabeza
Sentí el poder de tu atracción,
tu imagen era mi obsesión.
Desde el principio lo intuí,
sin darme cuenta lo asumí.
Estás plantado en mi cabeza;
cómo has podido atraparme así;
tu influjo me persigue,
va tras de mí de Santiago hasta París.
No sé lo que me has dado
para plantarte en mi cabeza.
¡Cuánta intensidad, qué locura!
Ya no hay vuelta atrás.
Si te arranco la envoltura
¿qué descubriré?
No sé lo que me has dado
para plantarte en mi cabeza.
Dejo las cosas como están,
no me cuestiono nada más.
Puedo sentir sin comprender,
no tengo mucho que perder.
No sé lo que me has dado

para plantarte en mi cabeza
como un estigma, como la señal,
un pensamiento loco, una pasión,
una sombra y un ideal.
No sé lo que me has dado
para plantarte en mi cabeza,
cómo has podido atraparme así;
tu influjo me persigue
va tras de mí de Santiago hasta París.
No sé lo que me has dado
para plantarte en mi cabeza.

MARTES, 30 DE NOVIEMBRE DE 1999

En estos momentos, cuando sé que no sólo estoy escribiendo las páginas finales de este libro, sino también las del cuaderno de mi vida, me hago preguntas sobre la vida. Cuando volví del coma, un día, aburrida en la cama de la UCI, escribí casi sin darme cuenta: «¿Qué es la vida?, me pregunto. Si sufrimos al nacer, sufrimos al vivir y también sufrimos al morir... Ya lo sé, lo tengo claro, la vida no es otra cosa que el camino para alcanzar tu destino». Eso lo pensé y lo escribí en mayo de 1987; y hoy, trece años después, tras un duro y largo caminar, me reafirmo en ese pensamiento.

A los dos meses de que me concedieran la Medalla de Oro de La Rioja vino a visitarme mi amigo Juan. Me trajo una cinta de música y una revistilla; en ella había un poema precioso sobre la vida. Me comentó que cuando lo leyó le recordó al escrito de mi medalla y a mí, y que no había podido evitar que se le saltaran las lágrimas. Más tarde, cuando él se marchó, pedí que me pusieran la cinta de música que con tanto cariño me había grabado y que me leyeran el poema. La persona que estaba leyéndomelo se emocionó y exclamó: «¿De quién es este poema?» Miró y no lo ponía. «No sé quién carajos ha escrito esta preciosidad, pero parece que te lo han hecho a medida.»

Al día siguiente, vino a verme mi amiga Lola. Le pedí que, por favor, me lo pasara al ordenador. Cuando lo estaba haciendo, también se emocionó y exclamó: «¿Quién te ha escrito esto tan bonito?»

JUEVES, 2 DE DICIEMBRE DE 1999

A los tres días de aquello, vino mi hermana Mónica de Salamanca. Como Lola lo había dejado archivado en el ordenador, le pedí que lo leyera, y tuvo la misma reacción. Con los ojos llenos de lágrimas, me preguntó: «¿Quién te ha escrito esto? El que haya sido te conoce muy bien». «No me lo ha escrito nadie —respondí—. Mi amigo Juan lo leyó en una revistilla, se acordó mucho de mí y me lo trajo.»

Mónica se hizo una copia y se la llevó a Salamanca. A los meses, en otro de los viajes que hizo a casa, me comentó: «¿Te acuerdas de la copia del poema tan bonito que me diste? Pues bien, me la llevé a Salamanca y cada vez que te echo de menos lo leo, y me pongo a llorar a moco tendido. Ese poema eres tú».

Efectivamente, a lo largo de nuestra vida todos tenemos cosas que van marcándonos: una colonia, una canción...; y son esas pequeñas cosas las que a cada ser humano le van dando su personalidad y haciendo que cada ser sea único e irrepetible.

Una vez me hicieron una entrevista. Me hacían preguntas muy cortitas y aparentemente superficiales, como «¿cuál es tu colonia preferida?» Mi respuesta fue:

«Hay muchas colonias que me gustan, pero las que más me recuerdan cosas bonitas y muchos momentos cruciales en mi vida son: *Johnson*, de niños y *Eau de Courrèges*.

Luego me preguntaron por una canción. Esa respuesta la tuve más difícil, porque, menos el *heavy* y el *bakalao*, me encanta todo tipo de música. Creo que hay una canción para cada momento, pero hay dos que también han marcado mi vida: *Acuarela*, de Toquinho y el *Canon & Gigue*, de Johann Pachelbel.

«¿Cuál era tu comida preferida?» «Menestra de verduras, lenguado a la menière y crema catalana». «¿Agua, tierra, fuego o aire?» «Agua». Y continuaron: «¿Mar o montaña?» «Las dos cosas, pero al revés», respondí. Me encantaba, siempre que podía, ir a esquiar cuando todo el mundo se iba a la playa y viceversa. «¿Un color?» «Siempre me gustó la gama de los azules y verdes, pero mi color en esta vida es el salmón.» «¿Una película?», seguían preguntando. *«¡Viven! El milagro de los Andes»*, dije yo. «¿Un libro?» *«El más allá existe* y, junto a ese libro, los versos de Alberto Cortez y el poema *Elegí la vida.*» Esas son tres obras literarias que, por diferentes motivos, me definen, han marcado mi vida y son parte de mí.

ELEGÍ LA VIDA

No quise dormir sin sueños:
y elegí la ilusión que me despierta,
el horizonte que me espera,
el proyecto que me llena,
y no la vida vacía de quien no busca nada,
no desea nada más que sobrevivir cada día.

No quise vivir en la angustia:
y elegí la paz y la esperanza,
la luz,
el llanto que desahoga, que libera,
y no el que inspira lástima en vez de soluciones,
la queja que denuncia, la que se grita,
y no la que se murmura y no cambia nada.

No quise vivir cansada:
y elegí el descanso del amigo y del abrazo,
el camino sin prosas, compartido,
y no parar nunca, no dormir nunca.
Elegí avanzar despacio, durante más tiempo,
y llegar más lejos,
habiendo disfrutado del paisaje.

No quise huir:
y elegí mirar de frente,
levantar la cabeza,
y enfrentarme a los miedos y fantasmas
porque no por darme la vuelta volarían.

No pude olvidar mis fallos:
pero elegí perdonarme, quererme,
llevar con dignidad mis miserias
y descubrir mis dones;
y no vivir lamentándome

por aquello que no pude cambiar,
que me entristece, que me duele,
por el daño que hice y el que me hicieron.
Elegí aceptar el pasado.
No quise vivir sola:
y elegí la alegría de descubrir a otro,
de dar, de compartir,
y no el resentimiento sucio que encadena.
Elegí el amor.

Y hubo mil cosas que no elegí,
que me llegaron de pronto
y me transformaron la vida.
Cosas buenas y malas que no buscaba,
caminos por los que me perdí,
personas que vinieron y se fueron,
una vida que no esperaba.
Y elegí, al menos, cómo vivirla.

Elegí los sueños para decorarla,
la esperanza para sostenerla,
la valentía para afrontarla.

No quise vivir muriendo:
y elegí la vida.
Así podré sonreír cuando llegue la muerte,
aunque no la elija...
...que moriré viviendo.

RUDYARD KIPLING

JUEVES, 9 DE DICIEMBRE DE 1999

En este momento estoy recordando de una manera especial mi experiencia en el más allá, las palabras del que dijo ser mi guía: «Vas a sufrir mucho, pero tu sufrimiento será fértil, muy fértil, y no vas a estar sola».

Efectivamente, sus palabras se han cumplido. He sufrido y sigo sufriendo mucho, pero en su día escribí mi primera obra *Voz de Papel*. En seguida empecé a recibir cientos de cartas;

por las cosas que la gente me decía en ellas, pude comprobar que mi testimonio de vida, a través de mi libro, estaba haciendo bien a muchas personas, y mi sufrimiento estaba y está claro que es fértil. También el tiempo me ha demostrado que no estoy sola.

En estos casi catorce años que llevo viviendo de propina he escrito muchos artículos y dos libros; uno está ya publicado y este otro verá la luz dentro de unos meses. Me han otorgado premios y he luchado por mis derechos como enferma. He conseguido muchas cosas; pero respecto a las más importantes todavía estoy en ello. Soy consciente de que ya me quedan pocas «pilas» y poco tiempo; pero no me iré a la otra vida sin intentar que los enfermos de UCI, a pesar de ser unos enfermos no rentables, tengan la asistencia que necesitan.

Hace pocos días salió en la televisión un matrimonio que tiene un hijo de cinco añitos que está en la misma situación que yo, pero por diferente causa. El niño, desde que nació, vivía en la UCI; allí estaba muy bien atendido, pero no sabía qué era el mundo exterior y tenía carencias afectivas. Los médicos convencieron y prepararon a los padres para que se lo llevaran a casa. Los dos tuvieron que dejar de trabajar para cuidar al niño día y noche. Llegó un momento en que no podían con tanta carga física, psíquica y económica, y, con todo el dolor de su corazón, decidieron devolver al niño a la UCI. El centro hospitalario se negó a la readmisión y el padre decía: «Nosotros no nos negamos a tener al niño en casa; y, de hecho, desde que está con nosotros ha realizado muchos progresos; pero si no podemos trabajar, ¿de qué vamos a vivir? Si el niño en la UCI le cuesta a la sanidad pública tres millones y medio de pesetas al mes, con menos de un millón y medio puede tener en su casa tres enfermeras por turnos de ocho horas. Así, aunque para nosotros sigue siendo una responsabilidad muy grande, podríamos sobrellevar la situación. Pero si no, sin ayuda de personal sanitario es imposible». Al padre se le llenaron los ojos de lágrimas: «Llevamos muchos años de lucha, hemos acudido a todo tipo de instituciones y, como son casos aislados que se salen de lo normal, no saben cómo solucionarlos. Yo algún día lo voy a hacer a la tremenda. Si no hay ningún centro especializado donde pueda vivir mi hijo y sólo puede vivir con nosotros, ejerciendo de esclavos más que de padres, o en la UCI, donde no nos lo admiten, y nos vemos desbordados por el problema, pondré al niño en una colchoneta en el suelo de la puerta del hospital, llamaré a un juez y a los medios de comunicación y diré: "Si quieren, que me metan en la cárcel, pero yo al niño sin ayuda sanitaria no me lo llevo". Y que salga el sol por donde quiera.»

Cuando el padre terminó de decir eso, el crío, que maneja un ordenador con los párpados, escribió: «Por favor, que alguien me ayude».

LUNES, 13 DE DICIEMBRE DE 1999

Cuando el niño escribió eso en el ordenador se me partió el corazón. Nadie mejor que yo puede entenderle a él y a su familia, porque mi familia y yo estamos en la misma situación, con la diferencia de que ese niño tiene cinco años, mucha vida por delante y sus padres son muy jóvenes; yo ya casi estoy al final de mi camino, tengo treinta y seis años recién cumplidos, mis padres se van haciendo mayores y están muy cansados de tanto luchar. Quizá no consiga a través de las leyes tener dos enfermeras, porque la justicia es muy lenta y no tengo tiempo para una lucha tan larga; pero tal vez, aunque yo me haya ido, algún día, gracias a estas letras, David consiga vencer al Goliat de la sanidad pública.

También me encantaría que a los médicos y al resto del personal sanitario se les enseñase a ayudar a los pacientes a bien morir. Hoy en día sólo les enseñan la enfermedad y cómo curarla. Ven la muerte como un fracaso, les da miedo enfrentarse a ella y, lo que me parece más grave, es que a los profesionales que trabajan en unidades de cuidados paliativos muchos compañeros los consideran de segunda. La prueba está en que en España sólo hay cuatro centros especializados en cuidados paliativos. Que yo sepa, todos los días unos llegan a esta vida y otros se van. Y de la misma manera que en ningún hospital falta una planta de maternidad y personal especializado para recibir dignamente a los que llegan, tampoco debería faltar en ningún hospital del mundo una planta de cuidados paliativos para atender dignamente y despedir con amor a los que se van.

Es muy duro estar enfermo y encima tener que luchar. Por eso entiendo mejor que nadie que muchos pidan a gritos la eutanasia. Madre Teresa de Calcuta tenía toda la razón del mundo cuando decía que quien pide la eutanasia es porque no tiene cubiertas sus necesidades, ya sean físicas, materiales o espirituales; y dada mi experiencia, cada día estoy más de acuerdo con Madre Teresa.

Desde el principio de mi enfermedad a todo el mundo le ha llamado la atención mi fuerza, y muchas veces me han preguntado de dónde la sacaba. La respuesta me la dio una película; su título es *¡Viven! El milagro de los Andes*. Está basada en un hecho real que sucedió en los años sesenta. El equipo de fútbol de un colegio católico de Paraguay, junto con el entrenador y algunos familiares, fletaron un avión que luego se estrelló en los Andes. Durante las primeras horas y los tres primeros días fueron falleciendo los heridos más graves. Los más de veinte supervivientes se encontraban en la misma situación: perdidos en los Andes, magullados, sin apenas alimentos ni ropa adecuada para poder soportar por las noches los más de veinticinco grados bajo cero. Las condiciones adversas eran iguales para todos, pero sus reacciones eran bien distintas. Cuatro tipos de actitudes: unos veían todo lo negativo, se deprimían profundamente, se abandonaban y morían; otros se pasaban el día protestando y echándole la culpa al piloto, que fue uno de los primeros en morir; la actitud de los terceros, aun sabiendo, por la gravedad de sus heridas, que iban a morir, era positiva, y morían luchando y animando a los que quedaban; y con los últimos era con los que yo más me identifiqué. Un tal Nando, en un principio, tras el accidente, quedó en coma profundo y le dieron por muerto. Su mejor amigo se dio cuenta de que respiraba. Le hizo una especie de cama y, con su cuerpo y algunas ropas, le daba calor y algunos líquidos. Al cuarto día salió del coma y se dio cuenta de que su madre había fallecido. Al enterarse perdió el conocimiento, pero cuando su amigo le gritó: «Tu madre ha muerto, pero tu hermana todavía está viva y te necesita», recuperó el sentido y fue a buscarla. Ella estaba prácticamente agonizando y Nando, llorando amargamente, dijo: «Ha muerto mi madre, estaré al lado de mi hermana hasta que se vaya; pero yo no puedo morir; haré lo imposible para volver a mi casa y ser el consuelo de mi padre».

Primero, asimiló todo lo que le estaba pasando y luego convenció a dos amigos para intentar escalar los Andes y llegar a la civilización con el fin de pedir ayuda. Débiles, sin apenas alimentos, con muy poca ropa y sin un calzado adecuado, pero con una fuerza interior enorme —esa que no te deja caer y te susurra al oído lo importante que la vida es—, consiguieron cruzar los Andes y, gracias a ellos tres y a su coraje, se salvó el resto. A aquella historia la bautizaron como «el milagro de los Andes.»

Yo creo que todos los seres humanos tenemos en nuestro interior una especie de llave de contacto; cuando la vida nos pone en una situación límite, algunos saben y quieren conectarla y otros no. Esa llave se llama fuerza interior; tenerla, la tenemos todos, pero muchos no saben usarla.

Aquí me gustaría añadir un trocito de *El Manual del Guerrero de Luz,* de Paulo Coelho. Allí se define de una manera muy lúdica lo que es la fuerza interior. Tanto a *Peperra* como a mí nos gusta de una manera especial, porque tiene mucha similitud con el sueño que yo tuve sobre la lucha de los salmones en el agua.

El guerrero de la luz a veces actúa como el agua y fluye entre los obstáculos que encuentra.

En ciertos momentos, resistir significa ser destruido; entonces, él se adapta a las circunstancias. Acepta sin protestar que las piedras del camino tracen su rumbo a través de las montañas.

En esto reside la fuerza del agua; jamás puede ser quebrada por un martillo ni herida por un cuchillo. La más poderosa espada del mundo es incapaz de dejar una cicatriz sobre su superficie.

El agua de un río se adapta al camino más factible, sin olvidar su objetivo: el mar. Frágil en su nacimiento, lentamente va adquiriendo la fuerza de los otros ríos que encuentra.

Y, a partir de un determinado momento, su poder es total.

MIÉRCOLES, 15 DE DICIEMBRE DE 1999

Yo no puedo cruzar los Andes en busca de ayuda para salvarme de mi enfermedad, pero escribir este libro también ha sido un reto al filo de lo imposible. El reloj todavía no ha marcado mi hora. He llegado a tiempo y este libro verá la luz; no se quedará tirado en las escaleras, como el zapatito de *Cenicienta*.

Al igual que Nando, al principio intenté asimilar todo lo que me había pasado, y luego intenté escalar día a día la montaña del sufrimiento y de la superación. Y también le dije a la enfermedad: «No viviré muriendo, moriré viviendo y escribiendo». Y ahora a la enfermedad le digo: «Te has llevado mi cara, mis ojos, mi voz, mi cuerpo, mi belleza, mi libertad y estás a punto de llevarte mi vida en esta vida. Pero al final la batalla la ganaré yo, porque nunca podrás llevarte mi alma, que, gracias a ti, tiene un color precioso».

En estos momentos siento la misma emoción que Nando cuando dejó de ver hielo y nieve y sus ojos contemplaron a un agricultor trabajando en un campo verde, precioso y lleno de vida. Para mí, que una persona que está paralizada de la cabeza a los pies, que apenas ve, que no puede hablar y ya tampoco escribir, que necesita respirar y alimentarse de manera artificial y lleva casi catorce años aislada del mundo, haya sido capaz de escribir este libro en esas condiciones, creo que ya no es una heroicidad; sencillamente, es un milagro. Y quiero gritar al cielo lo mismo que gritó Nando: «¡Viva el padre que me engendró! ¡Y viva la madre que me parió! ¡Lo he conseguido! ¡Lo hemos conseguido!»

El milagro se ha hecho realidad. El tándem ha llegado a la meta. *Peperra*, mi vida, tu misión y la nuestra se ha cumplido, y hoy, día de tu segundo aniversario en la Luz, tienes el regalo que te mereces, tu libro. Y lo que hago con todas las cosas importantes que suceden en mi vida es brindarlas y dedicarlas al Cielo. Así que, antes de despedirme, quiero dedicar este libro, por orden, en primer lugar a la Luz Infinita; después a Andrea, a mi *Peperra* y a todas las almas que, desde el otro lado, he sentido tan cerca y han estado dándome fuerza y luz. Y de esta orilla de la vida, a Elena, Rosa, Jesús, Patxi, Luisa y Emilio. También quiero dedicárselo a mi familia, a mis amigos, a los lectores y, muy especialmente, a todas esas personas que cuando lean este libro descubrirán que también ellas son almas de color salmón. A todos, desde lo más profundo de mi corazón, gracias.

A pesar de lo mucho que he sufrido, que estoy sufriendo y sólo Dios sabe lo que me queda por sufrir, me siento un ser afortunado. Por eso, quiero despedirme con la última de las estrofas de Alberto Cortez:

Pero sé, bien que sé...
que en mi viaje final escucharé
el ambiguo tañir de las campanas
saludando mi adiós, y otra mañana
y otra voz, como yo, con otro acento
cantará a los cuatro vientos...

¡Qué suerte he tenido de nacer!

A todos un beso, un abrazo y hasta siempre.

OLGA BEJANO DOMÍNGUEZ
Logroño, 15 de diciembre de 1999

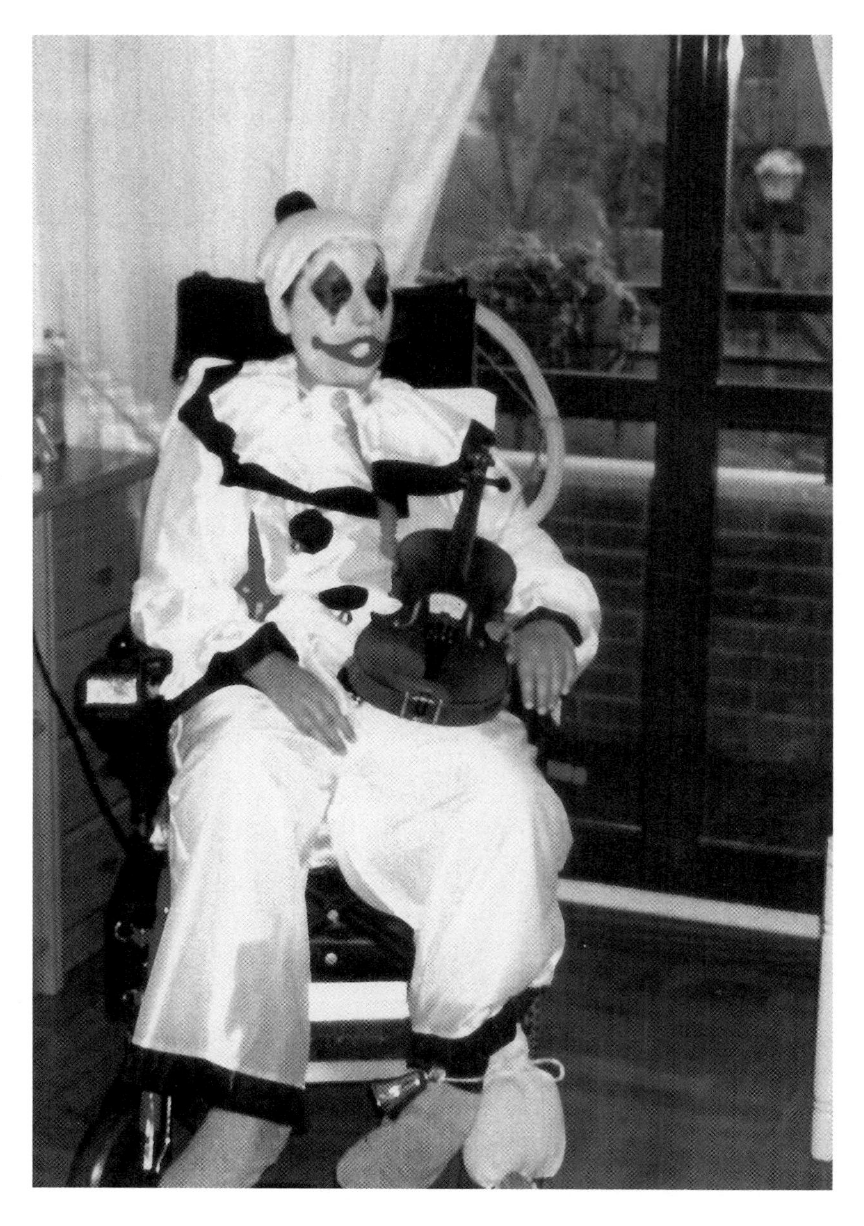

Foto 18: Olga disfrazada de polichinela, Carnaval de 2001 en Logroño.

XV
Capítulo aclaratorio

Al terminar de escribir el libro sucedieron muchas cosas y creo que mis lectores deben tener conocimiento de ellas.

Cuando Rafael Freytez Pérez, desde la otra vida me pidió que escribiese este libro pensé: «La editorial y los lectores ya los tengo», pero me equivoqué. Después de tener el contrato firmado, la editorial se echó atrás por causas que ni yo, ni nadie entiende y a las que no quiero entrar, se negó a publicar *Alma de color salmón*. En su día, un matrimonio editor de Barcelona me dijo: «Este libro es una preciosidad y puede hacer mucho bien. Si por una casualidad tu editorial te dice que no, nosotros te lo editamos encantados». Cuando mi editorial dijo no, recordé sus palabras y me dirigí a ellos. Primero pusieron pegas éticas y luego económicas, tanto los primeros como los segundos. Quisieron ser más papistas que el Papa. Tras dos golpes muy duros, me tuve que sobreponer y empezar de cero. Me puse en contacto con cuatro editoriales de Barcelona, unas por A, otras por B y otras por C, todas me dijeron que no.

Cuando estaba bastante baja de moral, vino a visitarme el director de publicaciones de la Universidad de La Rioja. Se llevó entusiasmado el borrador, lo leyó y le encantó. Lo defendió a capa y espada, pero había muchos libros para publicar de la universidad y pocos presupuestos. Lógicamente, primero estaban las publicaciones de la universidad. Por séptima vez me decían que no. Cada intento me costaba una media de tres meses.

Veía como mi vida se iba apagando, y me dije: «A grandes males, grandes remedios». Pensé que los medios de comunicación tenían la rapidez que yo necesitaba. Junto con Patxi, mi amiga Marián y su compañera de trabajo Diana y los maridos de ambas, Pablo y Paco, nos pusimos en contacto con el productor de un programa de televisión, el de más audiencia de la tarde. Leyó el libro y le gustó tanto que quiso venir a conocerme, cuando lo hizo nos ofreció el hacernos un reportaje para conseguir una editorial. Como una no es tonta, y en su día trabajé en los medios de comunicación, me sentí muy agradecida e ilusionada, pero le advertí: «Agradezco mucho tu oferta y puede ser una oportunidad fantástica para encontrar una editorial. Sólo te pongo dos condiciones, cuando hagáis el reportaje a mi familia y a la enfermedad las dejáis a parte». Este señor cuando estuvo enfrente de mí, miró pero no vio, oyó pero no escuchó, e hizo todo lo contrario de lo que yo le había pedido por favor que no hiciese.

Tras estar todo un día super caluroso grabando, cuando vi lo que habían hecho, pedí por favor que no se emitiese ese reportaje. Pues quedamos en A e hicieron B.

Tras otro fracaso me sentía física y psicológicamente derrotada. En realidad estaba luchando por todos vosotros, mis lectores.

Retumbaban en mi cabeza las palabras que Rafa me dijo al principio de esta historia: «Mira Olga, tanto tú como yo y otros tantos, somos instrumentos de la Luz infinita, que es Dios. Este libro viene de la Luz y las tinieblas van a hacer todo lo posible para que no la vea. Físicamente vas a tener que hacer un esfuerzo sobrehumano para escribirlo, Dios te irá poniendo en cada momento a las personas que vayas necesitando. Las tinieblas te querrán derrotar, vivirás momentos muy duros, pero no olvides que yo siempre estaré a tu lado y que al final la Luz siempre triunfa».

Efectivamente, cuando todo era oscuridad, problemas y dificultades, aparecieron dos guerreros de la Luz: don Luis Alegre, Consejero de la Comunidad Autónoma de La Rioja, y don Domingo Rivera, Director General de Cultura de la Comunidad Autónoma de La Rioja; y se ofrecieron a ayudarme para conseguir una editorial. Gracias a ellos, conocí al periodista y editor de la editorial LibrosLibres, Alex Rosal, otro guerrero de la Luz. Ya no me sentía sola, tenía a tres mosqueteros importantes que estaban dispuestos a ayudarme.

Dicen que la cualidad que más caracteriza a los que nacen bajo el signo de escorpio es la tenacidad. Estoy totalmente de acuerdo, así que gracias a la Comunidad Autónoma de La

Rioja, al señor Alex Rosal, a la editorial LibrosLibres, a Elena Corral Lumbreras, a Rosa Escribano Sáenz y a Jesús Bonet, (que son los tres ángeles que me han ayudado a escribir el libro). Y por supuesto a Dios, a Rafa y a mi tenacidad. Gracias al trabajo y al esfuerzo de todos nosotros este libro verá la Luz.

Y en toda esta historia tengo que añadir a otra persona. Cuando terminé de escribir el libro, mi «Lucecita» (Elena significa Luz) se casó y se fue a vivir a Madrid. Entonces llegó a mi vida otra pieza tan especial como las que Dios elige, mi enfermera y amiga desde hace diez meses, María Pilar Pérez-Medrano Garrido, a la que cariñosamente llamo *Pitu*, ya que sus padres le pusieron un nombre muy largo y con mis problemas de comunicación había que acortarlo para que me fuese más cómodo. El caso es que por este problema de la comunicación a casi toda la gente que quiero la rebautizo.

Muchos me preguntáis como es mi vida, pues bien, hace cuatro años y tras doce de una lucha impresionante con las Instituciones y la Administración conseguí tener desde junio de 1998, la ayuda de una enfermera titulada. Si yo viviera en una UCI, le costaría a la Sanidad Pública tres millones y medio de pesetas al mes. Si viviese en Suecia, por ejemplo, el Estado no permitiría que viviese en una UCI y mucho menos en casa de mis padres, me pondrían un apartamentito con el personal sanitario que fuera necesario y tendría el tipo de ayudas que tiene Hawking. Pero me puedo dar con un canto en los dientes de haber conseguido lo que tengo.

Como ya dije en el capítulo tres: «Soy un vegetal muy activo». Mi vida es la siguiente: A las diez y media de la mañana llega la enfermera, prepara todo para mi aseo y aunque pueda parecer imposible, sin perder un minuto, hasta la una menos cuarto no estoy lista para ejercer de enferma un día más. De una a dos solemos hacer cosas, escribir una carta, o un artículo, mandar mensajes por el móvil o recibir alguna visita especial, ya que las visitas las suelo recibir por la tarde. A las dos me dan la comida y me dejan descansando en mi silla eléctrica, me quedo relajada oyendo la televisión, pero no me duermo. Eso de la bella durmiente, como otras tantas cosas quedó atrás. A las cuatro de la tarde vuelve la enfermera, me medica, me da la merienda y aunque tengo poco arreglo me arregla un poquito, es decir, me asea. Y por la tarde si tengo cosas que escribir, un ratito escribimos y otro recibimos una visita, hago llamadas a mis amigos, hago gestiones y cuando tengo tiempo leo libros o veo vídeos, por supuesto, siempre con la ayuda de la enfermera.

Son muchas las cartas que recibo de lectores y de amigos y mucha la gente que quiere venir a conocerme, así que me parezco al conejito de *Alicia en el país de las maravillas*, siempre diciéndole a la enfermera: «Corre, corre, que no tengo tiempo y hay que hacer muchas cosas». Pero como buena escorpio me organizo de maravilla y al final hago honor a las tortugas, voy despacito pero llego. Está claro porqué dicen que soy un vegetal muy activo.

En quince años de un estado crónico grave, nunca me quedo en la cama, tenga lo que tenga, o pase lo que pase. A mi cuerpo procuro ignorarlo, a mi alma le digo: «Tú tira y calla». Si hubiera dedicado el tiempo a deprimirme y quejarme, este libro nunca hubiera visto la Luz. Mi *chiquilla* es más fruto de mi carácter que de mi arte.

Muchos os preguntaréis cómo he podido escribir un libro estando tetrapléjica, casi ciega, «mudita» y teniendo intensos dolores y fiebre a diario, entre otras cosas. Pues bien, todo es una cadena. Primero Rafael Freytez Pérez, al más estilo *Ghost*, desde la otra vida me pidió que escribiese este libro. Yo tampoco sabía cómo lo iba a hacer, pero como para Dios no hay imposibles, me puso a mi lado una enfermera que entonces me atendía llamada Elena Corral Lumbreras. En poco tiempo aprendió, al igual que ahora *Pitu*, a atenderme y a entenderme. Ella traducía mis garabatos y en folios los pasaba a letra legible. Vimos la necesidad de que alguien fuera pasando todo limpio a ordenador, entonces llegó Rosa, amiga de mi madre y mía. Ésta se ofreció a venir dos tardes por semana. Así la enfermera, Rosa y yo pasamos a formar un trío muy especial. Pasamos muchas horas juntas, en las que reímos y lloramos.

Luego cuando el libro estaba escrito y en limpio, Jesús Bonet, se ofreció a corregir *Alma de color salmón*, por segunda vez, ya que también de manera no lucrativa había corregido *Voz de Papel* para enviarlo a la editorial. A nosotras, las tinieblas nos hicieron muchas faenas, pero tres mujeres son mucha tela. El pobre Jesús Bonet, como estaba solo en su despacho, las pifias más gordas de las tinieblas fueron para él. Así este libro tiene un padre, una madre y muchas comadronas. Me ha costado dos años escribirlo, otros dos intentarlo publicar y el parto ha sido otra cesárea. Como dicen los ginecólogos que no se pueden hacer más de dos cesáreas, ni se os ocurra pedirme un tercero, ya no se llevan las familias numerosas. Siempre me ha gustado ir a la moda y se lleva la parejita.

Hemos saboreado el sabor amargo de las espinas, pero por fin, tocar cada hoja de este libro será como tocar un pétalo de una rosa. O como dijo Rafael: «Al final, la Luz triunfará».

Cuando *Voz de Papel* vio la luz, fueron tantas las cartas que recibí que no pude contestar a todas. Aprovecho el nacimiento de su «hermana» para pedir disculpas. Pero no se le pueden pedir peras al olmo. Muchos lectores en vuestras cartas me pedíais fotos, ese deseo vuestro se lo transmití a la editorial, y *Alma de color salmón* va llena de fotos.

Creo que en esta vida ya he hecho todo lo que tenía que hacer, he dicho todo lo que tenía que decir, he escrito todo lo que tenía que escribir y he sufrido más de lo que un ser humano puede sufrir. Sólo me queda esperar a que Papá Dios opine igual y me lleve con Él y con todos los que me están esperando. Sea cuando sea y vaya donde vaya, a mi familia, a mis amigos, todas las personas que me han cuidado y a mis lectores os llevaré en mi corazón. HASTA SIEMPRE.

OLGA BEJANO DOMÍNGUEZ
Logroño, a 15 de octubre de 2001

Olga, solamente quiero darte las gracias por haber tenido la oportunidad de pasar a ordenador tu segundo libro, pues ello me ha hecho sentirme espectadora de primera fila, en la gran aventura de tu vida. Ha sido realmente estupendo, poder compartir esta experiencia juntas. A pesar de tu situación física, la gran energía que sorprendentemente demuestras, junto con tu agradable sentido del humor, han hecho mi trabajo verdaderamente fácil además de divertido.

En la acuarela de tu vida, has coloreado un precioso lienzo, cuya gama de colores nos ha impregnado a los que tenemos el privilegio de conocerte. Eres una de las personas que Dios ha puesto en mi vida, para ir adquiriendo esa escala de valores humanos, morales y espirituales, pese al materialismo de esta sociedad, que me ayudan en mi crecimiento personal, por lo que me siento profundamente agradecida. Ahora veo con más nitidez que nunca, la verdadera belleza de las personas, la cual no está en su físico, es algo mucho más profundo, es como tú dices, adquirir esa tonalidad asalmonada que vas logrando, no sin gran esfuerzo, y que todos podemos apreciar en ti.

Por último, una frase de Milton Richman:

«Es maravilloso ser importante, pero es más importante ser maravilloso».

Olga, eres realmente maravillosa

Te quiero

Rosa

XVI
A mis amigos

Cuado mi vida se rompió, todas mis amigas y amigos estaban en edad de empezar a volar. Creo que fue lo más duro que tuve que aprender a asumir y a aceptar, el ver cómo todos abandonaban el nido de sus padres para formar su propio nido. Pensé que al quedarme con las alas rotas, todos al emprender el vuelo se olvidarían de mí. Me equivoqué sólo a medias, los amigos sí desaparecieron, me dijeron que no soportaban ver mi sufrimiento, tampoco podían con los hospitales y otros dijeron que preferían recordar al «cisne», no querían conocer al nuevo «patito feo». A mis amigas, con mayúsculas, en cambio nadie tuvo que enseñarles que lo importante de todo ser humano es el alma.

Esas que conocí a los doce años estuvieron a mi lado cuando era guapa y cuando no lo soy, porque la enfermedad me ha deteriorado. Estuvieron a mi lado y lo siguen estando cuando era sana y soy un vegetal, cuando lo tenía todo y no tengo nada, y quizás como me dijo una de ellas: «Olga, como tú dices que ahora eres un patito feo, yo te conocí siendo el cisne más bonito del lago, cuando te volviste patito, sé el dolor que eso te produjo. Te he querido, te quiero y te querré. El tiempo, la vida y los palos me han hecho madurar, pero no fue un cisne sino un patito feo el que me acercó a Dios y por eso te querré siempre».

«Es amigo mío aquel que me socorre, no el que me compadece.»

FULLER

Mis amigos de verdad me han querido siempre fueran las que fueran las circunstancias, siempre me han admirado y nunca me han compadecido.

«La única manera de poseer un amigo es serlo.»

EMERSON

Creo que siempre he estado, sin que me llamaran, en los momentos difíciles que la vida nos da a todos y he compartido los felices momentos cuando me han invitado. Siempre he intentado cultivar la flor de la amistad y considero que tengo buenos amigos porque yo, sin falsa modestia, intento ser buena amiga.

«Los amigos verdaderos son los que vienen a compartir nuestra felicidad cuando se les ruega, y nuestra desgracia sin ser llamados.»

DEMETRIO DE FALERA

Eso han hecho y hacen todos mis amigos y yo también intento hacerlo con todos. Para mí esta frase es una máxima.

Al final de mi niñez y principios de mi adolescencia, cuando Papá Dios me colocó una crucecita, que entonces era de plástico, puso en mi vida a unas niñas que al día de hoy, casi veinticinco años después, siguen siendo mis amigas: Marián, Olga, Cristina, Gloria y Eloísa. El resto los fue poniendo Dios a lo largo de un camino de enfermedad. Sé que es imposible citar a todos porque necesitaría un libro entero, son todos los que están, aunque no están todos los que son. Pero a todos los que han estado a mi lado desde el principio de mi enfermedad hasta el día de hoy, a esos que sin darse cuenta me ayudan a llevar una cruz de hierro, a esos que sin saberlo son mis cireneos. A todos ellos les dedico este poema de Alberto Cortez que engrandece la amistad.

Dicho poema dice así:

A mis amigos

A mis amigos les adeudo la ternura
y las palabras de aliento y el abrazo
el compartir con todos ellos la factura
que nos presenta la vida paso a paso.

A mis amigos les adeudo la paciencia
de tolerarme las espinas más agudas,
los arrebatos del humor, la negligencia,
las vanidades, los temores y las dudas.

Un barco frágil de papel
parece a veces la distancia
pero jamás puede con él
la más violenta tempestad
porque ese barco de papel
tiene aferrado a su timón
por capitán y timonel
un corazón.

A mis amigos les adeudo algún enfado
que perturbara sin querer nuestra armonía
sabemos todos que no puede ser pecado
el discutir alguna vez por tonterías.

A mis amigos legaré cuando me muera
mi devoción en un acorde de guitarra
y entre los versos olvidados de un poema
mi pobre alma incorregible de cigarra.

Un barco frágil de papel
parece a veces la distancia
pero jamás puede con él
la más violenta tempestad,
porque ese barco de papel
tiene aferrado a su timón
por capitán y timonel
un corazón.

Amigo mío, si esta copla como el viento
adonde quieras escucharle te reclama
serás plural porque no exige el sentimiento
cuando se lleva a los amigos
en el alma.

ALBERTO CORTEZ

A:
Marián Torres y su marido Pablo Herrera
Olga Nalda y Fernardo Beamud
Cristina Díaz y Víctor Sánchez
Gloria González y Fernando Salazar
Eloisa Fernández de Piérola y familia
José Luis Lacosta y su mujer Cristina Iglesia
Lola González y su marido Juanma Contreras
María del Mar Galián y su marido Resa Modirrousa
Rosa Escribano y Norberto Fernández
Rosina de Castro y familia
Juana Mari Martínez y su marido José Verano
Mª Jesús Ceballos y familia
Jesús Bonet
Álvaro González
Patxi Freytez

Agradecimientos

Son muchas las personas que me han atendido como profesionales de la sanidad, y aunque este libro ya está dedicado, no quisiera despedirme sin agradecerles su labor y cariño hacia mí, a: José Luis Monzón, médico de Unidad de Cuidados Intensivos; José Luis Lacosta, otorrinolaringólogo, Luis Ponce de León, neumólogo; Javier Cevas, oncólogo y especializado en cuidados paliativos, a Hipólito Fernández Rosaenz, médico de digestivo y a Fernando Salazar, otorrinolaringólogo; todos ellos del Complejo Hospitalario San Millán-San Pedro. Elena Corral Lumbreras, enfermera; María Pilar Pérez-Medrano Garrido, enfermera; Rosana Garrido Santa-María, enfermera. Y por último, Ana María Serrano Maldonado, persona dedicada al cuidado de enfermos.

Mucha gente cree que escribiendo un libro te haces millonaria. Me gustaría aclarar que yo me llevo sólo un diez por ciento, que los primeros beneficios serán para mis padres. Mi deseo es que hagan un buen viaje, ya que su viaje de bodas de plata lo truncó la enfermedad y llevan quince años sin saber lo que es un día de fiesta o unas vacaciones. El resto quiero donarlo a cualquier ONG, que ayude a los enfermos terminales a tener mejor calidad de vida y contar con ayuda médica, estoy estudiando cuál lo necesita más. Eso es todo.

No puedo despedirme sin dar mi más sincero agradecimiento a don Luis Alegre, Consejero de Cultura y Deportes de la Comunidad Autónoma de La Rioja, a don Domingo Ribera, director de Cultura de la misma Comunidad Autónoma, a doña Carmen Roldán, secretaria de don Domingo Ribera. A todas las personas de dicha Comunidad que han colaborado y por supuesto, a la editorial LIBROSLIBRES y al editor y periodista Álex Rosal.

A mi familia, a mis amigos y a mis lectores, donde quiera que vaya os llevaré conmigo en mi alma de color salmón.

Hasta siempre.

Olga
Logroño, 5 de diciembre de 2001

Archivo gráfico, acontecimientos y fechas

ARCHIVO GRÁFICO

ACONTECIMIENTOS Y FECHAS

Año		Acontecimiento	Páginas
1971	—	Olga con siete años fue voz solista del coro del colegio, hasta los once	87
1973	—	Olga con nueve años tocaba flauta, guitarra y piano. Asistía a clases de danza clásica, dibujo y pintura....	87
	—	En Puertollano Olga y Javier cuidaban gusanos de seda	243
1975	—	Cuando Olga iba a cumplir 12 años se trasladan a Logroño............	188
1976	—	En febrero, Olga es operada de apendicitis con 13 años en Logroño	41, 87
1977	—	Nace el 22 de febrero, Mónica, la hermana de Olga	247, 272
1979	—	Olga visita médicos y psicólogos en la Clínica Universitaria de Navarra durante seis años............	89
1980	—	Olga se convierte en la *Tata Madrina* de Mónica....	245
1985	—	El neumólogo, Dr. Alberto Portera, realiza pruebas a Olga en el Hospital 12 de Octubre de Madrid	90
	—	Analizan la sangre de Olga en un hospital de Santa Mónica, California (EE.UU.)............	90
1986	—	En junio, Olga terminó sus estudios de fotografía en Madrid	94
	—	El 9 de junio, fiesta de San Bernabé, Olga se vestía de riojana para llevar flores a la patrona de Logroño, Nuestra Señora de la Esperanza. Este fue el último año que pudo participar	220
	—	Trabajaba como fotógrafa y asesora de imagen mientras estudiaba en la escuela CEI de Madrid desde el año 1984	94
	—	A finales de verano, Olga fue a descansar a Palma de Mallorca con la familia Baragaño y se desvaneció sufriendo un accidente. Mientras se recuperaba perdió el plazo para matricularse en la especialidad de fotografía publicitaria	95
1987	—	El sábado 23 de mayo, Olga y su familia visitaron la finca de la familia Barquín en Assa	92
	—	El domingo 24 de mayo, su glotis se paralizó, sufrió una parada cardiaca por asfixia. Entró en coma profundo, estuvo clínicamente muerta y tuvo la experiencia del túnel, Olga tenía 23 años y 7 meses	41, 64, 87, 91, 100
	—	El viernes 29 de mayo, despierta del coma profundo, fue asistida por el doctor Palacios............	104, 106
	—	En julio conoce al otorrino Dr. José Luis Lacosta, *Gonso*	51

	—	En agosto empezó a escribir su primer libro *Voz de Papel*	13, 29
1988	—	Lee *Señor Dios, soy Anna*	183
1994	—	En primavera se cambian de casa	234
1995	—	En febrero Olga escribe la carta sobre la eutanasia.	25
	—	El 13 de marzo la carta sobre la eutanasia se publica en el periódico *La Rioja*	66
	—	En agosto terminó de escribir *Voz de Papel* (tardó 8 años en escribirlo)	29
	—	A finales de año, la voz de papel de Olga se quebró y nacieron sus famosos garabatos	14
1996	—	En primavera tuvo un sueño maravilloso: El porqué del color salmón	75
	—	El jueves 24 de octubre, conoce a Andrea por la televisión ETB	171
1997	—	En diciembre se seleccionan los candidatos para el premio *Riojanos del Año* en su vigésimo segunda edición	194
	—	El miércoles 10 de diciembre, vio su libro *Voz de Papel* por primera vez	34
	—	El sábado 13 de diciembre, fue entrevistada por el periódico *La Rioja*	39
	—	El lunes 15 de diciembre, se presenta el libro *Voz de Papel,* en el Ateneo Riojano. El mismo día muere de cáncer José Rafael Freytez, *Peperra,* con 32 años y florece en el balcón de su casa el rosal de Olga con rosas de color salmón	45, 34
1998	—	En enero es nombrada *Riojana del Año* como ejemplo de bondad y fe	23
	—	El martes 20 de enero, Olga recibe por primera vez la visita de Patxi Freytez	113
	—	El sábado 14 de marzo, a Miguel, con cariño de su tía Olga	271
	—	El viernes 22 de mayo, Olga recibe la visita del Presidente de la Comunidad Autónoma de La Rioja	211
	—	El martes 9 de junio, se celebra el Día de La Rioja y se hace entrega a Olga de la *Medalla de Oro* en un acto celebrado en el Monasterio de San Millán de la Cogolla	214
	—	Desde junio tiene la ayuda de una enfermera titulada	307
	—	El miércoles 24 de junio, entra en el Vaticano la carta que escribió Olga sobre la eutanasia, día en que el Papa celebra su onomástica	60